DIE MORDE VON CORFE CASTLE

RACHEL MCLEAN

Übersetzt von

TANJA LAMPA

Ackroyd Publishing ackroyd-publishing.com

DIE MORDE VON CORFE CASTLE

KAPITEL EINS

Laila blieb auf der Treppe stehen, alle Sinne hellwach.

Da war jemand in ihrem Zimmer.

Sie konnte hören, wie Schubladen herausgezogen und Schranktüren geöffnet wurden und wie jemand hin und her lief. Wie sehr sich der Eindringling auch bemühte, leise zu sein, das war ein altes, knarrendes Haus.

War Archie zurück?

Nein. Archie würde frühestens Montag zurückkommen. Er hatte ein Treffen in London, bei dem es um die Zusicherung weiterer Mittel für die Ausgrabung ging. Aber da sie Beweise für eine Besiedlung im 12. Jahrhundert gefunden hatten, waren sie alle sehr optimistisch, dass diese bewilligt wurden.

Sie hielt den Atem an und setzte den Fuß so vorsichtig wie möglich auf die nächste Stufe. Sie konnte über den Treppenabsatz in das Zimmer sehen, das sie mit Archie teilte.

Das war bestimmt Crystal. Die Frau steckte ständig ihre Nase in die Angelegenheiten anderer Leute. Und als

Leiterin der Ausgrabungen glaubte sie offensichtlich, dies zu Recht zu tun.

Ihr Schlafzimmer hatte zwar ein Schloss, aber sie war nachlässig geworden. Sie sollte in Zukunft unbedingt daran denken, ihre Tür abzuschließen.

Der Eindringling kam mit dem Rücken zu Laila ins Blickfeld.

Sie biss die Zähne zusammen.

Patrick.

Was hat dieser alte eklige Typ in ihrem Zimmer zu suchen? Und warum durchsuchte er ihre und Archies Sachen?

Wie immer verursachte Patrick ihr eine Gänsehaut. Seit er am Tag nach ihrer Ankunft ausgetestet hatte, wie weit er bei ihr gehen konnte, ging sie ihm aus dem Weg. Sie wollte keine Konfrontation.

Sie huschte die Treppe wieder hinunter, öffnete die Haustür und ließ sie lautstark ins Schloss fallen. Trotz ihres Unbehagens summte sie laut vor sich hin und stapfte die Treppe hinauf.

Als sie oben ankam, stand Patrick am Treppenabsatz und starrte sie an, die Hände in die Hüften gestemmt.

„Du solltest mal dein Zimmer aufräumen." Er zeigte in Richtung der offenen Tür. „Sieh dir nur diese Unordnung an."

Als sie seinem Blick begegnete, drehte sich ihr der Magen um. Patrick war mehr als doppelt so alt wie sie und das erfahrenste Mitglied der Gruppe. Und er machte sie nervös.

„Warst du in meinem Zimmer?"

Er blies sich eine fettige graue Haarsträhne aus den

Augen. „Wofür hältst du mich? Aber vielleicht solltest du in Zukunft die Tür schließen."

„Oder besser noch abschließen."

Sie schob sich an ihm vorbei und schloss die Tür zu ihrem und Archies Zimmer. Patrick beobachtete sie durch die offene Tür seines eigenen Schlafzimmers. Hinter ihm war alles aufgeräumt. So makellos, dass man fast glauben könnte, dort wohne niemand.

„Ja, das solltest du vielleicht", schnaubte er.

Sie sah ihn an. „Ich gehe jetzt wieder."

„Schon?"

„Das ist ein freies Land."

Ihr drehte sich der Magen um, als sie die Treppe hinunter stürmte.

Sie hatte sich auf ein paar ruhige Stunden gefreut, in denen sie ihr Buch lesen konnte. Vielleicht auf ihrem Bett, vielleicht unten im gemütlichen Wohnzimmer. Aber sie wollte nicht allein mit Patrick im Cottage sein. Archie war bei seinem Treffen und von Crystal war weit und breit nichts zu sehen.

„Bis später", rief Patrick die Treppe hinunter.

Laila erschauderte und schloss die Haustür hinter sich, die direkt auf einen schmalen Gehweg neben einer ebenso schmalen Straße führte, auf der die Autos nur mühsam vorankamen. Das Dorf Corfe Castle war nicht für das moderne Leben konzipiert worden.

Wenigstens schien die Sonne. Sie würde bis zur Ausgrabungsstätte wandern und sich dann vielleicht mit einem Bier vor dem Greyhound setzen. Vor dem Pub standen Bänke auf dem schmalen Gehweg und sie beobachtete gerne das Treiben um sich herum.

Sie eilte die West Street entlang und warf ab und zu einen Blick hinter sich, um sicherzugehen, dass Patrick ihr nicht gefolgt war. *Werde jetzt bloß nicht paranoid.* Nicht einmal er war so ein Widerling.

Sie bog an der Einfahrt zum Parkplatz um die Ecke und nahm dann den Fußweg über die Felder, um zur Ausgrabungsstätte zu gelangen. Dort herrschte Sonntagsruhe und der übliche Lärm der Werkzeuge und Stimmen fehlte.

Sie hörte das Zwitschern der Vögel in den Bäumen vor ihr und die Autos, die hinter ihr vorbeifuhren.

Bisher hatten sie drei Gräben ausgehoben. Einer befand sich in der Mitte des Geländes, wo sie den Vorhof der Belagerungsburg von King Stephan vermuteten. Ein Zweiter war näher in Richtung Dorf gegraben worden, wo die Geophysiker die Außenmauern vermuteten. Und der Dritte, ein kleinerer Probegraben, lag in der Nähe des Hügels, auf dem Laila nun stand. Die beiden größeren Gräben waren zum Schutz vor der Witterung mit Zelten versehen. Es mochte Juni in Südengland sein, aber hier musste man immer mit Regen rechnen.

Sie warf einen kurzen Blick in das Zelt, das ihr am nächsten war. In ihm hatte sie am Vortag gearbeitet und Münzen gefunden, die zwar abgenutzt und schlammverkrustet waren, aber hoffentlich aus dem 12. Jahrhundert stammten. Dann lief sie weiter über den Erdwall, der die vermuteten Befestigungen bedeckte, in Richtung des zweiten Zeltes. Aufgeschreckt durch ihre Schritte erhoben sich zwei Krähen in den Himmel, als sie sich näherte. In einiger Entfernung pickte eine Gruppe von Ringeltauben auf dem Boden.

Sie griff nach dem losen Teil des Zeltes, der als Tür diente. Sie hofften, an dieser Stelle die Überreste eines mittelalterlichen Gebäudes zu finden. Daher arbeiteten hier meistens Crystal und Patrick zusammen mit einem wechselnden Team von Studenten der Universität Bournemouth.

Aufgeschreckt durch einen Vogel, der aus dem Zelt flog, drehte Laila den Kopf weg. Sie schlug nach ihm, als er an ihr vorbeiflog, aber er war schon weg.

Was hatte er gefunden? Am Ende eines jeden Tages räumten sie die Ausgrabungsstätte sorgfältig auf, katalogisierten ihre Funde und brachten sie zum Cottage, wo sie in einem Schuppen gelagert wurden, bis sie der Universität übergeben werden konnten. Es war ihnen allen eingebläut worden, dass nicht nur ein Risiko für die Tiere, sondern auch für die Menschen bestand.

In der Nachmittagshitze war es im Zelt warm und schwül geworden und ein beißender Geruch stieg Laila in die Nase. Jemand hatte eine Plane in der Mitte des Raumes liegen lassen, über die ein Schwarm Fliegen schwirrte.

Laila beugte sich verblüfft vor und griff nach dem Rand der Plane. War jemand früher am Tag hierhergekommen und hatte sie zurückgelassen?

Sie hob die Plane an. Eine Armee von Fliegen stieg zu ihr auf und sie ließ sie wieder fallen, wedelte mit den Händen und spuckte die Fliegen aus, die ihr in den Mund flogen.

Da lag etwas darunter. Ihr Magen zog sich zusammen: Das fühlte sich so falsch an. Crystal ließ nie etwas zurück, und was war das für ein Gestank?

Laila hielt sich mit der einen Hand die Nase zu und griff mit der anderen nach der Plane. Sie zog sie hoch und dann wünschte sie sich, sie wäre nicht hierhergekommen.

Ihr Kiefer klappte nach unten und sie bemerkte die

Fliegen nicht mehr. Ihr Körper war wie betäubt. Entsetzt ließ sie die Plane fallen.

Nein. Das bildete sie sich nur ein.

Zögernd und dem Drang widerstehend, die Augen zu schließen, hob sie sie wieder an.

Und dann schrie sie.

KAPITEL ZWEI

DETECTIVE CHIEF INSPECTOR Lesley Clarke saß an dem schmiedeeisernen Tisch und musterte den Cream Tea, der vor ihr stand. Über den idyllischen Garten hinweg sah sie auf eine der schönsten Aussichten, die England zu bieten hatte.

Sie holte tief Luft, zwang sich, aufrecht zu sitzen, und fragte sich, womit sie das verdient hatte. Dann nahm sie ihr Messer in die Hand, fest entschlossen, das Beste daraus zu machen.

Zuerst die Marmelade oder die Sahne? Sie hatte das Gefühl, dass das ältere Ehepaar vom Nachbartisch, das sie immer wieder anschaute, ihrer Missachtung hörbar Luft machen würde, wenn sie sich irrte.

„Wir sind in Dorset, Mum. Erst die Marmelade."

Lesley drehte sich um und schaute zu ihrer Tochter Sharon auf, die plötzlich hinter ihr stand. Sie hatte sich auf das Klo verzogen – die Toilette, wie man im Teehaus sagen musste – und hatte sich ein Wortgefecht mit der alten Schachtel geliefert, die das Café führte.

„Ich habe dir doch gesagt, dass du dir die Mühe sparen sollst“, meinte Lesley. Sie hob eine Hand, um die Augen vor der Junisonne zu schützen. „Gegen solche Frauen gewinnt man nie.“

„Das sieht dir gar nicht ähnlich, Mum.“ Sharon setzte sich und betrachtete ihren eigenen Teller mit den Sandwiches. „Was würden deine Chefs bei der West Midlands Polizei sagen, wenn sie wüssten, dass du von der Bedienung eines ländlichen Teehauses über den Tisch gezogen wurdest?“

„Sie hat mich nicht *über den Tisch gezogen*.“ Lesley legte das Messer beiseite und nahm den ersten, mit Marmelade und Sahne bestrichenen Scone in die Hand. Sie zog eine Grimasse. „Sie hat mir wahrscheinlich einen Gefallen getan.“

Sharon lachte, während sie in ihr Gebäck biss. „Du wolltest ein Bier, Mum. Das ist nicht wirklich ein Verbrechen.“

Lesley schluckte den ersten Bissen hinunter und beugte sich vor. „Doch, das ist es, mein Schatz. An einem heißen Tag ein kaltes Bier in einem Teehaus des National Trust, der Gesellschaft zur Schutz des historischen Erbes, zu trinken, ist eindeutig ein abscheuliches Verbrechen. Ich sollte mich stellen.“

„Nicht, wenn du eine warme Mahlzeit bestellt hast“, sagte Sharon.

Lesley wischte sich die Krümel von ihrer Hose, die Sharon für sie gekauft hatte. Eine praktische, regenabweisende Hose und für lange Spaziergänge auf dem Land gedacht. Lesley hasste sie schon jetzt.

„Hält sie immer noch daran fest?“, fragte sie ihre Tochter.

Ein Nicken. „Wie ein Fels in der Brandung.“

„Ich habe dir gesagt, dass sie dich ignorieren wird,

Liebes. Du bist nicht einmal alt genug, um ein Bier *zu bestellen*."

„Aber alt genug, um für meine kranke Mutter einzustehen."

„He." Lesley griff über den Tisch und zeigte mit dem Messer in Richtung Sharon. „Genug davon."

Das ältere Ehepaar am Nachbartisch murmelte etwas und Lesley drehte sich mit einem strahlenden, sarkastischen Lächeln zu ihm herum. Die beide senkten hastig die Köpfe und wandten sich ab.

„Hör auf damit, Mum."

Lesley bestrich den zweiten Scone mit Marmelade. Neben ihrem Teller stand eine Kanne mit Tee. *Igitt, Tee*. Sie hatte in den letzten Monaten so viel davon getrunken, dass sie damit ein ganzes Schwimmbad füllen könnte. Wenn sie einen Weg fände, Scones mit einer Gabel zu essen, würde man ihr dann ein Pint zugestehen?

„Womit soll ich aufhören?" Sie steckte sich noch mehr Gebäck in den Mund und warf Sharon einen unschuldigen Blick zu.

„Die Einheimischen aufzuziehen. Was ist, wenn sie Opfer eines Verbrechens sind, das du untersuchen musst?"

„Das sind keine Einheimischen."

„Wie kommst du darauf?" Sharon besah sich das Paar genauer. Sie hatten ihre klapprigen schmiedeeisernen Stühle mit dem Rücken zu Lesley und ihr gestellt.

„Reiseführer. Hässliche türkisfarbene Regenjacken für ihn und sie. Diese ‚*Oh, ist das nicht alles schön*'-Stimmung."

„Pst."

Lesley lachte. „Ich weiß, du magst es nicht, wenn ich unhöflich bin. Dein Vater hasst es auch."

„Das sollte dir vielleicht etwas sagen."

„Ja, das sollte es vielleicht.“ Lesley lehnte sich zurück und drehte sich so, dass sie die Aussicht auf Corfe Castle genießen konnte. Dann schaute sie sich wieder um. „Aber wenn man in mein Alter kommt, ist es verflucht schwer, sich zu ändern.“

„*So* alt bist du noch nicht.“

„Sechsundvierzig ist alt genug. Eines Tages wirst du das verstehen.“

Das ältere Ehepaar mit den Regenjacken stand auf und die Frau warf Lesley einen verächtlichen Blick zu, als sie zur Tür gingen.

Lesley sah ihnen nach und schüttelte den Kopf. „Und das nur, weil ich *verflucht* gesagt habe.“

„Und all das andere.“ Sharon stellte Teller und Tassen auf ihrem Tablett zusammen, um es dem Jungen leichter zu machen, der abräumte. Er schien kaum alt genug zu sein, um rechtmäßig beschäftigt zu sein.

„Du musst das nicht tun“, sagte Lesley.

„Alte Angewohnheit.“

„Du warst schon immer ein rücksichtsvolles Kind.“

Sharon sah sie an und Lesley wusste, dass sie beide das Gleiche dachten: Jemand in der Familie musste das ja sein. Angesichts Lesleys berüchtigter Schroffheit und Terrys Angewohnheit, so abwesend zu sein, dass er überhaupt nicht bemerken konnte, wenn jemand seine Hilfe brauchte, hatte Sharon vermutlich ihre ganze Kindheit damit verbracht, dies zu kompensieren.

Lesley stand auf. „Na dann komm. Du musst noch packen. Dein Zug nach Birmingham fährt in etwas mehr als einer Stunde.“

Sharons Gesicht verdüsterte sich. „Ich werde dich vermissen, Mum.“

Lesley schenkte ihr ein Lächeln, das ihre eigenen Gefühle verbarg. „Nächstes Wochenende komme ich euch zuhause besuchen. Du wirst so mit der Schule beschäftigt sein, dass du gar nicht merkst, dass ich weg bin."

„Trotzdem. Ich wünschte, sie hätten dich nicht hierher geschickt."

Lesley legte eine Hand auf den Arm ihrer Tochter. „Es sind nur sechs Monate. Zeit für dich, dich im September an deiner neuen Schule einzuleben. Ich komme nach Hause, so oft ich kann, und Dad und du könnt in den Ferien zu mir kommen."

„Er meint, er habe zu viel Arbeit."

Welche Arbeit sollte das sein? Er war Dozent für Anthropologie an der Universität Birmingham. Da herrschte selten großer Druck.

„Er wird seine Meinung ändern, wenn er das Haus sieht, das sie für mich gemietet haben."

Sharon lachte. „Es ist winzig."

Lesley führte sie zum Tor, das vom Garten des Teehauses zum Weg zur Burg hinauf führte. „Ich glaube, das nennt man in dieser Gegend *urig*. Gemütlich." Sie lächelte und öffnete das Tor.

Sharon schüttelte den Kopf. Sie war sechzehn Jahre alt, also theoretisch alt genug, um das Nest zu verlassen. Und sie hatte eine glänzende Zukunft an einer Kunsthochschule in Birmingham vor sich.

„Was war das?" Lesley wandte sich wieder dem Garten zu.

„Was war was?", fragte Sharon.

Lesley eilte zwischen den Tischen hindurch zu einem Zaun, der den Blick auf die Felder unterhalb der Burg freigab. Sie griff nach dem Holz. „Ich habe gehört, wie ..."

Von irgendwoher ertönte ein Schrei.

„Jetzt habe ich es auch gehört", sagte Sharon.

Lesley sah zu ihrer Tochter. Sie wusste, dass ihre Augen funkelten. „Jemand steckt in Schwierigkeiten."

„Du hast deinen neuen Job noch nicht einmal angetreten. Soll sich doch die örtliche Polizei ..."

Lesley packte Sharon an den Schultern. „Ich mache das nicht nur, weil es mein Job ist. Und außerdem ist die örtliche Polizei wahrscheinlich kilometerweit entfernt. Oder genießt irgendwo einen Cream Tea."

Sharon hob eine Augenbraue.

Lesley starrte auf die Felder unterhalb der Burg hinunter und konnte eine Art Erhebung ausmachen, auf der zwei Zelte standen, die sie an die Aufbauten der Spurensicherung erinnerten.

Eine junge Frau stürmte gerade aus einem von ihnen. Lesley zeigte auf sie.

„Da ist sie." Sie griff nach Sharons Hand. „Komm, dein Zug muss warten."

KAPITEL DREI

Laila stand in der Mitte der Ringe und schaute sich hektisch um. Ihr Schrei hatte die Vögel aufgescheucht. Sie flatterten so laut, dass sie ein zweites Mal aufschrie.

Ihre Gedanken kreisten um das, was sie gesehen hatte. Das Hauptzelt überspannte einen breiten Graben mit einer kleinen Senke in der Mitte. Laila hatte sie nicht selbst gesehen, sondern hatte bisher nur in dem kleineren Graben gearbeitet, hinter dem sie gerade stand. Crystal hatte ihr jedoch alles genau beschrieben: menschliche Überreste, Knochenfragmente, die Jahrhunderte, wenn nicht gar ein Jahrtausend alt waren, Zähne, die die feuchte Erde konserviert hatte, Teile einer goldenen Halskette mit Lücken, in die einst Edelsteine eingelegt gewesen waren.

Doch das war nicht das, was Laila gesehen hatte. Sie schlug die Hände vors Gesicht und stöhnte laut auf. Sie zitterte, ihr Körper bebte.

Sie sank hyperventilierend zu Boden. Wo war ihr Inhalator? Seit ihrer Ankunft in Dorset hatte sie ihn kaum benutzt, weil die frische Luft ihr gutgetan hatte. Er lag irgendwo in ihrem Schlafzimmer.

In ihrem und Archies Schlafzimmer. Das Schlafzimmer, das Patrick durchsucht hatte.

Plötzlich hörte sie Stimmen und schaute auf. Zwei Frauen traten aus den Bäumen zwischen der Ausgrabungsstätte und dem Dorf. Die Größere von ihnen war Ende vierzig und hatte kurzes blondes Haar. Sie trug eine verblichene Jeansjacke und eine Wanderhose. Die andere Frau war jung, noch jünger als Laila. Sie hatte langes dunkles Haar, das sich im Wind verfing, und trug Wildlederstiefel, die für das feuchte Gras ungeeignet waren. Trotz allem musste Laila daran denken, dass ihre Schuhe ruiniert werden würden.

Die beiden Frauen kamen auf Laila zu. Die Ältere schritt voran, griff in ihre Jacke und schüttelte dann den Kopf. „Haben Sie geschrien?“, fragte sie keuchend.

Laila nickte. Ihr Mund war trocken und Schwindel überkam sie. Sie öffnete den Mund und schloss ihn wieder. Nach einem Moment, in dem sie sich fragte, warum sie nicht sprechen konnte, zeigte sie auf das Zelt.

Die Ältere schüttelte den Arm ihrer Begleiterin ab. „Du bleibst hier und sorgst dafür, dass es ihr gut geht.“ Sie warf einen Blick auf Laila. „Ruf mich, falls sie ohnmächtig wird.“

Laila spürte, wie ihr Körper nachgab. Sie fühlte sich seltsam hohl, als könnte sie jeden Moment davonschweben. Sie wollte die Frau aufhalten, sie daran hindern, dort hineinzugehen. Wenn es sonst niemand sah …

„Ich heiße Lesley Clarke“, sagte die Frau. „Ich bin Detective Chief Inspector der Kriminalpolizei von Dorset. Ist da etwas in diesem Zelt?“

Laila nickte. Sie wollte sich einfach nur noch zusammenkauern und verkriechen. Jetzt, wo die Vögel weg waren, war es still geworden.

„Alles wird gut", meinte die Polizistin. „Sie stehen unter Schock. Ich sehe mir das mal an."

„Nicht", krächzte Laila.

„Was haben Sie da drinnen gesehen?"

Laila schüttelte den Kopf. Sie konnte die Worte nicht finden.

Die Frau wechselte einen kurzen Blick mit ihrer jüngeren Begleiterin und ging dann in Richtung Zelt. Laila schluckte den beißenden Geschmack hinunter.

Die jüngere Frau setzte sich ihr gegenüber. „Wie heißen Sie?"

„Laila", flüsterte sie.

Die Frau – sie war kaum mehr als ein Mädchen – schenkte ihr ein schwaches Lächeln.

„Sind Sie auch von der Polizei?", flüsterte Laila.

„Gott, nein." Das Mädchen zeigte auf das Zelt. „Das ist meine Mum."

Die ältere Frau hob die Zeltplane an, um hineinzugehen. Laila stöhnte.

„Soll ich einen Krankenwagen rufen?", fragte das Mädchen.

Laila schüttelte den Kopf. Sie runzelte die Stirn. „Nicht für mich."

Doch für ihn war es zu spät. Sie hatte es in dem Moment gewusst, in dem sie ihn gesehen hatte.

Laila und die Polizistentochter schauten beide in Richtung des Zeltes. Eine Gruppe von Vögeln war wieder aufgetaucht und hatte sich um den Eingang versammelt.

„Oh, Scheiße", kam es gedämpft von innen.

„Das ist typisch Mum", sagte das Mädchen mit einer entschuldigenden Miene. „Man gewöhnt sich mit der Zeit daran."

Laila starrte auf das Zelt und wartete darauf, dass die Kriminalbeamtin wieder herauskam.

„Da kommt die Schutzpolizei." Die junge Frau stand auf. Tatsächlich kamen in dem Moment zwei uniformierte Beamte aus den Bäumen hinter ihnen. Sie mussten auf der Straße Richtung Kingston geparkt haben. Ein Mann und eine Frau. Die Polizistin hatte ihre Kappe abgenommen und unter den Arm geklemmt.

Die beiden kamen genau in dem Moment in Sicht, als die Kriminalbeamtin aus dem Zelt trat. Sie schritt auf die beiden zu und ihre Miene hatte sich von Besorgnis und Neugier zu professioneller Effizienz gewandelt.

„DCI Clarke", stellte sie sich vor. „Abteilung für Kapitalverbrechen."

„Entschuldigung, Ma'am", sagte die Streifenpolizistin, „ich habe Sie nicht erkannt."

„Das können Sie auch nicht."

Der Constable sah sie stirnrunzelnd an. „Kann ich Ihren Ausweis sehen?"

Die Frau wollte schon in ihre Jacke greifen, hielt dann aber inne. „Ich fange erst morgen an und habe noch keinen Dienstausweis erhalten."

„Es tut mir leid, Madam", sagte er, „aber Sie müssen zur Seite treten. Dies ist eine Polizeiangelegenheit."

„Simon", zischte seine Kollegin. „Warum sollte sie lügen?"

Die Kriminalbeamtin wandte sich an Laila. „Sind Sie ins Zelt gegangen?"

„Ja."

„Sie haben ihn gesehen?"

„Ja", antwortete Laila leise.

Der Constable räusperte sich. „Was ist da drinnen?"

„Ich schlage vor, Sie gehen hinein und machen sich selbst ein Bild", sagte die Frau, die sich selbst als Detective vorgestellt hatte.

„Das werde ich." Er ging auf das Zelt zu.

Seine Kollegin biss sich auf die Lippe.

Die blonde Frau ging in die Hocke, um mit Laila auf einer Höhe zu sein. „Wie geht es Ihnen?"

Laila zuckte mit den Schultern.

„Wir müssen Ihre Aussage aufnehmen, aber nicht sofort. Nehmen Sie sich etwas Zeit, um sich zu sammeln."

Laila nannte der Frau ihren Namen und ihre Adresse, den die Streifenpolizistin in einem Notizbuch notierte. Sie hatte den Birminghamer Akzent der älteren Frau bemerkt. Vielleicht hatte sie ja gelogen, als sie meinte, sie sei ein Detective aus Dorset.

„Wissen Sie, wer der Mann ist?", fragte die Fremde sie. „Haben Sie ihn erkannt?"

Laila schloss die Augen und dachte an seine Leiche, die seltsam verrenkt im Graben lag. Seine blutbefleckte Lederjacke – jene Jacke, die er niemals während der Arbeit trug. Die Wunde an seinem Hinterkopf. Seine Augen, von denen eines blutverschmiert war und das andere zu ihr hinaufstarrte.

Oh Gott, die Augen.

Sie schwankte und die Welt begann sich zu drehen. Sie spürte Hände auf ihrem Rücken, die sie stabilisierten. Es war die jüngere Frau, die Tochter des Detectives.

„Ja", murmelte sie schließlich.

„Ja, Sie kennen ihn?“, hakte die Streifenpolizistin nach.

„Es ist Archie.“ In dem Moment fiel Laila nach hinten und das Mädchen fing sie auf.

„Archie, und wie weiter?“, fragte die ältere Frau.

„Archie Weatherton. Mein Freund.“

KAPITEL VIER

Lesley starrte auf die junge Frau, die sich an Sharon anlehnte. Ihre Lippen zitterten und ihr rechtes Auge zuckte.

„Er war Ihr Freund?"

Die Frau, die sich als Laila vorgestellt hatte, holte zitternd Luft und nickte.

„Sie steht unter Schock, Mum", sagte Sharon. „Wir sollten einen Krankenwagen rufen."

Lesley sah zu der Wachtmeisterin auf. „Wo ist das nächste Krankenhaus?"

„Die nächste Notaufnahme ist in Dorchester."

„Das ist verdammt weit weg." Lesley war es gewohnt, dass ein Krankenhaus immer in unmittelbarer Nähe war.

„Der Krankenwagen muss nicht die ganze Strecke zurücklegen, Ma'am. Es gibt mehrere Standorte und der nächste ist eine Haltebucht direkt vor dem Bahnhof Norden."

Lesley hatte keine Ahnung, wo der Bahnhof Norden lag, aber sie nickte, und die Streifenpolizistin trat ein paar Schritte zurück, um sie anzufunken. Ihr Kollege hatte in der

Zwischenzeit das Zelt verlassen und kam mit blassem Gesicht auf sie zu.

Lesley stand auf und fuhr sich über ihre grässliche Hose. „Wie heißen Sie?"

„PC Mullins, Madam. Und das ist PC Abbott. Wir übernehmen ab hier, wenn es Ihnen nichts ausmacht." Er warf ihr einen ‚Lassen wir der Verrückten ihren Willen'-Blick zu.

Lesley biss die Zähne zusammen. Dieser verfluchte Idiot würde es noch bereuen, dass er sie wie eine potenzielle Kandidatin für die Psychiatrie behandelte.

„Ich schlage vor, Sie rufen auf Ihrem Revier an, PC Mullins, und lassen sich von Ihren Kollegen meine Identität bestätigen. DCI Clarke. Ehemals West Midlands Police. Und ab morgen im Dienst der Polizei von Dorset."

„Es tut mir leid, Madam, aber in Ermangelung eines Ausweises ..."

„Mein Gott, guter Mann. Ich bin nicht im Dienst. Nicht vor morgen." Sie widerstand dem Drang, ihm einen Schlag gegen den Hinterkopf zu geben, der bekanntlich das Denkvermögen erhöhen sollte.

Seine Kollegin, PC Abbott, steckte ihr Funkgerät wieder weg. „Der Krankenwagen wird in zwei Minuten hier sein, Ma'am. Er stand wie erwartet in Norden bereit."

„Wo ist Norden?"

„Das ist der Bahnhof gleich vor Corfe und die Haupthaltestelle der Dampflok", antwortete Sharon.

„Ich weiß. Das Harry-Potter-Special", meinte Lesley.

„Eigentlich nicht", widersprach PC Mullins. „Sie meinen die Strecke von Fort William, nicht die Swanage Railway."

„Aber sie haben hier gedreht und den Bahnhof von

Corfe für eine Szene in *Phantastische Tierwesen* genutzt“, beharrte Sharon.

„Das weiß ich nicht so genau“, meinte Mullins. „Aber das hier ist Corfe Castle.“

„Ich weiß“, antwortete Sharon.

„Das tun Sie nicht“, beharrte er. „Die Besucher verstehen das immer falsch. Das ist Corfe Castle.“

„Das Dorf. Nicht Corfe.“

Lesley verdrehte die Augen. Wo blieb bloß der verfluchte Krankenwagen?

Sharon verlagerte ihr Gewicht und Laila, die an ihr lehnte, murmelte etwas. „Mum, ich mache mir Sorgen um sie.“

Die junge Frau war inzwischen sehr blass.

Lesley hockte sich neben sie und legte ihr einen Finger an den Hals. „Der Puls ist in Ordnung. Die Sanitäter werden ihr eine Wärmedecke geben und dann wird sie bald wieder fit sein, um morgen eine Aussage zu machen.“

Sie stand auf. „PC Abbott, wir sollten eine Absperrung errichten, um den Tatort zu schützen. Dort drüben können Sie bei den Bäumen anfangen, auf der anderen Seite müssen Sie improvisieren.“

„Ma'am.“ PC Abbott machte sich gerade auf den Weg, als eine Sirene ertönte und der Krankenwagen hinter den Bäumen und dem Streifenwagen auftauchte. Zwei stämmige Sanitäter sprangen heraus und kämpften sich durch das Gestrüpp.

Einer von ihnen kniete sich vor Laila hin. „Hallo, ich bin Duncan. Können Sie mich hören?“

„Sie hat gerade eine Leiche entdeckt und sagte uns, dass es ihr Freund sei“, erklärte Lesley ihm.

Der zweite Sanitäter hob eine Hand, um die Augen

abzuschirmen, und schaute zum Zelt. PC Abbott war gerade dabei, das Band zwischen den Bäumen hinter dem Zelt zu spannen, und sperrte den Bereich großzügig ab. Sie wusste also, was sie da tat.

„Definitiv tot?“, fragte der Sanitäter.

„Ich bin DCI und erkenne eine Leiche, wenn ich sie sehe“, meinte Lesley.

„Die Spurensicherung war aber schnell hier.“

„Das Zelt stand schon dort.“ Lesley schaute zu Laila, die sich gerade mithilfe des ersten Sanitäters aufsetzte.

„Archäologische Ausgrabungen“, meinte PC Mullins. „Die Zelte stehen schon seit ein paar Wochen dort.“

„Oh, die kenne ich“, sagte der Sanitäter. „Ein Haufen Hippies von der Universität Bournemouth, die eine eigene Kommune im Dorf haben sollen.“

Lesley starrte ihn an. „Einer dieser *Hippies* ist tot. Und ein anderer hat das Pech, Ihre Hilfe zu brauchen.“

Er zuckte mit den Schultern. „Das ist mir egal. Wir kümmern uns um jeden.“

Ja, aber nicht mit Respekt, dachte Lesley.

„Ich muss sie mir trotzdem ansehen“, sagte der Sanitäter.

„Wen?“

Er nickte in Richtung des Zeltes. „Bei allem Respekt, Ma’am, aber ich möchte sicher sein, dass wir es mit einer Leiche und nicht mit einem lebenden Patienten zu tun haben.“

Lesley erwog, ihn an ihren Rang und ihre jahrzehntelange Polizeierfahrung zu erinnern, und überlegte, wie sie den Zustand der Leiche beschreiben sollte. Aber es ginge schneller, sie ihm zu zeigen. Sie konnte sich nicht vorstellen, dass er bei seiner Arbeit in dieser Gegend viele verstümmelte

Leichen zu Gesicht bekam. Vielleicht würde ihn das zum Schweigen bringen.

Also zeigte sie stumm in Richtung Zelt: *Folgen Sie mir.*

„Ich werde Sie begleiten", sagte PC Mullins.

„Nein", widersprach Lesley. „Das wird Ihre Kollegin tun."

Die Streifenpolizistin stand gerade hinter dem Zelt und fixierte mit mehreren Steinen das Band. Lesley und der Sanitäter traten darauf zu, während PC Mullins und Sharon zurückblieben und sich nervös beäugten.

„Da wären wir." Lesley streckte eine Hand aus, um den Sanitäter aufzuhalten, als sie nur noch wenige Schritte vom Zelt entfernt waren. Es war bereits zu viel Schaden angerichtet worden.

„Das ist ein Tatort", erklärte sie ihm. „Ich weiß nicht, wie viele Sie schon ..."

„Sehr viele, Ma'am."

„Dann werden Sie meine Prioritäten ja verstehen. Sichern, schützen, bewahren. In diesem Zelt gibt es Beweise und ich will nicht, dass Sie mit Ihren Stiefeln auf ihnen herumtrampeln."

„Ich brauche Zugang zum Patienten."

„Kein Patient, eine Leiche. Und Sie können vom Eingang aus alles sehen, was Sie sehen müssen."

„Gut, dann zeigen Sie mir, wo ich mich hinstellen soll."

„Guter Mann." Lesley begutachtete das Gras vor dem Eingang des Zeltes. Seit Sharon und sie am Donnerstag in Dorset angekommen waren, war es trocken und sonnig gewesen. Also gab es keinen Matsch, auf dem sie herumtrampeln konnten, aber auch keinen Matsch, in dem der Mörder Abdrücke hinterlassen haben könnte. Sie fragte sich, wann das archäologische Team zuletzt im Zelt gearbeitet hatte.

„Gut", sagte sie. „Wenn wir uns rechts neben den Zelteingang stellen, ist es unwahrscheinlicher, dass wir den Weg des Mörders stören, auf dem er ins Zelt hinein und wieder hinausgekommen ist. Die Leiche liegt auf der linken Seite, sodass Sie eine gute Sicht haben."

„Mir wäre es lieber, wir könnten ihn umdrehen", sagte der Sanitäter. „Wenn er eine Behandlung braucht ..."

„Das tut er nicht", antwortete Lesley. Sie vermutete, dass er ihr inzwischen glaubte, sonst wäre er sicherlich schon hineingestürmt. „Gut. PC Abbott, Sie bleiben zurück. Errichten Sie eine weitere Absperrung an der Straße, um Gaffer fernzuhalten."

„Ma'am." PC Abbott ging in Richtung der Bäume.

Lesley fragte sich, wie lange es dauern würde, bis dieser Vorfall bemerkt werden würde. Nach dem zu urteilen, was sie in der Burg gesehen hatte, würde der National Trust keine Zeit verlieren, hierherzukommen und Eintrittskarten zu verkaufen.

Schließlich zog sie die Plane zur Seite und der Sanitäter schaute um sie herum ins Zelt.

„Und?", fragte sie.

„Er braucht keine Behandlung mehr."

„Nein, in der Tat."

Der Mann darin war übel zugerichtet. Seine Kleidung war blutverschmiert und die Schläfe eingedrückt. Ein Auge war entweder verschwunden oder mit Blut verklebt, und das andere starrte sie leblos an.

Lesley ließ die Plane fallen. Laila war inzwischen aufgestanden und wurde vom ersten Sanitäter zum Krankenwagen geführt. Sharon saß im Gras, PC Mullins stand über ihr. Als Laila und der Krankenpfleger die Bäume erreichten, kam ihnen ein Mann in einer braunen Tweedjacke entgegen. Er grüßte den Sanitäter kurz und schlurfte dann weiter durch das Grün, wobei er das Gesicht mit den Armen schützte, um nicht zerkratzt zu werden.

Lesley kehrte zu ihrer Tochter zurück. „Geht es dir gut?"

„Meinen Zug werden wir wohl verpasst haben."

„Es fährt bestimmt noch einer."

„Aber meine Fahrkarte gilt nur für diesen Zug."

„Ich kaufe dir noch ein verfluchtes Ticket, Liebes."

„Ich muss morgen zur Schule. Ich will nach Hause."

Nach Hause. Lesley kniete neben ihrer Tochter, ohne sich darum zu kümmern, ob ihre Hose schmutzig werden würde. „Es tut mir leid, mein Schatz. Ich wollte nicht, dass du in all das hineingezogen wirst."

„Ich weiß. Aber Laila geht es jetzt gut. Sie ist im Krankenwagen. Wir können doch jetzt gehen, oder?"

Lesley seufzte. PC Mullins und PC Abbott standen inzwischen bei dem Mann mit der Tweedjacke. Der Pathologe?

Sie musste den Tatort im Auge behalten und sollte sich notieren, wer kam und ging. Es war ihr egal, dass dies noch nicht ihre Aufgabe war, sie musste alles richtig machen.

„Es tut mir leid, Sharon." Sie legte eine Hand auf den Arm des Mädchens. „Ich fürchte, wir können noch nicht gehen."

KAPITEL FÜNF

Lesley eilte zu den Constables und dem Mann mit der Tweedjacke. Er trug eine Brille mit schwerem Gestell, die er sich beim Näherkommen auf die Nase schob.

„Was ist passiert?", fragte er Mullins. „Wozu der Krankenwagen?"

„Im Krankenwagen ist eine Zeugin, Sarge. Sie hat eine Leiche gefunden." Mullins zeigte auf das Zelt.

„Die Spurensicherung ist schon da?" Der Sergeant schaute auf seine Uhr. „Ich bin beeindruckt."

„Das ist eine archäologische Ausgrabung, Sarge", erklärte PC Abbott. „Die King-Stephen-Untersuchung bei den Ringen."

Der Sergeant sah von ihr zu Mullins. „Zeigen Sie es mir." Er schritt auf das Zelt zu, Mullins folgte ihm.

„Ähm, Entschuldigung?", meinte Lesley.

Der Sergeant schaute über seine Schulter zurück. „Madam, wir sind gleich bei Ihnen, um Ihre Aussage aufzunehmen." Er winkte mit einer Hand in Abbotts Richtung. „Kümmern Sie sich darum, ja?"

Lesley stellte sich breitbeinig hin und verschränkte die Arme. Sie wünschte, sie trüge nicht diese verfluchte Hose. „Wie heißen Sie, Sergeant?"

„Frampton. Aber Sie brauchen mich nicht, PC Abbott kann Ihre Aussage aufnehmen." Er wandte sich dem Zelt zu und blieb an der Absperrung stehen.

„Mum, lassen wir sie einfach ihre Arbeit machen", meinte Sharon. Sie zog ihr Handy aus der Tasche, hämmerte darauf herum und schaute finster drein: kein Signal.

„Einen Moment noch, mein Schatz." Lesley war die erste Beamtin am Tatort gewesen und als neue DCI im MCIT, der Abteilung für Kapitalverbrechen, deren Büro nur fünfzehn Kilometer von hier entfernt war, wäre sie wahrscheinlich die leitende Ermittlerin, die SIO.

Sie eilte zu Sergeant Frampton. „Sind Sie von der Kriminalpolizei? Es ist Sonntag und vielleicht sind Sie nicht im Dienst." Sie taxierte ihn von oben bis unten: klein, schütteres Haar, verkniffener Gesichtsausdruck und wettergegerbte Wangen. „Sie sehen aus wie ein Kriminalbeamter."

„Ja, Madame. Ich bin von der Kripo."

„Wenn das so ist, möchte ich mich kurz vorstellen." Sie streckte die Hand aus. „DCI Lesley Clarke. Ich fange morgen früh in der Abteilung für Kapitalverbrechen an. Man könnte also sagen, dass ich mich schon recht früh eingeklinkt habe."

Sein Kiefer wurde weicher. „Ma'am."

„Das Ma'am können Sie sich sparen."

Er versteifte sich. „Ich bin ein Detective Sergeant dieser Abteilung. Ich glaube ... Ich glaube, wir werden in Zukunft zusammenarbeiten."

„Gut." Lesley kniff die Augen zusammen. „Dann können wir gleich loslegen. Zunächst einmal, ich habe die Leiche gesehen. Nordeuropäer, männlich, rote Haare, mittelgroß und kräftig. Die junge Frau, die mit dem Krankenwagen weggebracht wurde, heißt Laila Ford und identifizierte ihn als Archie Weatherton. Ihr Freund. Ich finde, er sieht ein bisschen zu alt für sie aus, aber jedem das Seine."

„Sie haben sie nicht festgehalten?", fragte der Sergeant sie. „Ma'am."

„Sie stand unter Schock, DS Frampton, und war nicht in der Lage, eine Aussage zu machen, geschweige denn eine korrekte. Wir können PC Abbott morgen früh zu ihr schicken, um mit ihr zu sprechen. Die beiden haben bereits ein gewisses Vertrauen aufgebaut."

„Wir schicken die Uniformierten nicht los, um Aussagen potenzieller Verdächtiger aufzunehmen."

„Sie ist keine Verdächtige. Sie ist eine Zeugin."

Frampton straffte die Schultern. „Erstens: Sie behauptet, sie habe seine Leiche gefunden. Zweitens: Sie war seine Freundin. Die Sache ist für mich ziemlich eindeutig."

Lesley trat einen Schritt vor. „Eindeutig? Sie haben nicht mit ihr gesprochen. Sie haben sie noch nicht einmal zu Gesicht bekommen. Sie haben die Leiche nicht untersucht und keine Beweise gesichert. Sie haben keine weiteren Zeugen ermittelt. Seid ihr hier unten nicht an Beweisen interessiert?"

Er errötete. „Bei allem Respekt, Ma'am. Wir sind hier in Corfe Castle, nicht in der Großstadt. Wenn jemand seinen Ehemann, seine Ehefrau, seinen Partner oder den Hund seines besten Freundes tot auffindet, dann ist es ziemlich sicher, dass er das war."

Er sprach mit einem Dorseter Akzent, einem sanften Kratzen, das seiner Inkompetenz keinen Abbruch tat. Lesley hielt sich zurück. Sie war ihrem Superintendenten noch nicht einmal vorgestellt worden, also wäre es am besten, sich erst einmal einen Überblick zu verschaffen, bevor sie sich die Köpfe einschlugen.

„Nun gut, Sergeant. Wenn Sie die Arbeitshypothese aufstellen wollen, dass Laila Ford ihren Freund aus reinem Vergnügen getötet hat, dann tun Sie das. Aber ich habe die Absicht, den Beweisen nachzugehen."

Er verzog den Mund. Sie wusste, dass er ihr nur zu gern sagen wollte, dass sie noch nicht im Dienst war.

Er wandte sich an PC Mullins. „Komm schon, Junge. Schauen wir uns das Ganze an."

Plötzlich ertönten Stimmen hinter ihnen. Frampton schaute an ihr vorbei und seine Schultern sackten zusammen. Lesley drehte sich um und sah eine kräftig gebaute Frau mit dunklen Locken und einer großen Tasche über der Schulter auf sie zukommen.

„Nicht hineingehen", rief sie. „Wir müssen erst überprüfen, ob das Zelt den Anforderungen genügt."

Die Frau blieb schwer atmend vor ihnen stehen. Zwei Männer folgten ihr auf dem Fuß und hielten ebenfalls an. Sie warteten, die Augen auf die Frau gerichtet, von der Lesley annahm, dass sie ihre Chefin war.

Die Frau streckte die Hand aus, ihre Augen leuchteten. „Gail Hansford, Spurensicherung. Ich glaube, wir sind uns bisher noch nicht begegnet."

Sie hatte den gleichen Akzent, nur dass er in diesem Fall zu ihr passte. Lesley schüttelte ihre Hand. „Lesley Clarke. Die neue DCI in der Abteilung für Kapitalverbrechen."

Gails Augen weiteten sich. „Dann ist heute unser Glückstag. Ich nehme an, Sie sind die SIO?"

DS Frampton räusperte sich, doch Gail ignorierte ihn.

Lesley beschloss, dass sie diese Frau mochte.

Sharon lief in der Nähe der Bäume auf und ab und fuchtelte mit ihrem Handy herum. Lesley hatte keine Ahnung, wann der nächste Zug nach Birmingham abfuhr oder ob es an diesem Nachmittag überhaupt noch einen gab. „Um ehrlich zu sein, Gail", sagte sie, „ich fange erst morgen bei der örtlichen Polizei an. Streng genommen habe ich hier also keine Befugnisse." Sie zeigte auf das Zelt. „Wir haben einen toten Mann, Nordeuropäer, Ende dreißig oder Anfang vierzig, schweres Kopftrauma. Ich nehme an, jemand hat den Pathologen informiert."

„Ich habe ihn auf dem Weg hierher angerufen", sagte Frampton. „Er war nicht glücklich darüber, an einem Sonntagnachmittag gerufen zu werden."

„Nun, das ist der Sinn des Bereitschaftsdiensts", sagte Lesley und wandte sich wieder an Gail. „Der Tatort muss gesichert werden. Forensische Untersuchungen. Sie wissen, wie das läuft?"

„Ja, Ma'am."

„Die Sanitäter kamen auf die gleiche Weise wie Sie rein und raus. Meine Tochter und ich sind über den Weg dort drüben gekommen. Ich nehme an, dass die Zeugin das auch getan hat, aber das können wir morgen überprüfen."

Gail nickte.

„All das bedeutet", fuhr Lesley fort, „dass es einige Bereiche gibt, in denen der Tatort zertrampelt wurde. Sie müssen ..."

„Wir werden von allen, die hier waren, Schuhabdrücke nehmen", meinte Gail. „Fingerabdrücke und DNA der anwesenden Polizeibeamten haben wir bereits. Außer Ihren, natürlich."

„Ich werde sie vom Revier in West Midlands herschicken lassen“, erklärte Lesley ihr. „Ich glaube, ich kann Ihnen den Tatort überlassen.“

„Natürlich können Sie das, Ma'am“, antwortete Gail lächelnd.

DS Frampton schnaubte.

Lesley drehte sich zu ihm um. „Sergeant, Sie sind der ranghöchste Beamte vor Ort. Sorgen Sie dafür, dass der Tatort vor dem Eindringen der Öffentlichkeit geschützt ist. Und setzen Sie sich mit der KTU und den Uniformierten für eine Durchsuchung des Gebiets in Verbindung.“

„KTU?“

„Kriminaltechnische Untersuchung … Wie nennen Sie das denn?“

„CSM. Crime Scene Management, Ma'am“, antwortete Frampton.

„Immer diese amerikanischen Bezeichnungen … Stellen Sie einfach den Kontakt her, okay?“

„Natürlich.“ Seine Stimme war flach, seine Miene neutral.

Lesley schaute zu ihrer Tochter hinüber, die mit dem Handy über dem Kopf über die Grashügel wanderte. Ein forensischer Albtraum.

„Ich sehe Sie beide dann morgen früh“, sagte sie schließlich. „Ich nehme nicht an, dass es hier viel gibt, was für den Pathologen von Interesse sein wird, aber sagen Sie mir Bescheid, wenn doch.“

„Natürlich“, sagten Gail und Frampton unisono und runzelten beide die Stirn.

Lesley lachte. „Feuertaufe bestanden.“ Dann stapfte sie den Weg zurück, verfluchte die wachsende Menge von Gaffern und hoffte inständig, dass heute noch ein Zug nach Birmingham fuhr.

KAPITEL SECHS

Laila saß auf einer Bank vor dem Dorset County Hospital, die Arme fest um den Oberkörper geschlungen. Die Sanitäter hatten sie in die Notaufnahme gebracht, wo sie fast eine Stunde darauf gewartet hatte, dass jemand nach ihr sah. Die Ersthelfer hatten sie mit einer Art Heizdecke im Krankenwagen aufgewärmt und ihr einen Müsliriegel gegeben. Als sie im Krankenhaus eintrafen, war es ihr zumindest körperlich wieder gut gegangen. Seelisch konnte sie sich gerade noch davor bewahren, in einen Abgrund zu stürzen.

Solange sie nicht an Archies Leiche dachte, konnte sie sich an einem seidenen Faden festhalten. Jedes Mal, wenn sich die Erinnerung in ihren Kopf schlich, versuchte sie, sie zu verdrängen, indem sie sich Archie so vorstellte, wie er am Freitagabend gewesen war, bevor er zu seiner Besprechung aufgebrochen war.

Die beiden hatten für den Abend ihr Cottage verlassen und er war mitr ihr nach Swanage gefahren, wo sie am Pier Fisch und Chips gegessen hatten. Er hatte immer genauso wenig Geld wie sie, obwohl Archie einen guten Job an der

Universität Bristol hatte. Doch wann immer sie ihn darauf ansprach, verfiel er in Schweigen.

Er war an diesem Abend so glücklich gewesen und hatte sie mit den violetten Strähnen geneckt, die sie sich in ihr blondes Haar gefärbt hatte. Außerdem war er sehr zärtlich gewesen und hatte sogar über ihre Zukunft nach der Ausgrabung gesprochen. Er wohnte in Bristol, wenn er nicht hier war, und sie lebte ... nun ja, sie lebte eigentlich nirgendwo.

In dem Moment fuhr ein grüner Citroën vor und hupte: Crystal. Laila stand schwerfällig von der Bank auf und schlurfte zum Auto, ihre Glieder waren schwer. Crystal winkte wild: Sie fuhr mit durchhängender Tanknadel und wollte nicht lange stehen bleiben. Laila rutschte auf den Beifahrersitz und Crystal fuhr los, bevor sie sich angeschnallt hatte.

„Was zum Teufel ist mit dir passiert?“, fragte Crystal. „Warum konnten sie dich nicht in das Krankenhaus in Wareham bringen? Du wirst mir das Benzin bezahlen müssen.“

Laila umklammerte den Türgriff, als Crystal vom Parkplatz raste, durch eine Kurve schoss und über den Bordstein fuhr.

Laila schloss die Augen, was die Übelkeit nur noch schlimmer machte. Also öffnete sie sie wieder. „Danke, dass du mich abgeholt hast.“

„Hm, verrätst du mir jetzt, was los ist?“

Laila starrte in den trüben Abend hinaus. In Dorchester herrschte reger Betrieb und die Touristenströme verstopften die Straßen. Straßenlaternen zogen vorbei und ihr wurde schwindlig.

„Es ist Archie“, sagte sie.

„Was ist mit ihm?" Crystal riss das Lenkrad herum und sie rutschten auf die A35.

„Ich habe ihn gefunden."

„Was meinst du damit, du hast ihn gefunden?"

Laila schluckte. Die Worte waren zu groß. „Warst du heute an der Ausgrabungsstätte?"

„Nein. Ich hatte heute frei." Crystal fuchtelte in Richtung des Fahrers vor ihr.

Behalte die Hände am Lenkrad. „Sie wurde von der Polizei abgesperrt."

„Was? Mensch Laila, das ergibt alles keinen Sinn. Fang noch mal von vorne an. Hat Archie irgendetwas getan? Steckt er in Schwierigkeiten?"

Laila schluckte die Galle hinunter. „Er ist tot."

Crystal trat auf die Bremse. „Scheiße." Sie schaute in den Rückspiegel. „Entschuldigung!"

Ein Auto überholte sie und verschwand hupend in der Dämmerung.

Crystal drehte sich zu Laila um. „Archie ist tot? Wann ist er gestorben? Hat er ...?" Sie biss sich auf die Lippe. „Jetzt rede schon, Laila."

„Ich habe ihn gefunden." Laila umklammerte den Türgriff fester. „Er war in einem der Zelte. Er sah aus wie ... Er sah aus wie jemand, der überfallen wurde."

„Er wurde *ermordet*?" Crystal starrte Laila an.

Laila starrte geradeaus. Sie hätte warten sollen, bis sie wieder im Cottage waren. Crystal war eine ziemlich schlechte Autofahrerin.

Crystal blinzelte und sah wieder auf die Straße. „Du willst mir also sagen, dass jemand Archie getötet hat und dass du ihn gefunden hast? Und dann hat man dich ins Krankenhaus gebracht. Hat diese Person dich auch angegriffen?"

„Ich stand unter Schock. Das haben sie mir zumindest gesagt." Laila dachte an die blonde Kriminalbeamtin und ihre Tochter. Die Tochter war sehr freundlich gewesen und hatte sich um sie gekümmert. Ohne sie wäre Laila noch am Tatort ohnmächtig geworden.

„Und wo ist er jetzt?", fragte Crystal. „Archie, meine ich."

„Ich weiß es nicht. Er war in dem Zelt, dem großen mit den menschlichen Überresten."

Crystal verzog das Gesicht. „Jetzt sind da noch mehr menschliche Überreste." Sie warf einen Blick auf Laila. „Entschuldigung. Sie werden ihn irgendwo hingebracht haben. Zur Obduktion. Wie hat er ausgesehen, als du ihn gefunden hast?"

„Ich ... ich kann nicht ..."

„Natürlich nicht. Entschuldige, Liebes. Aber die Polizei wird mit dir sprechen wollen. Du hast ihn gefunden und sie könnten denken, du warst es."

„Warum sollten sie das tun?"

„Du warst als Erste am Tatort. Du hast mit ihm geschlafen. Und ihr hattet diesen Streit."

„Welchen Streit?"

„Letzten Mittwoch, erinnerst du dich? Du wolltest mit ihm nach London fahren."

Laila wischte sich die Tränen von der Wange. Ihre Haut war feucht. „Das war kein Streit."

Crystal legte ihr eine Hand auf das Knie. „Ist schon gut. Sie ziehen gerne voreilige Schlüsse. Aber sie werden schon herausfinden, dass du so etwas nie tun könntest."

„Nein." Laila war erst neunzehn Jahre alt. Sie war schmächtig, aber zwei Monate Arbeit an der Ausgrabung hatten sie stärker gemacht, als sie es für möglich gehalten hatte. „Wir haben das geklärt. Und er hat mich am Freitag ausgeführt."

Crystal umklammerte ihr Knie. „Na also. Dann ist ja alles gut."

Sie fuhren schweigend weiter, bis sie die Umgehungsstraße von Wareham passiert hatten. Es wurde langsam dunkel.

„Wer hätte Archie töten wollen?", fragte Laila.

„Da bin ich überfragt. Er war ein guter Kerl. Bist du sicher, dass er ermordet wurde?"

„Er war ... sein Kopf ... Das hätte er sich selbst nicht antun können. Ich meine, ich glaube nicht, dass er das getan haben könnte."

War Archie selbstmordgefährdet gewesen? Am Freitagabend war er fröhlich gewesen, die düstere Stimmung nach ihrem Streit war verschwunden und durch Fröhlichkeit ersetzt worden. Als sie am Samstagmorgen aufgewacht war, war er bereits weg gewesen. Er hatte ihr nie erklärt, warum er schon samstags abreisen musste, wenn das Treffen erst am Montag stattfand.

„Alles gut, Liebes." Crystal drosselte das Tempo, als sie den Hügel hinter Corfe Castle hinauffuhren. Schließlich bog sie auf den Square ab und fuhr in die West Street ein. „Ich hole meinen besten Whisky für dich heraus. Du wirst ihn brauchen, damit du einschlafen kannst. Und ich werde Patrick erzählen, was passiert ist. Du gehst ins Bett."

Bett. Das leere Bett, mit Archies Sachen im Schrank auf der anderen Seite. Laila dachte an ihre letzte Begegnung mit Patrick. War das erst heute Nachmittag gewesen?

Sie könnte ihm nicht in die Augen sehen, denn in dem Moment wurde ihr klar, dass er Archies Sachen durchwühlt hatte, nicht ihre. Aber warum?

Sie würde keinen Schlaf finden, aber sie konnte nachsehen. Sie würde sich einschließen und herausfinden, wonach Patrick gesucht hatte.

Schließlich hielt das Auto vor dem Cottage an und Laila schenkte Crystal ein müdes Lächeln. „Danke. Ich nehme dein Angebot gern an.“

KAPITEL SIEBEN

Lesley schaltete die Scheinwerfer aus und lehnte sich im Fahrersitz zurück. Ein Licht fiel durch das vordere Fenster. Sie musste es angelassen haben, als Sharon und sie an diesem Morgen zur Burg gefahren waren. Entweder das, oder es gab eine Zeitschaltuhr, von der sie nichts wusste.

In den nächsten sechs Monaten würde sie in einem gemieteten Reihenhaus in Wareham wohnen, elf Kilometer vom Polizeipräsidium in Winfrith entfernt. Nicht sie hatte es sich ausgesucht, sondern jemand aus dem Verwaltungsteam, aber es war ganz passabel. Sauber, in einer ruhigen, wenn auch engen Straße, die sie ständig suchen musste. Wareham war ein Labyrinth aus engen Seitenstraßen, Einbahnstraßen und Sackgassen.

Sie war nicht hungrig. Der Cream Tea lag ihr noch im Magen und sie hatte in der Snackbar am Bahnhof von Bournemouth eine Packung Chips gegessen – als Teil des Reiseproviants, den sie gekauft hatte, um Sharon während der Zugfahrt bei Laune zu halten. Doch ihre Tochter hatte sie abgelehnt. Dabei war sie sich sicher gewesen, dass salzig ihr Lieblingsgeschmack war.

Lesley war bereits auf den nächsten Tag vorbereitet. Sie hatte ihren Lieblingsanzug aufgehängt, als sie am Donnerstag angekommen waren, und hatte überprüft, dass ihre cremefarbene Bluse keine Falten aufwies. Und sie hatte ihre halbhohen Pumps nebeneinander auf den Boden des Kleiderschranks gestellt, der eine Wand ihres schäbigen Schlafzimmers einnahm. Ihre Arbeitstasche war gepackt: ein Notizbuch, ein Schlüsselband und eine Strumpfhose zum Wechseln, nur für den Fall. Sie musste nur noch ihren Geldbeutel hineinlegen.

Während sie dort saß und das Haus betrachtete, wurde ihr klar, dass es keinen triftigen Grund gab, hineinzugehen. Es war viertel nach acht. Sie hatte noch zwei Stunden vor sich, bevor sie ins Bett gehen konnte, und sie hatte keine Lust, es sich auf dem kratzigen Sofa vor dem Fernseher bequem zu machen, was auch immer das Programm am Sonntagabend zu bieten hatte.

Sie startete den Wagen wieder. Sie wusste, wo sie lieber sein wollte.

Zwanzig Minuten später fuhr sie auf denselben Parkplatz in Corfe Castle, den sie früher am Tag benutzt hatte. Ihr Ticket hing noch an der Windschutzscheibe und galt bis Mitternacht. Auf dem Stellplatz war es jetzt ruhig, die Touristen waren inzwischen in den Pubs, ihre Wohnwagen oder den Ferienhäusern eingekehrt. Lesley erschauderte bei dem Gedanken.

Sie ging in Richtung des Pfades, den sie vorhin mit Sharon gegangen war, und folgte dem Weg, an den sie sich erinnerte. Die Luft war feucht und ein feiner Nebel drohte in Nieselregen überzugehen. Vielleicht war diese Hose doch nicht so schlecht. Vielleicht sollte sie ihre polierten Schuhe und Kostüme überdenken, wenn alle Tatorte so aussehen würden wie dieser.

Sie bahnte sich ihren Weg durch ein Schwingtor und kam auf das Feld, auf dem die archäologischen Ausgrabungen stattfanden. Die niedrigen Hügel waren in der Dunkelheit unheimlich, und sie ging langsam, denn sie wusste, dass sie leicht stolpern konnte. Das Zelt, in dem sie die Leiche gefunden hatten, war nur schwach beleuchtet.

Sie hob das Polizeiband an und duckte sich darunter hindurch. Eigentlich sollte ein uniformierter Beamter hier draußen Wache halten, bis die Spurensicherung ihre Arbeit getan hatte.

Sie stapfte über das nasse Gras zum Zelt und wünschte sich, sie hätte Überschuhe mitgenommen. Sie griff nach der Plane.

„Hallo?" Sie zog sie zur Seite. „Hier ist DCI Clarke. Warum hält draußen niemand Wache?"

Gail Hansford hockte – allein – auf dem Boden und untersuchte im Schein einer Taschenlampe Blutspritzer. Sie drehte sich erschrocken um. „Ma'am."

„Sie sind Zivilistin. Das Ma'am können Sie sich also sparen."

„Stimmt." Gail stand auf. „Ich weiß gar nicht ..."

„Ich heiße Lesley. Wie kommt es, dass Sie allein hier sind?"

„Dasselbe könnte ich Sie auch fragen, Lesley."

„Touché." Sie sah auf den Boden. „Sie haben ihn schon weggebracht?"

„Der Pathologe wollte nicht länger bleiben, weil er sonst den Geburtstag seiner Enkelin verpasst hätte."

„Von mir aus hätte er auch eine verfluchte Gartenparty

der Royals verpassen können“, sagte Lesley. „Wenn die Beweise gefährdet wurden ...“

Gail schüttelte den Kopf. „Keine Angst. Brett und Gavin haben alles dokumentiert. Der Fotograf, mit dem wir zusammenarbeiten, machte gerade in der Nähe Fotos von Turmfalken. Wir haben also alles, was wir brauchen.“

„Sie haben keinen eigenen Fotografen?“

„Unser CSM ist ein vierköpfiges Team. Gavin und Brett waren verfügbar, Sunil nicht. Normalerweise macht Gav die Fotos, aber für Fälle wie diesen greifen wir auf einen Freiberufler hier aus dem Ort zurück. Er hat auf der Hochzeit meiner Tochter fotografiert. Er ist in Ordnung.“

Lesley hätte nicht gedacht, dass Gail alt genug für eine verheiratete Tochter war. „Und was machen Sie, wenn Sie sich um mehrere Tatorte kümmern müssen?“

Gail grinste. „Das passiert hier nicht so oft. Wir haben die Teams der hiesigen Kriminalpolizei für die Suche nach Fingerabdrücken geschult, sodass die meisten Einbrüche und Diebstähle abgedeckt sind. Wenn es um ein größeres Delikt geht, werden wir hinzugerufen.“

„Aber Bournemouth gehört auch zu Ihrem Gebiet. Dort haben Sie es doch bestimmt mit schwereren Verbrechen zu tun.“

„Oh, natürlich, Ma ... Lesley. In Bournemouth kann es schon mal heftig werden. Letzten Monat gab es eine Messerstecherei im Stadtzentrum und vier Fälle häuslicher Gewalt, die spurentechnisch untersucht werden mussten. Brett hasst die Stadt und geht nur dorthin, wenn die Arbeit es erfordert.“

„Eine Messerstecherei und vier Fälle häuslicher Gewalt. Das war alles?“

„Die Messerstecherei hat uns eine Woche lang beschäftigt. Sperrstunde, überfüllter Pub, niemand mehr bei klarem Verstand. Der Mann hat überlebt, dank des Krankenhauses in Poole. Aber der Bruder seiner Freundin wird eine Zeit lang in einer Zelle sitzen."

Lesley pfiff. „Wo ich herkomme, bedeuten eine Messerstecherei und vier Fälle häuslicher Gewalt eine ruhige Nacht."

„Verstehen Sie mich nicht falsch. Hier gibt es genug Gewaltverbrechen, aber für die meisten braucht man keine Spurensicherung. Und sie werden von den Eigentumsdelikten in den Schatten gestellt. Sie wären überrascht, wie unsicher ein durchschnittliches Ferienhaus sein kann. Die Touristen scheinen Probleme damit zu haben, die Fenster zu schließen oder die Türen zu verriegeln."

„Es ist nicht ihr Eigentum, also achten sie nicht so darauf", sagte Lesley.

„Genau."

Lesley seufzte. „Also, was haben Sie bisher hier gefunden? Und Sie haben mir immer noch nicht gesagt, warum Sie allein unterwegs sind."

„DS Frampton hat uns alle nach Hause geschickt. Aber mir ging der Fall nicht mehr aus dem Kopf."

„Wohnen Sie weit weg?"

„In Swanage. Mit meinem kleinen Jungen. Das ist acht Kilometer von hier entfernt."

„Ich kenne Swanage." Sharon und sie waren am Samstagnachmittag den Strand entlang gelaufen, hatten Eis gegessen und den Sand zwischen ihren Zehen gespürt. „Wo ist Ihr Sohn jetzt?"

Gail schaute weg. „Sonntagabends ist er bei seinem Vater."

„Ah. Und, haben Sie irgendwas Nützliches gefunden?"

„Sie haben die Verletzungen des Opfers gesehen?“

„Ja. Jedenfalls das, was zu sehen war, ohne ihn zu bewegen.“

„Genau. Der Pathologe meinte, Todesursache sei der Schlag auf den Hinterkopf gewesen. Möglicherweise waren es auch mehrere Schläge. Nach der Obduktion wissen wir mehr.“

Lesley beschloss, der Obduktion persönlich beizuwohnen. Was sie bisher über den Pathologen gehört hatte, stimmte sie nicht gerade sehr zuversichtlich.

„Abwehrverletzungen?“, fragte sie.

„Keine offensichtlichen. Seine Haltung deutet darauf hin, dass er sich umdrehte, nachdem er getroffen wurde, und dann zu Boden fiel. Der Schlag hatte ihn überrascht.“

Lesley sah auf den Boden. Gail hatte Schutzplatten im Zelt ausgelegt und beide Frauen standen jeweils auf einer von ihnen. Sie wünschte, die Leiche wäre nicht so schnell weggebracht worden.

„Ich nehme nicht an, dass Sie mir die Fotos zeigen können?“

„Ich habe sie auf meinem Handy. Gehen wir nach draußen.“

Sie verließen das Zelt. Gail zog die obere Hälfte ihres Schutzanzugs herunter und holte ein Telefon aus ihrer Gesäßtasche. Sie trug Jeans, einen dunklen Fleecepullover und einen Schal, der das Licht der Taschenlampe einfing und das Blau ihrer Augen betonte.

„Hier.“ Gail hielt ein Foto der Leiche hoch. Es war von der Seite aufgenommen worden und zeigte die verdrehte Haltung, in der der Mann zurückgelassen worden war. Sie scrollte durch weitere Bilder, darunter Nahaufnahmen der

Hände des Mannes, die unverletzt waren, und der Wunde an seinem Hinterkopf.

„Sieht nach einer stumpfen Tatwaffe aus", kommentierte Lesley.

„Wahrscheinlich. Wir haben sowohl diesen Bereich hier untersucht als auch das Unterholz am Straßenrand und die Bäume am Fluss. Keine Spur von der Waffe."

„Also hat der Mörder sie mitgenommen."

„Oder die Mörderin."

Lesley hob eine Augenbraue. „Sie glauben, es war eine Frau?"

„Nicht unbedingt. Aber ich denke, wir sollten vorerst nichts ausschließen."

„Nein, natürlich nicht", stimmte Lesley zu. „Es gab also keine Anzeichen dafür, dass er bewegt worden war?"

„Nein. Sie haben gut daran getan, dafür zu sorgen, dass keiner der Kerle am Tatort herumtrampelte."

„Kerle?"

„DS Frampton und PC Mullins. Die Sanitäter. Hier waren viele Typen unterwegs."

„PC Abbott war auch hier."

„Tina ist ein gutes Mädchen. Ich hoffe, sie erhält die Anerkennung, die sie verdient." Gail beäugte Lesley. „Ich wette, sie war die Einzige, die Ihnen vorhin zugehört und getan hat, was Sie sagten."

„Das kann man wohl sagen."

„Sehen Sie? Alles Kerle, der ganze Haufen. Sie werden die dienstälteste Frau sein, die Ihre Abteilung seit ... nun, seit Ewigkeiten hat."

Lesley war es gewohnt, mit Männern und Frauen zusammenzuarbeiten, und setzte sich nicht gern mit diesem Thema auseinander. „Ich bin sicher, dass es gut laufen wird“, sagte sie.

Es war schon fast dunkel; sie konnte den Weg zurück zu ihrem Auto kaum noch erkennen. „Wir werden hier heute Abend nicht mehr viel tun können. Wo steht Ihr Auto?“

Gail zeigte in eine Richtung. „Dort hinten, auf einem Feld. Warum gehen wir nicht etwas trinken? Ich werde Ihnen dann erzählen, was Sie von der Polizei in Dorset zu erwarten haben.“

Lesley lächelte. „Das ist sehr nett von Ihnen. Aber ich bleibe lieber unvoreingenommen. Und ich muss früh ins Bett.“

Gail tat, als würde sie salutieren. „Kein Problem, Lesley. Es hat mich gefreut, Sie kennenzulernen. Unsere Wege werden sich bestimmt schon sehr bald wieder kreuzen.“

„Da bin ich mir sicher.“ Lesley schaute in Richtung des Dorfes. Sie würde den Weg zurück zum Auto unmöglich wiederfinden. „Ich würde Sie aber gern um einen Gefallen bitten.“

„Welchen?“

„Können Sie mich zu meinem Auto fahren? Es steht auf dem Parkplatz in der West Street.“

Gail lachte. „Kein Problem. Kommen Sie mit.“

KAPITEL ACHT

„Guten Morgen." Lesley betrat das Büro des MCIT und stellte ihre Tasche auf einen leeren Schreibtisch. DS Frampton, der am Nachbartisch saß, schaute auf und erhob sich halb von seinem Stuhl.

„Ma'am. Schön, Sie wiederzusehen", meinte er und zerrte an seiner Krawatte. Sie hatte die gleiche Farbe wie die Tweedjacke, die er gestern getragen hatte, aber heute hatte er sie mit einem dunkelblauen Anzug kombiniert. Selbst Lesley erkannte, dass sie nicht dazu passte. „Ich hatte erwartet, Sie im Empfangsbereich anzutreffen."

Lesley lächelte. „Ich dachte, ich erspare Ihnen den Weg." Sie hielt ihr Schlüsselband hoch, an dem bereits ihr Dienstausweis befestigt war. Das Abzeichen der Polizei von Dorset würde folgen. „Ich bin jetzt offiziell im Team. Also kann mir niemand mehr vorwerfen, ich würde einen Tatort stören."

Sie betrachtete die Gruppe von Schreibtischen, die alle auf einer Seite des Großraumbüros standen. Hinter ihnen gaben große Fenster den Blick frei auf die Wiese vor dem modernen Polizeigebäude und die Straße dahinter. Zwei weitere Männer saßen an zwei der vier Tische. Einer war Mitte dreißig, hatte schütteres blondes Haar und trug einen zu engen Anzug. Der andere war bestimmt zehn Jahre jünger, hatte hellbraune Haut und kurz geschnittenes Haar. Sein Anzug sah billig aus, passte aber wenigstens.

„Und?", fragte sie. „Werden Sie mich den Kollegen vorstellen?"

Die beiden jüngeren Männer standen auf und sahen den Sergeant unbeholfen an. Frampton fuhr sich mit der flachen Hand durch das Haar, das mit einer viel zu großen Menge einer Art Creme geglättet worden war. Dann zeigte er in Richtung des Mannes in dem engen Anzug. „Das ist DC Johnny Chiles, Ma'am. Ist seit acht Jahren im Team."

DC Chiles beugte sich vor und reichte Lesley die Hand. Er roch nach billigem Aftershave. Lesley schüttelte ihm die Hand. „DCI Clarke, aber das wissen Sie ja bereits. Seit acht Jahren in der Abteilung für Kapitalverbrechen und immer noch ein DC?"

Seine Miene verfinsterte sich und er warf Frampton einen Blick zu, der ihn jedoch ignorierte. Es gab also Spannungen im Team.

Lesley wandte sich an den verbleibenden Mann. „Und Sie sind?"

„DC Michael Legg, Ma'am." Er hatte einen stärkeren Dorseter Akzent als Frampton oder Gail und streckte zur Begrüßung nicht die Hand aus – wie Lesley.

„Das ist also das Team", sagte sie und nickte in Richtung des leeren Schreibtischs. „Ich nehme nicht an, dass das meiner ist?"

„Leerstand, Ma'am", sagte Frampton. „DC Graves ist in den Ruhestand gegangen."

„Gut für ihn. Dann müssen wir also jemand neuen

finden, nicht wahr?" Lesley sah sich im Büro um. An der gleichen Fensterfront, nur etwas weiter hinten, befand sich eine weitere Gruppe von vier Schreibtischen, die von vier uniformierten Streifenpolizisten besetzt waren. „Unsere Nachbarn?", fragte sie.

„Vorübergehend", sagte DC Chiles mit zusammengebissenen Zähnen. „Wir hoffen, dass das Team wächst, da wir nun einen neuen DCI haben."

„Was stimmt denn mit ihnen nicht?" Lesley taxierte die vier Schutzpolizisten und erkannte eine von ihnen: PC Abbott vom Tatort.

„Sie sind Uniformierte, Ma'am", sagte Chiles. „Unterstützungsbeamte. Wir brauchen Detectives."

„Uniformierte Beamte können als Teil der Abteilung für Kapitalverbrechen eine unschätzbare Ressource sein", sagte sie. „Unterschätzen Sie sie nicht."

Frampton und Chiles sahen sich kurz an, während DC Legg den Wortwechsel schweigend beobachtete.

„Also, wo ist mein Schreibtisch?", fragte Lesley. „Da drüben?", sie zeigte auf ein leeres Büro.

„Ja, Ma'am." Frampton schleppte sich in seine Richtung und öffnete die Tür. Sie nahm ihre Tasche und folgte ihm. Er blieb an der Tür stehen, während sie eintrat und mit der Hand über den Schreibtisch strich.

Das Büro war größer als jenes, das sie in Birmingham gehabt hatte, und besaß hohe Fenster, die zur Straße gingen. Ihr letztes Büro hatte nur ein Fenster gehabt – zum Lichtschacht in der Mitte des Gebäudes – und sie hatte nie die Zimmerlampe ausgeschaltet. Hier blendete das Licht selbst heute, wo die Sonne kaum schien.

Sie ging zum Fenster. „Ich brauche Jalousien."

„Ma'am?"

Sie schlug mit der Faust gegen die Wand. „Die verfluchte Hauptstraße ist gleich da draußen und wir können nicht zulassen, dass uns jeder Hinz und Kunz bei der Arbeit zusieht.“

„Ähm …“, stammelte Frampton.

„Was?“ Sie stellte ihre Tasche auf den Schreibtisch. Es würde nicht lange dauern, sich hier einzurichten.

Der Sergeant gestikulierte in Richtung Chiles, der in der Tür stand. Legg saß immer noch an seinem Schreibtisch und tippte in seinen Computer. Entweder war er der fleißige, ungesellige Typ oder dieses Team verstand sich untereinander nicht.

Chiles kehrte mit einem Glasgefäß zurück, in dem sich eine Menge Ein-Pfund- und Fünfzig-Pence-Münzen befanden.

„Ihre Wohltätigkeitsaktion läuft nicht besonders gut.“ Lesley suchte in ihrer Tasche nach der Geldbörse. „Wofür sammeln Sie denn?“

„Das ist keine Wohltätigkeitsaktion“, meinte Frampton. „Das ist unsere Schimpfwortkasse.“ Lesley starrte das Glas an. Dann starrte sie Frampton an, der zurück blinzelte. Schließlich starrte sie Chiles an, der das Glas in die Höhe hielt, die Lippen fest zusammengepresst. Sie steckte ihre Geldbörse wieder in die Tasche.

„Ich habe noch nie etwas so Lächerliches gehört“, meinte sie lachend. „Sie nehmen mich auf den Arm, oder?“

Frampton schüttelte den Kopf. „Fünfzig Pence für ein …“ Er räusperte sich. „Für ein ‚Verdammt‘. Ein Pfund für Ihr letztes Vergehen.“

„Vergehen? Sie meinen mein *verfluchte Hauptstraße*?“ Sie lehnte sich gegen den Schreibtisch. „Ich habe noch nie in meinem Leben so einen Unsinn gehört, Sergeant. Nehmen

Sie das Ding aus meinem Gesicht und kommen Sie nicht auf die Idee, mir zu sagen, wie ich reden soll. Ich bin ein Bulle, keine verfluchte Nonne."

Ein Muskel unter Framptons linkem Auge zuckte. Er murmelte etwas vor sich hin. Zählte er mit? Zählte er ihre *Vergehen*?

Sie würde ihm seine verfluchten Vergehen noch zeigen.

DS Frampton nickte seinem Kollegen zu, der das Büro mitsamt dem Glas verließ und es in einen Aktenschrank stellte. DC Legg beobachtete die Szene noch immer schweigend.

In dem Moment tauchte das Gesicht eines Mannes in der Tür auf: Mitte fünfzig, schlank, in Uniform und mit dem Abzeichen eines Chief Superintendent.

„DCI Clarke, nehme ich an?" Er kam auf sie zu, ergriff ihre Hand und drückte sie heftig.

„Sie müssen Detective Superintendent Carpenter sein, Sir", antwortete sie.

Er zwinkerte. „Normalerweise ziehe ich mich nicht so an, aber ich bin auf dem Weg zu irgendeiner grässlichen Sache mit dem Chief Constable. Wir werden uns später richtig unterhalten." Endlich ließ er ihre Hand wieder los. „Hatten Sie Ärger mit unserer Sprachpolizei?"

Lesley warf DS Frampton einen Blick zu. Er war am Tatort unhöflich zu ihr gewesen und hatte sie verärgert, als er ihr vorschreiben wollte, wie sie zu reden hatte. Aber er war ein Mitglied ihres Teams.

„Ich lerne gerade mein neues Team kennen, Sir. Ich gehe davon aus, dass wir gleich loslegen werden."

„Der Vorfall in Corfe Castle, ja. Wurden Sie schon auf den neuesten Stand gebracht?"

„Ich war am Tatort, Sir. Ich war im Dorf, als die Leiche entdeckt wurde."

„Sie Glückspilz." Carpenters Gesicht hellte sich auf.

„So würde ich das nicht sagen, Sir."

Er winkte ab. „Sie wissen schon, was ich meine. Ein tragisches Ereignis, ein brutal verkürztes Leben und so weiter. Aber wir hatten verfluchtes Glück, dass unser neuer DCI zur Stelle war, als es passierte."

„Nicht genau in dem Moment, als es passierte. *Das* wäre ein Glücksfall gewesen." Sie lächelte. „Dann hätte ich es verhindern können."

„Ha! Natürlich hätten Sie das." Er klopfte ihr auf die Schulter. „Wie auch immer, ich muss jetzt los. Sie sind natürlich die SIO. Ich erwarte eine Lagebesprechung um achtzehn Uhr in meinem Büro. Einer Ihrer Jungs wird Ihnen sagen, wohin Sie gehen müssen."

„Natürlich, Sir."

Er verließ ihr Büro und winkte den draußen sitzenden Beamten zu, als wäre er ein kleiner König. Die Männer richteten sich an ihren Schreibtischen auf. Lesley verdrehte die Augen.

Dann schnippte sie mit den Fingern, um die Aufmerksamkeit ihrer Teammitglieder vom Chef abzulenken.

„Also gut, Leute", sagte sie. „In mein Büro. Dann werden wir mal einen Angriffsplan ausarbeiten."

KAPITEL NEUN

„Okay“, sagte Lesley, als die drei Detectives vor ihr standen. „Holen Sie noch ein paar Stühle herein, ja?“

DS Frampton nickte DC Chiles zu, der daraufhin den Raum verließ und mit einem Stuhl zurückkam. DC Legg tat es ihm gleich. Dann standen die drei Männer einen Moment lang unbeholfen da, bevor sie sich schließlich auf die Stühle setzten.

„Schließt bitte jemand die Tür?“, bat Lesley. Chiles gab sich die Ehre.

Lesley stützte die Ellbogen auf den Schreibtisch und verschränkte die Finger ineinander. „Okay, wir haben zwar einen Mordfall aufzuklären, aber zuerst müssen wir ein paar Grundregeln festlegen.“

Frampton zog an seinem Kragen. Legg holte einen Block hervor.

Lesley lächelte ihr Team an. „Wir haben nicht gerade den besten Start hingelegt. Sie haben mich am Tatort ziemlich verärgert, Sergeant, und dann noch dieser Mist mit der Schimpfwortkasse.“

Der DS öffnete den Mund, um etwas zu sagen, aber Lesley hob eine Hand, um ihn aufzuhalten.

„Aber“, sagte sie und ließ den Blick über die Tür und die halb verglaste Trennwand schweifen. „Und das ist ein wichtiges Aber ... Wir sind ein Team. Ich halte Ihnen den Rücken frei, solange Sie Ihre Arbeit machen. Ich führe ein straffes Regiment, keinen Pfusch, keine Ausreden für mangelnde Detailgenauigkeit und keine wilden Vermutungen.“ Lesley musste an DI Zoe Finch denken, ihr liebstes Teammitglied bei der West Midlands Police. Zoe war zwar gern irgendwelchen Vermutungen nachgegangen, besaß aber einen guten Instinkt und hatte Jahre damit verbracht, ihrer Chefin genau das zu beweisen. Und wenn Lesley sie zügeln musste, um sie an das Verfahren zu erinnern, hatte sie zugehört. Meistens zumindest.

„Wenn wir vor der Öffentlichkeit oder dem Chef stehen, treten wir geschlossen auf. Wir fallen Kollegen nicht in den Rücken und widersprechen anderen Teammitgliedern nicht, es sei denn, wir sind allein hier in diesem Raum. Haben Sie das verstanden?“

„Ja, Ma’am“, sagte DS Frampton. Er starrte nacheinander seine beiden Kollegen an, Chiles zuerst. Immer zuerst Chiles, bemerkte Lesley. Die DCs murmelten zustimmend.

„Und wenn wir schon dabei sind“, sagte Lesley. „Das Ma’am können Sie sich sparen. Wir werden sehr viel Zeit miteinander verbringen und ich würde mich wie die verfluchte Königin fühlen. Also nennen Sie mich Boss oder Chefin.“

„Alles klar, Chefin“, sagte Frampton.

„Gut.“ Lesley lächelte ihn an. „Und ich möchte Sie auch nicht mit Ihren Funktionen ansprechen. Also sagen Sie mir noch einmal Ihre vollständigen Namen.“

Frampton räusperte sich und warf Chiles einen Blick zu. „Johnny Chiles, Ma'am. Ich meine, Chefin", antwortete der Constable.

„Johnny. Möchten Sie so genannt werden?"

Er nickte.

„Sind Sie sicher?"

Ein weiteres Nicken.

„In Ordnung. Also Johnny. Ich werde versuchen, nicht dabei zu lachen." Ihr Blick wanderte zu dem anderen Constable.

„Michael Legg. Mike, Chefin." Er kratzte sich hinter dem Ohr.

„Mike. Das ist schon eher mein Fall. Wie reden Sie beide DS Frampton eigentlich im Dienst an?"

„Sarge", antwortete Johnny.

„Obwohl Sie beide offensichtlich schon verdammt lang befreundet sind?"

Der Constable sah sie stirnrunzelnd an.

„Schon sehr lange befreundet sind?", verbesserte sie sich.

„DC Chiles und ich arbeiten seit zwölf Jahren immer mal wieder zusammen", antwortete der Sergeant.

Wieder musste Lesley an Zoe und an ihre Beziehung zu DS Mo Uddin denken, den sie 2001 in der Ausbildung kennengelernt hatte.

„Ich wette, wenn Sie im Pub sind, nennen Sie ihn beim Vornamen, der wie lautet?"

„Ähm, Dennis", antwortete Johnny.

„Keine Angst, Junge. Sie können ihn weiterhin Sarge nennen, wenn Sie im Büro sind. Ich bleibe bei Dennis."

Alles nur Männernamen, dachte sie. Vielleicht hatte Gail recht.

„Okay, damit wäre die Vorstellungsrunde beendet", sagte

Lesley. „Ich habe Ihnen gesagt, wie ich arbeite, ich werde lernen, wie Sie arbeiten. Wie wäre es, wenn wir uns jetzt daran machen, Archie Weathertons Mörder zu finden?"

Die Spannung im Raum löste sich auf. Lesley bemerkte durch die Glaswand, dass PC Abbott sie beobachtete. Doch als sie der jüngeren Frau zunickte, schaute Abbott schnell weg. Lesley fragte sich, wie schalldicht diese Wände waren.

„Holt mal jemand eine verfluchte Tafel herbei, okay?", sagte sie zu ihrem Team. „Wir müssen Beweise sammeln."

KAPITEL ZEHN

Gail goss gerade Harz in einen schwachen Fußabdruck, den sie im hinteren Teil des Zeltes gefunden hatte. Wahrscheinlich gehörte er dem Sanitäter oder dem schwerfüßigen PC Mullins, aber die Hoffnung starb bekanntlich zuletzt. Doch dann wurde sie durch Gavs Stimme vor dem Zelt gestört.

„Hey! Das ist ein Tatort. Sie können nicht einfach ins Zelt gehen."

Gail öffnete die Zeltklappen. Gavin Larcomb war ein Schrank von Mann, zwei Meter groß und gebaut wie ein Bär. Er musste sich spezielle Anzüge für die Spurensicherung anfertigen lassen, um an den Tatorten nicht wie ein Kind in der Schuluniform des letzten Jahres herumzulaufen.

Vor ihm stand eine hagere Frau mit dunklem, stacheligem Haar. Sie hatte eine Hand auf dem Absperrband und bereits einen Fuß darunter hindurch geschoben.

„Das ist unser Arbeitsplatz, Kumpel", sagte sie mit einem Akzent, den Gail in Glasgow einordnete. „Sie können uns nicht einfach wegschicken."

„Das ist ein Tatort." Gav griff nach dem Band und ihn juckte es eindeutig in den Fingern, sich auch die Frau zu schnappen. Aber sie wussten alle, wie es aussehen würde, wenn der größte Kerl im Team diesen dürren Spatzen von Frau anfassen würde.

„Kann ich helfen?" Gail trat aus dem Zelt und zog die Handschuhe aus.

„Wer sind Sie denn?" Die Frau schlug sich mit der Hand gegen die Stirn. „Mensch, da drin befinden sich empfindliche Artefakte aus dem 12. Jahrhundert." Sie starrte Gail an. Ihre Brust hob und senkte sich und sie sah aus, als würde sie gleich losheulen.

„Da drin gibt es auch Beweise in einem Mordfall", sagte Gail. „Und wenn Sie die sind, für die ich Sie halte, dann geht es um den Mord an einem Ihrer eigenen Leute."

„Archie." Die Miene der Frau wurde weicher. „Der arme Kerl."

Gail stand nun direkt vor der Frau, die zum Glück das Band losgelassen hatte.

„Sehen Sie", sagte sie. „Ich weiß nicht, ob Sie sich mit den Techniken der Spurensicherung auskennen, aber wir sind da drin unglaublich vorsichtig. Wir haben Platten auf dem Boden ausgelegt, um ihn vor unseren Stiefeln zu schützen, und wir katalogisieren alles, was wir tun."

„Sie haben keine Ahnung, wie wertvoll diese Sachen sind", krächzte die Frau. „Münzen, Knochen, Schmuck."

„An all dem sind wir nicht interessiert. Ich möchte lediglich wissen, was bei dem Angriff auf Ihren Kollegen zurückgeblieben ist."

„Wie heißen Sie denn, meine Liebe?", fragte Gav.

Die Frau warf ihm einen verächtlichen Blick zu. „Nennen Sie mich nicht *meine Liebe*, Sie Neandertaler."

Gail unterdrückte ein Lachen. Die Beleidigung war ihrer Meinung nach für eine Archäologin angemessen. „Wie heißen Sie?“, fragte sie.

„Crystal Spiers. Ich bin für diese Ausgrabung verantwortlich.“

„Hat man schon mit Ihnen gesprochen? Die Kriminalpolizei möchte sicherlich mit allen Kollegen von Mr Weatherton sprechen.“

„Kollegen? Sie machen wohl Witze, was? Nein, die Polizei ist noch nicht bei uns vorbeikommen. Dieses Vergnügen steht uns noch bevor.“

Gail nickte. In der Zwischenzeit war Gav zu Brett gegangen, um die Beweismittel zu katalogisieren und in Tüten zu verstauen, die in ihrem Kofferraum bereitlagen. Sie hatten Bodenproben und einige Samen und Pollen von nahe gelegenen Pflanzen entnommen, also alles, was ihnen helfen könnte, einen Verdächtigen auszumachen. Leider gab es immer noch keinen Hinweis auf die Tatwaffe.

„Wir werden in ein paar Stunden fertig sein“, erklärte Gail der Frau. „Und dann bekommen Sie Ihre Ausgrabungsstätte zurück.“

„Haben Sie etwas gefunden?“

„Ich fürchte, ich kann ...“

„Kommen Sie schon. Es ist mein verfluchtes Zelt, das Sie da benutzen. Archie war ein Kollege, ein Freund. Wenn ihn jemand umgebracht hat, will ich wissen, wer.“

„Wir sind noch nicht so weit, um einen Verdächtigen zu identifizieren. Aber das müssen sie ohnehin mit dem MCIT besprechen.“

„Hm.“

Die Frau ließ sich auf den Boden sinken. Das Gras war noch feucht vom Morgentau und ihre derbe braune Hose würde nass werden. „Ich gehe nirgendwo hin, solange Sie hier sind", sagte sie. „Und ich werde mir alles genau ansehen, was Sie aus diesem Zelt heraustragen. Und wenn Sie irgendetwas von archäologischer Bedeutung finden, dann sagen Sie mir das verdammt noch mal, klar?"

„Wir tun unser Bestes", antwortete Gail. Die Wahrheit war, dass sie einen Gegenstand von archäologischer Bedeutung nicht einmal dann erkennen würde, wenn man ihr mit einem frühmittelalterlichen Schlagstock ins Gesicht schlagen würde.

„Gut." Die Frau schüttelte sich im Gras, ihre Lippen zuckten. Offensichtlich war ihr kalt und die Haltung unbequem, aber das würde sie bestimmt nicht zugeben.

Seufzend kehrte Gail ins Zelt zurück, als Gav wieder auftauchte. „Soll ich sie im Auge behalten?"

Sie nickte. Das würde ein langer Vormittag werden.

KAPITEL ELF

Mike Legg hatte ein bewegliches Whiteboard hereingeschleppt, das Lesley vor eines der Fenster schob.

„Mit der Sonne in den Augen kann man kaum etwas sehen, Chefin", sagte Dennis.

„Aber ich möchte nicht, dass die Leute an unseren Fenstern vorbeispazieren und erkennen können, woran wir gerade arbeiten."

„Können wir sie vorerst nicht woanders hinschieben", schlug Mike vor, „und sie später wieder zurückstellen?"

Lesley wedelte mit ihrem Stift vor ihm herum. „In Ordnung." Sie schob die Tafel an die Wand.

„Ich möchte, dass die Fotos ausgedruckt werden, damit die Rädchen in Gang kommen", sagte sie. „Aber für den Moment müssen Sie sich mit meinem Gekritzel abfinden."

Sie lächelte ihr Team an. Die beiden Constables lächelten nervös zurück, Dennis rückte seine Krawatte zurecht.

Sie schrieb Archie Weathertons Namen an die Tafel, gefolgt von Laila Fords. Dann zeichnete sie einen Pfeil von

Archie zu Laila, schrieb *Freundin* darunter und tippte mit dem Stift auf ihren Namen. „Sie hat ihn gefunden. Viel mehr wissen wir noch nicht, sie war ziemlich fertig."

„Vielleicht, weil sie ihren Freund umgebracht hat", schlug Johnny Chiles vor.

„Ja, vielleicht", antwortete Lesley. „Wir haben zwar noch keine konkreten Beweise, die auf sie als Verdächtige hindeuten, aber wir müssen in Betracht ziehen, dass sie es getan haben könnte."

„Die Verletzung an seinem Kopf, Ma'am", sagte Mike. „Ich meine, Chefin, sorry. Glauben Sie, sie hat genug Kraft dafür?"

„Die KTU ... Also ich meine die CSM. Entschuldigung, ich muss mich noch an Ihren Fachjargon gewöhnen. Egal, aufgrund der Position, in der er aufgefunden wurde, und der Tatsache, dass es offensichtlich nur ein Schlag gegeben hat, vermutet die Kollegin, dass er überrumpelt wurde. Jemand könnte das Zelt betreten haben, er drehte sich um, wurde niedergeschlagen und ging zu Boden. Mit der richtigen Waffe hätte das auch eine Frau tun können."

„Sie haben mit der Spurensicherung gesprochen?", fragte Dennis. „Normalerweise kümmere ich mich ..."

„Ich war gestern Abend noch einmal am Tatort, nachdem ich vorher nicht viel gesehen hatte, weil Laila kurz vor einer Ohnmacht stand und ich meine Tochter im Schlepptau hatte."

Dennis runzelte die Stirn. „Sie haben Gail Hansford am Tatort getroffen?"

Lesley drehte sich zu ihm um. „Sie sagte mir, Sie hätten alle nach Hause geschickt. Ich weiß nicht, wer Ihnen die Befugnis dazu gegeben hat."

„Bei allem Respekt, Ma'am ..."

Sie hob eine Augenbraue. Er holte tief Luft. „Chefin. Wir haben das gestern bereits besprochen. Sie waren noch nicht im Dienst und mussten Ihre Tochter nach Hause bringen. Sie haben mir die Verantwortung überlassen."

„Und Sie haben einen Tatort unbewacht zurückgelassen."

Er schaute zu den Constables. Johnny saß auf seinem Stuhl, die Beine vor sich ausgestreckt, die Arme verschränkt. Sein Blick war auf den DS gerichtet. Mike hingegen hatte die Füße unter den Stuhl gezogen und hielt den Blick gesenkt.

„Ich würde es begrüßen, wenn wir dieses Gespräch später führen könnten, Chefin", sagte Dennis.

Lesley begegnete seinem Blick. Der Mann hatte nicht ganz unrecht. Einen Tatort unbeaufsichtigt zu lassen, war eine verflucht ungeschickte Sache. Aber das brauchte sie ihm nicht vor dem Rest des Teams zu sagen. „Einverstanden." Sie drehte sich zur Tafel. „Wir haben also Archie und Laila und eine archäologische Ausgrabungsstätte. Jetzt brauchen wir mehr Informationen über Archie: Hatte er in letzter Zeit Streit mit jemandem? Wer ist noch an dieser Ausgrabung beteiligt und in welcher Beziehung stehen sie zueinander? Gab es Spannungen. Wir haben eine Adresse ..."

„Einen Moment, Chefin." Legg befestigte eine Karte an der Tafel, auf der eine Adresse in der West Street in Corfe Castle stand.

„Das ist Lailas und Archies Adresse?", fragte Lesley. Sie war zwar dabei gewesen, als PC Abbott sie am Vortag notiert hatte, aber sie kannte ihre neue Umgebung noch nicht gut genug, um sich jede Straße zu merken.

„Des ganzen Ausgrabungsteams, soweit ich gehört habe", antwortete Johnny. „Ein Haufen Hippies hat sich eine

Kommune gebaut und wahrscheinlich hüpfen sie alle durch sämtliche Betten."

Mike grinste. Dennis unterdrückte ein Lächeln.

„Wow, Sie kommen wohl direkt aus dem finsteren Mittelalter, was?", meinte Lesley und ignorierte Dennis' verkniffenen Gesichtsausdruck. „Eine Gruppe von Kollegen teilt sich ein Haus und Sie stellen sich gleich eine Orgie vor."

„Sorry, Chefin", murmelte Mike.

„Ich möchte, dass Sie diesen Menschen unvoreingenommen gegenübertreten. Es ist mir egal, dass Sie sich mit Leuten von auswärts nicht anfreunden wollen. Ja, einer von ihnen könnte unser Mörder sein. Aber vielleicht auch nicht. Archie hat vielleicht nur einen Farmer verärgert und ..."

„Kommen Sie, Chefin", sagte Dennis. „Ich halte es für klug, auch den Landbewohnern gegenüber unvoreingenommen zu sein. Das gilt auch für die Farmer."

Lesley fuhr sich über die Lippen. Der Sergeant hatte nicht ganz unrecht. Sie hatte noch nie in ihrem Leben einen Farmer getroffen und war sich sicher, dass diese genauso stark zur Gewalt neigten wie alle anderen. Vielleicht.

„Okay", sagte sie. „Wir müssen also wissen, mit wem Archie außerdem noch Kontakt hatte. Wir haben immer noch keine Tatwaffe, aber hoffentlich kann die Obduktion sie eingrenzen."

Sie erinnerte sich daran, was Gail ihr über den Pathologen erzählt hatte. *Hoffentlich* war zwar das richtige Wort, ihr wäre jedoch *sicher* lieber.

„Wir werden im Laufe des Tages noch einmal zusammenkommen, um zu besprechen, ob es weitere Spuren gibt, denen wir nachgehen können." Sie tippte mit ihrem Stift auf Lailas Namen. „Aber zuerst möchte ich mit dem Ausgrabungsteam sprechen. Johnny, finden Sie bitte heraus, mit wem wir es hier zu tun haben. Ich möchte ihre Namen, berufliche Hintergründe und Beziehungen, sofern möglich. Ob einer von ihnen vorbestraft ist und so weiter. Sie wissen Bescheid."

„Ähm ..." Johnny sah Dennis an.

„Normalerweise kümmert sich Mike darum, Chefin, während Johnny mit mir kommt und die Leute befragt", warf der Sergeant ein.

„Wir können doch jedem von Ihnen die Möglichkeit geben, andere Muskeln zu trainieren, oder nicht?", antwortete Lesley, wobei ihr Mikes kleines Grinsen nicht entging. „Also Sie beide: Ich möchte die Aussagen dieser Leuten bekommen, bevor sie zu viel Zeit hatten, sich auf eine Geschichte zu einigen. Ich fahre. Johnny, sobald Sie neue Informationen haben, rufen Sie den Sarge an."

„Wird gemacht, Chefin." Johnny sah von ihr zu Dennis. Er wartete auf die Erlaubnis des DS, wurde ihr klar.

Lesley klatschte in die Hände. „Auf geht's, Leute! Wir sind zwar im ländlichen Dorset, aber die Uhr tickt hier genauso schnell wie überall sonst auch."

KAPITEL ZWÖLF

ALS SIE IHR BÜRO VERLIEẞEN, entdeckte Lesley PC Abbott an ihrem Schreibtisch und rief: „PC Abbott, sind Sie im Moment beschäftigt?"

Die Streifenpolizistin drehte sich auf ihrem Stuhl um und ihr Blick ging von Lesley zu Dennis und wieder zurück. „Nun, ja ... aber wenn Sie mich brauchen, stehe ich selbstverständlich zur Verfügung."

„Gut. Haben Sie Zugriff auf einen Streifenwagen?"

„Ja."

„Dann fahren Sie mit Mike. Ich nehme den Sergeant mit."

„Mike?", fragte PC Abbott.

Mike Legg starrte sie erbost an und zeigte auf sich selbst, wobei er sich fast den Finger in die Brust bohrte.

„DC Legg, Constable", erklärte Dennis ihr.

„Natürlich. Entschuldigung. Ja, geben Sie mir nur einen Moment."

Zwanzig Minuten später hatten sie die Umgehungsstraße von Wareham hinter sich gelassen und fuhren auf der

A351 in Richtung Corfe Castle. Die Straße wurde von weiten Feldern mit Ginster gesäumt. Am Horizont hingen zwar tiefe Wolken, während bei ihnen die Sonne schien.

Lesley war es nicht gewohnt, das herannahende Wetter zu sehen. Das beunruhigte sie irgendwie.

„Warum wollten Sie, dass PC Abbott uns in ihrem Polizeiauto begleitet?“, fragte Dennis. „Wir wollen doch bestimmt nicht auf uns aufmerksam machen.“

„Um die Nachbarn anzulocken. Denken Sie doch nur an diese enge Straße! Wir brauchen alle Augenzeugenberichte, die wir bekommen können.“

„Die bekommen wir doch auch, wenn wir an die Türen klopfen.“

„Aber ich möchte, dass sie wissen, dass wir die Sache ernst nehmen.“

Sie näherten sich der Burg. Die Sonne stand hinter ihnen und beleuchtete die Ruine, wobei das helle Licht die Details der verfallenen Mauern hervorhob. Die Straße verlief so nah an der Nordseite des Gemäuers, dass man das Gefühl hatte, die Burg läge direkt über einem. Während sie den Hügel zum Dorf hinauffuhren, klingelte das Handy des Sergeants.

„Frampton ... Ja ... Gut ... Okay ... Das sollte die Dinge einfacher machen ... Danke.“

„Das war Johnny“, sagte er zu Lesley. „Das Ausgrabungsteam besteht – oder bestand – nur aus vier ständigen Mitarbeitern und wird durch eine wechselnde Crew von Studenten unterstützt.“

„Namen?“

„Archie und Laila kennen wir bereits. Die Chefin ist eine Frau namens Crystal Spiers. Und dann gibt es noch einen Typen namens Patrick Donnelly. Alle wohnen an derselben Adresse.“ Er warf ihr einen scharfen Blick zu, erwähnte aber keine Kommune. „Johnny wollte wissen, was er sonst noch tun soll.“

Lesley drehte sich zu ihm um. Sie hatten inzwischen den ehemaligen Marktplatz erreicht und warteten hinter einem anderen Wagen, dessen Fahrer rückwärts einparken wollte. Der alte Mann am Steuer wirkte tiefenentspannt.

„Das kann Johnny sicher selbst herausfinden“, sagte sie.

„Kann er. Aber bisher haben Sie die Befehle gegeben. Ich wollte sicher sein, dass wir tun, was Sie wollen.“

Endlich fuhr das Auto in die Lücke und Lesley drückte auf das Gaspedal. Sie war sich nicht sicher, was frustrierender war: der gemächliche Verkehr in Dorset oder ihre noch gemächlicheren Kollegen.

„Was schlagen Sie denn vor, Sergeant?“

„Wir wissen, wer zum Ausgrabungsteam gehört, aber wir wissen immer noch nicht, ob der Verstorbene Familie hatte oder ob es zu Hause persönliche oder berufliche Probleme gab.“

„Bingo.“ Sie bog erneut in den Parkplatz der West Street ein und hatte inzwischen das Gefühl, diesen Ort so langsam kennenzulernen. „Rufen Sie ihn kurz an und vergewissern Sie sich, dass er keine Däumchen dreht, während Sie uns ein Parkticket besorgen, okay?“

„Sie müssen dem National Trust beitreten“, sagte er, als er die Autotür öffnete.

„Wieso das denn?“

„Ihnen gehören die meisten Parkplätze in Purbeck. Und die Strände auch. Sie wurden ihm zusammen mit der Burg vererbt.“

„Jemandem gehörte das alles?“

Er zeigte zurück zur Burg. „Ja, der Bankes-Familie.

Lokale Legenden. Oder zumindest einer ihrer Vorfahren war eine."

Sie rümpfte die Nase. „Sie haben es einfach verschenkt?"

„Würden Sie die Rechnung für den Unterhalt bezahlen wollen?"

„Wieso Unterhalt? Das ist doch nur eine Ruine."

„Ich werde es Ihnen irgendwann erklären." Er verließ das Auto.

„Bitte nicht", murmelte sie. Dann stieg sie ebenfalls aus und ging zum Streifenwagen, der auf einem Grünstreifen geparkt war: PC Abbott brauchte weder einen Parkschein noch die Mitgliedschaft im National Trust.

„Ich fürchte, vor dem Haus war kein Platz zum Parken, Ma'am", sagte die Schutzpolizistin. „Nichts frei auf der gesamten West Street. Wir müssen den Wagen also hier lassen."

Lesley beobachtete die Touristen, die den Parkplatz in Richtung Burg verließen. Es war ein Montagmorgen in der Schulzeit und keiner von ihnen war unter sechzig Jahre alt. Leuchtend bunte Regenjacken, graues Haar, geschmackvoller Schmuck. Einige von ihnen warfen einen Seitenblick auf den Streifenwagen, aber niemand näherte sich.

„Das ist schon in Ordnung", sagte sie. „Wir sind hier nicht in Chelmsley Wood."

„Was ist Chelmsley Wood?", wollte PC Abbott wissen.

„Fragen Sie lieber nicht."

DC Legg stieg aus dem Streifenwagen aus. Dennis kam mit dem Parkschein zurück. Lesley schaute von dem einen zum anderen und fragte sich, ob sie nicht lieber nach Hause zurückkehren sollte.

„Kommen Sie schon, Sie alle", meinte sie schließlich. „Wir müssen Zeugen befragen."

KAPITEL DREIZEHN

SUSAN WEATHERTON BEENDETE den Anruf mit rasendem Herzen. Tony sollte sie weder zu Hause anrufen noch zu Zeiten, in denen sie mit ihrer Tochter zusammen war. Und eigentlich hielt er sich an diese Regel. Heute jedoch nicht.

Sie presste das Telefon an die Brust und trat durch die Terrassentür ins Haus, ohne auf den Regen zu achten, der ihr die Ponyfransen auf die Stirn klebte.

„Mum, wo ist mein Lesebuch?“, rief Millie.

Susan verdrängte die Schuldgefühle, weil sie sich fünf Minuten gegönnt hatte, um nicht nur aus dem Haus, sondern auch aus ihrer Rolle als Mutter zu schlüpfen. Sie räusperte sich und schob das Handy in eine Schublade.

„Es liegt hier, Süße.“

„Wo?“

„In der Küche.“ Das Buch lag auf dem Tisch, direkt neben ihr.

Millie stürmte ins Zimmer und die Zöpfe, die Susan ihr eben erst geflochten hatte, waren bereits zerzaust.

„Ich bekomme bestimmt Ärger."

„Nein, das wirst du nicht." Susan nahm das Buch und wedelte mit ihm in Richtung ihrer Tochter. „Wo ist deine Tasche?"

Millie runzelte die Stirn. „Ich dachte, du wüsstest das."

Susan schluckte ihre Verärgerung herunter und zeigte auf die Tasche, die gestern Abend in eine Ecke geschleudert worden war.

„Danke, Mum."

Susan lächelte. Millie war elf Jahre alt und stand kurz vor dem Schulwechsel. Manchmal benahm sie sich bereits wie ein Teenager, war weltgewandt und abweisend, und dann verhielt sie sich wieder wie eine Erstklässlerin so wie heute.

„Vergiss dein Mittagessen nicht", sagte Susan und nickte in Richtung der Brotdose auf dem Tresen.

„Ja." Millie stopfte sie in ihren Rucksack, ohne sich darum zu kümmern, dass sie dabei das Buch aus der Bibliothek zerquetschen würde, das sie kurz zuvor eingepackt hatte.

„Fertig?" Susan griff nach ihren Schlüsseln. Die Schule lag anderthalb Kilometer entfernt, ein angenehmer Spaziergang durch Clifton, einen der begehrtesten Vororte von Bristol. Dieses Haus hatte früher Susans Eltern gehört. Ihr Mann Archie war ständig pleite und hätte ihnen nie ein Dach über dem Kopf bieten können, obwohl er einen guten Job an der Universität hatte.

Bei dem Gedanken an Archie wanderte ihr Blick zur Schublade, in der sie ihr Telefon versteckt hatte. Doch dann musste sie an Tony denken und ihr wurde warm ums Herz.

Sie öffnete die Schublade und schob das Telefon in ihre Rocktasche. „Los geht's."

Millie blieb vor dem Spiegel im Flur stehen und versuchte vergeblich, ihr Haar zu glätten.

„Vielleicht sollte ich dir die Zöpfe erst kurz bevor wir das Haus verlassen flechten“, sagte Susan. Aber selbst das würde nicht helfen. Sie sollte tatsächlich damit warten, bis sie vor dem Schultor standen, wenn sie wollte, dass ihre Tochter den Schultag mit einem ansehnlichen Aussehen begann.

Als sie die Haustür öffnete, bemerkte sie zwei Männer in dunklen Uniformen, die auf sie zukamen. Susans Hand flog zu ihrer Kehle. „Hallo?“, krächzte sie. „Kann ich Ihnen helfen?“

Der ältere der beiden Polizisten warf ihr einen besorgten Blick zu. Sie kannte diesen Blick und spürte, wie sich ihr der Magen umdrehte.

Millie schlug hinter ihr die Tür zu. „Mum?“

Susan packte den Ärmel der Strickjacke ihrer Tochter, ohne die beiden Beamten aus den Augen zu lassen.

„Sind Sie Susan Weatherton?“

Sie nickte.

„Könnten wir vielleicht kurz reinkommen?“

Sie sah die Straße auf und ab. Der alte Mr Gill von nebenan hatte bestimmt das Polizeiauto gesehen, das ein paar Häuser weiter geparkt war. Er stand immer am Fenster und starrte durch die staubigen Spitzenvorhänge hinaus.

„Ich muss meine Tochter zur Schule bringen. Wir sind spät dran.“

Die Augen des Constable funkelten und seine Miene wechselte von Besorgnis zu Mitleid.

Oh Gott! Susans Griff um Millies Strickjacke wurde fester.

„Es geht um Ihren Mann, Mrs Weatherton. Ich fürchte, das kann nicht warten.“

Susan bekam kaum Luft. Es gab nur einen Grund, warum die Polizei zu dieser Tageszeit anklopfen würde.

Sie schluckte. „Dann sollten Sie vielleicht besser reinkommen.“

KAPITEL VIERZEHN

Das Archäologenteam bewohnte ein kleines Cottage in der West Street. Die Vorderwand des Gebäudes grenzte an den schmalen Bürgersteig, auf dem Lesley und Dennis nun standen und gelegentlich für Passanten zur Seite gehen mussten, während sie darauf warteten, dass jemand die Tür öffnete.

„Vielleicht ist niemand da", meinte Dennis.

Lesley zeigte nach oben. „Ich habe gesehen, wie sich der Vorhang bewegt hat, als wir ankamen."

„Richtig." Er hämmerte an die Tür.

Lesley zuckte zusammen. Die junge Frau, die sie besuchen wollten, war eine Zeugin, zumindest vorerst. Sie hatte ein furchtbares Erlebnis hinter sich und nach dem, was Lesley gestern gesehen hatte, war sie emotional sehr zerbrechlich.

Endlich öffnete sich die Tür. Lesley zeigte zu Dennis, der seinen Ausweis hochhielt.

„Ich bin DCI Clarke, das ist DS Frampton", sagte sie. „Wir beide haben uns ja schon gestern kennengelernt."

Laila starrte sie an. Ihre Haut war weniger blass als am Vortag, mit ihrem wallenden weißblonden Haar und den schlanken Gliedmaßen hatte sie jedoch etwas Ätherisches an sich. Selbst wenn diese Frau ihren Freund ermordet hätte, hätte sie ihn niemals bewegen können, dachte Lesley. Das passte zu Gails Theorie.

„Wie geht es Ihnen, Laila?", fragte sie.

„Besser. Sie haben mich schnell wieder entlassen."

„Gut. Können wir reinkommen?"

Laila schaute zurück ins Haus, dann wieder zu den Polizisten. Sie zuckte mit den Schultern. „Natürlich."

„Danke", sagte Dennis. Er hob die Augenbrauen und wartete, bis Laila zur Seite ging, bevor er an ihr vorbei ins Haus trat. Lesley folgte ihm, den Blick auf Lailas Gesicht gerichtet.

Die junge Frau schloss die Eingangstür, blieb aber in ihrer Nähe stehen, wobei sie am Ärmel ihrer geblümten Bluse zupfte. „Entschuldigung. Es ist ein bisschen unordentlich ..."

Für Lesley sah das Zimmer aufgeräumt aus. Neben einem abgenutzten grünen Sessel lag eine Zeitung auf dem Boden und auf dem Sofa stand ein halb leer gegessener Teller mit Toast. Ansonsten gab es in dem Zimmer nur eine schmale Kommode und einen niedrigen Hocker, auf dem sich Bücher stapelten. Es gab keinen Beistelltisch: kein Platz. Und auch keinen Fernseher.

Lesley schob sich um das Sofa herum und nahm darauf Platz, wobei sie den Teller mit dem Toast auf den Bücherhocker stellte. Dennis entschied sich für den Sessel. Hinter ihm führte eine Tür in eine kleine Küche, und hinter einer weiteren Tür an der Seite befand sich eine steile Holztreppe.

„Gemütlich“, kommentierte Dennis, während er sich in seinem Sessel rekelte.

Lesley tätschelte das Sofa neben sich. Laila stand immer noch an der Tür und kaute auf einer Haarsträhne herum.

„Wir beißen nicht“, sagte Lesley. „Sie können sich ruhig setzen.“

Laila schenkte ihr ein angespanntes Lächeln und setzte sich ans andere Ende des Sofas, neben Dennis' Sessel. Er nahm die Zeitung, faltete sie und legte sie auf die Armlehne seines Stuhls. Lesley sah ihn stirnrunzelnd an.

„Sie sind alle unterwegs“, sagte Laila. „Crystal ist zu den Ringen hinuntergegangen, also der Ausgrabungsstätte. Und Patrick ... Ich weiß nicht, wo Patrick ist.“

„Das ist schon in Ordnung“, sagte Lesley. „Wir wollten mit Ihnen sprechen.“

Laila umklammerte ihre Ärmel fester.

„Ich weiß, wie schwer das ist, Laila. Aber Sie müssen uns genau beschreiben, was gestern passiert ist.“

„Ja.“

„Können Sie uns zunächst sagen, warum Sie an der Ausgrabungsstätte waren?“ Lesley nickte Dennis zu, der seinen Notizblock herauszog und zu schreiben begann.

„Normalerweise würde ich das nicht tun, an einem Sonntag, meine ich“, antwortete Laila mit zittriger Stimme. „Aber ich ... ich hatte einen Streit mit Patrick.“

„Patrick Donnelly?“, fragte Dennis.

„Ja. Ich kam vom Einkaufen nach Hause, als er in meinem Zimmer war. Also in meinem und Archies Zimmer. Er hat es durchsucht.“ Sie schniefte. „Und dann hat er mich wegen der Unordnung angemacht.“

„Er hat Sie angemacht?“, fragte Lesley. „Es war nicht andersherum?“

„Schließlich haben Sie ihn doch erwischt, wie er in Ihrem Zimmer herumschnüffelte", meinte Dennis.

Auf Lailas Wangen bildeten sich rote Flecken. „Ich bin wieder die Treppe hinuntergegangen, bevor er mich sah. Dann habe ich extra viel Lärm gemacht, damit er wusste, dass ich da war, und bin wieder nach oben gegangen. Ich wollte keine Konfrontation."

„Hatten Sie Mr Donnelly schon einmal gesehen, wie er Ihre Sachen durchwühlt hat?", fragte Lesley.

„Das ist es ja gerade. Er hat nicht meine Sachen durchwühlt."

Dennis sah auf. „Aber Sie haben doch gerade gesagt ..."

„Er hat Archies Sachen durchsucht", schlug Lesley vor. „Richtig, Laila?"

Die roten Flecken wurden noch dunkler. „Archie und ich, wir bewahren unsere Sachen getrennt auf. Patrick hat seinen Nachttisch durchsucht."

„Hat er etwas gefunden?", fragte Dennis. Lesley runzelte erneut die Stirn.

Laila zuckte mit den Schultern. „Ich weiß es nicht. Ich habe nicht ..."

Lesley beugte sich vor. „Hatten Sie die Gelegenheit, Archies Habseligkeiten seit seinem Tod zu überprüfen?"

„Das wollte ich. Aber als ich gestern Abend nach Hause kam, konnte ich nicht ..."

„Ich verstehe", meinte Lesley. Sie sah den DS an. „Wir brauchen hier die Spurensicherung."

„Gail Hansford ist bereits am Tatort."

„Aber wir haben doch sicher mehr als ein Team an Kriminaltechnikern, oder nicht?"

„In Weymouth gibt es eins. Aber ..."

Lesley seufzte. Sie würden dieses Gespräch später fortsetzen. Sie drehte sich zu Laila um.

„Sie sind also ein zweites Mal nach oben gegangen, und wo war Patrick?"

Laila schaute in Richtung der Tür, die zur Treppe führte. „Auf dem Treppenabsatz. Er wusste, dass ich auf dem Weg nach oben war."

„Hatte er etwas in der Hand? Haben Sie gesehen, ob er etwas versteckt hat?"

„Nein."

„Okay. Dann haben Sie sich also mit ihm über den Zustand Ihres Zimmers gestritten. Was haben Sie dann gemacht?"

Lailas Augen glänzten vor Tränen. „Ich habe ihn nicht getötet. Ich habe Archie geliebt."

„Ich habe nicht gesagt, dass Sie das getan haben."

„Ich weiß, was Sie da tun. Sie stellen einen Zeitplan auf. Verfolgen meine Bewegungen zurück."

„Wir wollen nur wissen, wann und wie Sie ihn gefunden haben", sagte Lesley.

„Es liegt in Ihrem Interesse, mit uns zu kooperieren", fügte Dennis hinzu.

Lesley biss die Zähne zusammen. „Fahren Sie fort", sagte sie. „Erzählen Sie uns, was als Nächstes passiert ist."

„Ich bin aus dem Haus gegangen. Ich wollte einfach nur weg von Patrick. Ich war wütend, dass Archie früher nach London gefahren war, und wollte nur etwas ..."

„Moment", unterbrach Lesley sie. „Sie sagten, dass Archie früher nach London gefahren war."

„Er hatte am Montag ein Treffen." Lailas Gesicht verdüsterte sich. „Also heute. Wegen der Finanzierung unserer Ausgrabungen."

„Und wann hat er das Haus verlassen, um nach London zu fahren?"

„Am Samstagmorgen."

„Hat er das immer so gemacht?"

Ein Achselzucken. „Er ist manchmal am Wochenende weggefahren. Aber er hasste London. Er hat – er hatte – dort keine Wohnung. Deshalb habe ich auch nicht verstanden, warum er unbedingt früher fahren wollte."

„Laila, glauben Sie, Archie könnte nach London gefahren und dann hierher zurückgekommen sein?", fragte Lesley.

„Das Treffen sollte erst am Montag stattfinden."

„Aber er ist irgendwo hingegangen."

Die junge Frau sackte in sich zusammen. „Ja."

„Haben Sie eine Ahnung, wohin er gegangen sein könnte?"

„Er ist an der Universität von Bristol angestellt. Ich vermute, dass er dort ein kleines Apartment oder so etwas hat. Aber er hat es nie erwähnt."

Lesley und Dennis tauschten Blicke aus. Lesley dachte an das Telefongespräch zurück, das sie auf dem Weg von der Ausgrabungsstätte hierher mit Johnny Chiles geführt hatte. Johnny hatte Archies nächste Angehörige ausfindig gemacht. Die Polizei von Bristol würde wahrscheinlich gerade an ihre Tür klopfen.

„Hat Archie Ihnen erzählt, dass er eine Familie in Bristol hat?", fragte sie.

Lailas starrte sie überrascht an. „Seine Eltern? Ich dachte, sie wären tot."

„Ich meine nicht seine Eltern."

Laila schüttelte den Kopf.

„Archie hatte eine Ehefrau in Bristol.“ Lesley beobachtete die junge Frau aufmerksam. „Sie heißt Susan.“

Lailas Kopf schoss hoch. „Das hat er nicht. Das ist ein ... Das müssen Sie falsch verstanden haben.“

„Und eine kleine Tochter“, sagte Dennis. Sein Ton war barsch. „Elf Jahre alt.“

„Aber ...“ Lailas Blick sprang zwischen den beiden Detectives hin und her.

„Es tut mir leid, Leila“, meinte Lesley. „Aber es sieht so aus, als hätte Archie Sie angelogen.“

KAPITEL FÜNFZEHN

„Haben Sie das nicht gewusst?", fragte Lesley die junge Frau.

„Er sagte mir, er sei geschieden. Und eine Tochter hat er nie erwähnt."

Lesley kniff die Augen zusammen. Sie würden mit den anderen im Haus sprechen müssen, um herauszufinden, ob Laila die Wahrheit sagte. Wenn sie gewusst hatte, dass Archie verheiratet war und sie sich deshalb gestritten hatten, hatte sie vielleicht ...

„Sie erwähnten, dass Archie und Sie sich gestritten hätten", sagte sie.

„Ich wollte, dass er erst am Montagmorgen nach London fährt. Ich hätte ihn zum Bahnhof gefahren und er wäre früh genug dort eingetroffen." Sie sah auf. „Er überlässt mir immer sein Auto. Und es war nicht das erste Mal, dass er am Wochenende verreist war. Er traf sich öfters mit seinem Dekan in Bristol oder besuchte eine Ausgrabungsstätte in Avebury." Sie schwieg einen Moment. „Er fuhr dann immer nach Hause zu seiner Frau, nicht wahr?"

Die junge Frau sah aus, als würde sie gleich weinen. Lesley trat von einem Bein auf das andere. In Birmingham hatte ihr ein größeres Team zur Verfügung gestanden und sie vor der Notwendigkeit von Zeugenbefragungen bewahrt. Emotionale Verdächtige irritierten sie.

„Die Polizei von Bristol wird Mrs Weatherton inzwischen aufgesucht haben", sagte Dennis. „Sie wird bestimmt ziemlich verzweifelt sein."

Laila nickte. „Wenn ich das gewusst hätte ..." Sie fuhr sich mit ihrem zunehmend feuchten Ärmel über das Gesicht. „Elf Jahre, sagten Sie?"

Dennis beäugte sie. „Wie alt, sagten Sie, sind Sie, Miss Ford?"

Sie blinzelte. „Zwanzig. Aber Archie dachte, ich wäre ..."

„Sie haben ihm gesagt, Sie wären älter?", fragte Lesley.

„Ich habe nicht ... sie haben es einfach nur alle angenommen."

Wie praktisch, dachte Lesley. Sie fragte sich, ob Crystal Spiers, die Leiterin des Teams, Lailas wahres Alter kannte.

Lesley zog an ihren Fingern, sodass die Knöchel knackten. Sie hatte Hunger, wollte aber die beiden anderen Bewohner des Cottage aufspüren, bevor sie sich möglicherweise aus dem Staub machten.

„Kommen wir zurück zu den gestrigen Ereignissen. Sind Sie direkt von hier aus zur Ausgrabungsstätte gegangen?"

„Ja. Das war der einzige Ort, zu dem ich gehen konnte. Ich dachte, die Arbeit würde mich vielleicht ablenken."

„Ist es üblich, dass die Mitglieder des Teams allein arbeiten?"

„Normalerweise sind wir immer ein paar Leute. Wir vier, plus einige Studenten der Universität Bournemouth. Und ein paar Freiwillige des National Trust. Manchmal brauchen wir auch einen Spezialisten." Sie rieb sich das Gesicht. „Das ändert sich ständig. Aber gestern war ich zum ersten Mal allein da unten."

Nur, dass Sie nicht allein waren, dachte Lesley. „Beschreiben Sie, was passierte, als Sie an die Ausgrabungsstätte kamen."

„Es war niemand da. Weiter hinten ging ein Mann auf dem Feld mit seinem Hund spazieren. Man darf dort die Hunde nicht von der Leine lassen, daher fiel er mir auf, weil sein Hund Kaninchen jagte. Wahrscheinlich ein Tourist."

Lesley warf einen Blick auf Dennis, der sich immer noch Notizen machte. Sie mussten diesen Spaziergänger aufspüren.

„Und dann?", fragte sie.

„Dann ging ich zuerst in das andere Zelt, das kleinere. Dort arbeite ich zusammen mit Patrick." Sie zitterte. „Dann bemerkte ich, dass ich keine Ausrüstung dabei hatte, kein Werkzeug. Wir schließen hier alles in einem Schuppen ein." Sie zeigte zur Rückseite des Cottage.

„Um wie viel Uhr war das?"

Laila runzelte die Stirn. Ihre Wangen hatten an Farbe verloren und ihre Haut war wieder fast durchsichtig. „Gegen drei, glaube ich."

„Was haben Sie dann getan?"

„Meine Füße kribbelten, also bin ich rausgegangen, um sie auszuschütteln. Ich beschloss, einen kurzen Blick in das große Zelt zu werfen und dann in den Pub zu gehen, um für eine Weile abzutauchen."

„Sie gingen also in das große Zelt ..."

Ein Nicken. „Und er ... Archie war da drin." Lailas Stimme stockte.

„Beschreiben Sie, was Sie gesehen haben." Dennis schob die Brille zurecht und nahm seine Notizen wieder auf.

Laila schaute von ihm zu Lesley, Tränen stiegen ihr in die Augen. „Da waren Fliegen." Sie erschauderte. „Eine Plane. Ich habe sie hochgehoben. Ich wünschte, ich hätte es nicht getan ..." Sie wischte sich über die Wange. „Er lag mit dem Rücken zu mir da. Sein Kopf ..." Sie krallte die Finger einer Hand in den Stoff des Sofas. „Ich ... ich kniete nieder. Ich nahm seinen Arm und schüttelte ihn. Aber sein Kopf ... die Wunde ..." Sie schloss die Augen, ihre Hände zitterten. „Ich kriege dieses Bild nicht mehr aus dem Kopf."

„Was ist dann passiert?", schnappte Dennis. Lesley warf ihm einen Blick zu; sie würden ein ernsthaftes Gespräch über Befragungstechniken führen müssen.

Laila sah zu ihm auf. Ihre Augen waren stumpf, als ob sie sich nur schwer konzentrieren könnte. „Dann wurde mir klar, dass ich nichts mehr tun konnte, und ich rannte aus dem Zelt. Ich muss gerufen oder geschrien haben." Sie sah Lesley an. „Und dann sind Sie gekommen."

KAPITEL SECHZEHN

Susan beendete ihren zweiten Telefonanruf an diesem Morgen und versuchte, nicht an den Ersten zu denken.

Mrs Hancock, die Direktorin an Millies Schule, war zwar freundlich, aber aufdringlich gewesen. Niemand in der Schule hatte Archie jemals kennengelernt, da ihn seine Arbeit durch das ganze Land und manchmal sogar um die ganze Welt geführt hatte. Sie hatten sich für ein Haus in der Nähe seiner Universität entschieden, aber Susan fragte sich oft, warum sie sich die Mühe gemacht hatten. Manchmal fragte sie sich sogar, ob die Lehrer glaubten, Archie wäre nur ein Hirngespinst von ihr und Millie.

Jetzt nicht mehr.

Sie schleppte sich die Treppe hinauf, ihre Beine waren schwer. Auch die beiden Polizeibeamten waren freundlich gewesen und hatten ihr die Nachricht so sanft wie unter den gegebenen Umständen möglich überbracht: mit gesenkter Stimme und in respektvollem Ton, die Hüte auf dem Schoß. Ein FLO, ein Polizeibeamter mit psychologischer Ausbildung, der den Angehörigen von Verbrechensopfern betreuend zur Seite gestellt wird, würde später vorbeikommen. Vielleicht würden auch Beamte der Abteilung für Kapitalverbrechen aus Dorset mit ihr sprechen wollen.

Abteilung für Kapitalverbrechen.

Susan ließ sich auf die oberste Stufe sinken und presste die Faust auf den Mund. Am liebsten hätte sie sich unter ihrer Bettdecke vergraben und so getan, als hätte es den heutigen Tag nie gegeben.

„Mummy? Was wollten die Polizisten?" Millie stand über ihr und sah sie besorgt an. Zwei Uniformierte, die auf dem Weg zur Schule auftauchten, waren eine beängstigende Erfahrung für ein Kind.

„Gehen wir jetzt zur Schule?"

„Du hast heute frei." Susan konnte ihrer Tochter nicht in die Augen sehen.

„Echt? Super!"

Millie stürmte in ihr Zimmer, ohne einen weiteren Gedanken an die Polizisten zu verschwenden. Sie warf sich auf das Bett und griff nach ihrem Handy.

Susan wollte sie beschützen. Ihr die Freude eines schulfreien Tages schenken, ohne den Kummer zu haben, warum. Sie könnte mit ihr in die Stadt fahren und ein Eis kaufen. Vielleicht sogar nach Weston fahren und den Jahrmarkt besuchen. Ein letzter gemeinsamer Tag, bevor sie Millies Welt zum Einsturz brachte.

Millie stand in der Tür. „Ich habe Hayley über WhatsApp geschrieben. Sie meldet sich aber nicht. Bist du sicher, dass wir heute keine Schule haben, Mum?"

Susan richtete sich auf. *Sei stark.* Sie schenkte ihrer Tochter ein schwaches Lächeln und schaute an ihr vorbei ins

Schlafzimmer. Wo sollte sie es ihr sagen? Dies würde einer der Momente sein, an die sich Millie für immer erinnern würde. Und der Raum, in dem sie es erfuhr, wäre auf ewig damit verbunden.

Sie griff nach der Hand des Mädchens. „Komm mit nach unten, Süße. Ich muss dir etwas sagen."

KAPITEL SIEBZEHN

„Was sollte das eben?", fragte Lesley DS Frampton, als er die Haustür hinter ihnen schloss.

Er warf ihr einen scharfen Blick zu und eilte zum Parkplatz zurück. Sie hielt mit ihm Schritt.

„Sie waren sehr hart zu dieser Frau", sagte Lesley. „Sie ist eine Zeugin, keine Verdächtige."

Er blieb stehen und drehte sich zu ihr um. „Das weiß ich."

„Warum dann dieser Ton? Wir mussten ihr Vertrauen gewinnen, damit sie sich öffnet."

„Sie lügt, Ma'am." Er ging weiter.

„Ich habe Ihnen bereits gesagt, dass Sie sich das Ma'am sparen sollen. Sie glauben ihr also nicht?"

„Das ist es nicht. Sie ist fast noch ein Kind, tut aber so, als sei sie Mitte zwanzig. Und dann fängt sie etwas mit einem Mann an, der alt genug ist, um ihr Vater zu sein."

„Archie war siebenunddreißig."

„Seine Tochter ist nur acht Jahre jünger als sie."

„Das ist kaum relevant. Und Sie stimmen mir sicherlich zu, dass es Archie war, der gelogen hat."

Sie hatten inzwischen den Parkplatz erreicht. Mike Legg saß zusammen mit PC Abbott im Streifenwagen.

Dennis legte eine Hand auf Lesleys Arm. Sie zuckte zusammen. „Chefin, die Frau hat mit einem verheirateten Mann geschlafen. Sie hat über ihr Alter gelogen und den anderen Kollegen wahrscheinlich irgendeine wilde Geschichte über sich selbst aufgetischt. Laila Ford hat eine fragwürdige Moral."

Lesley musste lachen. „Mein Gott, Dennis! Wenn man jeden, der mit jemandem bumst, mit dem er nicht bumsen sollte, des Mordes verdächtigt, würden mehr Leute im Gefängnis sitzen als draußen frei herumlaufen."

„Bitte reden Sie nicht so."

Sie unterdrückte ein weiteres Lachen. „Was meinen Sie? Das Bumsen?"

Er runzelte die Stirn, griff in seine Jackentasche und holte einen Notizblock heraus. Nicht das schwarze Polizeibuch, sondern ein Hellblaues. Er schrieb etwas hinein.

„Was ist das? Was schreiben Sie da?"

Er hielt das Buch in ihre Richtung und sie las: *Fluchen +2. Blasphemie.* „Oh mein Gott, Dennis. Sie haben nicht nur eine Schimpfwortkasse, sondern auch noch ein verfluchtes Schimpfwortbuch?"

Seine Augen weiteten sich. Er leckte sich über die Lippen und schrieb weiter.

Lesley widerstand dem Drang, ihm den Block zu entreißen.

„Ich bedaure, dass Sie meine – unsere – moralischen Werte nicht teilen, Inspector. Ich weiß, dass dort, wo Sie herkommen ..."

„Nein, das wissen Sie nicht, Dennis. Ich komme aus Birmingham, nicht aus dem verfluchten Baltimore.“

Seine Nasenlöcher blähten sich.

„Ich werde meine Art, zu reden, nicht ändern, Sergeant, und wir müssen uns darüber klar werden, wenn wir zusammenarbeiten wollen. Ich weiß, dass Sie hier unten in einem anderen Tempo arbeiten, und dass Sie – wie soll ich sagen? – eine andere Weltanschauung haben. Ich weiß, dass ich mich daran gewöhnen muss.“

„Chefin, das ist nicht ...“

Lesley hob eine Hand. Über Dennis' Schulter konnte sie sehen, wie Mike aus dem Auto stieg. Er und PC Abbott fragten sich bestimmt, was zum Teufel hier los war.

„Okay“, sagte sie. „Sie werden mir zuliebe den Notizblock wieder in Ihre Tasche stecken. Sie werden bemerken, dass ich in diesem letzten Satz nicht geflucht habe, obwohl ich sehr versucht war, es zu tun. Wir werden vergessen, dass dieses Gespräch jemals stattgefunden hat. Und ich werde so tun, als gäbe es Ihre Kasse nicht.“

„Das ist für einen guten Zweck, Chefin. Das Geld geht an meine Kir...“

„Hören Sie zu, okay? Denn ich bin im Begriff, einen weitaus wichtigeren Punkt anzusprechen als irgendeinen belanglosen Unsinn über meinen Gebrauch der angelsächsischen Sprache.“

Mike war nur noch ein paar Schritte entfernt. Er schaute zwischen Lesley und Dennis hin und her und trat von einem Fuß auf den anderen.

„Ja, Mike?“, schnappte Lesley. „Was gibt es denn, dass es nicht warten kann?“

„Ich wollte Sie nur auf den neuesten Stand bringen, Chefin.“ Mike sah aus, als hätte er sich gewünscht, nie aus dem Auto gestiegen zu sein. „PC Abbott und ich waren an der Ausgrabungsstätte und haben mit Crystal Spiers gesprochen. Und sie hat uns gesagt, wo Patrick Donnelly ist."

„Und, wo ist er?"

„Im Greyhound. Sie öffnen schon früh zum Frühstück."

„Ich weiß." Der Greyhound Pub lag in der Nähe der Teestube, in der sie Lailas Schrei am Vortag gehört hatte. „Kommen Sie näher. Ich möchte, dass Sie das auch hören."

Mike warf einen Blick zurück auf PC Abbott im Auto. „Ähm ... okay." Er trat vor.

„Gut", sagte Lesley. „Es sind einige Informationen über Laila Ford ans Licht gekommen, die nach Ansicht von DS Frampton einen Schatten auf ihre Moral werfen. Wenn Sie mich fragen, sagt das mehr darüber aus, was für ein Mensch das Opfer war, aber der Mann kann sich nicht mehr verteidigen."

Mike sah Dennis an, dessen Blick über Lesleys Schulter hinweg in Richtung Burg ging.

„Ich möchte eines klarstellen", fuhr Lesley fort. „Wir werden keine Vermutungen über Zeugen oder Verdächtige anstellen. Wenn wir Rückschlüsse auf die Motive, das Verhalten oder die geistige Verfassung der Menschen ziehen, die wir befragen wollen, dann tun wir das auf der Grundlage von *Beweisen.*" Sie sah Dennis an. „*Nicht* auf Grundlage unserer Vorstellung davon, was für ein Mensch die Person sein könnte."

„Natürlich, Chefin", sagte Mike. „Wir tragen Beweismaterial zusammen."

Lesley lächelte. Endlich sprach einer dieser Bauerntölpel ihre Sprache.

„Schön, dass Sie das verstehen, DC Legg. Dennis?"

DS Frampton räusperte sich. „Ja, Chefin. Das war klar und deutlich."

Lesley blinzelte ihn an. War sein *Klar und deutlich* mit Sarkasmus gespickt gewesen? War Dennis überhaupt zu Sarkasmus fähig?

Sie würde ihm also vorerst Glauben schenken.

„Okay", sagte sie. „Dann lasst uns den Mörder fangen."

KAPITEL ACHTZEHN

„Okay“, sagte Lesley. „Haben Sie Ms Spiers befragt?“

„Befragt?“, fragte Mike.

„Haben Sie sie gefragt, wo sie gestern war? Hat sie ein Alibi?“

„Sie hatte eine Auseinandersetzung mit den Leuten von der Spurensicherung. Es war nicht ...“

Lesley wandte ihren Blick von Mike ab und starrte zur Burg. *Verliere jetzt nicht die Nerven mit ihm.* Es war ihr erster Tag, sie musste erst einmal Freunde finden. „OK, DC Legg. Wo ist Crystal jetzt?“

„Immer noch am Tatort. Hat ein Auge auf die Spurensicherung.“

„Wenn das so ist, gehen wir beide jetzt runter und reden mit ihr.“

„Chefin.“ Er sah aus, als wolle er salutieren.

Lesley wandte sich an Dennis. „PC Abbott und Sie befragen Patrick Donnelly. Ich möchte wissen, ob er ein Motiv hatte, Archie zu töten, was er im Zimmer des Mannes gemacht und ob er ein Alibi hat.“

„Wir haben aber noch keinen Todeszeitpunkt“, antwortete Dennis.

„Stimmt. Wie weit sind wir mit der Obduktion?“

Dennis und Mike sahen sich an.

„Was?“, fragte Lesley.

„Doctor Whittaker wurde gestern informiert. Wahrscheinlich fängt er heute im Laufe des Tages an und bereitet sich darauf vor.“ Dennis schaute betreten auf.

„Er hat ein Mordopfer auf dem Tisch und er ... egal. Geben Sie mir Bescheid, wenn Sie seine Pläne kennen. Ich möchte dabei sein.“

„Alles klar.“

„Gut. Kommen Sie, Mike. Ich treffe PC Abbott und Sie in Kürze wieder hier, Dennis.“

„Was das angeht ...“

Lesley hob einen Finger. „PC Abbott war gestern hier. Sie ist klug und kann gut mit der Öffentlichkeit umgehen. Ich lasse sie nicht untätig im Auto sitzen, nur weil Sie Uniformierte nicht gerne in Ermittlungen einbeziehen.“

Er sah sie an. „Ma'am.“

Lesley gab PC Abbott ein Zeichen, aus dem Auto zu steigen. Die Streifenpolizistin eilte auf sie zu und ging dann mit Dennis in Richtung Dorf, wobei keiner von ihnen sich wohlfühlte. Die Passanten drehten sich um und starrten auf ihre Uniform.

„Die größte Aufregung, die dieses Dorf seit Jahren erlebt hat“, sagte Lesley.

„Wahrscheinlich seit dem Bürgerkrieg“, fügte Mike hinzu.

„Wie bitte?“

„Damals gab es eine Belagerung, aber ich will Sie damit nicht langweilen.“

„Gott sei Dank. Lassen Sie uns zum Tatort gehen."

Crystal Spiers saß neben der Polizeiabsperrung, als sie eintrafen. Ihre Miene war hart.

„Ms Spiers?" Lesley trat auf sie zu und verfluchte das hohe Gras. Ihre Schuhe hatten bereits Matschflecken.

„Das bin ich." Crystal beäugte Mike. „Aber das wissen Sie ja bereits. Wo ist Ihr Kumpel?"

„Ich bin DCI Clarke", sagte Lesley. „DC Legg und ich möchten Ihnen einige Fragen stellen."

Crystal lehnte sich zurück. Sie hatte die Hände hinter sich auf dem Gras ausgestreckt und hätte die Mittagssonne genießen können, wäre da nicht ihr verärgerter Gesichtsausdruck.

„Ich werde mit Ihnen reden, wenn Sie diese Mistkerle von meiner Ausgrabungsstätte schaffen."

„Das ist ein Tatort", meinte Lesley. „Und ich bin mir sicher, dass man Ihnen bereits gesagt hat, dass es niemanden gibt, der bei einer Suche sorgfältiger arbeitet als die Spurensicherung."

„Es ist keine *Suche*, das ist eine Ausgrabung. Alles, was sie bewegen, gefährdet die Integrität unserer Ergebnisse."

„Wir haben den Boden im Zelt nicht aufgewühlt." Gail war aus dem Zelt getreten, in dem Archies Leiche gefunden worden war. „Sie brauchen sich also keine Sorgen zu machen."

Crystal stand auf.

Gail stemmte die Hände in die Hüften. „Hören Sie, Lady. Die meisten Beweise da drinnen sind Blutspritzer. Ihr

Kollege hatte einen ... Nein, das müssen Sie nicht wissen. Aber wir wollen die Beweise genauso wenig zerstören wie Sie. Wir messen, fotografieren und überprüfen alles noch einmal."

„Sie trampeln auf der Stelle herum, unter deren Oberfläche sich wichtige Artefakte befinden könnten."

Gail zog ihre Handschuhe aus und rieb sich die Hände. „Dieses Feld ist ein öffentliches Wegerecht. Die Leute trampeln seit Jahrhunderten auf ihm herum. Und wir verwenden Schutzplatten. Das sind die einzigen Stellen, auf denen wir stehen."

„Danke, Gail", sagte Lesley. Dieser Streit könnte ewig weitergeführt werden. Sie schaute auf das Gras hinunter, in das sie sich mit ihrem pfirsichfarbenen Rock unmöglich setzen konnte.

„Gail", rief sie die Frau zurück, die gerade wieder ins Zelt zurückkehren wollte. „Könnten wir uns Ihr Auto ausleihen?"

Gail runzelte die Stirn. „Um wohin zu fahren?"

„Nirgendwohin. Ich suche nur eine Sitzgelegenheit."

„Gut." Gail warf Lesley ihre Schlüssel zu. „Aber hinterlassen Sie keine Unordnung."

Lesley hatte gestern Abend in Gails Wagen gesessen und wusste daher, dass jeglicher Unrat, den Mike oder sie hinterlassen würden, in dem mit Müll übersäten Innenraum nicht auffallen würde.

„Wir werden Sie nicht lange aufhalten", sagte sie zu Crystal und führte sie zum Auto.

Lesley nahm auf dem Fahrersitz Platz, Crystal neben ihr und Mike auf dem Rücksitz. Er war umgeben von Chipstüten, Bonbonpapierchen und leeren Saftkartons.

„Danke, dass Sie uns Ihre Zeit schenken", sagte sie zu

Crystal, die die Arme vor dem Oberkörper verschränkte. „Kannten Sie Archie Weatherton schon lange?"

Crystal starrte auf die Bäume, die sie vom Tatort trennten, und zuckte am ganzen Körper, als würde sie von Ameisen heimgesucht werden. „Kennengelernt habe ich ihn bereits 2003 auf einer Konferenz, aber das hier war unsere erste Zusammenarbeit. Ich habe mich auf die frühmittelalterliche Geschichte spezialisiert, er ist eher der technische Typ. War."

„Wie lange arbeiten Sie schon mit ihm an diesem Projekt?"

„Seit zwei Monaten und zehn Tagen."

„Das ist sehr präzise."

„Ich habe ein gutes Gedächtnis."

„Ist der Rest des Teams auch schon so lange hier?"

„Patrick, ja. Laila kam erst später zu uns. Vor fünf Wochen."

„Und in dieser Zeit ist sie eine Beziehung mit Archie eingegangen?"

Crystal zuckte mit den Schultern. „Wir hängen hier ziemlich dicht aufeinander. Die Dinge neigen dazu, sich ziemlich schnell zu intensivieren."

„Hatten Sie und Archie jemals eine Beziehung?"

„Gott, nein. Ich stehe nicht auf jüngere Männer."

„Wie *war* Ihre Beziehung zu Archie?"

Crystal schaute kurz zu Lesley, dann sah sie wieder zu den Bäumen. „Gut, denke ich. Ich meine, er konnte ziemlich nervig sein, aber wir kamen gut miteinander aus."

„Nervig? Inwiefern?"

„Er war der Meinung, dass er die Ausgrabung leiten sollte. Ich gebe ja zu, dass er einiges getan hat, um Mittel zu beschaffen, aber das ist mein Projekt. Seit über sechzehn

Jahren setze ich mich beim National Trust für den Zugang zu dieser Stätte ein."

„Uns wurde gesagt, dass Archie dieses Wochenende eigentlich nicht im Dorf sein sollte, sondern ein Treffen in London hatte, bei dem es um die Finanzierung der Ausgrabung ging."

Crystal schüttelte den Kopf. „Diese Sitzung war für Montagnachmittag angesetzt." Sie kniff sich in die Haut über der Nase. „Ich werde sie umplanen müssen. Aber er war nicht über das Wochenende nach London gefahren."

„Was dachten Sie, wo er hinwollte?"

Crystal drehte sich zu Laila um. „Er hat eine Ehefrau, in Bristol. Die anderen wussten nichts davon. Erst recht nicht Laila."

„Aber Ihnen hat er es gesagt?"

„Wie gesagt, ich kenne Archie schon seit Jahren. Ich habe Susan ein paar Mal getroffen. Sie ist nett, wenn auch langweilig. Laila hat er gesagt, er wäre geschieden."

„Aber Ihnen hat er das nicht erzählt?"

„In Akademikerkreisen wird viel geredet und ich hätte es erfahren, wenn er es tatsächlich gewesen wäre."

„Und Sie haben es Laila nicht gesagt?"

„Das geht mich nichts an."

„Glauben Sie, dass Laila es herausgefunden haben könnte?"

Crystal schob die Finger zwischen die Knie. Im Schatten der Bäume war es kühl. „Sie hatten am Mittwochabend einen Streit. Dabei könnte es darum gegangen sein."

„Sie haben nicht zugehört?"

„Ich weiß nicht, was Sie glauben, was wir in diesem Cottage tun, Detective. Aber wir respektieren die Privatsphäre des anderen. Patrick und ich sind in den Pub gegangen, damit wir den Streit nicht mithören mussten."

„Haben sie sich oft gestritten?"

„Es war eine unbeständige Beziehung. Sie ist unreif, er war hibbelig. Erst stritten sie sich, dann versöhnten sie sich wieder. Und Sie können mir glauben, dass Patrick und ich uns die Versöhnung *nicht* anhören wollten."

Mike lehnte sich nach vorne und drückte sein Gewicht gegen Lesleys Rückenlehne. Sie hatte ganz vergessen, dass er da war.

„Wenn Archie weder nach London noch nach Bristol gefahren ist, wo ist er dann hingegangen?", wollte er wissen.

Crystal zuckte mit den Schultern. „Da bin ich überfragt. Er verließ das Cottage am frühen Samstagmorgen. Ich war als Einzige schon auf."

„Wann genau war das?", fragte Lesley.

„Gegen halb sieben."

„Ist er immer so früh aufgebrochen, wenn er seine Frau besuchen wollte?", fragte Mike.

„Manchmal. Es war nichts Ungewöhnliches."

Lesley nahm sich vor, Susan Weatherton zu befragen, und fragte sich, wie lange die Fahrt nach Bristol wohl dauern würde. „Wo waren Sie zwischen Samstagmorgen und gestern Nachmittag drei Uhr?", fragte sie Crystal.

„Am Samstag war ich die meiste Zeit im Cottage. Morgens waren Laila und Patrick ebenfalls da, bis Patrick zum Frühstück in den Pub ging. Laila kann bis halb sieben Uhr abends für mich bürgen, dann bin ich spazieren gegangen."

Lesley fragte sich, wie lange Laila in ihrem Zimmer geblieben war. Sie hätte sicher nicht bemerkt, wenn Crystal das Haus verlassen hätte.

Aber welches Motiv hätte Crystal? Sie hatte keinen Grund, ihren Kollegen zu töten, ganz im Gegensatz zu seiner Frau und seiner Geliebten.

„Und am Sonntag?“, fragte Lesley.

„Da war ich bis zum frühen Nachmittag im Cottage. Dann bin ich spazieren gegangen.“

„Wohin?“

„Nach Swanage. Über die Hügel.“

„Alleine?“

„Ich habe ihn nicht getötet, Detective. Warum hätte ich das tun sollen?“

Lesley nickte. „Danke für Ihre Zeit. Wir werden uns melden, wenn wir weitere Fragen haben.“

„Mir wäre es lieber, Sie gäben mir meine verfluchte Ausgrabungsstätte zurück.“

Statt einer Antwort stieg Lesley aus und gab Crystal ein Zeichen, es ihr gleich zu tun. Dann winkte sie Mike zu und die beiden kehrten ins Dorf zurück, wobei Lesley sich fragte, inwieweit Patricks Geschichte mit der von Crystal und Laila übereinstimmen würde.

KAPITEL NEUNZEHN

Dennis eilte die West Street entlang, PC Abbott hing an seinen Fersen. Als sie im Greyhound Inn ankamen, drehte er sich zu ihr um.

„Ich übernehme das Reden. Schließlich bin ich ein Kriminalbeamter."

„Natürlich, Sarge."

Er nickte. *Gut.* Er drehte sich wieder um und betrat den Pub.

Drinnen war es schummrig und das grelle Morgenlicht verstärkte den Kontrast. Ein älteres Ehepaar mit identischen Regenjacken saß am Fenster und genoss eine warme Mahlzeit. Zwei alte Männer saßen an der Bar und tranken eine Tasse Tee. Dennis rümpfte die Nase. Er konnte nicht verstehen, warum man vor der Mittagszeit in einen Pub ging, auch wenn kein Alkohol im Spiel war.

Die weibliche Hälfte des älteren Paares tippte ihren Mann an. Sein Messer fiel klappernd auf den Teller, als er aufsah. Und dann starrten beide PC Abbott an, die ihnen im Gegenzug ein freundliches Lächeln schenkte.

Nicht zum ersten Mal fragte sich Dennis, warum die DCI ihm diese Frau in Uniform aufgehalst und seinen vertrauenswürdigsten Detective Constable zur Büroarbeit verdonnert hatte.

„Sie sprechen mit dem Barmann", sagte er zu PC Abbott. „Finden Sie heraus, ob Donnelly hier ist. Ich muss kurz telefonieren."

Er trat in den Biergarten hinaus, der im Schatten der Ruine lag und den direkten Blick den Hang hinauf auf die Burgmauern freigab.

Sein Anruf wurde nach dem zweiten Klingeln entgegengenommen.

„Sarge."

„Johnny, wie läuft's? Ich hoffe, Sie drehen am Schreibtisch nicht durch."

„Ich würde lügen, wenn ich behaupten würde, dass ich mich um diese Aufgabe gerissen habe."

„Tut mir leid, Kumpel. Ich werde dafür sorgen, dass sie das nicht wieder tut. Wie kommen Sie mit der Suche nach Weathertons Kollegen voran?"

„Seine Frau hatte Besuch von der örtlichen Polizei. Das wissen Sie ja. Ich habe seine Chefin an der Universität Bristol ausfindig gemacht. Dr. Alman. Ich bin mir nicht sicher, ob wir sie befragen müssen."

„Doch, das müssen wir." *Überall diese Frauen, die das Sagen haben,* dachte Dennis. Er wünschte sich, mehr von ihnen wären wie seine Frau Pam.

„Sonst noch etwas?"

„Bisher nicht, Sarge. Ich dachte, ich schaue mal, ob ich Archies Finanzunterlagen bekommen kann. Vielleicht hatte er ja Geldprobleme und ..."

„Das war kein Selbstmord, Johnny, falls Sie das glauben."

„Ich dachte, wir sollten keine voreiligen …"

„Sie haben doch die Fotos gesehen. Eine so schwere Verletzung am Hinterkopf kann man sich niemals selbst zufügen. Wir sind auf der Suche nach einem Mörder."

„Was glaubt die Chefin denn, wer es war?"

Dennis runzelte die Stirn. „DCI Clarke glaubt bisher gar nichts. Sie sagt, wir müssen *unvoreingenommen* bleiben. Für mich ist ja die Freundin verdächtig."

„Laila."

„Sie hat mit einem verheirateten Mann geschlafen, Johnny. Sie hat über ihr Alter gelogen. Wer weiß, was sie sonst noch alles verbirgt."

„Okay, Sarge. Wenn Sie denken, dass …"

„Haben Sie schon einen Termin für die Obduktion?"

„Der Pathologe meint, heute Nachmittag."

„Ich werde es der DCI mitteilen."

„Gibt es sonst noch etwas, woran ich arbeiten soll, Sarge?"

Dennis schaute auf seine Uhr. „Nein. Machen Sie einfach eine frühe Mittagspause. Wir sind wieder zurück, wenn Sie damit fertig sind."

„Alles klar."

Dennis beendete das Gespräch und sah PC Abbott hinter sich in der Tür zum Pub stehen.

„Was?", schnauzte er.

„Patrick Donnelly wartet auf Sie, Sarge. Er sagt, er habe nicht den ganzen Tag Zeit."

„Nun, da wir seinen Arbeitsplatz abgesperrt haben, hat er das sehr wohl, nicht wahr?"

Er schob sich an der Polizistin vorbei. Er war genervt von ihr, genervt von seiner arroganten neuen Chefin, genervt von sich selbst. Wenn nur DCI Mackie nicht …

„Sergeant!“ Ein kleiner Mann mit dunklem Haar, das schlaff an ihm herunterhing, winkte ihm von der anderen Seite des Pubs zu. Dennis seufzte und ging auf ihn zu, ohne auf Mr und Mrs Regenjacke zu achten, die jeden seiner Schritte beobachteten.

„Patrick Donnelly?“

„Und Sie müssen Sergeant Frampton sein.“ Donnelly zeigte in Richtung von PC Abbott und meinte mit breitem irischen Akzent: „Ihre charmante Kollegin hier hat mir alles über Sie erzählt.“

„Ich muss Ihnen ein paar Fragen stellen, über Archie Weatherton und Ihre anderen Kollegen.“

„Natürlich müssen Sie das. Ich helfe gerne.“

Dennis zog einen Stuhl heran. Dieser Mann war offen und umgänglich. Er konnte sich nicht vorstellen, dass er in den Schlafzimmern anderer Leute herumschlich.

„Danke, dass Sie sich die Zeit genommen haben, mit mir zu sprechen.“ Dennis beachtete PC Abbott nicht, die sich neben ihn gesetzt hatte. Welchen Sinn hatte es, eine Streifenpolizistin zu einer Zeugenbefragung mitzunehmen? Das Mädchen wäre besser im Verkehrsdienst aufgehoben.

„Mit Vergnügen“, sagte Donnelly. „Eine solche Tragödie, der arme Archie. Können Sie mir sagen, wie er genau gestorben ist?“

„Ich fürchte, dazu kann ich im Moment nichts sagen. Tut mir leid.“

Donnelly schenkte ihm ein wissendes Nicken. „Natürlich. Das verstehe ich vollkommen, mein Guter.“

„Kannten Sie Mr Weatherton gut?“

Donnelly verzog gedankenverloren den Mund. Dann holte er tief Luft. „Nun, ich habe mehr als zwei Monate lang mit ihm zusammen gewohnt. Ich weiß, welche Zahnpasta er benutzt hat. Und ich weiß mehr über seine sexuellen Vorlieben, als mir lieb ist, nachdem ich hören musste, was er mit dieser Laila angestellt hat. Diese Cottages sind nicht so solide gebaut, wie man gerne glaubt."

Dennis wollte nichts von Archie Weathertons sexuellen Neigungen wissen. Der Mann hätte sich so etwas für sein Ehebett aufheben sollen.

„Wie war seine Beziehung zu Laila? Gut? Oder eher anstrengend?"

Donnelly lachte. „Stürmisch, würde ich sagen. Aber sie ist ja auch ein stürmisches Mädchen. Der arme Archie hatte keine Chance."

Dennis hob eine Augenbraue. „Was meinen Sie damit, dass er keine Chance hatte?"

Donellys Augen weiteten sich. „Oh, so habe ich das nicht gemeint. Sie hat ihn nicht getötet. Zumindest glaube ich nicht, dass sie das getan hat. Aber das herauszufinden, ist Ihre Aufgabe, oder? Nein, ich meine damit nur, dass er gar nicht anders konnte, nachdem sie ein Auge auf ihn geworfen hatte. Sie wissen schon, was ich meine."

Doch das wusste Dennis nicht wirklich. Hatte der Mann gerade gesagt, dass Laila Archie getötet hatte? Aber das war doch nur so eine Redewendung, oder?

Nein. Dennis schüttelte den Kopf. Nach dem, was er gesehen hatte, besaß Donnelly keinen Funken Spitzfindigkeit.

„Wie lange war Laila schon Mr Weathertons Geliebte?", fragte er.

„Geliebte. Das ist ein großes Wort. Nun, sie fing in der zweiten Maiwoche bei uns an, daran erinnere ich mich, weil wir zu diesem Zeitpunkt mit dem zweiten Graben begonnen hatten. Dann, nachdem sie ... Am Ende ihrer ersten Woche waren die beiden ein Paar. Ich bin mir allerdings nicht sicher, wie es dazu kam."

„Ist in ihrer ersten Woche etwas Auffälliges passiert?", fragte PC Abbott. Dennis warf ihr einen missbilligenden Blick zu.

Donnelly schenkte ihr ein Lächeln. „Wie kommen Sie darauf?"

Sie schaute auf ihren Notizblock. „Sie sagten ‚nachdem sie' und dann haben Sie das Thema gewechselt und sagten ‚am Ende ihrer ersten Woche. Hat sie in dieser ersten Woche etwas getan? Etwas, das mit Mr Weatherton zu tun hatte?"

Donnelly beugte sich zu ihr. „Das ist nur meine Art zu reden, Schätzchen. Sie müssen das einfach ignorieren." Er wandte sich wieder an Dennis. „Als Zeuge tauge ich nicht viel, was?"

Dennis erwiderte sein Lächeln. Er erinnerte sich an das, was Laila gesagt hatte. „Laila erzählte uns, Sie hätten sich in ihrem Zimmer umgesehen, also dem Zimmer, das sie mit Archie teilte."

Donnelly schien überrascht. „Nein. Wann?"

„Gestern Nachmittag, kurz bevor sie seine Leiche fand. Sie schien zu glauben, dass Sie seine Sachen durchsuchten."

Donnelly griff in sein T-Shirt und fingerte an einer Kette um seinen Hals, auf die die tief stehende Sonne durch das Fenster fiel: ein Kruzifix. Dennis berührte instinktiv seinen eigenen Körper unter dem zugeknöpften Hemd.

„Sie kam gegen halb zwei ins Haus zurück, vielleicht auch etwas später. Ich war in meinem Zimmer und las ein Buch. *God's Library*, Sie haben sicherlich noch nie davon gehört. Ich hörte, wie sie die Tür zuschlug, dann kam sie die Treppe hoch."

„Haben Sie miteinander gesprochen?"

„Ich habe mich über die Unordnung in ihrem Zimmer beschwert. Sie hatte die Tür offen gelassen, und ich konnte sehen, dass schmutzige Teller herumstanden. Wenn Archie im Haus war, war es nicht so schlimm, aber wir hatten ein Mäuseproblem. Wenn sie weiterhin Essen in ihrem Zimmer herumstehen lässt ..." Er schüttelte den Kopf, dann lächelte er. „Ich bin mir sicher, dass sie sich vorstellen können, was dann passiert, Sergeant."

„Ja, das kann ich."

Dennis hatte keine Ahnung, was bei einem Mäuseproblem drohte. Sein eigenes neues Haus war tadellos in Schuss. Pam kümmerte sich gut darum. In all den Jahren, in denen sie dort wohnten, hatte er noch nie Essen mit nach oben genommen.

„Sie waren also nicht in Lailas und Archies Zimmer?", hakte PC Abbott nach. „Und Sie haben nicht Archies Sachen durchwühlt?"

Dennis wünschte sich, er könnte sie unter dem Tisch treten, ohne Ärger wegen sexueller Belästigung zu bekommen. Er biss die Zähne zusammen.

Donnelly breitete die Arme in einer Geste der Unwissenheit aus. „Das Mädchen hat Sie angelogen, Constable."

„Macht sie das oft?", wollte Dennis wissen.

Donnelly lachte. „Sie haben ja keine Ahnung, Detective."

KAPITEL ZWANZIG

„Wo FINDE ich denn nun den Pathologen?", fragte Lesley Dennis, als sie zum Hauptquartier zurückfuhren.

„Im Poole Hospital", antwortete er. „Nehmen Sie die A351 und die A35 in Richtung Poole und folgen Sie den Schildern. Oder soll ich Sie begleiten?"

„Nein, fahren Sie zurück ins Büro. Ich möchte alles über die persönlichen und beruflichen Umstände von Archie Weatherton wissen."

„Wir recherchieren nur über Weatherton und seine Kollegen. Eine andere Möglichkeit ziehen Sie nicht in Betracht?"

„Welche zum Beispiel?"

„Vielleicht ist er in eine Auseinandersetzung geraten. Oder er hatte Ärger im Pub. Es könnte auch Zufall gewesen sein."

„Wie viele zufällige Morde gibt es pro Jahr in Corfe Castle?"

„Keine, aber ..."

„Und auf der gesamten Isle of Purbeck?"

„Nicht viele. In Swanage ..."

„Wie viele?"

„Einen. Vor zwei Jahren."

„Genau." Sie setzte den Blinker, um die A352 zu verlassen und in Richtung Büro zu fahren. So langsam kannte sie sich aus, zumindest zwischen Winfrith und Corfe Castle. „Was Archie Weatherton zugestoßen ist, war kein Zufall. Die Spurensicherung konnte keine Anzeichen eines Kampfes finden, keine Blutspritzer außerhalb des Zeltes. Wer auch immer ihn getötet hat, wusste, dass er da drin sein würde. Wir müssen nur herausfinden, *warum* er dort war und nicht in London oder Bristol."

Sie hielt vor der Eingangstür an. „Schicken Sie Johnny Chiles raus, ja? Jetzt ist er an der Reihe, hinter dem Schreibtisch hervorzukommen."

Dennis löste seinen Sicherheitsgurt. „Sie finden Ausreden, um mit jedem von uns einzeln zu arbeiten, einen nach dem anderen. Sie schätzen uns ein."

„Gut gemacht, Poirot. Ich suche einen Parkplatz in der Nähe."

Er stieg schnaubend aus. Auf der Rückfahrt hatten sie weder über die Schimpfwortkasse gesprochen noch über Lailas lockere Moralvorstellungen diskutiert. Aber Lesley wusste, dass das alles noch immer da war, unter der Oberfläche.

Johnny stürzte aus der Vordertür und sprang in den Wagen. „Hallo Chefin."

„Da hat es aber jemand eilig, aus dem Büro zu kommen."

„Das ist langweilig, Chefin. Verdammt langweilig."

Lesley unterdrückte ein Lachen. Entweder zeigte Johnny

sein wahres Gesicht, oder er versuchte, sich bei ihr beliebt zu machen. Sie würde es bald herausfinden.

Vierzig Minuten später wurden sie von einer jungen Laborassistentin, die Doc Martens zu ihrem Kittel trug, in die Pathologie geführt. Johnny grinste sie die ganze Zeit an, aber sie biss nicht an.

„Er hat bereits angefangen", meinte sie, als sie eine Doppeltür öffnete. „Ziehen Sie die bitte an."

An einer Reihe von Haken hingen Laborkittel und auf dem Boden darunter standen Gummistiefel. Lesley zog ihre verschmutzten Schuhe aus und schlüpfte in die kühlen Stiefel. Kurze Zeit später waren Johnny und sie bereit.

„Hier entlang." Die Frau führte sie durch eine weitere Tür in den Sektionssaal. Ein Mann mit grau-weißem, schütterem Haar stand über der Leiche eines Mannes, die auf der breiten Metallbank lag. Sie war bereits aufgeschnitten worden.

„Doctor Whittaker", sagte Lesley. „Ich bin DCI Clarke. Das ist ..."

„Ja, ich habe schon alles über die neue DCI aus dem Norden gehört. Sie sind spät dran."

„Wir mussten noch Zeugen befragen."

Er schnaubte. „Bleiben Sie zurück und kommen Sie mir nicht in die Quere." Dann beäugte er Johnny misstrauisch. „Und wenn Ihnen übel wird, dann verziehen Sie sich verflucht noch mal in einen anderen Raum."

Lesley lächelte. Wenigstens war das nicht noch ein Mann mit einer Schimpfwortkasse. Johnny warf ihr einen verärgerten Blick zu, den sie jedoch nicht erwiderte.

Der Pathologe untersuchte die Leiche einige Minuten lang schweigend. Er entnahm die inneren Organe und übergab sie seiner Kollegin. Nach einer Weile trat er zurück und legte die Hände auf den Rücken.

Das war aber eine verflucht schnelle Obduktion, dachte Lesley.

„Sie wollen vermutlich die Todesursache wissen“, sagte Dr. Whittaker.

„Natürlich“, stimmte Lesley zu.

„Keine großen Überraschungen, fürchte ich. Der Schlag gegen seinen Kopf verursachte erhebliche interkraniale Blutungen und eine Schädigung seiner Großhirnrinde. Er wird jegliche Kontrolle über seine körperlichen und geistigen Funktionen und dann das Bewusstsein verloren haben. Und dann ist er natürlich gestorben.“

„Wie lange jede dieser Phasen wohl dauern mochte?“

„Wie lange sie gedauert haben mochten oder wie lange sie bei diesem Mann hier gebraucht *haben*?“ Er lehnte sich zurück und betrachtete die Leiche. „Der Kontrollverlust erfolgte praktisch augenblicklich, vermute ich. Er muss auf den Boden gefallen sein wie ein Moorhuhn in der Jagdsaison. Der Verlust des Bewusstseins ... nun, das kann zwischen einer Minute und zehn Minuten gedauert haben.“

„Er könnte also zehn Minuten lang auf dem Boden gelegen und seinen Mörder angestarrt haben?“, fragte Johnny.

Der Pathologe warf ihm einen *„Unterbrechen Sie mich nicht“*-Blick zu. „Der Tod ist noch langsamer eingetreten. Hat vielleicht eine Stunde gedauert, vielleicht auch zwei.“

Johnny pfiff. Dr. Whittakers Wange zuckte. Lesley stupste den DC an: *Sei still.* „Zeitpunkt des Todes?“, fragte sie laut.

Der Pathologe wischte sich die Brille ab und kratzte sich am Nasenrücken. „Als ich gestern am Tatort war, war die

Totenstarre noch zu sehen, auch wenn sie bereits nachließ. Jetzt ist sie fast vollständig verschwunden."

„Das heißt, der Tod trat etwa vierundzwanzig Stunden, bevor wir ihn fanden, ein", sagte Lesley.

Er schüttelte den Kopf. „So einfach ist das nicht, Detective Chief Inspector. Man muss die Temperatur und die klimatischen Bedingungen nach dem Tod berücksichtigen. In letzter Zeit war es sehr warm und am Samstagabend war es bewölkt, sodass die Temperatur über Nacht nicht gesunken ist."

„Es waren zwölf Grad", sagte Johnny.

„Sie sind Meteorologe, mein Junge?"

Johnny hielt sein Handy hoch. „Wetter-App. Zwölf Grad am Samstagabend in Corfe Castle."

Der Arzt schniefte. „Nun, in diesem Fall muss ich mich Ihrem überlegenen Urteilsvermögen beugen."

Johnnys Lippen zuckten.

Lesley schaute auf sein Telefon: Er hatte recht. Sie hasste sich dafür, dass sie das ohnehin schon übergroße Ego des Mannes noch weiter aufgebaut hatte, und sah den Pathologen an. „Unter Berücksichtigung der Temperatur, was ist Ihr geschätzter Todeszeitpunkt?"

„Eine warme Umgebung verlangsamt die Leichenstarre. Die Rigor mortis ist der Prozess des Wärmeübergangs von einem warmen Körper, der nicht mehr in der Lage ist, seine eigene Temperatur über den Blutkreislauf zu regulieren, zu einer kühlen äußeren Umgebung. An einem warmen Tag verlangsamt sich dieser Vorgang."

Das weiß ich alles, dachte Lesley. „Eine geschätzte Zeit?"

Er schniefte erneut. „Zwischen neun Uhr am Samstagmorgen und fünfzehn Uhr am selben Tag."

„Danke."

Das bedeutet, dass Archie keine Zeit geblieben war, um nach London zu fahren: Er war im Dorf geblieben, aus irgendeinem Grund zur Ausgrabungsstätte gegangen und dort getötet worden.

„Aber das ist nicht der interessante Teil“, sagte der Pathologe.

„Nicht?“, wiederholte Lesley.

Er lächelte und seine kleinen Augen funkelten. Sie fragte sich, was für ein Typ Mann er privat war. Ob er sich auf der Geburtstagsfeier seiner Enkelin auch so wichtigtuerisch benommen hatte?

„Nein“, sagte er. „Bevor Sie heute zu spät hierher kamen, haben wir Bluttests durchgeführt. Unser Opfer hatte eine abnormale Konzentration eines Beruhigungsmittels in seinem Körper.“

„Welches Beruhigungsmittel?“

„Zopiclon. Es wird in verschreibungspflichtigen Schlaftabletten verwendet. Die normale Dosis beträgt siebeneinhalb Milligramm, aber seine Blutwerte zeigten an, dass er das Vierfache eingenommen hatte.“

„Er hat Schlaftabletten genommen?“, fragte Lesley.

„Er hat eine Überdosis genommen?“, wollte Johnny wissen.

„Falls er das wirklich getan hat, war es nicht genug, um ihn zu töten. Ich muss Sie sicherlich nicht darauf hinweisen, Detective Chief Inspector, aber es besteht die Möglichkeit, dass ihm die Tabletten von jemand anderem verabreicht wurden.“

„Vom Mörder“, sagte Johnny.

Lesley sah ihn stirnrunzelnd an. Das ergab keinen Sinn. Es gab keine Anzeichen dafür, dass Archie in das Zelt gezwungen oder geschleppt wurde. Es sah aus, als sei er überrumpelt worden. Aber die Beruhigungsmittel ... Bleiben Sie unvoreingenommen, hatte Lesley ihrem Team gesagt. Auch in Bezug auf die forensischen Beweise musste sie ihren eigenen Rat befolgen.

„Kommen Sie, Johnny“, sagte sie. „Wir müssen mit unserem Team sprechen.“

KAPITEL EINUNDZWANZIG

Lesley saß auf ihrem Schreibtisch, als Dennis und Mike ihr Büro betraten. Johnny war bereits bei ihr und seit der Obduktion nicht mehr von ihrer Seite gewichen.

„Wir sollten auch PC Abbott hinzuziehen, wenn sie in der Nähe ist. Mike?"

Mike eilte hinaus und ging zu PC Abbotts Schreibtisch. Die PC sah überrascht, aber zufrieden aus.

Lesley nickte ihr zu, als sie eintrat. „Ich hoffe, wir halten Sie nicht von etwas ab."

„Papierkram, Ma'am. Verkehrsverstöße und ein ..."

„Danke. Ich brauche keine Details."

„Ma'am." PC Abbott sah zu Boden.

Lesley rollte die Tafel vor das Fenster, die das Team im Laufe des Tages ergänzt hatte: Fotos des archäologischen Teams und von Susan Weatherton, weitere Tatortfotos und einen Ausdruck des toxikologischen Berichts. Außerdem gab es eine Karte von Corfe Castle, auf der jemand das Cottage und den Tatort eingezeichnet hatte.

„Lassen Sie uns zusammenfassen, was wir bisher haben",

meinte Lesley. „Johnny, berichten Sie uns von der Obduktion."

„Aber Sie waren doch dabei gewesen, Chefin."

„Ich schon, aber unsere Kollegen nicht, und jemand muss Bericht erstatten. Das können Sie genauso gut machen."

Johnny räusperte sich und tauschte einen Blick mit Dennis, bevor er an die Tafel trat und auf ein Foto des Opfers zeigte. „Todesursache war dieser Schlag auf den Kopf, aber wir wissen immer noch nicht, was die Tatwaffe war. Sie wurde bisher noch nicht gefunden."

Es klopfte an der Tür. Gail stand draußen, mit einem nervösen Lächeln im Gesicht. Lesley winkte sie herein.

„Entschuldigen Sie, wenn ich störe. Ich wollte Sie nur kurz darüber informieren, was wir heute gemacht haben."

„Haben Sie die Waffe gefunden?", fragte Lesley.

Gails zuvor lebhafte Miene verfinsterte sich. „Leider nein."

„Okay. Es ist gut, dass Sie hier sind. Johnny stellt uns gerade die Obduktionsergebnisse vor."

„Ah." Gail lehnte sich gegen die Tür und lauschte.

„Kann ich weitermachen?" Johnny sah von Lesley zu Dennis.

„Natürlich", meinte Lesley.

„Ja, also ... Wie ich schon sagte, die Todesursache ist die Wunde am Kopf. Der Pathologe meint, dass er am Samstagmorgen gestorben ist."

„Genauer gesagt, hat er den Todeszeitpunkt auf die Zeit zwischen neun und fünfzehn Uhr eingegrenzt", fügte Lesley hinzu.

„Er wurde also nur wenige Stunden, nachdem er das Cottage verlassen hatte, getötet?", fragte Mike.

„Scheint so“, antwortete Lesley. „Was sagen die einzelnen Mitarbeiter des Ausgrabungsteams, was sie zu dieser Zeit gemacht haben?“

PC Abbott öffnete ihren Notizblock. „Patrick Donnelly war im Greyhound. Heute Morgen war der Pub menschenleer, aber am Samstag war vielleicht mehr los.“

„Es war nicht Donnelly“, fuhr Dennis sie an. „Er ist kein Mörder.“

Lesley lehnte sich gegen den Schreibtisch. „Ich nehme also an, dass seine moralischen Werte mehr nach Ihrem Geschmack waren als Lailas?“

„Wenn Sie so fragen, ja. Der Mann war offen und ehrlich zu uns und beantwortete unsere Fragen bereitwillig. Und er passt eindeutig nicht in dieses Haus, da er ein praktizierender Katholik ist.“

Mike schnaubte. Dennis starrte ihn an. Lesley schnappte sich einen Kugelschreiber und drückte wiederholt auf die obere Spitze. „War er in der Kirche, als der Mord geschah?“, fragte sie.

Dennis runzelte die Stirn. „Natürlich nicht. Er war im Greyhound. Da gibt es den ganzen Tag Frühstück.“

„In diesem Fall wüsste ich nicht, was seine Religion mit der Wahrscheinlichkeit seiner Schuld oder Nichtschuld zu tun hat.“

„Das spricht für seinen Charakter, Chefin.“

Lesley bemerkte, wie Gail an der Tür grinste, und wandte sich an PC Abbott. „Wie beurteilten *Sie* seinen ... Charakter?“

Die Beamtin errötete. „Er war freundlich, Ma’am. Aber auch ein bisschen unheimlich.“

„Unheimlich?“

„Er hat mir immer wieder auf ... den Busen geschaut,

Ma'am. Und er berührte mein Knie, als ich aufstand, um zu gehen."

„Klingt das nach einem aufrechten Bürger, Dennis?"

„Es gibt kein Gesetz, das einem Mann verbietet, eine Frau anzuschauen. Und er hätte leicht PC Abbotts Knie versehentlich streifen können." Sein Blick wanderte zu den Beinen der Polizistin und dann schnell zu Boden.

„Okay", meinte Lesley seufzend. Sie wollte keine weitere öffentliche Auseinandersetzung mit ihrem DS. „Laila hat behauptet, er habe Archies Sachen durchwühlt und sei in ihrem Zimmer gewesen. Was hat er dazu gesagt?"

„Er hat es abgestritten, Chefin." Dennis' Blick war hart. „Sagte, sie habe gelogen."

„Warum sollte sie sich so etwas ausdenken?", fragte PC Abbott.

„Um den Verdacht von sich auf Donnelly zu lenken", antwortete Dennis. „Ich hätte gedacht, dass das offensichtlich ist."

„Es steht also ihr Wort gegen seins", sagte Lesley.

„Nicht unbedingt", sagte Gail. „Wir können nach seinen Fingerabdrücken suchen."

„Das Cottage ist kein Tatort", sagte Dennis.

Gail begegnete seinem Blick. „Wenn Laila damit einverstanden ist, dass wir ihr Zimmer durchsuchen, können wir das tun. Wenn sie glaubt, dass es Beweise dafür gibt, dass Patrick Donnelly die Sachen des Opfers durchsucht hat, wird sie sicherlich nichts dagegen haben."

„Und wenn sie lügt, wird sie nicht zustimmen", fügte Dennis hinzu. „Ich bin einverstanden."

Ich wette, dass du das bist, dachte Lesley. „So viel also zu Patrick Donnelly." Sie tippte mit einem Daumen auf sein Foto. „Unangemessenes Verhalten gegenüber Frauen, gibt sein Bestes, um uns glauben zu lassen, dass er kooperiert, behauptet, am Samstag im Greyhound gewesen zu sein. Wir müssen dieses Alibi mit dem Barmann im Pub abklären."

„Das kann ich machen", sagte Mike.

„Gut. Warum klären Sie uns nicht über Crystal Spiers auf?"

„Ich glaube nicht, dass Laila und sie sich besonders mögen", sagte er.

„Wie kommen Sie darauf?"

„Sie war ziemlich erpicht darauf, uns zu erzählen, dass Laila und Archie sich gestritten hatten. Und sie beschrieb ihre Beziehung als unbeständig."

„Und daraus schließen Sie, dass sie Laila nicht mag?"

„Ich hatte das Gefühl, dass sie eifersüchtig war, Chefin."

Lesley hatte diesen Eindruck nicht gewonnen. „Warum?"

Mike zuckte mit den Schultern. „Donnelly ist zehn Jahre älter als Crystal und dreißig Jahre älter als Laila. Das heißt, Archie war der einzige infrage kommende Mann im Haus. Da wundert es nicht, dass die beiden Frauen zu Rivalinnen wurden."

Lesley seufzte. Bisher hatte Mike einen so vielversprechenden Eindruck gemacht. „Hat Crystal gesagt, dass sie auf Archie stand?", fragte sie. „Hat sie irgendeinen Hinweis in diese Richtung gegeben?"

„Sie war unglücklich über Archies und Lailas Beziehung. Sie wusste, wie alt Laila ist. Vielleicht wollte sie nicht …"

„Mein Gott." Lesley raufte sich mit einer Hand die Haare. Sie ignorierte Dennis, der sich räusperte, weil sie eine Redewendung benutzt hatte, die er als Blasphemie bezeichnen würde. „Was habe ich zu Ihnen allen auf dem Parkplatz von Corfe Castle gesagt?“

Johnny hob die Hand. „Ähm. Ich war nicht dabei.“

„Nein. Aber das gilt für Sie genauso wie für jeden anderen. Was habe ich gesagt?“

„Stellen Sie keine Vermutungen an“, sagte Dennis.

„Hundert Punkte für diesen Mann. Was noch?“

„Beweise, Ma'am“, sagte PC Frampton. „Tragen Sie Beweismaterial zusammen.“

„Genau.“ Lesley hob eine Hand und zählte an ihren Fingern ab: „Erstens: Dass Patrick Donnelly praktizierender Katholik ist, macht ihn nicht unbedingt zu einem guten, aufrechten Bürger. Ich glaube, dass viele Mitglieder der IRA diese Charaktereigenschaft teilen.“

Dennis öffnete den Mund, um etwas zu sagen.

„Nein“, hielt Leslie ihn zurück. „Ich komme aus Birmingham, erinnern Sie sich? Der erste Sergeant, für den ich gearbeitet habe, war bei den Bombenanschlägen auf den Pub vor Ort.“

Dennis schloss den Mund wieder, sein Gesicht war immer noch rot.

Lesley fuhr fort. „Zweitens: Auf der anderen Seite schaut Donnelly auf Ihre“ – sie hielt sich zurück, nicht in die gleiche Richtung zu schauen – „Brust, PC Abbott, was ihn möglicherweise zu einem Widerling macht, aber nicht automatisch zu einem Mörder.“

PC Abbott nickte mit hängenden Schultern.

„Drittens: Nur weil Crystal Spiers und Laila Ford zwei Frauen waren, die sich ein Haus mit einem Mann teilten, den alle hier für geeignet hielten, der aber meiner Meinung nach zu sehr wie ein alternder Ed Sheeran aussah, heißt das nicht, dass sie beide für ihn schwärmten. Und es bedeutet nicht, dass eine von ihnen ihn deswegen umgebracht hat."

Johnny räusperte sich. „Tut mir leid, Chefin."

„Entschuldigung angenommen. Und jetzt zurück zu Laila und zu Archies Ehefrau in Bristol." Sie schaute zum Foto der Frau an der Tafel. „Susan Weatherton. Archie hat beide Frauen hintergangen. Wir wissen immer noch nicht, ob Susan davon wusste, aber Laila wusste es sicher nicht, oder behauptet zumindest, es nicht gewusst zu haben. Damit haben beide Frauen ein mögliches Motiv. Aber das sagt nichts über ihren Charakter oder ihre moralischen Werte aus."

„Das haben Sie bereits klargestellt." Dennis hatte sich in den hinteren Teil des Raumes verzogen, seine Miene war finster.

„Ja, das habe ich." Leslie holte tief Luft. Im Moment sehnte sie sich nach dem Polizeirevier Harborne und den vertrauten Gesichtern ihres alten Teams. Zoe, Mo, Frank, sogar den verfluchten David Randle.

„Richtig." Sie wandte sich an Gail. Ein Lächeln umspielte die Lippen der Kriminaltechnikerin. „Wenden wir uns nun den Beweisen zu. Gail, was haben Sie für uns?"

„Ich dachte schon, Sie würden das nie fragen." Gail trat auf sie zu und streckte ihre Hand aus. Lesley sah auf ihre eigene Hand hinunter und reichte ihr dann den Whiteboard-Marker, den sie in der Hand hielt.

„Danke." Gail ging weiter zur Tafel und kreiste ein Foto vom Inneren des Zeltes ein. „Blutspritzer", sagte sie. „Es gibt verflucht viel davon, was für einen Forensiker wie Weihnachten und Ostersonntag zusammen ist." Sie zeigte auf das Foto. „Die Richtung der Spritzer deutet auf mehrere Wunden hin, aber der erste Schlag war der tödliche. Sehen

Sie die gepunkteten Linien auf der Leinwand? Diese Verletzung, mit den größeren Spritzern und der eindeutigen seitlichen Ausrichtung, wurde dem Opfer bei starkem Puls zugefügt. Der arterielle Sprühnebel ist wahrscheinlich das Beeindruckendste, das ich je gesehen habe. Außerdem haben wir noch andere Blutspuren mit unterschiedlichen Ausgangspunkten. Allesamt arterielles Blut, was auf heftige Schläge hinweist. Drei von ihnen, laut der Mathematik."

„Mathematik?", fragte Johnny.

„Trigonometrie", antwortete Gail. „Damit berechnen wir Winkel und Intensität des Blutverlustes und bestimmen so, wo sich das Opfer befand, als es verletzt wurde." Sie zeigte auf ein Foto des Opfers. „Der letzte Schlag erfolgte, als er am Boden war. Viel weniger Blut, da er schon viel verloren hatte."

„Können Sie sagen, welche Waffe benutzt wurde?"

„Wir haben ein paar blutverschmierte Haare auf dem Boden gefunden, in die winzige Metallfragmente gemischt waren. Wir haben sie ins Labor geschickt. Aber sie war auf jeden Fall stumpf und schwer. Möglicherweise ein Hammer, aber die Fragmente passen zu keinem Hammer, den ich bisher gesehen habe."

„Ein archäologisches Werkzeug?", schlug Johnny vor.

„Etwas, das sie ausgegraben haben?", fügte Mike hinzu.

„Wir sollten keine voreiligen Schlüsse ziehen", antwortete Lesley.

„Aber eine Überlegung sollte es uns schon wert sein", widersprach Dennis.

Lesley nickte ihm zu. „Sagen Sie mir Bescheid, sobald die Analyse zurückkommt", meinte sie schließlich zu Gail.

„Natürlich."

„Glauben Sie, dass die Waffe schwer war? Könnte sie

von einer Frau mit einem Gewicht von etwa fünfundfünfzig Kilo hochgehoben worden sein?", fragte Dennis.

„Laila", murmelte PC Abbott.

Lesley verzog das Gesicht.

Gail zuckte mit den Schultern. „Schwer zu sagen. Selbst ein Kind kann einen durchschnittlichen Hammer schwingen, auch wenn sein Schlag worauf auch immer nicht sehr präzise ausfallen würde."

„Danke", sagte Lesley. „Sonst noch etwas? Irgendwelche Fußabdrücke vielleicht?"

„Sorry. Das Gras ist um diese Jahreszeit zu trocken."

„Gut. Dann haben wir noch die Schlaftabletten, die in seinem Körper waren. Johnny, das haben Sie vergessen."

„Ich wollte ..."

„Ist schon gut." Sie hatte ihn unterbrochen, als Gail angekommen war. Sie wandte sich an das Team. „Archie hatte das Vierfache der üblichen Dosis Zopiclon im Blut. Ja, ich habe auch noch nie davon gehört. Wir müssen herausfinden, ob er oder jemand anderes im Haus ein Rezept für dieses Zeug hatte." Sie beobachtete die Gesichter: Wer dachte nach und wer wartete nur darauf, dass man ihm Anweisungen gab?

„Und wir müssen die Alibis überprüfen. Wir haben jetzt ein Zeitfenster, also gehen wir von Tür zu Tür und fragen, ob jemand etwas gesehen hat. Bevorzugen Sie die Nachbarn des Cottage und die Häuser in der Nähe des Weges zur Ausgrabungsstätte. Und jemand muss den Kerl finden, von dem Laila behauptet, er sei mit seinem Hund spazieren gegangen, als sie Archie fand."

„Was ist mit Susan Weatherton?", fragte Dennis.

„Ich werde sie morgen besuchen, Sie können mit mir

kommen. Und verteilen Sie die Aufgaben an die Constables, ja? Ich habe jetzt eine Besprechung."

Sie sah auf die Uhr: Viertel vor sechs.

„Ma'am", sagte PC Abbott. „Brauchen Sie mich noch? Ich habe da noch einen Berg von Papierkram zu erledigen."

Lesley erinnerte sich daran und wusste, dass es in den zwanzig Jahren, seit sie PC gewesen war, nur noch schlimmer geworden war. „Ist schon gut, PC Abbott. Vielen Dank für Ihre Hilfe."

Sie klatschte in die Hände. „Na dann los! Alle raus aus meinem Büro."

KAPITEL ZWEIUNDZWANZIG

„Lesley. Kommen Sie herein." Detective Superintendent Carpenter klappte seinen Laptop zu und lehnte sich in seinem Stuhl zurück. „Wie war Ihr erster Tag?"

„Gut, Sir."

„Seien Sie nicht so förmlich. Setzen Sie sich." Er wies auf den Stuhl, hinter dem sie stand.

Lesley nahm Platz und strich über ihren Rock. Die Wahrheit war, dass sie müde war und ihr Kopf pochte. Aber das wollte sie ihrem neuen Chef nicht sagen.

„Und wie läuft es mit dem Weatherton-Fall?"

„Wir machen gute Fortschritte. Die Spurensicherung war hilfreich, wir haben die drei Personen befragt, die mit dem Opfer in einem Haus gewohnt haben. Morgen werde ich seine Frau besuchen."

„Ist sie eine Verdächtige?"

„Sie lebt mit ihrer elfjährigen Tochter in Bristol, also ist das unwahrscheinlich. Ich suche nach Hintergrundinformationen über ihren Ehemann."

„Ich habe schon gehört, dass es Ihnen nur um die

Beweise geht. Darum, Beweismaterial zusammentragen."

„Das ist richtig, Sir." Sie sagte ihm nicht, dass sie ihr Team heute zweimal daran erinnern musste.

„Und trotzdem suchen Sie nach Hintergrundinformationen?"

„Wir müssen herausfinden, wer ein Motiv gehabt haben könnte, ihn zu töten, Sir. Aber das ist nur ein Aspekt. Wir ..."

Er trommelte mit den Fingern auf den Schreibtisch. „Das klingt, als hätten Sie alles unter Kontrolle. Die Frage ist, ob Sie so kurz nach Ihrer Versetzung mit einer Morduntersuchung umgehen können?"

„Ich habe jahrelange Erfahrung mit dieser Art von Fällen. Viele waren weitaus komplexer und gefährlicher. In der West Midlands Force ..."

„Ja, ja. Ich bin sicher, dass das im Vergleich zu dem, was Sie gewohnt sind, Kleinigkeiten sind. Aber Sie wurden hierher geschickt, damit Sie es langsamer angehen lassen, wenn ich mich nicht irre."

„Ich weiß das zu schätzen, Sir. Aber wie ich schon sagte. Ich bin mehr als bereit, eine Mordermittlung zu leiten. Wir können uns vor potenziellen Verdächtigen kaum retten und ich bin mir sicher, dass wir einen von ihnen bald als Täter entlarven können."

Er runzelte die Stirn. „Achten Sie darauf, dass Sie sich für den Richtigen entscheiden."

„Wir gehen dahin, wo die Beweise uns hinführen."

„Das freut mich zu hören."

Sie rutschte in ihrem Stuhl hin und her. Carpenters Büro war hell und modern, mit großen Fenstern an einer Seite und drei fast identischen modernen Kunstwerken an der Wand hinter ihm. Die Sonne drang durch die Jalousien und fiel auf ihr Gesicht, sodass sie blinzeln musste.

„Ist das alles, Sir?“

Er öffnete eine Akte auf seinem Schreibtisch. „Sie wurden vorgeladen.“

„Wie bitte?“

„In West Midlands. Sie wollen, dass Sie …“

„Aber ich bin doch erst seit einem Tag hier.“

„Lassen Sie mich ausreden. Sie sollen an einem Treffen mit Superintendent Rogers teilnehmen. Mittwochmorgen.“

„Dann wird es um einen Fall gehen, an dem ich gearbeitet habe.“

„Sie wollen, dass Sie den ganzen Weg nach Birmingham zurückfahren. Können Sie das nicht am Telefon klären?“

Sie schluckte. Carpenter würde es irgendwann ohnehin erfahren, am besten von ihr. „Superintendent Rogers ist von der Internen. Er braucht meine Aussage, um einen Fall aufzuklären, an dem ich beteiligt war.“

„Sie haben wegen Korruption innerhalb der Polizei ermittelt?“

„Darüber darf ich leider nicht sprechen, Sir. Aber ich werde dafür sorgen, dass mein Team genug Arbeit hat, bevor ich losfahre. Und ich werde mit dem ersten Zug zurückkommen.“

„Da bin ich mir sicher.“ Er schloss die Akte. „Ich habe viel Gutes über Sie gehört, Lesley. Ich hoffe, Sie werden dem gerecht.“

„Das hoffe ich auch.“

„Nun gut.“ Er musterte sie. Die Ungezwungenheit, auf die er bei ihrem Eintreten bestanden hatte, war verschwunden. Lag es an der Erwähnung der Internen? „Wegtreten.“ Er öffnete seinen Laptop.

Lesley verließ sein Büro, alle Muskeln waren angespannt.

KAPITEL DREIUNDZWANZIG

Laila schlich die Treppe vor ihrem Schlafzimmer hinunter, ihre Glieder schmerzten. Sie hatte den größten Teil des Nachmittags auf dem Bett gelegen und die Erinnerungen an das, was sie in dem Zelt gesehen hatte, waren ihr durch den Kopf geschossen.

Crystal stand in der Küche und kochte das Abendessen. Sie hatten alle einen freien Tag, weil die Polizei das Gelände übernommen hatte, aber Crystal war trotzdem hingefahren. Sie war fest entschlossen gewesen, dafür zu sorgen, dass sie nichts beschädigten.

Laila ließ sich auf der Bank hinter dem Küchentisch nieder und sagte nichts. Crystal summte vor sich hin, während sie kochte. Laila sah zu und dachte über Crystals und Archies Beziehung nach. Sie hatten sich schon vor dieser Ausgrabung gekannt, aber Archie hatte ihr nie gesagt, wie gut.

„Crystal?"

Crystal ließ den Holzlöffel, den sie in der Hand hielt,

fallen und drehte sich um. „Verdammt noch mal, Laila. Wie lange sitzt du schon da?“

„Fünf Minuten, oder so?“

„Das war eine rhetorische Frage. Hilf mir, bitte. Ich brauche jemanden, der das Brot schneidet und den Tisch deckt.“

„Muss der Tisch wirklich gedeckt werden?“ Zu Hause hatte Lailas Mutter immer nur das Essen auf einen Teller gepackt und Laila die Entscheidung überlassen, was sie damit machen wollte.

„*Ja*, der Tisch muss gedeckt werden.“ Crystal schlug mit einem Geschirrtuch nach ihr. „Komm schon, es wird dir gut tun, etwas Sinnvolles zu tun.“

Laila stand auf und öffnete die Kommode aus Kiefernholz, in der sie Teller und Besteck aufbewahrten. Sie legte drei Gedecke auf den Tisch und ihre Brust zog sich zusammen. Sie lehnte sich zurück und starrte auf die leere Stelle, an der eigentlich Archies Teller stehen sollte.

Crystal legte eine Hand auf ihre Schulter. „Denk nicht weiter darüber nach, okay? Ich habe Bolognese gemacht, das wird dich aufmuntern.“

„Ich bin Vegetarierin.“

„Nein, das bist du nicht. Du hast letzte Woche Archies Chicken Wings gegessen, schon vergessen?“

Laila zuckte mit den Schultern. Sie hatte schon eine Weile darüber nachgedacht, auf Gemüse umzusteigen, aber Archie hatte ihr davon abgeraten. Vielleicht war jetzt der richtige Zeitpunkt, damit anzufangen.

Sie setzte sich. „Hat die Polizei mit dir gesprochen?“

Crystal wurde ganz steif und drehte Laila den Rücken zu. „Ja, hat sie. Nachdem sie die ganze Ausgrabungsstätte zertrampelt hatten.“

„Wir trampeln die ganze Zeit darauf herum."

Crystal drehte sich um. „Wir wissen, was wir tun. Wenn sie etwas Wichtiges beschädigen ..." Sie runzelte die Stirn. „Kein Wein?"

Laila schaute auf den Tisch, den sie gedeckt hatte: Gläser, aber nichts zu trinken. „Das fühlt sich irgendwie nicht richtig an."

„Sei nicht albern." Crystal griff in den Kühlschrank, holte eine Flasche Pinot grigio heraus und knallte sie auf den Tisch. „Trink etwas. Und schenk mir auch ein Glas ein, wenn du schon dabei bist."

Die Haustür schwang auf und ein Luftzug wehte durch die Küche. Crystal verdrehte die Augen. „Zurück aus dem Pub."

Patrick stand in der Tür. „Riecht gut."

Crystal warf ihm einen finsteren Blick zu. „Eigentlich warst du an der Reihe."

„Ach verflucht, das tut mir leid." Er ging auf den Herd zu. „Okay, ich erledige den Rest."

Crystal schlug seine Hand vom Topf. „Ich bin fast fertig. Du kannst morgen kochen."

„Natürlich." Patrick drehte sich zu Laila um. „Wie geht es denn unserem heimatlosen Kind?"

„Mir geht es gut." Laila kauerte am Tisch.

„Haben diese Detektive mit dir gesprochen?", fragte er, als er ihr gegenüber Platz nahm. Sie rutschte auf der Bank hin und her und wollte ihm nicht in die Augen sehen müssen. Er lehnte sich zurück. „Sie waren aber sehr nett. Der verantwortliche Polizist schien mir nicht zuzutrauen, dass *ich* das getan habe."

Laila zuckte zusammen. Wie konnte er nur so locker sein?

„Es war kein *verantwortlicher Polizist*“, korrigierte Crystal ihn. „Es war eine Frau. Eine DCI, nicht weniger.“

„Die einzige Frau, die ich gesehen habe, war ein Mädchen in Uniform. Hübsches junges Ding.“ Er ordnete das Besteck vor sich neu.

„Paddy, ich wäre dir dankbar, wenn du nicht so über Frauen reden würdest“, begann Crystal.

„Ja, ja. Ich bin ein Dinosaurier. Also erschieß mich.“ Er zwinkerte Laila zu, die wusste, dass er viel schlimmer war als ein Dinosaurier. Sie zog die Füße unter die Bank und wich vor ihm zurück.

„Das Essen ist fertig.“ Crystal stellte zwei Töpfe auf den Kiefertisch: die Spaghetti und die Soße. „Wo ist das Brot, Laila?“

„Entschuldigung.“ Laila schob sich hinter dem Tisch hervor und holte das Brot, das sie bereits aufgeschnitten hatte.

Crystal setzte sich auf die Bank und löffelte Spaghetti auf ihren Teller. „Das kann ich gut gebrauchen, nach dem Tag, den ich hinter mir habe.“

„Nachdem du nur auf deinem Hintern gesessen und den Bullen zugesehen hast“, kommentierte Patrick.

„Nachdem ich die Ausgrabungsstätte im Auge behalten habe. Ich habe sechzehn Jahre gebraucht, um …“

„Ja, ja. Wir kennen die rührselige Geschichte. Die arme Crystal, die ihr halbes Leben damit verbracht hat, gegen den verfluchten National Trust zu kämpfen. Spar dir das.“

Crystal sah ihn über den Tisch hinweg an. Laila rutschte ein Stück weiter weg. Wenn sie nicht aufpasste, würde sie von der Bank fallen.

„Was ist bloß mit dir los?“, fragte Crystal Patrick. „Normalerweise versteckst du deine Widerwärtigkeit hinter einem Hauch von irischem Charme."

Laila hielt den Atem an. Sie wusste, dass Crystal und Patrick schon einmal zusammengearbeitet hatten. Vor Jahren war Crystal Patricks Assistentin bei anderen Ausgrabungen gewesen. Jetzt hatte sie das Sagen.

Patrick lachte. „Und das mache ich verflucht gut." Er schaufelte sich Spaghetti in den Mund und schaute Crystal mit großen Augen an. Er schluckte und wandte sich dann an Laila.

„Was glaubst du denn, wer es war? Warst du es?"

Laila umklammerte ihr Knie unter dem Tisch. „Was?"

„Lass sie in Ruhe, Paddy", sagte Crystal.

„Wenn sie schuldig ist, muss die Polizei dem nachgehen."

Laila starrte sie an. „Ich habe ihn nicht getötet."

„Natürlich hast du das nicht, Liebes. Ich auch nicht. Und Paddy hier auch nicht, wenn du ihn fragst."

„Das war ich nicht, Officer." Patrick hob die Hände hoch.

„Da hast du's", sagte Crystal. Sie beugte sich vor. „Aber irgendjemand hat es getan, nicht wahr? Ich weiß, dass ich heute Abend meine Schlafzimmertür abschließen werde."

Die Atmosphäre im Raum veränderte sich durch Crystals Anspielung. Laila schaute zwischen den beiden hin und her, die wiederum sie anstarrten.

„Ich habe keinen Hunger." Sie schob ihren Teller beiseite und quetschte sich hinter dem Tisch hervor, wobei sie sich wünschte, sie hätte sich nicht auf diese Seite gesetzt. „Ich bin in meinem Zimmer."

„Und in Archies Zimmer!", rief Patrick ihr nach, als sie die Treppe hinaufstieg. „Ich wette, die Polizei wird es durchsuchen wollen."

Sie schloss die Schlafzimmertür hinter sich. Als sie Patrick beim Herumschnüffeln erwischt hatte, war er nicht so angeberisch gewesen wie sonst. Das war er nie bei den seltenen Gelegenheiten, bei denen sie allein waren. Sie erschauderte. *Denk nicht darüber nach.* Archies Sachen waren noch hier. Das würden sie nicht mehr lange sein. Selbst wenn die Polizei sich keinen Zugang verschaffen wollte, würde seine Frau auftauchen und alles mitnehmen.

Wonach hatte Patrick gesucht? Hatte er es gefunden? Seine Hände waren leer gewesen, als er ihr oben auf der Treppe gegenüberstand.

Laila holte tief Luft und öffnete die oberste Schublade von Archies Nachttisch. Sie musste es einfach wissen.

KAPITEL VIERUNDZWANZIG

Lesley warf ihre schmutzigen Schuhe auf den Boden und ließ sich auf das Sofa fallen. An solche Tage war sie nicht gewöhnt. In Birmingham hatte sie die meiste Zeit hinter einem Schreibtisch verbracht, seit sie DCI war. Aber hier, mit weniger Personal und ohne einen DI, der ihr unterstellt war, war sie wieder im Außendienst tätig. Sie ging davon aus, dass es ihr Spaß machen würde, solange sie ihr Team dazu überreden konnte, sich zu benehmen. Besonders Dennis.

Sie öffnete den Deckel des Currys, das sie auf dem Heimweg besorgt hatte, und griff zum Telefon, um zu Hause anzurufen. Es klingelte viermal.

„Ja?"

„Sharon, Liebes. Ich hatte erwartet, dass dein Vater drangeht."

„Er ist ausgegangen. Irgendetwas mit der Arbeit."

Lesley schwieg einen Moment und hielt ihre Gabel in der Luft. „Bist du allein?"

„Mir geht es gut, Mum. Du hast mich den ganzen Weg

mit dem Zug von Bournemouth nach Hause fahren lassen, richtig?“

Das Mädchen hatte nicht ganz unrecht. „Vielen Dank für deine SMS.“

„Ich sollte dir doch Bescheid sagen, wenn ich zurück bin. Ich bin zuverlässiger als du denkst. Aber Dad ist stinksauer deswegen.“

„Warum?“

„Ich weiß es nicht. Er meint, du hättest mich als unbegleiteten Minderjährigen anmelden sollen oder so. Damit sie ein Auge auf mich haben.“

„Ich wusste gar nicht, dass es so etwas gibt.“

„Ich auch nicht. Dad war aber in der New Street, als mein Zug ankam. Er hat mir alle zwei Minuten eine Nachricht geschickt, nachdem der Zug in Rugby abgefahren war. Er kennt sich jetzt mit WhatsApp aus.“

Lesley grinste. Sie konnte sich nicht vorstellen, dass ihr technikfeindlicher Ehemann soziale Medien nutzte. Er hatte nicht einmal ein Facebook-Konto.

„Was machst du gerade?“, fragte sie ihre Tochter.

„Ich habe morgen eine Französischprüfung, also lerne ich. Je suis, tu es, vous êtes.“

„Ich hoffe, dein Wortschatz geht darüber hinaus.“

„Ja, Mum, das tut er. Mach dir keine Sorgen. Erwarte aber nicht zu viel von mir, wenn es um Französisch geht, okay?“

Lesley schluckte einen Bissen von ihrem Chicken Jalfrezi herunter. „Du hast zu wenig Selbstvertrauen, mein Schatz.“

„Das nennt man Realismus. Ich war schon immer scheiße in Französisch und werde es immer sein.“

Lesley wollte sich schon über Sharons Ausdrucksweise

beschweren, doch der Gedanke an Dennis ließ sie innehalten.

„Willst du wissen, wie mein erster Tag war?“ Sie hatte gehofft, dies mit Terry teilen zu können. Sie brauchte im Moment etwas Vertrautes.

„Tut mir leid, Mum, aber ich habe wirklich einen Berg von Aufgaben zu erledigen. Also, erzähl es mir schnell.“

Lesley seufzte. Sie starrte auf den Essenskarton; sie sollte sich einen Teller holen. „Ist schon gut, Liebes. Geh zurück an deine Arbeit. Und gib deinem Vater einen Kuss von mir, ja?“

„Muss ich das?“

Lesley lachte. „Dann grüß ihn von mir. Er soll mich anrufen.“

„Mach ich.“ Und dann war die Leitung tot.

Lesley starrte auf ihr Curry. Es schmeckte fade und wässrig, einfach unappetitlich. Was hatte sie von einer ländlichen Stadt wie Wareham erwartet?

Sie brachte das Essen in die Küche und stellte es in den Kühlschrank, der fast leer war. Nur eine Tüte Milch und eine Packung Schokoriegel. Sie würde morgen einige davon mit zur Arbeit nehmen, damit sie bei Kräften blieb, falls sie einen weiteren Tag außerhalb des Büros verbringen musste.

Ihr war vorhin ein Pub aufgefallen, der ein paar Häuser weiter lag: der Duke of Wellington. Es waren nur zwei Minuten Fußweg.

Fünf Minuten später saß sie an einem Ecktisch, ein Glas Rotwein vor sich. Sie hatte eigentlich ein Bier bestellen wollen, aber die Art und Weise, wie der Barmann die Stirn runzelte, als sie auf den Zapfhahn gezeigt hatte, hatte sie davon abgehalten. Also gab es stattdessen dieses Glas sauren Merlot. Sie fragte sich, wie lange die Flasche schon offen war.

Sie nippte an ihrem Getränk und taxierte die anderen Gäste. Es war ziemlich ruhig im Pub, und die Tatsache, dass Montag war, übertrumpfte die Tatsache, dass dies Dorset im Juni war. Zwei Männer saßen an einem Tisch in der hinteren Ecke und unterhielten sich leise bei einem Glas Cider. Sie hatten wettergegerbte Gesichter und ihr Haar schien vom Wind ausgetrocknet zu sein. Hinter ihnen saß ein junges Paar an der Bar. Der Mann war ziemlich dünn, hatte eine fleckige, rote Haut und kurzes blondes Haar. Er streckte immer wieder die Hand aus, um seine Freundin zu berühren: ihr Knie, ihren Ellbogen, ihre Schulter. Das Mädchen dagegen war mollig, hatte langes braunes Haar und leuchtend grüne Augen, die bei jeder seiner Berührungen funkelten.

Lesley vermutete, dass die beiden noch nicht miteinander geschlafen hatten, es aber bald tun würden.

Sie trank ihr Glas aus und ging an die Theke, um ein Zweites zu bestellen. Und vielleicht noch eine Tüte Chips: Der Hunger war zurückgekehrt. Terry machte gerne Andeutungen, dass sie sich gesünder ernähren und vielleicht sogar eine Diät machen sollte, doch sie ignorierte ihn: Es ging ihn einen Dreck an, was sie aß.

Der Barmann war inzwischen durch eine Frau ersetzt worden. Sie hatte Lesley den Rücken zugekehrt und hielt prüfend ein Glas hoch. Ihr dickes, nahezu schwarzes Haar war leicht gewellt und ging ihr bis knapp über die Schultern. Lesley fuhr sich mit der Hand durch ihr eigenes Haar, das kurz, blond und dünn war.

Die Frau drehte sich um und stellte dem jungen Paar ein

Glas Wodka vor die Nase. Sie warf Lesley einen Blick zu und ihre Augen funkelten. Sie war älter, als Lesley erwartet hatte, mit Lachfalten und schwachen Krähenfüßen.

„Was darf ich Ihnen bringen?“, fragte sie, als das Paar aufstand und zu einem Tisch ging.

„Einen großen Rotwein und eine Packung Käse-Zwiebel-Chips, bitte.“

„Sind Sie sich da sicher? Eine tödliche Kombination.“

Lesley lachte. „Ich bin ziemlich robust.“ Sie tätschelte ihren Bauch. Diese Frau war wahrscheinlich ein paar Jahre älter als Lesley, aber sie hatte etwas an sich, das Lesley das Gefühl gab, uralt zu sein.

„Machen Sie hier Urlaub?“ Die Frau stellte ein Glas und eine Tüte mit Chips vor Lesley hin. „Sie sehen nicht wie eine Touristin aus.“

Lesley trug immer noch ihren pfirsichfarbenen Rock und die cremefarbene Bluse, dazu die schmutzigen Schuhe. Sie hätte sich umziehen sollen.

„Bin zum Arbeiten hier und gerade erst um die Ecke eingezogen.“

Die Frau lächelte. „Vielleicht sehen wir uns ja dann öfters.“ Sie ging weg, um eine Gruppe von drei Frauen zu bedienen, die gerade eingetreten war.

Lesley beobachtete sie einen Moment lang. Lohnte sich der Versuch, hier Freunde zu finden? *Nein.* Und falls doch, war die Freundschaft mit einer Bardame ein Klischee.

Sie nahm ihr Glas und ihre Chips und kehrte an ihren Tisch zurück. Das würde ihr letztes Glas sein: Sie musste morgen früh hellwach sein.

KAPITEL FÜNFUNDZWANZIG

Lesley öffnete die Tür ihres Büros. „Dennis?"

Der DS und die beiden DCs sahen auf. Es war acht Uhr dreißig und sie war beeindruckt von der Tatsache, dass Dennis und Mike schon hier gewesen waren, als sie vor zehn Minuten angekommen war, Johnny folgte kurz nach ihr.

Sie nahm ihren Stuhl hinter dem Schreibtisch ein. Dennis trat ein und setzte sich ihr gegenüber.

„Wie sieht der Plan für heute aus?", fragte sie.

„Zeugenbefragungen. Susan Weatherton steht heute Morgen zur Verfügung. Wir müssen mehr über Lailas Bewegungen am Samstag herausfinden und die Alibis der beiden anderen überprüfen, falls sie eins haben."

„Ich möchte auch mit Archies Chefin an der Universität Bristol sprechen."

„Kein Problem. Johnny hat ihre Kontaktdaten."

„Dann können wir uns auch gleich auf den Weg machen. Wie weit ist es von hier nach Bristol?"

„Zwei Stunden, bei mäßigem Verkehr. Aber wenn es Ihnen nichts ausmacht, Chefin, halt ich es für das Beste, wenn ich hier bleibe und die Befragungen in Corfe Castle koordiniere. Das können wir die DCs nicht allein machen lassen."

„In Ordnung. Ich nehme Johnny mit, Sie Mike."

„Ich dachte ..."

„Johnny hat die Informationen über die Befragten aus Bristol."

„Nun, ich glaube nicht ..."

„Dennis. Wenn Sie Ihren Drang zügeln, jedes Mal mit mir zu streiten, wenn ich etwas entscheide, werden wir beide verflucht noch mal viel besser miteinander auskommen."

Er griff in seine Tasche, holte aber sein Notizbuch nicht heraus. Dieses gottverdammte Fluchbuch. Könnte Lesley ihre Sprache zügeln, wenn er seine Widerborstigkeit in den Griff bekäme?

„Okay." Sie stand auf und griff nach ihrer Tasche. „Wir sind am späten Nachmittag zurück. Sagen Sie mir Bescheid, wenn es in der Zwischenzeit etwas Interessantes gibt."

„Alles klar, Chefin."

Zwei Stunden später umfuhren sie auf der A370 den südlichen Teil von Bristol. Lesley hatte Johnny das Steuer überlassen und genoss die Ruhe. Das Bett in ihrem gemieteten Haus war verflucht unbequem.

„In welchem Teil von Bristol wohnt sie?", fragte sie.

„Clifton. Ich habe die Adresse schon im Navi eingegeben."

„Wann das denn?"

„Als wir das Büro verlassen haben, Chefin."

Sie starrte auf den Bildschirm des Navigationssystems.

„Sie müssen mir zeigen, wie das Ding funktioniert, wenn wir hier fertig sind. Mich scheint es immer nach Dundee schicken zu wollen."

Er grinste. „Das ist nur Technik, Chefin. Wenn man ihr vertraut, macht sie, was man ihr sagt."

Sie schnaubte.

Sie bogen um eine Kurve und folgten einem Fluss. Hoch über ihnen ragte die Brücke auf.

„Clifton Suspension Bridge", sagte Johnny.

„Die kenne ich nur zu gut", antwortete Lesley. „Wir hatten in der Schule Isambard Kingdom Brunel als Thema."

Sie wartete darauf, dass er eine Bemerkung darüber machte, wie lange das denn schon her sei. Dabei war sechsundvierzig noch gar nicht so alt.

Er bog nach rechts ab, dann nach links und schließlich wieder nach rechts und brachte sie in eine Straße mit prächtigen, wenn auch etwas ungepflegten viktorianischen Häusern.

„Schön", sagte sie.

„Bristol hat einen der teuersten Wohnungsmärkte des Landes", sagte Johnny. „Außerhalb Londons natürlich. Ich schätze, unser Opfer war ziemlich betucht."

„Oder seine Frau ist es."

Sie fanden einen Parkplatz und gingen zu Fuß zum Haus der Weathertons. Im Erkerfenster des Nachbarhauses bewegte sich ein Vorhang und ein älterer Mann schaute heraus.

In dem Moment öffnete sich die Tür und gab den Blick frei auf eine Frau mit rotem Gesicht, mittellangem braunem Haar und einer gewissen Ausstrahlung ... und war damit das komplette Gegenteil von Laila Ford. Sie sah ein paar Jahre jünger aus als Lesley und war somit ein paar Jahre älter als ihr Mann.

„Mrs Weatherton?"

„Susan, bitte. Kommen Sie herein." Sie starrte auf das Erkerfenster nebenan, und der Vorhang schloss sich.

Lesley zeigte ihren Dienstausweis. „DCI Clarke, das ist DC Chiles."

„Ich habe Sie bereits erwartet. Bitte, kommen Sie herein."

Sie folgten der Frau durch einen dunklen Flur in eine große Küche auf der Rückseite des Hauses. Schmutziges Geschirr stapelte sich auf den Arbeitsflächen und über den Stühlen hingen Kleidungsstücke.

„Tut mir leid, normalerweise sieht es hier nicht so aus." Susan nahm ein Kinder-T-Shirt von der Stuhllehne und faltete es.

„Sie müssen für uns nicht aufräumen", meinte Johnny.

Susan legte das gefaltete T-Shirt auf den Tisch.

Eine schlanke Frau mit blondem Haarschopf und der gleichen kantigen Nase wie Susan erschien in der Tür. Sie sah erst die beiden Detectives und dann Susan an. „Alles in Ordnung?"

„Ja, alles gut, Fi", antwortete Susan. Sie sah Lesley an. „Das ist Fiona, meine Schwester. Ich weiß, dass Sie uns einen FLO schicken, aber ich hätte lieber jemanden, den ich kenne …"

„Der Kollege kann Sie über den Stand der Ermittlungen auf dem Laufenden halten", meinte Lesley. „Daher sollten Sie ihn vielleicht nicht gleich wieder wegschicken."

Was sie nicht sagte, war, dass der Beamte gleichzeitig auch die Augen und Ohren des Untersuchungsteams im

Haus der Familie sein und jedes verdächtige Verhalten melden würde.

„Wenn es sein muss …“

„Das ist keine Verpflichtung“, meinte Lesley. „Aber ratsam.“

„Okay.“ Susan schnappte sich ein weiteres T-Shirt von einem zweiten Stuhl.

„Das kann ich doch machen“, meinte Fiona. „Du musst mit diesen Beamten sprechen. Ich setze den Teekessel auf.“

Sie führte ihre Schwester zu dem nun leeren Stuhl und Susan ließ sich auf ihn sinken. Die Rötung ihrer Wangen war verschwunden und durch eine wächserne Blässe ersetzt worden. Lesley und Johnny nahmen die Stühle ihr gegenüber ein und ignorierten die Wäsche.

„Vielen Dank, dass Sie sich bereit erklärt haben, uns heute zu empfangen“, sagte Lesley. „Ich weiß, dass das nicht leicht für Sie ist.“

„Mit bleibt wohl kaum eine andere Wahl“, sagte Susan.

Lesley tauschte einen Blick mit Johnny. Eine unkooperative Zeugin? „Natürlich haben Sie das, Susan. Sie stehen nicht unter Verdacht und wir haben keinen Grund, Sie zu zwingen, mit uns zu sprechen. Aber wie Sie sich sicher vorstellen können, ist es für die Ermittlungen zum Tod Ihres Mannes sehr hilfreich.“

„Seine Ermordung“, murmelte Susan.

Lesley nickte. „Seine Ermordung.“

Fiona stellte ein Tablett mit einer Teekanne und Tassen auf den Tisch und nahm neben ihrer Schwester Platz. „Bedienen Sie sich.“

Lesley deutete auf Johnny, der erst ihr eine Tasse einschenkte, dann Susan und Fiona und schließlich sich selbst. Lesley löffelte Zucker in ihren Tee und beobachtete die beiden Schwestern.

„Können Sie uns sagen, wann Sie Archie zuletzt gesehen haben?"

Susan umklammerte ihre Tasse mit beiden Händen. „Vor etwas mehr als zwei Wochen. Er kam über das Wochenende nach Hause."

„Tat er das an den meisten Wochenenden?"

Ein Achselzucken. „Das kam drauf an."

„Worauf?"

Susan seufzte. Sie sah Lesley in die Augen. „Ob er etwas mit einer Frau des Ausgrabungsteams hatte."

Johnny hustete, als er sich an seinem Tee verschluckte. Fiona sah ihn stirnrunzelnd an. Sie hatte nicht mit der Wimper gezuckt, als ihre Schwester Archies Affären erwähnt hatte.

„Hatte er die Angewohnheit, mit Arbeitskolleginnen zu schlafen?", fragte Lesley.

„Danke, dass Sie kein Blatt vor den Mund nehmen." Susan nickte. „Archie amüsierte sich gern mit jüngeren Frauen und sein Job gab ihm reichlich Gelegenheit dazu." Sie nahm ein Taschentuch aus einer Schachtel auf dem Tisch und putzte sich die Nase.

„Immer nur jüngere Frauen?", fragte Lesley.

„Ja."

Fiona legte eine Hand auf die ihrer Schwester. Susan kaute auf ihrer Unterlippe.

„Studentinnen?", fragte Lesley.

„Meines Wissens nicht. Er wusste, dass man ihn deswegen feuern würde. Aber in seinen Teams waren oft Frauen Mitte zwanzig. Die Archäologie hat sich erst in den letzten fünfzehn Jahren so richtig für Frauen geöffnet."

„Gab es Ihres Wissens eine Frau bei der Ausgrabung in Corfe Castle?“

„Crystal Spiers war die Verantwortliche. Ich habe sie ein paar Mal getroffen, mochte sie aber nicht.“

„Gab es noch andere Frauen?“

„Sie meinen Laila, richtig? Ich kenne ihren Nachnamen nicht.“

„Laila Ford“, sagte Johnny.

„Es ist mir egal, wie sie mit Nachnamen heißt. Archie sagte, sie sei zu jung für ihn – als ob ihn das jemals aufgehalten hätte. Er leugnete, etwas mit ihr gehabt zu haben.“

Susan trank ihren Tee. Lesley wartete darauf, dass sie fortfuhr.

„Aber ich weiß, dass er gelogen hat“, meinte sie schließlich.

Fionas Griff um ihren Arm wurde fester. „Darüber brauchst du dir keine Gedanken mehr zu machen.“

Susans Hand ruckte, aber ihre Schwester hielt sie fest. Lesley lehnte sich zurück.

„Woher wussten Sie, dass er log?“

„Weil sie es mir gesagt hat.“ Susan schaute auf und begegnete Lesleys Blick.

„Wer hat Ihnen das gesagt?“

„Laila.“

Johnnys Stift bewegte sich nicht mehr über seinen Block. Lesley beugte sich vor. „Laila hat Ihnen von ihrer Beziehung mit Ihrem Mann erzählt?“

„Sie hatte keine *Beziehung* mit ihm. Sie war erst seit fünf Wochen dort. Sie hat ihn gevögelt, die kleine Schlampe.“

Fiona löste den Griff um die Hand ihrer Schwester und Susan zog sie weg.

„Wann hat Laila Ihnen das gesagt?“, wollte Lesley wissen.

Susans Hand kam auf dem Tisch zur Ruhe. „Sie hat mich angerufen. Auf meinem Handy. Meinte, ich könne ihn vergessen, er gehöre jetzt ihr.“

„Wann war das?“

Susan wechselte die Position. Fiona stieß einen langen Seufzer aus und drehte sich zu ihrer Schwester um. Sie murmelte ihr etwas ins Ohr, doch Susan hob eine Hand, um sie zum Schweigen zu bringen. „Fiona sagt, ich solle mir einen Anwalt nehmen.“

Ihre Schwester zog eine Visitenkarte aus ihrer Tasche und legte sie auf den Tisch. „Ich bin Anwältin für Gesellschaftsrecht und kann Susan in dieser Sache nicht vertreten. Aber ich glaube, dieses Gespräch sollte jetzt beendet werden.“

„Warum?“, fragte Johnny.

Lesley hob eine Hand, um ihn zum Schweigen zu bringen. „Susan?“, fragte sie. Die Frau hatte sie hereingelassen. Sie hatte ihnen Tee angeboten. Sie hatte ihnen freiwillig Informationen gegeben. „Wollen Sie mir sagen, wann Laila Ihnen von Archie und ihr erzählt hat?“

Susan blinzelte ihr zu, ihr Körper war ganz ruhig.

„Suze ...“, mahnte Fiona leise.

Susan nickte Lesley zu. „Letzten Donnerstag. Sie rief mich am Donnerstag an und erzählte mir alles über ihre *Beziehung* mit meinem Mann.“ Sie betonte das Wort ‚Beziehung‘ und sprach jede Silbe deutlich aus.

Fiona stand auf. „Susan, du sagst jetzt nichts mehr. Officers, ich möchte, dass Sie jetzt gehen.“

KAPITEL SECHSUNDZWANZIG

Dennis klopfte an die Tür des Cottage, in dem das Archäologenteam wohnte. Mike war im Greyhound und spürte die Gäste auf, die am Samstagmorgen dort gewesen waren. Und PC Abbott war, Gott sei Dank, irgendwo unterwegs, um das zu tun, was uniformierte Beamte heutzutage tun sollten.

Laila öffnete die Tür. „Oh. Sie schon wieder."

Er schenkte ihr ein trockenes Lächeln. „Nur noch ein paar Fragen. Ich werde Sie nicht lange aufhalten."

„Natürlich. Ich bin als Einzige zuhause. Crystal und Patrick sind unten an der Ausgrabungsstätte. Ich sollte auch dort sein, aber ..."

Dennis sah sich im Raum um. Eine Kanne Tee stand auf dem Beistelltisch und ein weiterer Teller mit Toast lag auf dem Sofa. Laila trug einen Pyjama und einen Morgenmantel. Und das um halb zehn morgens. Er machte sich nicht die Mühe, sich zu setzen. „Ich muss Sie nur fragen, wo Sie am Samstag zwischen neun und vierzehn Uhr morgens waren."

Ihr offener Gesichtsausdruck verschwand. „Die Obduktion ist abgeschlossen?"

„Ja, das ist sie." Nicht, dass er ihr irgendetwas darüber sagen wollte. Diese Art von Informationen war der Ehefrau des Opfers vorbehalten. „Können Sie bitte die Frage beantworten?"

„Ja." Sie schaute weg in Richtung Küche. „Nun, ich war bis etwa zehn Uhr hier wie die anderen auch, zumindest Crystal war es. Sie war hier unten, als ich rausging."

„Um wie viel Uhr war das?"

„Kurz vor zehn, glaube ich."

„Und davor waren Sie mit ihr zusammen?"

„Ich war oben, in meinem Zimmer."

Er nahm seinen Notizblock heraus. „Und wo sind Sie dann hingegangen?"

„Ich ging zum Frühstück ins Pink Goat Café. Es liegt auf dem Weg zur Burg."

„Hat Sie dort jemand gesehen?"

„Meine Freundin Caz arbeitet dort."

„Caz?"

„Karen Dawes. Sie war die ganze Zeit dort. Sie hatte gerade Pause, wir haben geplaudert, dann habe ich noch ein Kännchen Tee getrunken und ein Buch gelesen."

„Um wie viel Uhr haben Sie das Cafe verlassen?"

„Gegen halb zwölf. Es war viel los und ich dachte, dass ich meinen Platz besser freigebe."

Er hob eine Augenbraue.

„Ich bin hierher zurückgekommen. Ich war ... ich war müde. Ich habe ein paar E-Mails geschrieben und einen Film gesehen."

„Welchen Film?"

„Das weiß ich nicht mehr. Er lief auf Netflix."

„War sonst noch jemand hier?“

„Patrick kam gegen zwei Uhr nach Hause, Crystal erst später. Um fünf Uhr, glaube ich.“

„Sie waren also von zwölf Uhr dreißig bis vierzehn Uhr allein.“

„Ich war hier. Ich war nicht unterwegs, um Archie zu töten. Sehen Sie mich an, glauben Sie wirklich, ich hätte ihn überwältigen können?“

„Miss Ford, hat Archie Schlaftabletten genommen?“

Sie schüttelte den Kopf. „Nicht, dass ich wüsste.“

„Und Sie?“

„Gott, nein.“

„Sonst jemand im Haus?“

„Das weiß ich nicht, aber ich glaube nicht.“

„Wir können die Unterlagen des Hausarztes überprüfen, das wissen Sie, oder?“

„Ich sage die Wahrheit.“ Sie sah aus, als würde sie gleich weinen. Dennis war schon vielen Frauen begegnet, die das konnten. Auf Kommando losheulen.

„Würden Sie einer kriminaltechnischen Untersuchung Ihres Zimmers zustimmen?“

Sie wirkte angespannt. „Warum? Sie glauben doch nicht, dass er hier getötet wurde, oder?“

„Sie sagten, Patrick Donnelly habe Archies Sachen durchsucht. Wir möchten wissen, ob Mr Weatherton Schlaftabletten eingenommen hat. Oder irgendetwas verbarg.“

„Wie ich schon sagte, er war ...“

Er sah sie an. „Sind Sie einverstanden oder nicht?“

Sein Handy surrte in seiner Tasche, doch er ignorierte es.

Laila warf einen Blick in seine Richtung. „Vielleicht sollten Sie da rangehen.“

„Das kann warten. Stimmen Sie einer Durchsuchung zu?"

„Ja. Ich stimme ihr zu." Sie setzte sich auf das Sofa und stieß dabei den Toast auf den Boden. „Wann?"

„Ich muss Sie bitten, Ihr Zimmer nicht mehr zu betreten, bis wir es durchsucht haben. Die Spurensicherung steht bereit."

Sie verhielt sich ganz still, als wolle sie ihre wahren Gefühle nicht preisgeben. „Okay."

„Gut. Sie bleiben hier unten, bei mir. Vielleicht setzen Sie den Teekessel auf."

„Natürlich." Sie ging in die Küche. Er nahm sein Handy heraus, um Gail Hansford anzurufen, und entdeckte eine Sprachnachricht von der DCI.

„Dennis, wo sind Sie? Rufen Sie mich an, wir haben neue Informationen über Laila."

Er schickte eine kurze SMS an Gail – *Zustimmung erteilt. Wir warten auf Sie* – und rief dann die Chefin an.

„Dennis, wo sind Sie?"

Laila klapperte in der Küche herum. Sie gab vor, so viel Lärm zu machen, dass sie ihn nicht hören konnte. Doch er wusste es besser.

„Ich bin im Cottage in Corfe Castle. Laila Ford ist im Zimmer nebenan."

„Gut. Ich muss sie nach Susan Weatherton fragen."

„Was ist mit ihr?"

„Sie sagte, Laila wüsste, dass Archie verheiratet war und habe sie letzten Donnerstag angerufen."

„Was hat sie zu ihr gesagt?"

„Susans Schwester ist Anwältin. Sie beendete das Gespräch, bevor wir mehr erfahren konnten. Aber Laila hat

Susan offenbar erzählt, dass sie ein Verhältnis mit Archie hatte."

Dennis wechselte seine Position, um einen besseren Blick auf Laila zu haben, die gerade heißes Wasser in eine Teekanne goss. Er dachte an die Reaktion des Mädchens, als sie ihr gesagt hatten, dass Archie verheiratet sei. An den offensichtlichen Schock.

„Ich weiß, was Sie jetzt denken, Dennis."

Er legte eine Hand auf das Telefon und ging zur Tür. „Sie ist eine Lügnerin. Eine sehr überzeugende."

„Vorausgesetzt, dass Susan Weatherton nicht diejenige ist, die lügt."

„Glauben Sie, eine trauernde Witwe würde bei so etwas lügen?"

„Ich *glaube* gar nichts, Dennis. Reden Sie mit Laila. Versuchen Sie herauszufinden, was die Wahrheit ist. Und wenn sie es wusste, warum hat sie dann seine Frau angerufen?"

„Sollten wir sie nicht erst belehren und dann offiziell verhören?"

„Ich glaube nicht, dass wir schon so weit sind. Was ist mit ihrem Alibi?"

„Lückenhaft."

„Okay. Überprüfen Sie das Alibi und rufen Sie mich dann zurück. Wir werden entscheiden, ob sie belehrt werden muss, sobald wir wissen, was wir sonst noch haben."

„Alles klar, Chefin."

Er legte in dem Moment auf, als Laila mit der Teekanne zurückkam. Gleichzeitig klopfte es an der Tür.

Er öffnete sie. „Gail."

„Sarge." Gail stand mit ihrem lächerlich großen Kollegen auf der Schwelle. „Wo sollen wir hin?"

„Das vordere Schlafzimmer im Obergeschoss. Sorgen Sie dafür, dass sie nicht weggeht."

„Ist das nicht Ihr Job?"

„Ich muss einen Zeugen befragen." Er schob sich zwischen den beiden Kriminaltechnikern hindurch und eilte in Richtung des Cafés.

KAPITEL SIEBENUNDZWANZIG

„WAS SOLLTE DAS EBEN?", fragte Susan, als Fiona hinter ihr in der Küche auftauchte. Ihre Schwester hatte die Detectives hinausbegleitet, damit Susan keine weiteren Fragen beantwortete.

„Es tut mir leid, Suze. Warum setzt du dich nicht kurz hin?"

Susan knallte die Besteckschublade zu. Ihre Schwester war vier Jahre jünger als sie, verheiratet und kinderlos. Und sie gab Susan immer das Gefühl, altbacken und schwer von Begriff zu sein. Heute war es nicht anders gewesen.

„Ich muss mich nicht hinsetzen. Sag es mir einfach."

Fiona saß an dem abgenutzten Kiefernholztisch. Die halb leeren Tassen Tee der Detectives waren noch warm.

„Du hast am Donnerstag erfahren, dass Archie eine Affäre hatte, und er ist am Samstag gestorben. Sie werden dich als verdächtig einstufen."

„Das ist lächerlich. Er ist auf einem Feld in Dorset gestorben."

„Du wirst nachweisen müssen, wo du am Samstag warst. Ihnen ein Alibi liefern."

„Das ist kein Problem." Susan lehnte sich gegen die Arbeitsplatte, ihre Gedanken rasten. „Ich war mit Millie einkaufen."

„Hat euch jemand gesehen? Hast du irgendwelche Quittungen?"

Susan setzte sich zu ihrer Schwester an den Tisch. „Fi, ich weiß, dass ich gesagt habe, ich würde ihn am liebsten umbringen, als ich dich am Freitagmorgen anrief. Aber du weißt doch, dass ich das nicht so gemeint habe, oder?"

„Natürlich weiß ich das. Aber du hast mir auch eine SMS geschickt. Am Donnerstagabend, weißt du noch?"

Susans Brust zog sich zusammen. „Ich habe nicht ..."

„Ich weiß das, und du weißt das auch. Aber die Polizei kennt dich nicht. Sie ..."

„Sie werden herausfinden, dass ich Archies Untreue zehn Jahre lang geduldet und nie etwas dagegen unternommen habe. Warum sollte sich gerade jetzt etwas geändert haben?"

„Du weißt, warum."

Susan starrte ihre Schwester über den Tisch hinweg an. „Wofür hältst du mich?"

Fiona lehnte sich vor. „Ich *halte dich* für nichts. Ich sage nicht, dass ich glaube, dass du es getan hast, und du weißt, dass ich das nicht tue." Sie räusperte sich. „Aber sie werden dich nach einem hieb- und stichfesten Alibi fragen. Und vermutlich werden sie auch Tony fragen."

Susans Herzschlag beschleunigte sich. „Sie wissen nichts von Tony."

„Sie werden es herausfinden. Verheimliche es nicht vor ihnen, Suze. Sei ehrlich zu ihnen. Wenn du anfängst zu lügen, werden sie dir nichts mehr glauben.“ Sie zückte ihr Handy. „Ich habe eine Kollegin, die auf Strafrecht spezialisiert ist. Ich werde sie anrufen.“

Susans Mund war trocken. „Ich brauche keine Anwältin.“

„*Nur Schuldige brauchen Anwälte*, das denkst du, richtig? Aber die Wahrheit ist, dass man sie umso dringender braucht, wenn man unschuldig ist.“

„Wenn?“

„Dreh mir nicht die Worte im Mund herum.“ Fiona hob einen Finger, um sie zum Schweigen zu bringen. „Fiona Reynolds hier. Kann ich bitte Jacinta Burke sprechen? Danke.“

Fiona legte die Hand auf das Telefon. „Und ruf Tony an. Sag ihm, dass Archie tot ist und dass ihr euch eine Zeit lang nicht sehen könnt. Mehr nicht.“

KAPITEL ACHTUNDZWANZIG

Das Pink Goat war ein gemütliches Café und lag ziemlich genau auf halber Strecke zwischen dem Cottage des Archäologieteams und der Burg. Eine Glocke über der Tür klingelte, als Dennis eintrat.

Alle acht Tische waren besetzt, hauptsächlich von mittelalten bis älteren Urlaubern. An einem Tisch saß eine junge Familie mit einem Kleinkind, das gegen Dennis' Beine trat, als er sich dem Tresen näherte.

„Charlie! Es tut mir sehr leid. Er ist heute ein bisschen übermütig." Der Vater des Kindes nahm seinen Sohn an die Hand und schenkte Dennis ein entschuldigendes Lächeln.

Dennis sah von dem Mann zu dem Jungen, dem er widerwillig ein strenges Lächeln schenkte. „Sie müssen achtsamer sein." Das Grinsen des Vaters verwandelte sich in ein Stirnrunzeln und er zog das Kind weg.

Eine Frau Mitte sechzig, die aussah, als würde sie gleich eine schlechte Nachricht überbringen, wartete hinter dem Tresen auf Dennis. „Im Moment nur zum Mitnehmen, mein Herr. Es sei denn, es macht Ihnen nichts aus, zu warten."

Er zeigte ihr seinen Dienstausweis, und sie stand fast stramm. „Oh, Entschuldigung, Officer. Warten Sie, ich ...“ Ihr Blick huschte durch das Café und sie überlegte, welchen Tisch sie für ihn räumen könnte.

„Keine Sorge, Madam“, meinte er. „Ich brauche keinen Tisch.“

„Geht es um den“, sie senkte die Stimme und führte die Hand zum Mund, als wolle sie ein Geheimnis teilen, „Mord bei den Ringen?“ Sie blinzelte, ihre Augen waren feucht. „So traurig. Der arme Mann.“

„Ich muss mit einer ihrer Mitarbeiterinnen sprechen. Karen Dawes.“

„Ich wüsste nicht, was Karen damit zu tun haben sollte.“

„Bitte. Ich werde sie nicht lange aufhalten.“

Die Frau wischte sich die Hände an ihrer Schürze ab und verschwand durch eine Tür hinter ihr.

Im Café war es still geworden, alle Gäste hatten ihnen zugehört. Dennis drehte sich um, darauf bedacht, keinen Blickkontakt herzustellen, aber er wusste, dass sie sich ohnehin abwenden würden. Das Kleinkind kreischte und seine Mutter brachte es zum Schweigen. An ein paar anderen Tischen wurde das Gespräch wieder aufgenommen.

Dennis drehte sich um, als er hörte, wie sich die Tür hinter ihm öffnete. Eine junge Frau mit braunen Haaren, die zu einem Pferdeschwanz zusammengebunden waren, und einem von Akne gezeichneten Teint sah ihn nervös an.

„Sheila sagt, Sie müssen mit mir reden.“

Er schenkte ihr ein – wie er hoffte – beruhigendes Lächeln. „Ich werde Sie nicht lange aufhalten. Es geht um Laila Ford.“

Ein Nicken. „Wie geht es ihr? Sie muss ...“ Karen schüttelte den Kopf.

„Sie hat mir erzählt, dass sie am Samstagmorgen hier war und einige Zeit mit Ihnen verbracht hat."

„Das stimmt."

Er nahm seinen Notizblock heraus. „Können Sie mir sagen, um wie viel Uhr das war?"

„Ähm … sie kam etwa um viertel nach zehn oder halb elf hier an. Ich machte meine Pause und saß eine Weile bei ihr. Dann blieb sie hier sitzen." Sie blickte zur Tür, hinter der Sheila zweifellos das Gespräch belauschen würde. „Sie hat ein Kännchen Tee getrunken, das bis kurz nach Mittag gereicht hat, dann hat Sheila sie rausgeschmissen. Sie brauchte den Tisch."

„Waren Sie die ganze Zeit hier?"

„Ja. Ich arbeite samstags von acht bis fünfzehn Uhr. Sie saß an diesem Tisch dort." Sie deutete auf den Tisch, wo das Kleinkind nun auf einem Stuhl stand und tanzte – zumindest dachte Dennis, dass das ein Tanz sein sollte. „Irgendwann musste sie kurz raus und zum Geldautomat gehen. Aber ansonsten war sie die ganze Zeit hier."

„Sie ist losgezogen, um Geld zu holen?"

„Sie musste ihren Tee bezahlen. Ich sagte, ich würde es ihr leihen, aber sie bestand darauf. Sie war ein bisschen …" Die junge Frau runzelte die Stirn und hörte auf zu sprechen.

„Sie war ein bisschen …?"

„Sie war verärgert." Sie straffte die Schultern. „Er war ein Mistkerl, wissen Sie. Er hat sie wie Dreck behandelt. Vielleicht ist sie ohne ihn besser …" Sie bemerkte sein Stirnrunzeln. „Sorry. Aber so war es nun einmal."

„Wie lange war sie weg, um Geld zu holen?"

„Der Automat funktionierte nicht, also musste sie bis in den Laden des National Trust gehen, um Bargeld zu bekommen. Sie haben sie gezwungen, Marmelade zu kaufen."

„Wie lange?“

Ein Achselzucken. „Etwa eine halbe Stunde, schätze ich. Es war noch früh am Morgen, vor elf Uhr. Sonst hätte ich den Tisch nicht für sie freihalten können.“

„Danke, Karen. Sie haben mir sehr geholfen.“

„Ich habe sie doch nicht in Schwierigkeiten gebracht, oder?“

„Machen Sie sich keine Sorgen. Ich weiß Ihre Hilfe zu schätzen.“

Doch er bemerkte ihren bestürzten Blick, als er das Café verließ.

KAPITEL NEUNUNDZWANZIG

DAS DEKANAT für Archäologie und Anthropologie war in einem großen viktorianischen Gebäude im Zentrum der Universität untergebracht. Der Empfang wurde von einem jungen Mann mit einer regenbogenfarbenen Krawatte und einem schwarzen Hemd besetzt.

„Dr. Alman ist gerade bei den Studenten, wird aber in einer Viertelstunde zurück sein."

„Wir warten", sagte Lesley. „Sagen Sie ihr, dass sie nirgendwo hingehen soll."

„Ich wüsste nicht, warum sie das tun sollte."

Lesley ging zu einer Reihe niedriger Stühle neben einem Getränkeautomaten. Johnny nahm neben ihr Platz.

„Ich rufe Dennis an, während wir warten", sagte sie. Er nickte und sie ging nach draußen.

„Chefin." Dennis klang atemlos.

„Sind Sie gelaufen?"

„Ich gehe gerade von dem Café, in dem Laila den Samstagmorgen verbracht hat, zurück zum Haus."

„Und?"

„Sie verließ das Café für etwa eine halbe Stunde. Und sie war offensichtlich verärgert. Und ihre Freundin sagte, dass sie ohne Archie besser dran sei."

„Das heißt nicht, dass sie ihn umgebracht hat."

„Bei allem Respekt, Ma' am. Das Mädchen hat uns angelogen. Sie hat so getan, als wüsste sie nicht, dass das Opfer verheiratet war, sie hat Patrick Donnelly beschuldigt und sie hat uns nicht gesagt, dass sie nicht den ganzen Morgen über im Café gewesen war."

„Und sie war den ganzen Nachmittag allein", fügte Lesley hinzu.

„So langsam folgen Sie also meiner Auffassung."

„Nein, Dennis. Noch nicht. Ein fadenscheiniges Alibi und ein oder zwei Streitereien mit dem Opfer sind nicht genug Beweise."

„Aber die Lügen ..."

„Wir brauchen konkrete Beweise. Gesicherte Spuren. Und wo ist die verfluchte Mordwaffe?" Sie ignorierte sein Schnaufen. „Hat sie einer kriminaltechnischen Durchsuchung ihres Zimmers zugestimmt?"

„Gail Hansford ist gerade dabei."

„Gut. Geben Sie mir Bescheid, wenn Sie etwas Nützliches erfahren."

„Ich bin gleich wieder da. Wenn Sie einen Moment warten."

Sie hörte, wie er an die Tür des Cottages hämmerte, dann wurde es still.

Noch mehr Hämmern.

„Was ist los, Dennis?"

„Es ist niemand hier. Ich habe Gail gesagt, sie soll dafür sorgen, dass das Mädchen nirgendwo hingeht."

„Das ist nicht ihre Aufgabe, Dennis."

„Ich habe ihr klare Anweisungen gegeben."

Lesley seufzte. Sie hörte eine Frauenstimme am anderen Ende der Leitung: Gail. Sie hatte also ihren Posten nicht verlassen. Dennis redete mit ihr, doch seine Worte klangen gedämpft. Es hörte sich an, als würden sie sich streiten.

„Chefin?" Johnny stand hinter ihr. „Dr. Alman hat jetzt Zeit für uns."

„Dennis, ich muss los." Lesley war sich nicht sicher, ob er sie hören konnte.

Sie steckte ihr Handy ein und folgte Johnny zurück ins Gebäude. Eine große Frau mit grau-meliertem Haar, das zu einem Dutt hochgesteckt war, erwartete sie.

„Dr.Alman?"

„Ich dachte schon, Sie wären verschwunden."

Lesley lächelte und zückte ihren Dienstausweis. „Ich bin DCI Clarke, das ist DC Chiles. Wir müssen Ihnen ein paar Fragen über Archie Weatherton stellen."

„Natürlich. Wir sind alle am Boden zerstört." Die Frau bat sie in ihr Büro. Es war ein langer, schmaler Raum, an dessen Wände sich Bücher stapelten. Ein Fenster füllte eines der schmalen Enden des Raumes aus, und der Kontrast der Lichtverhältnisse zwischen den beiden Enden des Raumes ließ Lesleys Augen schmerzen.

„Setzen Sie sich. Ich lass uns Kaffee bringen."

„Nein, danke, das ist nicht nötig."

„Ich bestehe darauf." Dr. Alman griff zum Telefon auf ihrem Schreibtisch und bellte eine Bestellung von drei Kaffee und ein Kännchen Milch hinein. Lächelnd setzte sie sich zu ihnen in eine niedrige Sitzecke. Drei abgenutzte Sofas drängen sich um einen Couchtisch.

„Tut mir leid, dass es ein bisschen eng ist. Meine Tutorimsgruppen bestehen aus acht Studenten, daher die vielen

Sofas. Das macht die Sache gemütlicher." Sie lehnte sich zurück. „Also, was kann ich für Sie tun?"

Lesley versuchte, sich auf ihrem eigenen Sofa zurückzulehnen, aber es hatte eine furchtbare Rückenlehne. Also setzte sie sich aufrecht hin, die Knie in einem ungünstigen Winkel, um nicht vom Beistelltisch zerquetscht zu werden.

„Sie wurden darüber informiert, dass Archie am Samstag ermordet wurde?"

„Die örtliche Polizei kam gestern Nachmittag vorbei. Seine Frau muss am Boden zerstört sein."

Lesley war sich nicht sicher, ob *am Boden zerstört* der richtige Ausdruck für Susan war, aber jeder Mensch erlebte Trauer auf unterschiedliche Weise.

„Wir müssen so viele Hintergrundinformationen wie möglich über Mr Weatherton bekommen", sagte sie.

„Dr Weatherton."

„Ja. Alles, was uns Hinweise auf ein mögliches Motiv geben könnte, wäre nützlich."

„Es war also kein zufälliger Angriff?"

„Er fand in Corfe Castle statt, einem Dorf mit fünfzehnhundert Einwohnern. An einem solchen Ort passieren keine zufälligen Angriffe."

„Sie wären überrascht."

„Dr. Alman, Sie werden verstehen, dass ich Ihnen nicht alle Einzelheiten darüber mitteilen kann, was mit Ihrem Kollegen geschehen ist. Aber die Beweise deuten nicht auf einen zufälligen Angriff hin."

„Aber wer würde schon einen Archäologen töten wollen, um Himmels willen?" Die Wissenschaftlerin zitterte. „Wir heischen nicht gerade nach Aufmerksamkeit."

„Wie viel wussten Sie über Archies Privatleben?"

Dr. Alman nickte. „Jetzt verstehe ich."

Johnny lehnte sich vor. „Was verstehen Sie jetzt?“

„Er hatte … er hatte einen gewissen Ruf. Junge Frauen, Kolleginnen während der Ausgrabungen. Soweit ich weiß, hat er sich nie an Studentinnen herangemacht, Gott sei Dank, aber ich könnte mir vorstellen, dass er durchaus darüber nachgedacht hat.“

„Sie wussten, dass er mehrere Affären hatte?“, fragte Lesley.

„Archäologische Ausgrabungen können klaustrophobisch werden, Detective. Vor allem, wenn die Leute auf den Ausgrabungsstätten leben. Und Klatsch und Tratsch machen die Runde. Ich kann mir vorstellen, dass die halbe Universität über Archies Taten Bescheid wusste.“

„Einschließlich seiner Frau?“

„Also das weiß ich wirklich nicht. Die meisten gesellschaftlichen Veranstaltungen der Fakultät finden ohne Ehepartner statt. Diejenigen, die es nicht sind, nun ja, sagen wir einfach, die Unterhaltung ist umsichtiger.“

„Könnte es eine Frau gegeben haben, die sich rächen wollte? Oder einen Ehemann?“

Die Frau lachte. „Ziemlich viele, würde ich sagen. Aber ich glaube nicht, dass einer von ihnen nach Dorset gefahren ist, um ihn zu erledigen. Ich vermute, dass Sie sich mehr vor der Haustür umsehen müssen.“

Lesley und Johnny tauschten einen Blick aus.

„Was meinen Sie damit?“, fragte Lesley.

„Nun, da er in Corfe Castle ermordet wurde, sollten Sie vielleicht seine Kollegen bei dieser Ausgrabung befragen. Insbesondere alle jungen Frauen.“

Ein weiterer Blick: *Laila*.

„Das haben wir bereits“, sagte Johnny.

„Gut.“ Dr. Alman richtete sich auf. „Wenn Sie mich jetzt entschuldigen, ich muss mich auf ein Seminar vorbereiten.“

„Wie war Archies Beziehung zu den anderen Mitgliedern des Ausgrabungsteams?“, fragte Lesley. „Gab es irgendwelche Spannungen?“

„Ich kenne nicht einmal die Hälfte des Teams. Das Projekt wurde von der Universität Bournemouth durchgeführt. Archie wurde aufgrund seiner Erfahrungen bei der Ausgrabung von Schmuck und anderen empfindlichen Gegenständen hinzugezogen.“

„Kannten Sie die verantwortliche Frau?“

Dr. Alman nickte. „Crystal Spiers. Ja, ich kenne sie. Zwischen ihr und Archie gibt es eine lange Geschichte.“

Lesley hob eine Augenbraue.

„Crystal und Archie kennen sich schon sehr lange, Detective. Ich bezweifle nicht, dass sie miteinander geschlafen haben, als sie noch so jung war, dass er sich für sie interessierte. Aber ich weiß, dass er mit ihrem Management dieses Projekts nicht zufrieden war.“

„Warum nicht?“

„Er meinte, sie sei zu nah dran. Es war ihr Baby, ihr Lebenswerk. Sie konnte nicht über den Tellerrand hinaussehen. Und sie war verflucht schlecht in der Verwaltung der Finanzen.“

„Inwiefern?“

„Er sagte mir, dass sie einen wichtigen Geldgeber verloren hat. Sie hatte keine Kontrolle über das Budget und er musste ihr immer wieder aus der Patsche helfen und andere Einkommensquellen organisieren. Er hat mit mir über einiges gesprochen, über den Rest aber wahrscheinlich geschwiegen.“

„Warum sollte er das tun?“

Die Frau stand auf. „Ich bin mir nicht sicher, ob ich darüber spekulieren sollte. Und ich muss mich jetzt wirklich von Ihnen verabschieden.“ Sie nickte in Richtung der Tür: Durch die Glasscheibe war eine Gruppe von Studenten zu sehen. „Tut mir leid, dass ich Ihnen nicht weiterhelfen kann.“

Konnte oder wollte sie nicht? Lesley knirschte mit den Zähnen, als die Wissenschaftlerin sie mehr oder weniger auf den Korridor hinausschob.

„Das war nicht sehr hilfreich, was, Chefin?“, meinte Johnny, als die Studenten an ihnen vorbei schlurften.

„Finden Sie, Constable? Ich denke, dass es sogar sehr nützlich war.“

KAPITEL DREISSIG

ALS GAIL DIE TÜR ÖFFNETE, stand Dennis Frampton davor und sah aus, als hätte er einen halben Bienenstock verschluckt.

„Wo ist sie?“

„Kommen Sie doch herein. Wir sind fast fertig.“

Er stürmte an ihr vorbei. Gavin kam gerade die Treppe herunter und bückte sich, um sich nicht den Kopf zu stoßen.

„Was haben Sie getan?“, schnauzte Dennis ihn an.

„Sorry, Kumpel.“ Gav sah an Dennis vorbei zu Gail, die mit den Schultern zuckte.

„Wir hatten kein Recht, sie festzuhalten“, sagte sie. „Wo ist sie hingegangen? Ich habe Ihnen doch gesagt, dass Sie sie hier behalten sollen.“

„Und ich habe Ihnen gesagt, dass das Ihre Aufgabe ist. Haben Sie vor, sie zu verhaften?“

Er sah aus, als wolle er ihr am liebsten ins Gesicht springen. „Noch nicht. Aber ich habe so meinen Verdacht, was diese junge Frau angeht.“

„Hat die DCI eine Verhaftung genehmigt?“

„Noch nicht. Das habe ich Ihnen doch schon gesagt", raunte er. „Aber ich wollte ihre Reaktion auf das sehen, was auch immer Sie gefunden haben."

„Oh, da können wir Ihnen helfen." Gav klang amüsiert.

Gail verkniff sich ein Grinsen. „Sie blieb die ganze Zeit hier unten, während wir dort oben waren. Ich vermute, dass sie sich in der Nähe der Tür herumgedrückt hat. Sie wollte wissen, was wir hier machen."

„Und?" Dennis stemmte die Fäuste in die Hüften.

„Und was, *Kumpel*?"

Dennis verdrehte die Augen und bekreuzigte sich. „Manchmal frage ich mich, warum wir uns mit Ihnen herumschlagen. Was haben Sie gefunden? Wie hat sie reagiert?"

Gail trat auf ihn zu. „Um Ihre erste Frage zu beantworten: Wir haben Fingerabdrücke von drei verschiedenen Personen gefunden."

„Wessen?"

„Das müssen wir noch herausfinden. Archies können wir vom Pathologen bekommen. Von den anderen Hausbewohnern müssen wir noch Abdrücke zum Abgleich nehmen. Ein Satz Abdrücke wird natürlich von Laila sein."

„Sie haben also ihre Fingerabdrücke genommen?"

Gail schüttelte den Kopf. „Dazu hatte ich keine Gelegenheit."

„Warum nicht? Was haben Sie denn die ganze Zeit gemacht?"

„Sarge", mahnte Gav, doch Dennis ignorierte ihn.

„Wo ist sie hingegangen?"

„Das kann ich Ihnen nicht sagen, Sarge", antwortete Gail. „Aber ich kann Ihnen sagen, dass sie etwas aus dieser Schublade genommen" – sie zeigte auf eine Kommode, die neben einem Sessel stand – „und es mitgenommen hat."

Dennis ging zu ihr hinüber.

„Ich habe nachgesehen", sagte Gail. „Da sind nur ein paar Brettspiele drin."

„Sie wird bestimmt kein Brettspiel mitgenommen haben."

„Unwahrscheinlich."

Gail sah Dennis an. Jede Farbe war aus seinem Gesicht gewichen und jede Anspannung in seiner Miene hatte sich aufgelöst. So war Dennis schon gewesen, als sie damals ins Team gekommen war; sie hatte ihn so weit wie möglich gemieden. DCI Mackie hatte ihn beruhigt und es geschafft, sein Temperament zu zügeln. Aber dann hatte DCI Mackie Selbstmord begangen. Und Gail war sich ziemlich sicher, dass Dennis alles andere als erfreut gewesen war, als sein alter Chef und Mentor durch eine Frau aus der Großstadt ersetzt wurde.

„Wir werden diese Truhe abstauben", sagte sie ihm. „Technisch gesehen haben wir zwar keine Erlaubnis dazu, aber …"

„Tun Sie es", sagte Dennis. „Wenn wir schon nicht wissen, was sie da rausgeholt hat, will ich wenigstens wissen, wer es sonst noch in den Händen gehabt haben könnte." Gail nickte Gav zu, der daraufhin sein Fingerabdruckset hervorzog.

„Werden Sie nach ihr suchen?", fragte sie Dennis.

Seine Wange zuckte. „Natürlich."

In dem Moment hörte sie, wie die Haustür geöffnet wurde, und drehte sich um. Laila stolperte herein und war überrascht, sie alle zu sehen. Schnell trat Gail vor Gav, der bereits dabei war, seine Ausrüstung wieder in eine Tasche zu stopfen.

„Was ist passiert?“ Lailas Blick flog von Dennis über Gavin zur Kommode und wieder zu Dennis.

„Nichts.“ Gail schenkte ihr ein Lächeln. „Wir sind gerade fertig geworden.“

Laila nickte. Sie fragte nicht, was sie im Schlafzimmer gefunden hatten.

Dennis ballte die Hände zu Fäusten. Es juckte ihn in den Fingern, Laila zu verhaften, das merkte Gail. Er mochte Frauen wie Laila nicht, und die Schwelle der Beweisbarkeit wurde für ihn niedriger, wenn er mit ihnen zu tun hatte. Zumindest war das so gewesen, bis DCI Mackie seine Magie eingesetzt hatte.

„Kommen Sie, Sarge“, sagte sie. „Die DCI erwartet uns alle auf dem Revier.“

Er starrte Laila einen Moment lang an, doch die junge Frau hielt seinem Blick stand. Schließlich schürzte er die Lippen und folgte Gail und Gav aus dem Haus.

KAPITEL EINUNDDREISSIG

„SCHÖN, dass Sie alle wieder zurück sind", meinte Lesley. „Ich hoffe, wir hatten alle einen produktiven Tag."

Die Teammitglieder murmelten zustimmend, während sie sich in ihr Büro schoben. Johnny gähnte. Die Rückfahrt von Bristol war grausam gewesen: Die Rushhour hatte gerade begonnen, als sie die Stadt verlassen wollten, und dann hatten sie eine halbe Stunde in einer langen Schlange hinter einem Traktor festgesessen, bis sie endlich ihr Büro erreicht hatten.

Sie zeigte auf die Tafel. „Fangen wir mit Crystal und Patrick an. Wie sieht es mit ihren Alibis aus?"

„Für beide nicht gerade rosig", sagte Mike. „Der Barmann im Greyhound meinte, er habe ein paar Mal mit Patrick gesprochen, aber er kann nicht bestätigen, dass er die ganze Zeit im Pub war. Und Crystal hat bereits gesagt, dass sie allein unterwegs war. Ich habe mich umgehört, ob jemand im Dorf sie gesehen hat. Nichts."

„Was ist mit dem Motiv? Hat einer von ihnen einen Grund, Archie tot sehen zu wollen?"

„Es gab diese finanziellen Probleme, von denen uns Archies Chefin erzählt hat", sagte Johnny.

„Erklären Sie den anderen alles, ja?"

„Ja, natürlich." Er drehte sich um und sah Dennis an. „Archie und Crystal kannten sich schon seit Jahren und seine Chefin behauptet, dass sie früher mal ein Paar gewesen waren. Aber sie waren sich nicht einig über die Art und Weise, wie dieses Projekt durchgeführt wurde. Es gab finanzielle Probleme, und Archie vermutete, dass Crystal daran schuld war. Und dann war da noch das, was Dr. Alman uns über Archies Sexleben ..."

Leslie unterbrach ihn. „Darauf kommen wir zurück, wenn wir über Susan sprechen. Wir brauchen jemanden, der die Finanzen untersucht. Die Konten für die Ausgrabung, Budgets, wie auch immer diese Dinge funktionieren. Johnny, klären Sie das bitte morgen mit der Universität Bournemouth."

„Wird gemacht, Chefin." Johnny bemerkte, wie Dennis die Stirn runzelte.

„Okay", sagte Lesley. „Was ist mit Laila?"

„Sie sagte, sie sei am Morgen in einem Café gewesen", antwortete Dennis. „Aber das Mädchen, das dort arbeitet, meinte, sie habe gegen elf Uhr Bargeld abheben müssen. Anscheinend hat sie eine Weile dafür gebraucht."

„Lange genug, um zur Ausgrabungsstätte zu gehen und wieder zurück zu kommen?"

„Eine halbe Stunde."

Lesley nahm einen ihrer Schokoriegel aus der Tasche und packte ihn aus. „Also hat keiner von ihnen ein Alibi. Wir übersehen etwas."

„Das Blut", sagte Gail.

Lesley nahm einen Bissen und zeigte Gail mit vollem

Mund den Daumen nach oben.

„Es gab eine Reihe von Kopfverletzungen“, sagte Gail. „Eine davon war tödlich. Wenn Archie sich von seinem Mörder abgewandt hätte, wäre sein Mörder nicht vollständig mit Blut bedeckt gewesen. Aber er hätte es nicht vermeiden können, zumindest etwas Blut auf seiner Kleidung zu haben.“

Lesley schluckte ihren zweiten Bissen des Schokoriegels hinunter und genoss den Zuckerschub, der sie aufmunterte. „Zeigen die Blutspritzer eine Lücke, an der der Mörder stand?“

„Nicht wirklich. Im Eingangsbereich gibt es etwas weniger Blut, aber das liegt vor allem daran, dass sich die Wunde auf der anderen Seite des Kopfes des Opfers befand.“

Lesley nahm einen Stift von ihrem Schreibtisch und tat so, als wolle sie das nachmachen, was irgendjemand Archie Weatherton angetan hatte.

Gail schaute zu ihr. „Soll ich es Ihnen demonstrieren?“

Gelächter ging durch den Raum. Lesley stopfte sich den letzten Rest des Schokoriegels in den Mund und warf Gail den Stift zu.

Gail trat an Lesleys Schreibtisch heran, legte den Stift hin und nahm ein paar Blätter Papier in die Hand.

„Sind die wichtig?“, fragte sie Lesley. Lesley hatte sich noch nichts von dem Papierkram angesehen, der auf ihrem Schreibtisch gelandet war. Sie schüttelte den Kopf.

„Danke.“ Gail rollte ein Blatt Papier der Länge nach auf, um eine Waffe zu imitieren.

„Was auch immer ihn getroffen hat, es war eine Art Hammer. Intensität und Flugbahn der Blutspritzer sowie der Winkel der Wunde deuten darauf hin, dass der Schlag in einem weiten Bogen ausgeführt wurde und ihn an der Rückseite seines Schädels auf der linken Seite traf. Der Mörder war Rechtshänder."

Sie holte mit der rechten Hand aus, brachte das aufgerollte, leicht zerknitterte Papier nach unten und zeigte auf das andere Ende. „Der Kopf der Waffe ragte an dieser Stelle heraus. Wir haben Spuren von Eisen in seinem Haar gefunden, was auch im Autopsiebericht erwähnt wird. Kein moderner Hammer ist aus Eisen."

„Ein antiker Hammer?", fragte Mike.

Gail zuckte mit den Schultern. „Nicht unbedingt antik, aber ziemlich alt. Möglicherweise ein Fundstück von der Ausgrabungsstätte."

Johnny pfiff.

„Unter normalen Umständen", fuhr Gail fort, „würde ich Kontakt mit dem Ausgrabungsleiter aufnehmen und nach fehlenden Gegenständen und der Zusammensetzung der Waffen aus der Zeit fragen, die sie untersuchen."

„Aber in diesem Fall ist diese Person eine potenzielle Verdächtige", sagte Lesley.

„Genau. Mit Ihrer Erlaubnis, Ma'am, würde ich gerne einen Experten zu Rate ziehen. Aber nicht von der Universität Bournemouth."

„Aus offensichtlichen Gründen", murmelte Dennis.

„Machen Sie das", sagte Lesley zu Gail. „Und um Himmels willen, hören Sie mit diesem Ma'am auf. Sie sind Zivilistin."

Dennis räusperte sich. Johnnys Blick fiel auf den Aktenschrank neben dem Schreibtisch des DS, auf dem vorwurfsvoll die Schimpfwortkasse stand.

„Die Art dieser Waffe wird uns helfen, die Kraft des Mörders zu bestimmen", sagte Lesley. „Was natürlich mittels forensischer Beweise belegt werden wird. Die Waffe zu finden, ist eine unserer Prioritäten."

„Wir haben das ganze Feld durchkämmt", sagte Gail.

„Vielleicht sollten wir nachfragen, ob irgendetwas fehlt", schlug Johnny vor.

Lesley gefiel der Gedanke nicht, den Archäologen eine so direkte Frage zu stellen. „Wir fragen nach dem Inventar", erklärte sie ihm. „Sie werden ja wohl dokumentieren, was sie finden. Wir brauchen eine Kopie ihrer Unterlagen."

„Ich kümmere mich darum, Chefin."

Dennis sah sie an und hob ganz leicht die Hand.

„Wir sind hier nicht in der Schule, Dennis. Rufen Sie rein, wann immer Sie etwas zu sagen haben."

Er nickte. „Sicherlich reichen die forensischen Beweise aus, um diese Unterlagen zu beschlagnahmen. Wir brauchen nicht zu fragen."

„Sie haben recht. Dennis, Sie kümmern sich mit Johnny um die Universität Bournemouth. Finden Sie die Person, die sich um die Aufzeichnungen kümmert. Besorgen Sie sich eine Kopie und suchen Sie nach allem, was zu Gails Beschreibung passt. Finden Sie heraus, wo die Dinge gelagert werden und überprüfen Sie sie auf Unstimmigkeiten."

„Alles klar, Chefin."

„Okay." Endlich zeigte er sich kooperativ. „Also weiter, von Laila zu Susan ..."

Dennis hob die Hand und ließ sie wieder fallen, als er den Gesichtsausdruck seiner Chefin sah. „Sie behauptet immer noch, dass Patrick Archies Sachen durchsucht habe."

„Richtig. Stimmte sie einer Durchsuchung zu?"

Lesley griff in ihre Tasche und dachte an den zweiten Schokoriegel. Wieder einmal hatte sie das Mittagessen vergessen.

„Ja, hat sie“, antwortete Dennis.

„Wir haben Fingerabdrücke von drei verschiedenen Personen gefunden“, sagte Gail.

„Haben wir Proben der Fingerabdrücke von den Hausbewohnern?“, fragte Lesley.

„Noch nicht“, sagte Dennis. „Eine weitere Aufgabe für morgen.“

„Gut. Mike, gehen Sie mit einem mobilen Fingerabdruckset zum Cottage oder zur Ausgrabungsstätte. Besorgen Sie sich Abdrücke von allen dreien.“

„Das wollte ich auch gerade vorschlagen“, meinte Dennis.

Lesley seufzte. „Machen wir weiter mit Susan. Sie wusste, dass ihr Mann eine Affäre mit Laila hatte.“

„Ja, Laila hat es ihr gesagt“, sagte Johnny.

Dennis gab einige missbilligende Töne von sich und schüttelte den Kopf.

Lesley fuhr fort. „Als wir sie das erste Mal befragten, gab Laila an, nicht gewusst zu haben, dass Archie verheiratet war.“

„Und sie ist während der Durchsuchung ihres Zimmers heute Nachmittag weggelaufen“, fügte Dennis hinzu und warf Gail einen wütenden Blick zu.

„Wenn sie uns in dieser Sache angelogen hat“, meinte Lesley, „könnte sie auch bei anderen Sachen lügen und ...“

„Einschließlich der Behauptung, Patrick habe ihr Zimmer durchsucht“, unterbrach Dennis sie.

Lesley kratzte sich an der Wange. „Die Fingerabdrücke werden entweder ihre Behauptung bestätigen oder nicht.“

„Höchstwahrscheinlich nicht.“

„Wir sollten keine voreiligen Schlüsse ziehen, richtig?“

Er zuckte mit den Schultern.

„Hat die Durchsuchung sonst noch etwas ergeben?“, wollte Lesley wissen.

„Nichts von Interesse“, antwortete Gail. „In seinem Nachttisch und seiner Kommode war nichts als Kleider.“

„Haben Sie Lailas Kleidung überprüft?“, wollte Dennis wissen. „Vielleicht hat sie das, was sie anhatte, weggeworfen.“ Er sah zu Lesley. „*Falls* sie ihn getötet hat.“

„Haben wir“, antwortete Gail. „Nichts.“

„Gibt es sonst noch etwas über Susan Weatherton?“, fragte Mike.

„Sie hat uns rausgeworfen“, antwortete Johnny. „Stimmt's, Chefin?“

„Ihre Schwester ist Anwältin. Nachdem sie uns von Lailas Anruf erzählt hatte, hat die Schwester uns rausgeschmissen.“

„Was ziemlich verdächtig ist, wenn Sie mich fragen“, meinte Johnny.

„Das ist das, was Anwälte tun“, erklärte Lesley ihm. „Aber ich möchte mehr über Susan erfahren. Ihre ... Beziehung zu Archie, wo sie am Wochenende war.“

„Noch etwas, um das wir uns morgen kümmern müssen“, meinte Dennis.

„Gute Idee.“ Lesley sah auf ihre Uhr. „Ich muss meinen Zug erwischen. Ich komme erst morgen Nachmittag zurück, da ich eine Besprechung habe, die ich nicht absagen kann.“ So sehr sie sich auch darum bemüht hatte.

„Überlassen Sie das ruhig uns“, sagte Dennis.

Lesley sah von ihm zu Gail, die nickte. „Okay“, sagte sie schließlich. „Das war gute Arbeit heute. Geben Sie mir Bescheid, wenn Sie etwas Wichtiges erfahren, während ich weg bin.“

KAPITEL ZWEIUNDDREISSIG

Gail stellte ihr leeres Glas auf den Tisch. „Ich sollte besser gehen und den Babysitter ablösen."

Dennis sah der Kriminaltechnikerin nach, als sie den Pub verließ. Gail war gut in ihrem Job. Aber er war nicht damit einverstanden, dass sie ihren Sohn bei einem Babysitter ließ, damit sie nach der Arbeit noch etwas trinken konnte. Auch wenn sie nur ein Radler getrunken hatte.

„Seien Sie nicht so streng mit ihr, Sarge", sagte Johnny. „Ich kenne diesen Blick."

„Welchen Blick?"

„Sie denken, sie sollte zu Hause bei ihrem Kind sein."

„Ich denke gar nichts."

Johnny lachte und trank den letzten Schluck seines Biers. „In Ordnung. Ich hoffe, Sie können noch fahren."

„Ich habe Ihnen eine Mitfahrgelegenheit versprochen, Kumpel. Und ich würde ein Versprechen nie zurücknehmen."

„Natürlich nicht." Johnny drehte sich zu Mike um, der

sein Glas schon fast geleert hatte. „Übernehmen Sie die nächste Runde?"

„Ähm ..." Mike sah zu Dennis, der sein leeres Glas hochhielt: Cola light, Pams Idee.

„Guter Junge", sagte Johnny, als Mike die Gläser einsammelte und zur Theke ging. Er wandte sich an Dennis. „Es gefällt mir nicht, wie er ihr in den Arsch kriecht."

Dennis verzog das Gesicht. „Das ist eine furchtbare Formulierung."

„Sie wissen schon, was ich meine. Er flucht inzwischen sogar in ihrer Gegenwart. Wenn er glaubt, dass Sie es nicht mitbekommen."

Dennis holte tief Luft. Mike stand an der Theke und flirtete mit der Bardame. Sie lehnte sich zu ihm hin, ihr tief ausgeschnittenes Oberteil klaffte auf.

„Sarge?"

Dennis wandte sich wieder an Johnny. „Entschuldigung. Er ist ehrgeizig. Es überrascht mich nicht, dass er sie beeindrucken will."

„Er ist erst seit achtzehn Monaten bei der Kriminalpolizei."

Dennis wusste, dass genau das das Problem war. Johnny war seit acht Jahren im Team und immer noch ein DC. Er war auf jeden wütend, der ihn auf der Karriereleiter überholen wollte. Aber Johnny war ein guter Polizist. Loyal, zuverlässig. Dennis war auf ihn angewiesen.

„Also, was halten Sie von ihr?", fragte Dennis, der nicht über Mike sprechen wollte.

Ein Achselzucken. „Sie ist effizient. Ich habe noch nie so viel gearbeitet wie in den letzten zwei Tagen. Dabei scheint sie gründlich zu sein."

„Warum eine Frau, die Akribie bei der Sammlung von

Beweisen verlangt, sich nicht auch so verhält, ist mir schleierhaft“, antwortete Dennis.

Johnny legte den Kopf schief. „Was meinen Sie damit, Sarge?“

Dennis tätschelte die Hand des Constable. Johnny war nicht der hellste Kopf, was ihn für Dennis zu einem guten DC machte. Da drohten wenigstens keine Überraschungen.

Er beugte sich vor und warf einen prüfenden Blick zur Bar. Mike unterhielt sich noch mit der Frau, die sich immer wieder durch das Haar fuhr. Man musste kein Detective sein, um zu wissen, was das bedeutete.

„Ich habe ein paar Nachforschungen angestellt“, sagte er zu Johnny. „Über die DCI.“

Johnny rieb die Hände aneinander. „Schießen Sie los.“

„Ich habe es aus einem guten Grund getan, verstehen Sie? Nach dem, was mit DCI Mackie passiert ist, wollte ich ... vorbereitet sein.“

„Sie wollten wissen, ob die Neue Herrin ihrer Sinne ist.“

„So würde ich das nicht sagen.“ Dennis hielt inne und starrte nach unten auf den Tisch. Es waren zwar schon drei Monate vergangen, aber ihm kam es vor, als sei der alte DCI erst gestern gestorben.

„Und, ist sie es?“

Dennis spürte, wie seine Schultern nachgaben. Es fiel ihm schwer, das, was er über Lesley Clarke gehört hatte, mit der intelligenten, energischen Frau in Einklang zu bringen, die seine neue Chefin geworden war.

„Das ist vertraulich“, sagte er.

Johnny tat, als würde er salutieren. „Bei meiner Pfadfinderehre.“ Er hickste.

Dennis verdrehte die Augen. „Sie wurde vor vier

Monaten verletzt. Beim Bombenanschlag im Zentrum von Birmingham."

„Der am Bahnhof oder der am Flughafen?"

„Mitten in Birmingham. Der am Bahnhof."

„Für mich sieht sie okay aus."

„Sie hatte eine schwere Kopfverletzung. Vielleicht auch am Hals, ich konnte keine zuverlässigen Angaben bekommen."

„Woher wissen Sie das überhaupt, Sarge?"

Eine junge Frau drängte sich hinter Dennis vorbei, um an den nächsten Tisch zu gelangen. Er rückte seinen Stuhl zurecht und senkte seine Stimme.

„Das tut nichts zur Sache. Aber es heißt, das habe sie mental ziemlich mitgenommen."

„Sie meinen, sie hat den Verstand verloren?"

„PTBS, posttraumatische Belastungsstörung."

Johnny lehnte sich zurück. An der Bar hatte Mike der Bardame gerade seine Karte gegeben und sammelte nun die Getränke ein.

„Aber erzählen Sie das niemandem, Johnny", sagte Dennis. „Vor allem nicht ihr. Aber möglicherweise ist unsere neue Chefin nicht ganz bei Verstand."

KAPITEL DREIUNDDREISSIG

TONY MELDETE sich beim zweiten Klingeln. „Hey, Süße."

Zum ersten Mal an diesem Tag spürte Susan, wie sich ihre Muskeln entspannten. „Hey."

Sie schob das Telefon näher ans Ohr und setzte sich an den Küchentisch. Millie war in ihrem Zimmer und machte sich gerade bettfertig. Sie würde nicht lange wegbleiben. Susan wollte einen ruhigen Abend mit ihr verbringen und vielleicht einen Film sehen. Irgendetwas, um die beiden abzulenken.

In dem Moment läutete es an der Tür.

„Mist. Es tut mir leid, Tony, ich kann nicht lange reden."

„Was ist los? Hast du mit ihm gesprochen?"

Sie kniff die Augen zusammen. „Er ist tot."

„Wie bitte? Wer ist tot?"

„Archie. Er ... er ist am Samstag gestorben."

Schweigen. Dann klingelte es erneut an der Tür.

„Tony?"

„Wie?"

„Ich kann nicht mit dir darüber reden. Meine Schwester hat mir gesagt, dass ich eine Zeit lang keinen Kontakt zu dir haben soll."

„Warum nicht?"

Jemand hämmerte an die Haustür. Susan hörte Millies Stimme auf der Treppe. „Mum?"

„Du glaubst doch nicht, dass ich ihn umgebracht habe, oder, Susie?"

„Natürlich nicht. Aber ich kann mir vorstellen, dass die Polizei mit dir sprechen will."

„Du hast doch gesagt, niemand wüsste von uns."

„Der Detective, der hierher kam, war ziemlich scharfsinnig."

Sie unterdrückte ein Schluchzen. Sie konnte immer noch nicht glauben, dass Archie tot war. Sie konnte sich nicht vorstellen, dass er am Wochenende nicht wiederkommen und so tun würde, als ob alles in Ordnung wäre und ihre Ehe nicht in die Brüche gehen würde.

„Mummy? Grandma steht vor der Tür."

Susan spannte sich an. Mit *Grandma* meinte sie Archies Mutter. „Ich muss Schluss machen, Tony. Es tut mir leid. Ich rufe dich an, wenn … wenn sich die Lage beruhigt hat."

„Du bist jetzt frei. Wir können heiraten, wie wir es immer gewollt haben."

„Ich kann jetzt nicht mit dir darüber reden."

Archie hatte sie Gott weiß wie oft betrogen. Sie liebte Tony. Sie wollte mit Tony zusammen sein. Oder etwa nicht?

„Susan!" Ihre Schwiegermutter hatte den Briefkasten geöffnet und rief hindurch. Sie würde Millie sehen können.

„Ich muss Schluss machen. Ich liebe dich."

„Ich dich auch. Pass auf dich auf, Susie. Und ruf mich an, wenn du mich brauchst."

Sie nickte und blinzelte die Tränen zurück. Dann schob sie das Handy in ihre Tasche, trat aus dem Zimmer und nahm die Hand ihrer Tochter. *Tief durchatmen.* Mit zusammengebissenen Zähnen öffnete sie ihrer Schwiegermutter die Tür.

KAPITEL VIERUNDDREISSIG

Als der riesige Supermarkt in Sichtweite kam, überkam Lesley so etwas wie ein Heimatgefühl. Eigentlich hatte sie nicht so schnell wiederkommen wollen und sich gegen das morgige Treffen mit Superintendent Rogers gesträubt. Aber nach den Strapazen der letzten Tage war es ein verflucht gutes Gefühl, an der New Street Station anzukommen.

Sie kämpfte sich durch die abendlichen Menschenmassen und ging zum Taxistand. Sie hatte nur eine kleine Reisetasche dabei, eine frische Bluse für den nächsten Tag und die Akten, die man ihr zur Vorbereitung geschickt hatte. Zum Weatherton-Fall hatte sie keine Akten mitgenommen, das war alles in ihrem Kopf. So ungern sie es auch zugeben wollte, Dennis hatte vermutlich recht. Der Fall schien ziemlich einfach zu sein – mit Laila als der wahrscheinlichen Mörderin. Die junge Frau hatte ein Motiv, Zugang zur Waffe – sofern es sich um einen archäologischen Fund handelte – und so gut wie kein Alibi. Hinzu kam, dass sie die Leiche gefunden hatte und sich nun seltsam verhielt. Lesley musste sich eingestehen, dass viel dafür sprach.

Aber sie brauchten mehr Beweise. Gesicherte Spuren. Zeugen.

Sie würde überprüfen, ob jemand den Mann ausfindig gemacht hatte, den Laila angeblich beim Gassigehen mit seinem Hund gesehen hatte, als sie die Leiche fand.

Schließlich erreichte Lesley die Spitze der Warteschlange und huschte in den hinteren Teil eines Taxis. Sie gab dem Fahrer ihre Adresse und lehnte sich im Sitz zurück. Es war ein gutes Gefühl, an den vertrauten Lichtern der Stadt vorbeizufahren. Verdammt, wahrscheinlich sah sie in diesem Moment mehr Menschen als in den letzten Tagen in Dorset zusammen.

Das Taxi hielt vor ihrem Haus und sie kramte in ihrer Handtasche nach ihrer Geldbörse. Der Fahrer ärgerte sich über das schäbige Trinkgeld. Er hatte sie nur anderthalb Kilometer gefahren, was hatte er denn erwartet?

Als sie auf dem Bürgersteig stand, sah sie zum Haus hinauf. Im Flur leuchtete ein schwaches Licht und in ihrem Schlafzimmer brannte eine Lampe. Es war viertel vor neun, Terry würde noch arbeiten oder vielleicht ein Glas Wein vor dem Fernseher genießen. Sie hatte im Zug mit Sharon telefoniert; ihre Tochter war bei einer Freundin, um zu lernen und zu übernachten. Lesley war sich nicht sicher, was sie davon halten sollte, dass sie während der Schulprüfungen so ihren Dienstagabend verbrachte.

Als sie Terry anrufen wollte, war ihr Anruf auf die Mailbox umgeleitet worden, aber sie hatte keine Nachricht hinterlassen. Ihre Stippvisite zu Hause würde eine Überraschung sein.

Sie schloss die Haustür auf, zog die Schuhe aus und stellte sie an ihren üblichen Platz unter dem Heizkörper.

Terrys und Sharons Schuhe standen ordentlicher als sonst daneben aufgereiht.

In der Küche weiter hinten im Haus brannte Licht. Lesley ging an den geschlossenen Türen zum Wohn- und Esszimmer vorbei und stand schließlich in der Küchentür. Sie gähnte.

Die Kühlschranktür stand offen. Terrys Hand griff nach deren Rand, aber sein Körper war dahinter verborgen. Lesley räusperte sich.

Die Kühlschranktür flog mit einem Knall zu, doch die Person, die davor stand, war nicht Terry.

Einen quälenden Moment lang dachte Lesley, sie sei im falschen Haus. Hatte der Fahrer sie an die falsche Adresse gebracht? War der Hirnschaden nach dem Bombenanschlag schlimmer, als sie gedacht hatte?

Nein. Das waren die Schuhe ihrer Familie gewesen, die neben ihren im Flur standen. Das war ihre Küche: graue Schränke, zerkratzte Holzarbeitsplatte, Familienfotos an der Wand über der Spüle.

Und das war ihr seidener Morgenmantel, den diese dunkelhaarige Frau vor dem Kühlschrank trug.

„Wer zum Teufel sind Sie?"

Der Blick der Frau ruhte auf Lesley und ging dann an ihr vorbei. „Terry!"

Lesley hörte Schritte auf der Treppe. Sie drehte sich um und sah, wie Terry über die unterste Stufe hinunter stolperte und den Gürtel seines Morgenmantels festzog.

Sie starrte ihn an. „Was machst du da? Wer ist das?"

Das ergab keinen Sinn. Ihr Mann war ein Idiot, langweilte sie zu Tode und er war schon lange nicht mehr attraktiv.

Und die Frau in der Küche hatte eine schmale Taille und

glänzendes gewelltes schwarzes Haar, das ihr über den Rücken fiel. Lesley musste zugeben, dass sie in ihrem eigenen Morgenmantel verflucht gut aussah.

Terry ... hatte eine Affäre? Mit dieser Schönheit? Niemals. „Wo ist Sharon?"

Terry kam mit erhobenen Armen auf sie zu. „Bei einer Freundin. Lesley, ich kann das erklären."

„Da bin ich mir sicher." Lesley drehte sich zu der Frau um. „Wer sind Sie?"

„Julieta. Ich bin Terrys Kollegin. Und wer sind Sie?" Sie hatte einen Akzent, aber ihr Englisch war einwandfrei.

„Wer ich bin?" Lesley wusste nicht, ob sie lachen oder schreien sollte. „Ich bin nur seine verdammte Ehefrau."

Die Frau wurde blass. „Oh."

„*Oh*", bellte Lesley. Der Akzent der Frau war spanisch, wie sie feststellte.

Heilige Scheiße. Umwerfend hübsch, zehn Jahre jünger als Terry und Spanierin?

Sie drehte sich zu ihrem Ehemann um. „Wie zum Teufel hast du das geschafft?"

Er runzelte die Stirn. „Wie bitte?"

„Ich meine, sieh sie dir an." Sie taxierte ihren Mann von oben bis unten an. „Und dann schau *dich* an. Was hast du ihr erzählt? Dass du Millionär wärst?"

„Tu das nicht."

„Ich denke, ich kann machen, was ich will, nachdem ich gerade erfahren habe, dass du eine heiße Spanierin in unserem Ehebett flachgelegt hast." Sie sah zu der Frau. „Sie können ihn haben."

Sie schob sich an Terry vorbei, schnappte sich ihre Schuhe und schlug die Haustür hinter sich zu.

KAPITEL FÜNFUNDDREISSIG

Ein anderes Essen, ein anderer Streit. Dieses Mal zwischen Crystal und Patrick. Crystal war angespannt wegen der Schäden, die die Spurensicherung ihrer Meinung nach im Zelt angerichtet hatten. Patrick wollte einfach nur, dass die Dinge wieder normal wurden. Er hatte beim Kochen des Abendessens Mist gebaut, und dann hatte sich Crystals Gemecker über ihn zu einem ausgewachsenen Streit ausgeweitet.

Laila trocknete das Geschirr ab, während Crystal abwusch und dabei immer wieder Fragen stellte. Doch die junge Frau blieb stumm. Crystal wusste, dass die Polizei zurückgekommen war, dass sie ihres und Archies Zimmer durchsucht hatte, aber sie wusste nicht, warum.

Nachdem sie alles aufgeräumt hatten, verließ Laila die Küche. Patrick saß in dem kleinen Wohnzimmer und aus einem blechernen Radio, das er extra für diesen Zweck aufbewahrt hatte, dröhnte Kricket. Laila zog eine Grimasse und ging die Treppe hinauf.

Oben hielt sie kurz inne, die Hand am Türgriff. Ihr fiel es

mit jedem Mal schwieriger, hineinzugehen. Das Zimmer roch immer noch nach ihm, jedes Mal, wenn sie eine Schublade öffnete, fand sie seine Sachen, und sie hatte sich angewöhnt, so weit wie möglich auf ihrer eigenen Seite des kleinen Doppelbetts zu schlafen.

Archie und sie hatten über den Platzmangel und die Tatsache gelacht, dass sie keine andere Wahl hatten, als miteinander zu schlafen.

Die ersten drei Wochen im Haus hatte Laila sich ein Zimmer mit Crystal geteilt, in deren Schlafzimmer im Erdgeschoss zwei Einzelbetten standen. Der Umzug nach oben war eine Erleichterung gewesen, auch wenn sie einige enttäuschte Blicke von Crystal hatte ertragen müssen. Wenigstens hatte sie sich damit Patrick vom Hals geschafft.

Sie zog ihre Tasche unter dem Bett hervor. Hier würde sie es nicht länger aushalten. Sie hatte ihrer Schwester Jade eine SMS geschrieben: *Ich habe dir ein Päckchen geschickt. Bewahre es sicher auf.*

Aber Jade hasste sie. Und sie würde es öffnen und ... was dann? Was wäre, wenn die Polizei beschließen würde, zu ihrem Haus zu gehen und ihre Familie zu befragen?

Sie hörte Schritte, gefolgt von einem Klopfen an ihrer Tür. Sie öffnete sie, stellte aber zur Sicherheit den Fuß dahinter.

„Wir müssen reden." Es war Patrick.

„Ich wüsste nicht, was ich mit dir zu besprechen hätte."

„Sei nicht albern, Mädchen." Er stieß gegen die Tür, doch sie hielt sie fest.

„Bitte. Lass mich in Ruhe."

„Sie haben dein Zimmer durchsucht."

„Woher weißt du das?"

„Sei nicht albern, Laila, und lass mich rein." Er gab der Tür einen kräftigen Stoß und schon war er drin.

„Ich rufe Crystal", sagte sie.

Er lehnte sich gegen die Tür und sie wich vor ihm zurück. „Und was wird sie dann denken, wo sie doch weiß, was für eine kleine Schlampe du bist? Archie ist tot, jetzt ist der Nächste dran."

Ein Schauer lief ihr über den Rücken. Patrick war alt genug, um ihr Vater zu sein. Und er war ekelhaft.

„Raus hier."

„Sag mir, warum sie dein Zimmer durchsucht haben."

„Ich weiß es nicht. Vermutlich wollten sie Archies Sachen durchsehen. Auf der Suche nach Hinweisen."

„*Auf der Suche nach Hinweisen.* Sei nicht so naiv. Sie haben nach etwas Bestimmtem gesucht."

Sie begegnete seinem Blick. *Nicht blinzeln.* „Ich weiß nicht, wovon du sprichst."

Er schob sich den Zeigefinger in den Mund und stocherte zwischen den Zähnen herum, dann zog er den Finger zurück und betrachtete ihn. Sie sah ihm angewidert zu.

„Nun, ich nehme an, sie werden es jetzt haben." Er machte einen Schritt auf sie zu. „Es sei denn, du hast es zuerst gefunden."

Sie wich zurück und schlug mit den Beinen gegen das Bett. „Wie gesagt, ich habe keine Ahnung, wovon du redest."

Er nickte und verzog die Lippen. Dann machte er einen weiteren Schritt nach vorn. Sie wich zurück.

„Hast du ihnen von uns erzählt?", murmelte er.

„Uns?" Sie streckte eine Hand hinter sich aus, doch sie ging ins Leere und hätte sie beinahe zu Fall gebracht.

„Du und ich, du Dummkopf."

„Es hat nie ein Du und ich gegeben."

Er lächelte und hob seine Hand. Er ließ sie wenige Zentimeter vor ihrem Gesicht schweben.

Nicht blinzeln. Nicht die Augen schließen. Lass ihn nicht gewinnen. Er streichelte ihre Wange. Sie verdrehte die Augen.

„Du bist ein süßes kleines Ding ... für ein Flittchen." Er blies ihr ins Gesicht, ganz sanft.

Sie wollte schreien.

Nach einem langen Moment zog er sich zurück. „Du wirst nicht mehr lange hier sein."

„Was?" Sie starrte ihn an und fand ihr Gleichgewicht wieder. Wusste er, dass sie im Begriff war, ihre Koffer zu packen?

„Crystal hat dich nur behalten, weil Archie darauf bestanden hat. Er hatte Macht über sie. Aber jetzt ist er weg ..."

Darauf gab es keine Antwort. Sie war das jüngste Mitglied des Teams und verfügte nicht über die Qualifikationen, die sie vorgab zu haben. Nur Crystal wusste davon.

Aber das Projekt war zu weit fortgeschritten, als dass Crystal mit der Suche nach einem neuen Mitarbeiter beginnen könnte. Und Laila war billig.

„Raus aus meinem Zimmer, sofort."

„Mit Vergnügen." Er riss die Tür auf und stampfte die Treppe hinunter.

Laila ließ sich auf das Bett sinken, ihr Körper bebte. Archie war ihr Schutz gewesen. Vor Crystal und ihrem Misstrauen. Vor Patrick und seinen wandernden Händen. Ohne ihn hatte sie nichts mehr. Sie wollte keine Archäologin werden. Das hatten ihr die sechs Monate an der Universität und die fünf Wochen bei dieser Ausgrabung gelehrt. Sie war morgens nur aufgestanden, weil sie Archie liebte. Und er hatte sie auch geliebt.

Oder nicht?

Sie zog die Tasche wieder hervor. Sie hatte nur wenige Habseligkeiten, aber von dem bisschen Geld, das sie gespart hatte, könnte sie sich ein Zugticket nach Hause kaufen.

Sie hielt inne.

Nach Hause. Sie hatte ihrem Vater nicht einmal gesagt, dass sie die Uni abgebrochen hatte. Doch Jade wusste es und nutzte es als Waffe gegen sie. Seit dem Tod ihrer Mum vor zweieinhalb Jahren war ihr Dad nur noch ein Schatten seiner selbst und wusste kaum noch, wie seine Töchter hießen, geschweige denn, was sie studierten. Aber dass sie einen Studienplatz an der Durham University bekommen hatte, hatte ihn zum ersten Mal seit Monaten wieder zum Lächeln gebracht.

Sie ließ die Tasche fallen. Sie konnte nicht nach Hause gehen.

Also wohin dann?

Sie hörte Schritte im Zimmer nebenan. Patrick. Sie wünschte, ihr Zimmer hätte ein Schloss. Könnte sie Crystal fragen, ob die ältere Frau ihres wieder mit ihr teilen würde, jetzt, wo Archie weg war?

Crystal würde Fragen stellen. Und die Antworten würden ihr eine gute Ausrede liefern, sie aus dem Team zu werfen.

Laila riss die Tür auf und eilte die Treppe hinunter. Draußen war es dunkel und sie wollte nicht in den Pub gehen. Dort würden alle über sie reden.

Aber sie musste aus diesem Haus raus. „Ich gehe spazieren", rief sie Crystal zu. Es gab einen Weg zu den Hügeln oberhalb des Dorfes, den sie oft nahm, um Zeit für sich zu haben.

Crystal schaute von ihrem Buch auf. „Zieh dir einen Mantel an."

Wer bist du, meine Mum? Laila spürte, wie ihr die Tränen kamen. Sie riss die Haustür auf und stürzte fast auf die Straße, ohne auf die Kälte zu achten.

KAPITEL SECHSUNDDREISSIG

Lesley stand vor ihrem Haus, ihr Herz raste. Es hatte zu regnen begonnen. *Das war so verflucht typisch.*

Sie drehte sich wieder zum Haus um. Im Schlafzimmer waren die Vorhänge zugezogen worden. *Ihr* Schlafzimmer. Wo ihre Kröte von Ehemann eine Frau flachlegte, die nicht in seiner Liga spielte.

Sie hätte nicht so hinausstürmen dürfen. Das war ihr Haus. Sie hätte die Spanierin rausschmeißen sollen. *Julieta.* Und Terry auch.

Sie seufzte und malte sich schon die rechtlichen Auseinandersetzungen um das Haus aus. Und dann mussten sie auch noch an Sharon denken. Da Lesley für die nächsten sechs Monate in Dorset festsaß, würde Terry das Sorgerecht verlangen. Sie schüttelte den Kopf. Der Regen machte ihr Gesicht nass.

Keine Tränen. Sie war zu wütend für Tränen.

Sie war über die Jahre zu sehr mit ihrer Karriere beschäftigt gewesen, um die Art von Freunden zu kultivieren, vor deren Tür man unangekündigt um zehn Uhr am

Dienstagabend stehen konnte, triefend nass und vor Wut kochend.

Also müsste eine Kollegin herhalten. Aber sie sollte vorher anrufen, doch in ihrem neuen Handy, das sie von der Polizei von Dorset erhalten hatte, waren die Nummern ihrer alten Kollegen nicht gespeichert.

Sie schaltete ihr Handy ein und rief die Uber-App auf.

Zwanzig Minuten später stand sie vor einem schmalen Reihenhaus in Selly Oak. Sie schob ihr Haar zurück und wusste, dass sie fürchterlich aussah.

Im Erkerfenster nebenan bewegte sich ein Vorhang und ein junger Mann schaute zu ihr hinaus. Sie winkte ihm sarkastisch zu und er zog hastig den Vorhang zu. Dann holte sie tief Luft und läutete.

Ein Licht ging an, das durch die Glasscheibe der Eingangstür zu sehen war. Wenigstens war sie zu Hause. Nach ein paar Augenblicken öffnete sich die Tür.

Eine Frau Anfang vierzig mit langem rotbraunem Haar stand in der Tür. Sie hatte eine grau getigerte Katze im Arm. Als sie Lesley erkannte, fiel ihr die Kinnlade herunter.

„Ma'am?"

Lesley schüttelte den Kopf. „Ich bin nicht mehr Ihre Chefin."

Zoe schaute an Lesley vorbei, als erwarte sie, eine ganze Flotte von Polizeiautos hinter sich zu sehen. „Alles in Ordnung?"

„Ich werde ziemlich nass."

„Oh, Entschuldigung. Kommen Sie herein."

Lesley schob sich an DI Finch vorbei in einen engen Flur. Die Katze gähnte sie an, als sie vorbeiging. Zoe erinnerte sich daran, dass sie sie noch im Arm hielt, und ließ die Kreatur auf den Boden fallen, bevor sie die Haustür schloss.

Lesley betrat ein chaotisches Wohnzimmer. Leere Pappschachteln vom Chinesen lagen auf dem Couchtisch, und ein Paar schwarze Doc Martens waren achtlos neben dem Sofa auf den Boden geworfen worden. Zoe war noch nie für ihre Ordnungsliebe bekannt gewesen.

Lesley drehte sich wieder zu der Frau um, die bis vor ein paar Monaten für sie gearbeitet hatte. Zoe Finch war ihre beste DI gewesen, die einzige Person, der sie diesen ganzen Mist anvertrauen konnte.

„Hat es mit Dorset nicht geklappt, Ma'am?"

„Nennen Sie mich Lesley, bitte. Dorset ist in Ordnung. Ich musste zu einem Gespräch mit Superintendent Rogers zurückkommen. Gleich morgen früh."

„Ah." Zoe wusste das natürlich bereits. In der Befragung ging es um den Fall Jackdaw, in dem gegen Lesleys korrupten ehemaligen Chef ermittelt wurde, Detective Superintendent David Randle. Ohne Zoes Beitrag hätten Rogers und sein Team den Mann nicht festnehmen können.

„Kann ich Ihnen irgendwie helfen, Lesley?" Zoe schien es schwerzufallen, ihren Vornamen zu verwenden.

„Das Ganze ist verflucht peinlich. Und vertraulich, verstehen Sie?"

„Natürlich."

Lesley betrachtete die Pappkartons. Alles, was sie seit den zwei Schokoriegeln in der Besprechung gegessen hatte, war eine Packung Puddingcreme im Zug gewesen.

„Ich nehme nicht an, dass Sie noch etwas übrig haben, oder?"

Zoe lachte. „Jede Menge. Nicholas ist mit seinem Freund unterwegs. Ich habe zu viel bestellt und die Katze mag das Zeug nicht."

Lesley ließ sich auf das Sofa sinken. Am liebsten hätte sie

sich zusammengerollt und eine Woche lang geschlafen. Immer wieder schossen ihr Bilder von Julieta durch den Kopf. Wie sie mit Terry im Bett lag.

Sie erschauderte.

„Warten Sie, ich hole Ihnen einen Teller. Aber vielleicht müssen wir es noch einmal kurz in die Mikrowelle stellen."

„Das wäre fantastisch. Danke."

„Kein Problem. Ist es das, was Sie von mir brauchen? Essen?"

Lesley rieb sich die Schläfe. „Und ein Bett für die Nacht."

Zoe wollte gerade die Schachteln aufheben, hielt aber in der Bewegung inne. Lesley konnte die Fragen spüren, doch Zoe würde niemals neugierig sein.

„Natürlich." Sie nahm die Kartons mit in die Küche. „Sie können das Gästezimmer haben", rief sie, während sie die Mikrowelle öffnete.

Lesley nickte. Die graue Katze, die kaum mehr als ein Kätzchen war, sprang auf ihren Schoß. Nach einem kurzen Zögern streichelte sie sie.

Dieser verfluchte Terry. Warum zum Teufel hatte sie nur beschlossen, ihn zu überraschen?

KAPITEL SIEBENUNDDREISSIG

Rollington Hill lag am Purbeck Way, einer windgepeitschten Hügelkette mit Panoramablick auf die Isle of Purbeck. Im Norden erstreckte sich Poole Harbour, dahinter erhob sich auf einer Kuppe Corfe Castle. An einem schönen Tag konnte man bis zur Isle of Wight im Osten und fast bis zum New Forest hinter Bournemouth im Nordosten sehen.

Doch heute war kein schöner Tag.

Dennis zupfte an seiner grauen Tweedjacke und wünschte, er hätte auf dem Weg aus dem Büro daran gedacht, seinen Mantel mitzunehmen. Pam hatte ihn gekauft. Er war sehr praktisch: grün, wasserdicht, für lange Spaziergänge auf dem Lande konzipiert. Der Hersteller hatte bestimmt nicht vorgesehen, dass er an einem Tatort getragen wurde.

Hinter ihm stampfte Johnny mit den Füßen auf und blies in die Hände. Mike hatte Glück gehabt: Er saß wieder im Büro und versuchte, die Chefin zu erreichen und die nächsten Angehörigen ausfindig zu machen.

Vor ihm kämpften Gail Hansford und ihr Team – zwei stämmige Kriminaltechniker – mit einem forensischen Zelt. Der Wind riss an der Plane, zerrte sie hin und her und nicht selten einen der Techniker mit sich.

„Sollten wir ihnen nicht helfen, Sarge?"

Dennis seufzte. In Wahrheit genoss er es, ihnen bei ihren Mühen zuzusehen. Gail Hansford konnte mit ihrer alles anderen als damenhaften Schroffheit und ihren furchtbar schweren Stiefeln ganz schön nerven. Es gab Gerüchte über Gail, Gerüchte, an denen Dennis sich gern hochzog. Doch sie hatte nie eine zufriedenstellende Erklärung dafür gegeben, warum ihr Mann sie vor drei Jahren verlassen hatte. Ihr Ex, Bob Hansford, war ein netter Kerl und arbeitete als Verkehrspolizist in Poole. Er lebte allein dort oben, ohne Freundin oder neue Frau. Das ergab keinen Sinn.

„Sarge?"

Dennis wurde aus seinen Gedanken gerissen. „Natürlich."

Johnny eilte zur Spurensicherung. Im Gegensatz zu Dennis war er angemessen gekleidet und trug eine schwarze Fleecejacke über dem zerknitterten blauen Anzug. Dennis hasste Fleece.

Johnny packte die vierte Ecke des Zeltes und half, es unter Kontrolle zu bringen. Dennis folgte ihm.

„Danke, Leute", keuchte Gail. „Aber seien Sie vorsichtig, damit die Leiche nicht berührt wird. Das ist eine verdammt heikle Angelegenheit."

Dennis hob eine Augenbraue und wünschte sich, er hätte die Leitung der Kriminaltechnik überreden können, ihr Team in die Schimpfwortkampagne einzubeziehen. Der Fond für das neue Kirchendach wäre dadurch um ein Vielfaches reicher.

„Alles klar.“ Gail rammte einen Pflock in den Boden und verfehlte dabei nur knapp Dennis' Fuß. Dann eilte sie zu den anderen Ecken des Zeltes und befestigte Heringe, während die vier Männer die Konstruktion festhielten.

Schließlich trat sie einen Schritt zurück, der Wind peitschte ihr das Haar ins Gesicht. „Ihr könnt jetzt loslassen.“

Die vier Männer lockerten jeweils ihren Griff und traten ebenfalls zurück. Dennis hielt sich einen Arm vor das Gesicht. Es hätte ihn nicht überrascht, wenn das Ganze auf ihn gestürzt wäre. Aber es hielt.

Jemand rief etwas und er drehte sich um, um den älteren Pathologen zu entdecken, der sich den Hügel hinaufquälte. Er blieb keuchend neben Dennis stehen.

„Verdammt steil, dieser Hügel“, japste er.

„Danke, dass Sie gekommen sind.“

„Ich mache nur meinen Job. Gut, dass Sie mich diesmal an einem Wochentag erwischt haben, was?“

Dr. Whittaker kämpfte sich weiter in das Zelt. Gail und einer ihrer Kriminaltechniker waren bereits drinnen, während der andere draußen auf dem Boden hockte und etwas untersuchte.

„Passen Sie auf, wo Sie hintreten“, sagte er, als der Pathologe an ihm vorbeiging.

Der Arzt winkte mürrisch ab. „Das habe ich schon gemacht, als Sie noch in den Windeln gelegen haben, junger Mann.“ Er riss die Zeltöffnung zur Seite, sodass Johnny zusammenzuckte, und verschwand im Inneren.

„Sie bleiben hier“, sagte Dennis zum Constable. „Und rufen Sie Mike an und finden Sie heraus, was los ist.“

„Alles klar, Sarge.“

Dennis ging an dem Kriminaltechniker vorbei und

achtete darauf, wo er hintrat. Die Platten der Spurensicherung waren bereits auf dem Boden ausgelegt worden: Sie wollten keine weiteren Fußabdrücke. Dennis zog die Plane zur Seite und schlüpfte hinein, froh über die relative Ruhe und Stille.

Gail und Dr. Whittaker hingen zusammengekauert über der Leiche. Dennis konnte nur die Haare und die Beine der jungen Frau sehen, der Rest war nicht zu erkennen. Der Pathologe murmelte Gail etwas zu, die daraufhin nickte.

Dennis starrte auf das weiß-blonde Haar, sein Verstand war wie betäubt. Vor weniger als vierundzwanzig Stunden hatte er noch mit dieser Frau gesprochen. Er hatte sich ein Urteil über ihren Charakter gebildet. Er hatte sie für eine Mörderin gehalten.

Und jetzt …

Dass sie sich umbringen ließ, bedeutete nicht, dass sie nicht vorher selbst jemanden getötet haben konnte, rief er sich in Erinnerung. Sie könnte von jemandem angegriffen worden sein, der sich für ihre Tat rächen wollte. Vielleicht konnte sie mit ihrem Verbrechen nicht leben und kam hierher, zum höchsten Punkt des Bezirks, um ihrem Leben ein Ende zu setzen.

Doch als der Pathologe und die Kriminaltechnikerin zurückwichen, wusste er, dass sie sich nicht selbst getötet hatte. Laila Fords Gesicht war mit einem stumpfen Gegenstand eingeschlagen worden. Ihre Wange war zertrümmert und ihr Kiefer gebrochen. Das war kein schöner Anblick.

Der Pathologe richtete sich stöhnend auf und kreiste mit den Schultern. „Ich bin zu alt für so etwas."

Dr. Whittaker drohte nun schon seit sechs Jahren mit dem Ruhestand, dabei würde er niemals seine Arbeit aufgeben.

„Ich glaube nicht, dass ich Ihnen die Todesursache sagen muss."

„Mir wäre es lieber, Sie würden es bestätigen", antwortete Dennis.

„Soweit ich sehen kann, sind ihre Wangen- und Kieferknochen durch den Aufprall eines stumpfen Gegenstandes zersplittert. Ein Knochenstück", er beugte sich hinunter und zeigte auf die Stelle „hat sich gelöst und ihre Halsschlagader durchtrennt." Er deutete auf eine Blutung im Inneren ihres Schädels, hinter dem zertrümmerten Kieferknochen. „Es könnte auch in ihrer Luftröhre stecken geblieben sein. Aufgrund ihrer Hautfarbe vermute ich nicht, dass sie erstickt ist, also nehme ich an, dass sie an einem Herzstillstand gestorben ist."

„Ihr Herz hat aufgehört zu schlagen, weil sie einen Schlag ins Gesicht bekommen hat?"

Der Pathologe drehte sich um und sah ihn an. „Der Kopf ist eine komplizierte Sache, Sergeant. Sie wären überrascht."

„Das bin ich." Dennis zog eine Grimasse. Welche Moral dieses Mädchen auch immer gehabt haben mochte, das hatte sie nicht verdient. Sie war nur zwei Jahre älter als seine Nichte.

„Irgendwelche Hinweise auf die Tatwaffe? Fasern? Fußabdrücke?", fragte er Gail.

„Bis jetzt noch keine Waffe. Es könnte zwar dieselbe sein, die bei Archie Weatherton verwendet wurde, aber ich möchte keine voreiligen Schlüsse ziehen, bevor ich nicht mehr Informationen habe. Da sind Fußabdrücke, die wir noch überprüfen müssen. Einige werden von dem Streifenpolizisten und dem älteren Ehepaar stammen, das sie gefunden hat."

Das Paar kauerte auf einem Felsen in der Nähe und

klammerte sich an die Foliendecken, in die man es gehüllt hat. Ein Constable hatte in ihrem Rucksack eine Teekanne gefunden und zwang ihnen das warme Getränk geradezu auf.

„Fasern? Abwehrspuren?"

„Es ist zu früh, um etwas über die Fasern zu sagen, Sarge, aber es gibt Abwehrverletzungen." Gail zeigte auf Lailas rechte Hand. „Ihre Fingernägel sind abgebrochen."

Er nickte. Hoffentlich hatte ihr Mörder Kratzer davongetragen.

Er zitterte. Die Isolierung des Zeltes war ziemlich abgenutzt und seine Zehen waren Eisblöcke. Er könnte die Arbeit den Technikern überlassen.

„Wir versuchen, die DCI zu erreichen", sagte er. „Sie ist in einer Besprechung, aber Mike hat hoffentlich inzwischen mit ihr gesprochen."

„Sie wird die leitende Ermittlerin sein?"

„Das hier wird Teil der Untersuchung von Mr Weathertons Ermordung sein, also ja. Aber kommen Sie zu mir, bis sie wieder zurück ist, okay?"

„Wird gemacht." Gail kehrte zu ihrer Arbeit zurück.

Dennis trat aus dem Zelt, wobei ihm ein heftiger Wind ins Gesicht wehte.

Johnny sprach gerade mit einem der Kriminaltechniker.

„Hat Mike sie schon erreicht?", rief Dennis, während er sich auf den Weg hinunter nach Corfe Castle machte.

Johnny musste laufen, um aufzuholen. „Sein Handy ist besetzt, Sarge. Hoffentlich ist das ein gutes Zeichen."

„Gut." Dennis beschleunigte sein Tempo, damit er endlich diesem schrecklichen Wind entkam.

KAPITEL ACHTUNDDREISSIG

Susan wurde vom Hämmern an ihrer Tür aufgeweckt. Sie stöhnte und sah auf ihren Wecker: neun Uhr. Einen kurzen Moment lang geriet sie in Panik, bevor ihr einfiel, warum sie ihn gestern Abend nicht eingestellt hatte. Archie war tot. Millie hatte eine Woche schulfrei, und ihr Chef hatte gemeint, sie solle sich ‚so viel Zeit nehmen, wie sie brauche'.

Sie ließ sich ins Kissen zurücksinken und starrte an die Decke. Sie wollte eine Woche lang schlafen. Wenigstens bis zur Beerdigung. *Oh Gott*! Sie hatte heute einen Termin beim Bestatter, zusammen mit ihrer Schwiegermutter. Archies Leiche war zwar noch nicht freigegeben worden, aber Rowena Weatherton hatte in ihrer gewohnt effizienten Art darauf bestanden, dass sie heute anfingen, die Dinge zu organisieren.

Als es erneut an der Tür hämmerte, schleppte Susan sich aus dem Bett und hob ihren Morgenmantel vom Boden auf – ein rosafarbener Frotteemantel, der verblasst und an den Nähten schmutzig war. Sie band den Gürtel fest, als sie die Haustür öffnete.

„Geht es dir gut? Du hast doch keine Schlaftabletten genommen, oder?“ Ihre Schwester Fiona stand in der Tür. Am anderen Ende der Einfahrt fuhr gerade ein Polizeiauto vor.

„Was ist da los?“, fragte Susan.

Fiona schob sie hinein und schloss die Tür. „Man hat dir eine FLO zugeteilt. Man wird dir natürlich sagen, dass sie nur hier ist, um sich um dich zu kümmern und dich über die Ermittlungen auf dem Laufenden zu halten. Aber ihre eigentliche Aufgabe ist es, dich auszuspionieren.“

„Es gibt nichts zu spionieren. Fi, bitte, sei nicht so paranoid.“

„Was ist mit Tony?“

„Ich werde ihnen von Tony erzählen.“

„Du solltest dich mit Jacinta beraten, bevor du das tust.“

„Jacinta?“

„Deine Anwältin.“ Fiona ging in die Küche.

In dem Moment tauchte Millie oben an der Treppe auf. „Mum?“

Susan eilte die Treppe hinauf und nahm ihre Tochter in die Arme. Sie wünschte, das Mädchen müsste das Ganze nicht durchmachen. Verdammter Archie, was hatte er getan, dass man ihn an einem Ort wie Corfe Castle umbrachte?

„Komm mit nach unten, Süße. Ich mache dir Frühstück.“

„Ich habe keinen Hunger.“ Millies Stimme brach und Susan glaubte, ihr Herz würde zerspringen.

Wieder klingelte es an der Tür.

„Ach, haut doch einfach ab“, murmelte Susan. Millie und sie wollten nur in Ruhe gelassen werden.

Sie beugte sich hinunter und strich Millie das Haar von den Wangen. „Du hast immer Hunger.“

Ein Seufzen. „Heute nicht.“

Susan zog Millie an sich und führte sie die Treppe hinunter. Fiona war an der Haustür, vor der eine uniformierte Polizistin stand.

„Lass sie rein", sagte Susan zu ihrer Schwester. „Ich habe nichts zu verbergen."

Die Polizistin schenkte Susan ein trauriges Lächeln, als sie das Haus betrat. Susan würde sich daran gewöhnen müssen, dass man sie so ansah.

„Kommen Sie mit in die Küche", sagte Fiona.

„Ich setze den Kessel auf", schlug die Beamtin vor. Fiona verdrehte die Augen.

Susan führte Millie ins Wohnzimmer an der Vorderseite des Hauses. Die Vorhänge waren noch geschlossen. Sie würde es dabei belassen, wo doch der alte Mr Gill Tag und Nacht seine Nase in anderer Leute Sachen steckte.

Sie schaltete den Fernseher ein, wählte das Kinderprogramm der BBC aus und gab ihrer Tochter einen Kuss auf die Stirn. „Ich mache dir jetzt Frühstück." *Und ich werde herausfinden, was die FLO selbst zu sagen hat*, dachte sie. Sie würde sie kurz auf den neuesten Stand bringen und dann wieder verschwinden. Sie hatte vor, den Tag mit ihrer Tochter hier im Haus zu verbringen, in der Dunkelheit. Der Bestatter konnte warten.

Sie schloss vorsichtig die Wohnzimmertür und eilte in die Küche. Wieder klingelte es. Ungeduldig ries sie die Tür auf.

Eine Frau mittleren Alters mit lockigem blondem Haar und einem maßgeschneiderten olivgrünen Anzug stand auf ihrer Stufe. Sie hielt eine Visitenkarte hoch.

„Jacinta Burke. Ich hoffe, Fiona hat Ihnen gesagt, dass Sie mich erwarten sollen."

Susan runzelte die Stirn. „Nein."

Fiona tauchte hinter ihr auf. „Tut mir leid, Suze, ich hatte noch keine Gelegenheit. Jacinta ist deine Anwältin."

„Ich brauche keine Anwältin."

Jacinta ignorierte das. „Die Polizei hat mir gesagt, dass man Sie befragen will. Wenn Sie eine Zeugin sind, wird man sie auf das Revier bringen und dort befragen."

„Warum nicht hier?", fragte Susan.

„Sie wollen Ihnen ein paar Fotos zeigen", sagte Jacinta. „Sie sagten, es wäre besser, wenn sie das auf dem Revier machen."

„Aber Millie ..."

„Ich passe in der Zeit auf sie auf." Fiona drückte ihre Schulter. „Am besten, du bringst es gleich hinter dich."

Susan starrte die Anwältin an. Sie hätte ihre Fragen gestern beantworten sollen. „Eine Polizistin ist bereits hier."

„Das wird die FLO sein", meinte Jacinta, während sie eintrat. „Diese verfluchten Opferschutzbeamten. Sagen Sie nichts zu ihr."

„Ich habe nichts zu verbergen."

„Wer hat Lust auf einen Tee?"

Die drei Frauen drehten sich um und sahen die Polizistin mit einer Teekanne in der Hand in der Tür zur Küche stehen. Jacinta murmelte leise etwas vor sich hin.

„Ich kann das machen", meinte Susan.

„Ist schon gut. Ruhen Sie sich aus. Ich bin hier, um mich um Sie zu kümmern."

„Das ist sie nicht", flüsterte Jacinta.

In dem Moment wurde die Wohnzimmertür geöffnet. „Mummy, was ist denn mit meinem Frühstück?"

„Ich kann mich darum kümmern, Kleines", meinte die Beamtin.

Millies Gesicht verzog sich. „Wer sind Sie?“ Sie drehte sich zu Susan um. „Mum?“

Susan starrte die Polizistin an und wünschte, die Frau wäre nicht so verdammt gut gelaunt. „Ich nehme eine Tasse Tee. Milch, kein Zucker. Und meine Tochter bekommt eine Schüssel Weetabix.“

Dann brachte sie Millie zurück ins Wohnzimmer und setzte sich neben sie auf das Sofa. Sie sah ihr in die Augen und griff nach ihrer Hand. Doch Millie starrte ausdruckslos auf den Fernseher.

Susan widerstand dem Drang, die Hand ihrer Tochter fester zu drücken. Sie wollte Millie in ihre Liebe einhüllen, sie von der Außenwelt abschirmen. Aber im Moment konnte sie sich nur mit ihr in einem abgedunkelten Raum verstecken.

KAPITEL NEUNUNDDREISSIG

Ein Streifenwagen wartete bereits am Bahnhof von Bournemouth auf Leslie. Sie hatte ein Taxi nach Hause nehmen und sich umziehen wollen, bevor sie ins Büro ging, aber Mikes Nachricht, die sie erhalten hatte, als sie die Befragung bei der Internen Abteilung verließ, hatte ihre Pläne zunichtegemacht.

Nun saß sie auf dem Rücksitz des Wagens und bemerkte, dass sie roch. Ihr Anzug war durch den Regen der letzten Nacht feucht geworden und hatte sich nicht mehr vollständig erholt, und ihre Schuhe hatten jede Form verloren. Zoe hatte zwar versucht, sie mit Zeitungspapier auszustopfen, aber das hatte alles nur noch schlimmer gemacht. Als sie vor den Augen von Superintendent Rogers in den Besprechungsraum ging, musste der Mann gedacht haben, dass sie sich bereits in ein Landei verwandelt hatte.

Als der Wagen vor dem Büro hielt, sprang Lesley heraus und verschwand in der Damentoilette, um sich wenigstens etwas zurechtzumachen. Zum Glück war ihre Bluse, sicher geschützt durch die Übernachtungstasche, noch sauber. Und

Zoe hatte ihr einen Föhn geliehen, sodass sie nicht zu sehr aussah, als hätte man sie durch eine der vielen Hecken in Dorset geschleift.

Nach einem langen Moment, in dem sie sich im Spiegel betrachtete und versuchte, nicht an Terry und diese Frau zu denken, ging sie in ihr Büro.

Die Mitglieder ihres Teams saßen an ihren Schreibtischen, alle telefonierten. Sie gab ihnen ein Zeichen, ihre Gespräche zu beenden und ihr ins Büro zu folgen.

Während ihrer Abwesenheit war die Tafel ergänzt worden. Die Tatortfotos der armen Laila Ford ließen Lesley erschaudern. Das Gesicht des Mädchens war völlig zerstört, ihre Züge kaum noch zu erkennen. Lesley beneidete die Angehörigen nicht darum, ihre Identität bestätigen zu müssen.

Mike trat als Erster ein, Dennis und Johnny folgten. Sie waren alle ziemlich kleinlaut.

„Schließen Sie die Tür", sagte sie. Johnny gehorchte. Lesley lehnte sich gegen ihren Schreibtisch und gab ihren Mitarbeitern ein Zeichen, Platz zu nehmen, was sie auch taten, Dennis jedoch nur widerwillig.

„Bringen Sie mich auf den neuesten Stand", sagte sie.

„Ein Paar, das spazieren ging, fand Lailas Leiche heute Morgen um halb neun unter dem Mast auf dem Rollington Hill", sagte Dennis.

„Wo ist das?"

„Das sind die Hügel zwischen Corfe Castle und Swanage", erklärte Johnny. „Gleich östlich des Dorfes."

„Wann ist sie gestorben?", fragte Lesley.

„Der Pathologe vermutet, gestern am späten Abend", antwortete Dennis.

„Gibt es Hinweise darauf, wer mit ihr dort oben gewesen

sein könnte? Wurde irgendetwas zurückgelassen? Gab es Abwehrspuren?"

„Ein paar ihrer Fingernägel sind abgebrochen", berichtete Dennis. „Sonst nichts, soweit wir wissen. Keine Spur von der Waffe."

„Könnte es dieselbe gewesen sein?"

„Sie war stumpf. Mehr können wir im Moment nicht sagen. Aber Pathologie und Forensik werden ..."

„Ja, ja. Gail hat das im Griff." Bei dem Pathologen war sie sich nicht so sicher.

„Hat jemand mit den beiden anderen gesprochen?", fragte sie. „Finden Sie heraus, wann sie das Haus verlassen hat. Oder ob sie entführt wurde."

„Ich war an der Ausgrabungsstätte, Chefin", sagte Johnny. „Sie waren beide dort und arbeiteten, aber sie wirkten nicht allzu betroffen, als ich es ihnen sagte."

Lesley sah ihn stirnrunzelnd an. „Einer der beiden oder sogar beide könnten der oder die Hauptverdächtige sein. Bitte sagen Sie mir, dass Sie Ihr Gespräch wortwörtlich mitgeschrieben haben."

„Das habe ich, Chefin." Er zog seinen Notizblock heraus.

„Das ist doch schon mal etwas, nehme ich an. Haben Sie es beiden zusammen gesagt?"

„Ja. Crystal wollte wissen, warum Laila nicht zur Arbeit erschienen ist, und Patrick ..."

Lesley hielt sich an der Kante des Schreibtisches hinter ihr fest. „Wie wäre es, wenn Sie das nächste Mal zwei potenzielle Mordverdächtige trennen, bevor Sie sie befragen? Sie sind zumindest Zeugen. Jetzt werden sie darüber reden und ihre Geschichten absprechen."

„Das bezweifle ich", sagte Dennis.

„Ach, tun Sie das?"

„Die beiden wirken auf mich nicht besonders freundlich. Crystal scheint …“

„Okay. Wie unfreundlich sie auch sein mögen, wir müssen mit ihnen reden, bevor sie noch mehr Zeit haben, sich zu beraten. Und ich möchte sie im Auge behalten. Verdammt, einer von ihnen könnte in Gefahr sein. Wir müssen einen FLO ernennen.“

„Es gibt ein paar Mädels vom Pooler Gefängnis, die das normalerweise machen“, sagte Johnny.

Lesley verschränkte die Arme. „Wie alt sind diese Beamtinnen, Johnny?“

„Ich weiß es nicht. Ich …“

„Auf jeden Fall erwachsen. Also bezeichnen Sie sie bitte als Frauen.“

„Wenn es Kerle wären, würde ich sie auch als Jungs bezeichnen.“

Lesley war nicht in der Stimmung für eine solche Diskussion. „Bitte sprechen Sie respektvoll über Ihre Kollegen, Constable.“

„Natürlich, Chefin.“

„Aber egal, ich will jemanden, der näher dran ist.“ Sie stieß sich vom Schreibtisch ab, ging zur Tür und schaute hinaus. Zum Glück saß ihre Zielperson an ihrem Schreibtisch.

„PC Abbott, haben Sie einen Moment Zeit?“

„Ich muss noch den Papierkram erledigen, Ma'am. Ich …“ Die Frau schaute von Lesley zu ihrem Bildschirm und wieder zurück. „Natürlich, Ma'am.“

„Gut. Ich habe einen Job für Sie.“ Lesley kehrte in ihr Büro zurück. PC Abbott folgte ihr.

Lesley wandte sich an die Detectives. „PC Abbott wird im Cottage stationiert sein. Sie wird unsere FLO sein.“

„Werde ich das?", fragte sie.

Lesley nickte. „Sie waren schon dort, Sie kennen das Dorf in- und auswendig. Ich möchte, dass Sie Crystal Spiers und Patrick Donnelly im Auge behalten. Wir werden sie befragen, aber ich möchte wissen, ob einer von ihnen sich seltsam verhält."

„Wie zum Beispiel, Ma'am?"

„Sie werden es wissen, wenn Sie es sehen."

PC Abbott machte den Eindruck, als vertraue sie nicht darauf, dass sie das tun würde. „Ma'am", murmelte sie.

„Sollen Johnny oder Mike sie begleiten?", fragte Dennis. „Das ist schließlich ein Job für einen Detective."

„Die Aufgaben eines FLO sind allgemein bekannt", erinnerte Lesley ihn. „Sie braucht keinen Babysitter."

Er schnaubte.

„Also." Lesley klatschte in die Hände. „Gibt es sonst noch etwas zu berichten?"

„Noch nicht." Dennis' Miene war angespannt.

„In Ordnung. Wir haben eine Menge zu tun. Zwei Zeugen müssen befragt werden. Haben wir eine Aussage von dem Paar, das sie gefunden hat?"

„Der Streifenpolizist hat sie aufgenommen", sagte Johnny.

„Gut. Dann stehen die kriminaltechnische Untersuchung und die Obduktion an. Haben wir dafür bereits einen Termin?"

„Morgen früh", sagte Dennis.

„Morgen?"

„Dr. Whittaker empfängt mittwochnachmittags Privatpatienten."

„Und heute Morgen hat er es nicht geschafft?"

„Nein."

„Gott, steh mir bei."

Dennis richtete sich auf und ein Raunen ging durch den Raum. „Was?", meinte Lesley. „Was verschweigen Sie mir?"

Johnny starrte den DS an. Er räusperte sich. „Das ist es nicht, Chefin."

„Was ist es dann?"

„Der Sarge. Er findet Blasphemie anstößig."

Leslie starrte Dennis an. „Was habe ich dieses Mal Falsches gesagt?"

„Ist schon in Ordnung, Ma'am. Belassen wir es einfach dabei."

Er redete sie schon wieder mit Ma'am an. Aber sie mussten einen Mord aufklären.

„Und wir müssen die Ermittlungen im Weatherton-Fall weiterverfolgen", sagte sie. „Ich werde die Befragung seiner Ehefrau verschieben. Vielleicht holen wir das später nach. Aber jetzt müssen wir erst einmal alles über Lailas letzte Stunden herausfinden. Erkundigen Sie sich im Dorf. Finden Sie jeden, der sie gestern Abend gesehen hat. Überprüfen Sie Bars, Geldautomaten und Buslinien. Klopfen Sie an sämtliche Türen. Unsere Chancen, die Sache aufzuklären, stehen gut, aber nur, wenn wir uns verflucht noch mal beeilen."

Sie klatschte in die Hände und die Leute setzten sich in Bewegung. „Dennis, Sie nehmen Johnny und Mike mit", sagte sie. „Ich werde mit PC Abbott gehen."

„Aber Chefin ..."

„Wir sehen uns dann in Corfe Castle."

KAPITEL VIERZIG

Lesleys Auto stand immer noch vor dem Hauptquartier der Polizei von Dorset, wo sie es am Vortag abgestellt hatte, bevor sie in den Zug gestiegen war. Das schien eine Ewigkeit her zu sein.

„Ich fahre", sagte sie zu PC Abbott, während sie auf den Funkschlüssel drückte. „Müssen Sie jemandem sagen, wo Sie sein werden?"

„Schon erledigt, Ma'am."

„Natürlich haben Sie das."

Sie stiegen ein. „Ich habe dieses Navi immer noch nicht verstanden", sagte Lesley. „Sagen Sie mir, wenn ich falsch fahre."

Doch die Strecke zwischen Winfrith und Corfe Castle hatte sich in Lesleys Gedächtnis eingeprägt und als sie sich Wareham näherten, entspannte sie sich langsam. Natürlich vermisste sie die Geschäftigkeit und Energie von Birmingham. Aber es war schön, nicht alle fünf Minuten in einen Stau zu geraten.

„Ich hoffe, es macht Ihnen nichts aus, dass ich Sie

mitschleppe“, sagte sie zu der Schutzpolizistin, als sie den Kreisverkehr in Richtung der Umgehungsstraße von Wareham verließen. „Ich könnte es nicht ertragen, mit einem Haufen Männer eingesperrt zu sein.“

„Kein Problem, Ma'am. Sagen Sie mir einfach, was Sie von mir brauchen.“

Lesley schaute zu der anderen Frau hinüber. „Wie lange sind Sie schon bei der Polizei?“

PC Abbott runzelte die Stirn. „Sechs Jahre, Ma'am. Seit ich die Schule verlassen habe.“

„Wie alt sind Sie dann, zweiundzwanzig? Oder vierundzwanzig?“

„Vierundzwanzig, Ma'am.“ PC Abbott drehte die Hände im Schoß.

„Entschuldigung. Ich bin nur neugierig. Wie war doch gleich Ihr Name?“

„Ähm ...“

„Ich meine Ihren Vornamen.“

„Tina, Ma'am.“

„Freut mich, Sie kennenzulernen, Tina. Und Sie können sich entspannen, wissen Sie. Sie müssen mich nicht jedes Mal Ma'am nennen, wenn Sie mich ansprechen.“

Tina nickte. Sie fuhren schweigend durch Stoborough und an der Abzweigung nach Arne vorbei.

„Wenn Sie mir die Frage gestatten, Ma'am, ist alles in Ordnung?“

„Warum sollte es das nicht sein?“ Lesley trat auf die Bremse. Der Nissan vor ihnen wurde ständig langsamer und dann wieder schneller. Sie schaute in den Rückspiegel und fragte sich, wo die anderen waren.

„Es ist nichts“, sagte Tina. „Sorry.“

„Wenn mein Verhalten Sie beunruhigt, möchte ich das

wissen. Ich bin mir sicher, dass Dennis meint, ich sei übergeschnappt." Sie schaute die andere Frau an. „Aber das bin ich nicht."

Tina lächelte. „Das ist offensichtlich."

„Aber Sie glauben immer noch, dass etwas nicht stimmt."

„Entschuldigung. Das geht mich nichts an."

Lesley klopfte einen Rhythmus auf das Lenkrad. Es stimmte *vieles* nicht. Ihr Mann schlief mit einer anderen Frau, sie saß in dieser Einöde fest und ihr war über Nacht klar geworden, dass sie ihre Ehe nicht retten wollte. Aber nichts davon sollte ihre Arbeit beeinträchtigen.

Sie ließ ihre Finger auf dem Lenkrad ruhen. „Ich hatte ein schwieriges Treffen in Birmingham. Und ich bin frustriert, dass ich im Mordfall Laila Ford nicht auf dem Laufenden bin. Das ist alles." Sie lächelte Tina an. „Der normale Betrieb wird in Kürze wieder aufgenommen."

Tina lachte nervös. Sie näherten sich Corfe Castle.

„Wo muss ich für den Tatort hin?", fragte Lesley.

„Biegen Sie an der Eisenbahnbrücke links ab und fahren Sie bis zum Wanderparkplatz. Sie können es nicht übersehen. Könnten Sie mich am Square rauslassen?"

„Okay." Lesley hielt vor dem Laden des National Trust und ignorierte den Mann in dem blauen Audi hinter ihr, der hupte.

Tina stieg aus.

„Melden Sie sich, wenn es etwas Wichtiges gibt. Wir kommen später für Befragungen vorbei, und ich werde so schnell wie möglich ein Team der Spurensicherung zu Ihnen schicken. In der Zwischenzeit stellen Sie sicher, dass sie nicht in Lailas und Archies Zimmer gehen, und achten Sie darauf, dass sie keine möglichen Beweise bewegen."

„Sie werden wahrscheinlich beide an der Ausgrabungsstätte sein, Ma'am." Tina lehnte sich durch die Tür herein.

Ein weiteres Hupen des Audi. Leslie holte tief Luft. *Einfach ignorieren.*

„Richtig. Bleiben Sie in ihrer Nähe und tun Sie so, als würden Sie sich um sie kümmern. Sie wissen, wie es läuft?"

„Ja, Ma'am."

Lesley fuhr um das Denkmal herum und musste bremsen, um einem kleinen Kind auszuweichen, das direkt vor ihr auf die Straße lief. Sein Vater rannte hinter ihm her, hob es hoch und winkte Lesley entschuldigend zu.

„Warum passen die Leute verflucht noch mal nicht auf Ihre Kinder auf?", murmelte sie mit zusammengebissenen Zähnen.

Endlich ließ sie das Dorf hinter sich, dessen gleichförmigen grauen Steingebäude und die allgegenwärtig aufragende Burg langsam eine klaustrophobische Wirkung auf sie hatten.

Sie folgte Tinas Anweisungen über die Straße unter der Eisenbahnbrücke hindurch bis zu einem Wanderparkplatz, den die Uniformierten für die Polizeifahrzeuge abgesperrt hatten. Zwei Streifenwagen waren vor Ort, außerdem ein Wagen der Spurensicherung und zwei Zivilfahrzeuge.

Dennis, Johnny und Mike stiegen direkt vor ihr aus dem braunen Vauxhall Astra.

„Die Leiche ist immer noch da oben, Chefin", sagte Dennis. „Sie brauchen sich also nicht zu beeilen, da der Pathologe gerade nicht zur Verfügung steht."

Jedes Unglück hat auch sein Gutes, dachte Lesley. „Zeigen Sie sie mir."

Er deutete auf einen schlammigen Pfad, der den Hügel hinaufführte.

Lesley seufzte und dachte an ihre Schuhe. Erst der Wolkenbruch gestern Abend und jetzt das hier. Am Ende des Tages wären sie reif für die Mülltonne. „Ist das der einzige Weg?"

„Vom Dorf aus führt noch ein zweiter Weg hinauf. Aber der hier ist kürzer. Wenn Sie von der anderen Seite kommen, dauert es eine halbe Stunde länger." Er schaute auf ihre Füße hinunter. „Allerdings hängt das von Ihrem Schuhwerk ab."

Er hatte recht. Die uniformierten Beamten trugen alle die vorgeschriebenen schweren Stiefel. Ihr Team, so stellte sie fest, trug Schuhe mit robuster Sohle. Und Gail trug ganz tolle Schuhe unter ihren schützenden Überschuhen.

„Zeigen Sie mir einfach den Weg." Am Wochenende würde sie sich ein Schuhgeschäft suchen. Schwere Stiefel würden zwar nicht zu ihren Kostümen passen, aber sie würde schon etwas Praktischeres finden.

„Natürlich, Chefin."

Dennis ging den Hügel hinauf, seine Schritte waren schnell und zielstrebig. Lesley kämpfte sich hoch und bückte sich gelegentlich, um ein Grasbüschel zu ergreifen, damit sie nicht wieder nach unten rutschte.

Endlich erreichten sie den Gipfel. Lesley hielt sich die Hand vor die Augen und versuchte, die aufkommenden Kopfschmerzen zu ignorieren.

„Bereit, Chefin?" Die drei Männer waren vor ihr und beobachteten sie ... und warteten.

Lass sie nicht sehen, wie dich ein verfluchter Hügel davon abhält, deine Arbeit zu tun.

Sie ballte eine Faust und schlug sich motivierend auf den Oberschenkel. Hier oben war der Wind stürmisch und die Luft feucht. Sie könnte schwören, dass sie mitten in einer Wolke liefen.

„Mein Gott“, murmelte sie vor sich hin. „Schenk mir einen Kanaltunnel. Schenk mir ein heruntergekommenes, verfluchtes Industriegebiet.“

Endlich erreichte sie das Zelt. Ihr Team war langsamer geworden und lief aus Rücksicht auf sie nicht mit vollem Tempo. Sie tat so, als würde sie es nicht bemerken. Gail stand vor dem Zelt und war durch ihren forensischen Anzug vor der Feuchtigkeit geschützt. Hinter ihr und dem Zelt graste eine Herde Kühe, die aussah, als ob sie sich für den Tatort interessieren würde.

„Lesley, schön, Sie zu sehen. Schade, dass Sie die schöne Aussicht verpasst haben.“

„Es gibt hier eine Aussicht?“

„Sogar eine wirklich herrliche ... an einem klaren Tag.“ Gail zeigte mit dem Arm über die graue Landschaft. „Poole Harbour in dieser Richtung. Die Burg hinter uns.“

„Das hebe ich mir für einen anderen Tag auf, danke.“ Lesley deutete auf die Kühe. „Werden sie uns Ärger machen?“

Gail drehte sich um und besah sich die Herde. „Die sind in Ordnung. Ignorieren Sie sie einfach.“

„Dann vertraue ich Ihnen mal. Schauen wir uns das Opfer an.“

„Natürlich.“ Gail deutete Lesley an, weiterzugehen. „Achten Sie darauf, nur auf die Platten zu treten.“

Lesley hatte sie bereits entdeckt. Sie konnte sich vorstellen, wie die Feuchtigkeit in den Boden einsickerte und ihn weich machte. „Irgendwelche Fußabdrücke?“

„Jede Menge sogar“, antwortete die Kriminaltechnikerin. „Zu viele, um von Nutzen zu sein. Zu dieser Jahreszeit ist dies ein beliebter Wanderweg.“

Aber heute nicht, dachte Lesley. „Haben Sie die Zuwege abgesperrt?"

„Wir haben den Weg vom Dorf herauf mit Polizeiband markiert und ein Schild an der Abzweigung nach Woolgarston aufgestellt."

„Das ist alles?"

„Die Leute sind hier ziemlich gehorsam, wenn es um Wanderwege geht. Es gibt zu viele Erdrutsche an der Küste, als dass sie etwas riskieren würden."

„In Ordnung." Lesley zog die Plane des Zeltes zur Seite. Im Innern gab es nichts als Lailas Leiche. Die Einsamkeit machte den Anblick der jungen Frau noch beunruhigender.

Sie lag verdreht da, das Gesicht auf der einen und die Arme auf der anderen Seite verschränkt. Das sah nicht nach Absicht aus. Sie lag genau so da, wie sie gelandet war. Ihr linkes Bein war unter ihr angewinkelt und ein Schuh fehlte.

Lesley zeigte darauf. „Haben Sie den Schuh gefunden?"

„Fünfzig Meter entfernt. Er steckt in einer Beweistüte."

Lesley drehte den Kopf, um Laila besser sehen zu können. Dann hockte sie sich neben sie und wackelte ein wenig auf der Platte herum. *Diese verfluchten Schuhe.*

„Ein einziger Schlag?"

„Zwei oder drei, schätze ich. Natürlich muss das noch durch die Obduktion bestätigt werden."

„Wurde sie hier angegriffen oder anschließend hierher gebracht?"

„Das Blut im Gras passt zu einem plötzlichen Angriff an Ort und Stelle." Gail wies auf Flecken hin und hob eine Taschenlampe, um sie zu beleuchten. „Es gibt keine eindeutigen Spritzer, da sie sich an einer solch exponierten Stelle befinden. Aber es gibt genug Blut, was zu den Auswirkungen einer Kopfwunde passt."

„War sie auf der Stelle tot?“

„Auch dazu kann Dr. Whittaker später mehr sagen.“

Lesley nickte. Sie war sich da nicht so sicher.

„Aber“, fuhr Gail fort, „das Blut befindet sich größtenteils auf dem Boden. Es ist ins Gras gesickert, aber es sieht so aus, als wäre sie nach dem Aufprall auf dem Boden verblutet. Es gibt nur sehr wenige Hinweise auf einen arteriellen Sprühnebel.“

„Die Blutung war also postmortal.“

„Höchstwahrscheinlich.“

Das war ein gewisser Trost. Nachts hier oben, kilometerweit von jeder Hilfe entfernt, angegriffen zu werden, wäre schon schlimm genug. Aber hier langsam zu verbluten, war ein schrecklicher Gedanke.

„Wie lange dauert es noch, bis sie weggebracht werden kann?“

„Was mich betrifft, jederzeit. Wir warten nur darauf, dass die Jungs von der Pathologie kommen und sie abholen.“

„Sie warten doch sicher nicht darauf, bis Dr. Whittaker seine Privatsprechstunde beendet hat, oder?“

Gails Gesicht verfinsterte sich. „Sie tanzen nach seiner Pfeife.“

„Hm.“ Lesley steckte den Kopf aus dem Zelt. Dennis sprach gerade mit einem von Gails Kollegen, der aussah, als würde er für die Rolle des Keksmonsters vorsprechen. „Dennis, rufen Sie in der Pathologie an und sagen Sie den Leuten, dass sie die Leiche schnellstmöglich abtransportieren sollen.“

„Alles klar, Chefin.“ Er nickte dem Mann zu und zückte sein Handy.

„Und warum hängen Johnny und Mike hier herum? Gehen Sie zurück ins Dorf, Sie alle. Es gibt Zeugen zu befragen.“

„Ich dachte, dass Sie das vielleicht selbst tun wollen, Chefin."

Sie biss sich auf die Unterlippe. Gail gluckste hinter ihr.

„Wir müssen von Tür zu Tür gehen und einen Zeitplan für unser Opfer erstellen. Also laufen Sie schon mal los und machen Sie sich an die Arbeit."

„Okay." Dennis scheuchte die beiden Detectives den Weg zurück.

Lesley verschwand wieder im Zelt. „Sind die immer so?"

„Dazu kann ich nichts sagen." Gail unterdrückte ein Grinsen.

„Wie war mein Vorgänger? DCI Mackie?"

„Oh, dem schien die Sonne aus dem Hintern. Aber dann plötzlich nicht mehr."

„Wie das?"

Gail straffte den Rücken. „Ich mag keinen Klatsch und Tratsch. Ich bereite Laila noch für den Transport vor, dann kann die Pathologie sie übernehmen."

Sie wandte sich ab und ließ Lesley mit der Frage zurück, was das große Geheimnis sei.

KAPITEL EINUNDVIERZIG

Tina Abbott lief den Pfad zur Ausgrabungsstätte hinunter. Wie erwartet war niemand im Cottage gewesen, als sie geklopft hatte. Crystal Spiers stand vor dem Zelt, in dem sie Archie gefunden hatten, und sprach mit einer Gruppe von Studenten.

„Nicht Sie schon wieder."

„Ich wurde Ihnen als FLO zugewiesen."

„Wir sind keine Opfer."

„Ich verstehe, dass das nicht leicht für Sie ist. Erst Archie, dann Laila."

Crystal hob eine Hand, um ihre Augen zu schützen. Es war zwar kein sonniger Tag, aber es war hell und die Sonne brannte durch eine Wolkenschicht hindurch.

„Wir sind beschäftigt. Wir brauchen Sie hier nicht."

„Sie arbeiten beide wieder?"

„Ja, wir arbeiten beide wieder. Wollen Sie uns dafür verurteilen?"

Tina zuckte mit den Schultern. Sie war auf diesen Job als FLO beim besten Willen nicht erpicht. „Ich bin mir sicher, dass die Universität Verständnis dafür hat, wenn Sie sich eine Auszeit nehmen würden."

„Die Universität hat mich bereits darauf angesprochen. Ich habe ihnen gesagt, dass wir unterbesetzt sind und weitermachen müssen. Die Frau von der Personalabteilung hat so getan, als ob sie das nicht wollte, aber nicht sehr überzeugend."

Tina nickte. Es stand ihr nicht zu, Crystal vorzuschreiben, wie sie auf die Ermordung zweier Kollegen reagieren sollte. Aber es war ihre Aufgabe, zu beobachten und zu berichten. „Mr Donnelly war nicht im Cottage."

Crystal zeigte auf das zweite, kleinere Zelt. „Er ist da drinnen."

Tina nickte. „Die Kriminalpolizei wird später vorbeikommen und Sie beide befragen, um Lailas Bewegungen in den letzten Stunden vor ihrem Tod nachzuvollziehen."

Crystal sprach bereits wieder mit den Studenten, hielt nun aber inne und wandte sich an Tina. „Falls es Ihnen nicht ausmacht, ich habe zu arbeiten."

„Ich wollte Sie nur warnen."

„Nun, das haben Sie. Jetzt können Sie wieder gehen."

„Ich bleibe hier und schaue zu, wenn es Ihnen nichts ausmacht."

Crystal fuhr sich mit der Hand durch ihr kurzes dunkles Haar. Es gab kein Gesetz, das besagte, dass Familien oder Mitbewohner den FLO in ihrem Haus aufnehmen mussten. Aber beide Frauen wussten, dass dieses Feld ein öffentliches Wegerecht war.

„Machen Sie doch, was Sie wollen." Crystal drehte Tina den Rücken zu und setzte ihr Gespräch mit den Studenten fort. Nach einigen Augenblicken löste sich die Gruppe auf, und jeder arbeitete an einem bestimmten Teil der Ausgrabungsstelle. Crystal warf Tina einen finsteren Blick zu und verschwand dann in dem größeren Zelt.

Tinas Blick schweifte zum anderen Zelt hinüber: immer noch keine Spur von Patrick. Sollte sie das überprüfen?

Nein. Es gab keinen Grund zur Annahme, dass Crystal gelogen hatte.

Sie fand einen relativ glatten Felsen und setzte sich, versuchte jedoch vergeblich, es sich bequem zu machen. Zum ersten Mal, seit die DCI sie von ihrem Schreibtisch weggerufen hatte, wünschte sie sich, sie wäre nicht so scharf darauf gewesen, in den Fall einbezogen zu werden.

KAPITEL ZWEIUNDVIERZIG

Lesley parkte ihren Wagen wieder auf dem Parkplatz in der West Street. Dennis hatte recht: Sie musste sich unbedingt einen Parkausweis besorgen.

Sie zog einen Parkschein, legte ihn hinter die Windschutzscheibe und eilte zum Cottage. Sie hatte Tina angerufen, damit sie Crystal von der Ausgrabungsstätte hierher brachte. Wie die Frau es finden würde, von einer uniformierten Polizistin durch Corfe Castle geführt zu werden, konnte Lesley nur vermuten.

Als sie sich dem Cottage näherte, sah sie Mike die Straße überqueren, und winkte ihn heran.

„Gehen Sie von Tür zu Tür?“

„Ja, Chefin. Bisher noch nichts.“

„An wie vielen Häusern haben Sie bereits geklingelt?“

„PC Mullins und ich haben die Cottages vom Ende der Straße bis hierher abgeklappert.“ Er zeigte am Parkplatz vorbei. „Niemand kann sich erinnern, Laila gestern Abend oder heute Morgen gesehen zu haben.“

„Was ist mit Dennis und Johnny?“

„Der Sarge kümmert sich um die Häuser, die näher am Weg nach Rollington Hill Down liegen, Johnny um die Pubs."

„Gut. Ich bin auf dem Weg zum Cottage. Ich brauche jemanden, der dabei ist, während ich Crystal und Patrick befrage."

„Ich helfe gerne."

„Genau das hatte ich gehofft zu hören. Geben Sie PC Mullins kurz Bescheid."

Mike eilte zu seinem Kollegen, der gerade vor einer Haustür stand und mit einer jungen Frau mit einem Kleinkind auf der Hüfte sprach. Sie schüttelte den Kopf.

Die Cottages grenzten direkt an die Straße, was jedoch bedeutete, dass die Leute abends ihre Vorhänge schlossen. Offensichtlich war Laila unbemerkt geblieben.

PC Abbott näherte sich dem Cottage aus der entgegengesetzten Richtung, Crystal Spiers ging neben ihr. Die Frau hielt so viel Abstand zur Streifenpolizistin, wie es auf einem so schmalen Gehweg möglich war.

Lesley holte sie ein, als Crystal gerade ihren Schlüssel ins Schloss steckte. Mike folgte dicht hinter ihr.

„Sie sagte, Sie wollen mit mir reden", meinte Crystal.

„Wir müssen uns ein Bild von Lailas Bewegungen gestern Abend machen. Ich hoffe, Sie können uns dabei helfen."

„Ich werde es versuchen." Crystal stieß die Tür auf und Lesley gab Tina ein Zeichen, die weiter in die Küche ging.

Crystal ließ sich in den Sessel fallen, sodass das Sofa für Lesley und Mike frei blieb. Sie nahm an dem Ende Platz, das ihrer Gesprächspartnerin am nächsten war.

Tina steckte den Kopf durch die Küchentür. „Kann ich jemandem etwas zu trinken bringen?"

„Ich nehme einen Kaffee mit Milch", antwortete Lesley.

„Einen starken Tee bitte, Tina", sagte Mike.

Lesley hob eine Augenbraue in Richtung Crystal.

„Dasselbe wie er", schnaubte sie.

„Kommt sofort."

Tina verschwand wieder und Lesley hörte, wie Schränke geöffnet und geschlossen wurden. Crystal zuckte in ihrem Stuhl zusammen.

„Erzählen Sie uns bitte von gestern Abend", sagte Lesley. „Ist Laila nach der Arbeit zum Haus gekommen?"

„Sie hat den größten Teil des Abends in ihrem Zimmer verbracht. Das hat sie in letzter Zeit oft gemacht." Crystal zuckte mit den Schultern und wich Lesleys Blick aus. „Das kann man ihr wohl nicht verdenken."

„Könnten Sie etwas genauer sein? Um wie viel Uhr ist sie nach Hause gekommen? Ist sie ausgegangen? Haben Sie sie oft gesehen?"

Ein Seufzer. „Sie ging als Erste nach Hause. Gegen fünf Uhr, schätze ich. Patrick verließ die Ausgrabungsstätte kurze Zeit später, er war mit dem Kochen dran. Ich musste alles zusammenpacken und mich mit den Studenten besprechen. Ich kam gegen halb sieben zurück."

„Fällt es Ihnen schwer, dort zu arbeiten, nach dem, was mit Archie passiert ist?"

„Ich versuche, nicht daran zu denken. Die ganze Sache hat uns in Verzug gebracht, Ihre Leute von der Spurensicherung halten uns von der Arbeit ab ... Ich stehe ziemlich unter Druck."

PC Abbott erschien mit zwei Bechern und reichte einen Lesley, den anderen Crystal. Mike warf ihr einen fragenden Blick zu.

„Ihr Tee kommt gleich.“ Sie verschwand wieder in der Küche.

„Also“, sagte Lesley, nachdem sie an ihrem Kaffee genippt hatte. „Wer war da, als Sie nach Hause kamen?“

„Patrick kochte gerade.“ Crystal verzog das Gesicht. „Laila war oben.“

„Haben Sie sie gesehen?“

„Patrick hat mir gesagt, dass sie oben sei.“

Lesley nickte. „Haben Sie sie überhaupt gesehen?“

„Sie kam zum Abendessen herunter. Kurz vor sieben. Danach ist sie sofort wieder zurück in ihr Zimmer gehuscht. Ich habe versucht, mit ihr zu reden, freundlich zu sein. Sie war ja noch ein Kind. Ich dachte ... Jedenfalls habe ich sie etwa eine Stunde lang nicht wieder gesehen.“

„Sie sagten, sie sei gehuscht. Wie war ihre Stimmung?“

„Gedrückt. Verängstigt.“ Crystal schaute Lesley über den Rand ihres Bechers hinweg an. „Sie hat Patrick immer wieder komisch angeschaut.“

„Was meinen Sie mit ‚komisch angeschaut’?“ Lesley sah sich kurz um und bemerkte Mike, der hastig in seinen Block kritzelte.

„Vorsichtig, würde ich sagen. Als ob sie dachte, er könnte beißen.“

„Hatten Sie bereits früher Spannungen zwischen Patrick und Laila beobachtet?“

Tina tauchte wieder auf und reichte Mike einen Becher, bevor sie sich mit ihrem eigenen in die Tür zur Küche zurückzog. „Ist es okay, wenn ich bleibe, Ma’am?“

„Ja.“ Lesley konzentrierte sich auf Crystal. „Gab es Spannungen zwischen ihnen?“

Crystal schürzte die Lippen. „Das müssen Sie Patrick fragen.“

„Ich frage Sie."

Crystal kratzte sich am Kinn. „Ich kenne nicht alle Fakten und würde lieber ..."

„Sagen Sie mir, was Sie wissen. Anschließend werde ich mit ihm sprechen."

Crystal legte den Kopf schief. „Ich glaube, er hat versucht, mit ihr zu schlafen. Als sie ankam, bevor sie und Archie ein Paar wurden."

„Nur zur Bestätigung, Sie behaupten, dass Patrick versuchte, Sex mit Leila zu haben?"

Ein Nicken. Crystal schlürfte ihren Tee. Dafür, dass zwei ihrer Mitbewohner brutal ermordet worden waren und sie den Dritten des sexuellen Übergriffs verdächtigte, war sie bemerkenswert ruhig.

„Wenn Sie sagen ‚versuchte, Sex mit ihr zu haben', was genau meinen Sie dann?", fragte Lesley.

„Muss ich Ihnen das buchstabieren? Er wollte ihr an die Wäsche. Das kommt bei diesen Ausgrabungen oft vor. Aber der Mann ist alt genug, um ihr Vater zu sein. Oder sogar ihr Großvater."

„Hat Patrick Laila sexuell missbraucht?"

„Ich bin seine Chefin. Ich kann nicht mit solchen Anschuldigungen um mich werfen."

„Dieses Gespräch ist vertraulich, Ms Spiers. Hat Patrick Laila sexuell missbraucht?"

„Ich kann nichts beweisen. Aber er war allein mit ihr, mehrmals. Und ich habe gehört ..."

„Was haben Sie gehört?"

„Streitereien. Er schrie sie an, aber ich konnte nicht verstehen, was er sagte. Und in den Nächten, in denen das passierte, weinte sie sich in den Schlaf."

„Das ist mehrmals passiert?"

„Ja, aber es hörte auf, als sie und Archie zusammenkamen. Sie zog hinauf in sein Zimmer und sorgte dafür, dass sie so wenig wie möglich allein dort oben war."

„Gab es nach Archies Tod irgendwelche Zwischenfälle zwischen Laila und Patrick?"

Crystal leckte sich über die Lippen und griff nach ihrem Becher. „Ich hörte ihn gestern Abend in ihr Zimmer gehen."

„Nach dem Essen?"

Ein Nicken. „Sie ging hinauf, nachdem ich versucht hatte, mit ihr zu reden. Er war hier drin und hat sich die Kricketübertragung im Radio angehört." Sie deutete auf ein kleines Radio, das auf der Kommode neben ihr stand. „Als ich mit dem Aufräumen fertig war, ging er nach oben. Sein Zimmer ist da oben, neben Lailas und Archies. Ich schlafe hier unten."

Sie zeigte hinter sich in Richtung der Tür, die zur Treppe führte.

„Haben Sie ihn in ihr Zimmer gehen hören?"

„Ich habe sie reden hören." Crystal blickte nach oben. „So, wie diese Häuser gebaut sind, ist das nicht schwer."

„Was haben sie gesagt?"

Crystals Hand ruhte auf ihrer Wange. Lesley spürte, wie sich das Sofa bewegte; Mike rutschte in ihre Richtung. Tina stand regungslos in der Küchentür.

„Ich hörte ihn sagen: ‚Du und ich'. Dann waren ihre Stimmen gedämpft und ich hörte nur noch, wie sie ihm sagte, er solle verschwinden."

Lesley nickte. „Und was ist dann passiert?"

„Türen wurden geöffnet und geschlossen. Schritte. Es hörte sich an, als sei Patrick in sein Zimmer gegangen. Dann kam Laila die Treppe hinunter. Sie wäre fast gestürzt, so eilig hatte sie es."

„Hat sie mit Ihnen gesprochen?"

Crystal schüttelte den Kopf. „Sie sagte nur, dass sie spazieren gehen wollte." Sie blickte auf und ihre Augen schimmerten feucht. „Das war das Letzte, was ich von ihr gesehen habe."

Tina hielt den Atem an. Mike schlug eine neue Seite in seinem Block auf.

„Sie sind nicht losgezogen, um sie zu suchen?", fragte Lesley.

Crystal schaute auf den Boden. „Ich wünschte, ich hätte es getan."

„Und was ist mit Patrick?"

Crystal hob den Kopf. „Was soll mit ihm sein?"

„Ist er in seinem Zimmer geblieben? Kam er die Treppe hinunter? Hat er mit Ihnen gesprochen?" Lesley wusste, dass sie nicht so viele Fragen auf einmal stellen sollte, aber sie war ungeduldig.

Crystal holte zitternd Luft. „Ungefähr eine Viertelstunde, nachdem Laila gegangen war, verließ auch er das Haus."

Tina sog die Luft ein. *Pst*, dachte Lesley. „Hat er auf dem Weg nach draußen mit Ihnen gesprochen?"

„Nur um zu sagen, dass er in den Pub gehen wollte. Er ist Stammgast im Greyhound."

Lesley warf Mike einen Blick zu: etwas, das Johnny überprüfen sollte. „Wann ist er zurückgekommen?", fragte sie.

„Ich bin um zehn Uhr ins Bett gegangen. Ich war völlig erschöpft nach allem, was ... Dann hörte ich ihn gegen halb zwölf reinkommen. Die Treppe ist direkt über meinem Zimmer, was verdammt störend ist."

„Okay." Lesley rieb sich die Augen. Ein vertrauter Schmerz breitete sich in ihrem Nacken aus. „Ms Spiers, können Sie mir sagen, ob es Spannungen zwischen Patrick und Archie gab? Oder zwischen Archie und Ihnen?"

Crystal sah sie stirnrunzelnd an. „Archie und ich sind seit Jahren befreundet. Wir hatten eine kurze Affäre, bevor seine Tochter geboren wurde. Nur für ein paar Monate. Wir waren Freunde, Detective. Keine Spannungen."

„Keine Unstimmigkeiten über die Art und Weise, wie das Ausgrabungsprojekt verwaltet wurde? Keine Diskussionen über die Finanzierung?"

Crystal lehnte sich zurück. „Nein. Nichts."

„Nun gut. Und was ist mit Archie und Patrick?"

„Sie ... nun, sie sind miteinander ausgekommen. Patrick nahm es Archie eindeutig übel, dass er älter, aber weniger erfahren war. Aber sie hatten ein freundschaftliches Arbeitsverhältnis, denke ich."

„Keine Spannungen wegen Laila?"

„Archie war nicht diese Art von Mann."

„Und Patrick?"

Crystal schaute weg. „Am Anfang war er ein bisschen eifersüchtig. Aber er kam bald zur Vernunft. Ein Kind wie Laila wäre nie auf ihn hereingefallen."

„Sie nennen Sie ein Kind."

„Sie war neunzehn. Sie hatte ihr Studium abgebrochen. Sie tat so, als wäre sie dreiundzwanzig und hätte einen Hochschulabschluss. Ich war die Einzige, die Bescheid wusste."

„Laila hat über ihr Alter gelogen?"

„Das war keine große Sache. Sie war schließlich trotzdem erwachsen."

„Gab es noch etwas anderes, worüber sie gelogen hat?"

Lesley dachte an Dennis und sein Misstrauen gegenüber der jungen Frau. Sie stellte sich sein Gesicht vor, wenn sie ihm davon erzählte.

„Nicht, dass ich wüsste."

„Okay." Lesley sah auf die Uhr: Es war bereits nach Mittag. „Wir müssen das Cottage komplett durchsuchen, natürlich nur mit Ihrer Zustimmung."

„Natürlich."

„Danke." Lesley stand auf. Sie wollte verarbeiten, was Crystal ihr gerade erzählt hatte, bevor sie zu Patrick gingen.

KAPITEL DREIUNDVIERZIG

Die vier Detectives saßen in Lesleys Auto auf dem Parkplatz in der West Street, Lesley und Mike vorne, Dennis und Johnny hinten. Dennis hatte das Gesicht verzogen, als Lesley ihm gesagt hatte, er solle hinten einsteigen. Doch Mike und sie hatten schon im Wagen gewartet, da sie ihr Gespräch mit Crystal beendet hatten, bevor Dennis und Johnny von der Befragung der Nachbarn zurückkehrten.

„Und“, fragte sie, „hat jemand Laila gesehen, bevor sie zum Hügel ging?“

„Nein, niemand“, antwortete Dennis. „Wir haben an sämtliche Haustüren in der West Street geklopft und auch an die am Weg, der ins Hügelland führt.“

„Und ich bin in die Pubs gegangen“, sagte Johnny.

Mike lachte. „Das hat bestimmt Spaß gemacht.“

Johnny verpasste ihm einen Klaps auf den Nacken. Mike zuckte zusammen und legte die Hand auf die Stelle, sagte aber nichts.

Lesley ignorierte sie. „Also hat sie niemand im ganzen

Dorf gesehen?“, fragte sie Dennis. „Das ergibt keinen Sinn. Sie verließ das Haus gegen einundzwanzig Uhr. Es war noch hell und sie wäre deutlich zu sehen gewesen.“

„Und sie fiel auf“, sagte Johnny. „Mit diesen blonden Haaren.“

Lesley nickte. Sie war nicht gerade leicht zu übersehen.

Dennis zuckte mit den Schultern. „Nun, ich denke, falls sie einen Streit mit Patrick gehabt hatte … Ich meine, sie war auf dem Weg zu den Hügeln, als es dunkel wurde. Es ist nicht vernünftig, dass eine Frau das alleine macht.“

Lesley ballte eine Faust. „Sie hatte einen Streit mit Patrick, zumindest hat Crystal uns das erzählt.“

Dennis hob eine Augenbraue. „Worüber?“

„Crystal hörte, wie sie ihm sagte, er solle verschwinden. Erhobene Stimmen.“

„Sie hatte also einen Streit mit Patrick, stürmte aus dem Haus und rannte zum Rollington Hill“, sagte Dennis. „Glauben Sie, sie wollte sich etwas antun?“

„Sie hat nichts mitgenommen“, antwortete Lesley.

„Das wissen wir nicht“, warf Johnny ein. „Der Mörder könnte das, was sie bei sich trug, mitgenommen haben.“

Lesley war sich da nicht so sicher. „Wir haben keine Beweise, dass sie etwas mitgenommen hat.“

„Sie ging weg, weil sie Zeit für sich haben wollte“, sagte Mike.

Lesley runzelte die Stirn. „Jemand wusste, dass sie da oben war. Und dieser Jemand folgte ihr.“

„Meinen Sie, jemand hat sie an seinem Haus vorbeigehen sehen?“, fragte Dennis.

„Möglicherweise“, antwortete Lesley. „Aber sowohl Crystal als auch Patrick wussten, dass sie weggegangen war.

Und Patrick verließ fünfzehn Minuten nach ihr das Cottage."

„Er wollte in den Pub gehen, Chefin", sagte Mike.

„Das hat er zumindest behauptet. Wir müssen den Greyhound noch einmal überprüfen, Johnny."

„Ich habe nicht nach ihm gefragt, nur nach Laila."

„Das ist schon in Ordnung. Aber ich möchte, dass Sie noch einmal dorthin gehen und fragen, ob Patrick gestern Abend da war und wenn ja, um wie viel Uhr."

Johnny öffnete seine Tür. „Ich erledige das sofort."

Lesley nickte. „Dennis, ich möchte, dass Sie mit mir zum Cottage kommen. Wir müssen Patrick noch befragen."

„Wir können uns seine Seite der Geschichte anhören."

Lesley seufzte. „Ich dachte mir schon, dass Sie das so sehen."

„Nun, es steht ihr Wort gegen seins. Sie *behauptet,* er habe sich mit Laila gestritten. Sie *behauptet,* er habe sie sexuell belästigt. Sie *behauptet,* er sei in den Pub gegangen, kurz nachdem Laila das Haus verlassen hatte. Aber sie ist die einzige andere Person, die dort war. Vielleicht ist *sie* diejenige, die direkt nach Laila hinausgegangen ist. Vielleicht ist *sie* ihr bis nach Rollington Hill gefolgt."

Lesley schob ihre Verärgerung beiseite. Dennis schien wohl zu glauben, dass Patrick zu nichts Bösem fähig war. Oder vielleicht mochte er Crystal einfach nicht.

„Ich werde keine voreiligen Schlüsse ziehen", sagte sie. „Befragen wir erst Patrick. Finden wir heraus, was er uns zu sagen hat und wie viel davon mit dem übereinstimmt, was Crystal uns erzählt hat."

„Das leuchtet mir ein."

„Und was soll ich tun?", fragte Mike.

„Wir wissen immer noch nicht, woher diese Schlaftabletten kamen. Sie streiten alle ab, dass jemand im Haus überhaupt Schlaftabletten genommen hat. Aber wenn Archie mit Medikamenten betäubt wurde, muss sie ihm jemand gegeben haben. Und es besteht die Möglichkeit, dass diese Pillen einem der Archäologen verschrieben worden waren."

„Soll ich die Hausärzte in der Gegend anrufen?", fragte Mike.

„Noch nicht", sagte Lesley. „Gibt es eine Apotheke in Corfe Castle?"

„Nur eine, und die befindet sich im Ärztehaus in der West Street."

„Mein Gott. Hier ist wohl alles in der West Street."

„Das ist kein großes Dorf, Chefin."

„Nein. Okay, dann schlagen wir zwei Fliegen mit einer Klappe. Gehen Sie hin und finden Sie heraus, ob dort ein Rezept für Schlafmittel ausgestellt wurde. Falls es nicht von einem ihrer Ärzte ausgestellt wurde, haben sie es vielleicht ausgegeben."

„Alles klar, Chefin." Mike öffnete seine Autotür. „Sonst noch etwas?"

„Wenn Johnny und Sie im Dorf fertig seid, kehren Sie zum Tatort zurück. Finden Sie heraus, was mit Lailas Leiche passiert ist. Ich möchte sicher sein, dass sie weggebracht wurde. Dass das arme Mädchen da oben auf den Hügeln liegt, fühlt sich einfach falsch an."

„Sollen wir auch mit der Spurensicherung sprechen?", fragte Johnny. „Herausfinden, ob es Neuigkeiten gibt?"

„Nein", sagte Lesley. „Ich schlage vor, Sie ignorieren sie."

Sie drehte sich um und sah Johnnys Stirnrunzeln. „Ja, Johnny. Lassen Sie sich auf den neuesten Stand bringen.

Und rufen Sie mich an, wenn es etwas Wichtiges gibt. Und jetzt los!“

Johnny und Mike verließen das Auto.

Lesley sah ihnen nach und schüttelte den Kopf. „Kommen Sie, Dennis. Zeit, Ihren Kumpel Patrick Donnelly zu befragen.“

KAPITEL VIERUNDVIERZIG

An Crystals Stelle saß nun Patrick im Wohnzimmer des Cottage. Er saß aufrecht am Ende des Sofas, das der Tür am nächsten war, und entfernte den Schmutz unter den Fingernägeln.

Als er die Polizisten eintreten sah, drehte er sich um. Sein Blick war kalt, als er Lesley sah, und wurde wärmer, als er Dennis entdeckte.

„Jetzt sitze ich auf dem heißen Stuhl, was?“

„Danke, dass Sie mit uns reden“, meinte Dennis. „Wir wissen, dass Sie alle sehr beschäftigt sind.“

Hör auf damit, dachte Lesley. Sie legte eine Hand auf Tinas Arm, die sich wieder in die Küchentür zurückzog.

Lesley setzte sich neben Patrick und überließ Dennis den fadenscheinigen Sessel. Dann wandte sie sich an Patrick und schenkte ihm ein kurzes Lächeln.

„Können Sie uns etwas über Ihre Beziehung zu Laila Ford erzählen?“

„Oh Mann.“ Er fuhr sich über die Stirn und prüfte dann

seine Hand. Seine Finger waren schmutzig. „Sie kommen wirklich gleich zur Sache."

Sie lächelte und wartete auf eine Antwort.

„Also gut ... lassen Sie mich mal nachdenken. Nun, sie kam vor fünf Wochen ins Ausgrabungsteam. Crystal hat sie aufgegabelt, aber ich weiß nicht genau, wo. Archäologiestudentin, wurde uns gesagt. Sie hatte es nicht geschafft, einen richtigen Job zu finden, also hatte Crystal sie eingestellt. Ich bin mir nicht sicher, ob sie eine Freiwillige war oder ob Crystal sie bezahlt hat. Wie auch immer, das Mädchen hat nie so gewirkt, als habe sie Geld."

„Das ist alles sehr interessant", sagte Lesley. „Aber wir würden wirklich gerne etwas über Ihre Beziehung zu Laila erfahren. Sind Sie gut miteinander ausgekommen? Haben Sie gut zusammengearbeitet? Ich nehme an, Sie beide haben im selben Zelt gearbeitet."

„Im Kleinen. In dem, in dem wir bis jetzt nichts gefunden haben."

Dennis bewegte sich in seinem Sitz. Vielleicht nahm er die rosarote Brille ein wenig ab, dachte Lesley.

„Sie sind nicht glücklich darüber, in diesem Zelt zu arbeiten?", fragte sie.

„Der andere Graben, in dem ... Sie wissen schon. Crystal vermutet dort die Überreste eines zweiten Gebäudes. Vielleicht sogar einer Burg. Ich bin da skeptisch. Aber wenn dadurch mein Gehalt bezahlt wird ..."

„Waren Laila und Sie von Anfang an für die Zusammenarbeit bestimmt?"

Er schüttelte den Kopf. „Zuerst arbeitete sie mit Archie zusammen. Ich war bei Crystal und einem Haufen Kinder in dem richtigen Zelt. Dieser Graben ist verdammt toll, wissen Sie."

Ein kurzes, missbilligendes Schnauben von Dennis. Lesley unterdrückte ein Lachen. „Warum ist Archie umgezogen?"

„Crystal wurde das Ganze zu ungemütlich. Weil sich die beiden ständig befummelten und so."

Lesley hätte sich am liebsten umgedreht, um Dennis' Reaktion zu sehen, konzentrierte sich aber auf ihren Gesprächspartner. „Haben Laila und Sie gut zusammengearbeitet?"

„Sie war faul und unerfahren. Ich war derjenige, der die ganze Arbeit gemacht hat."

„Sie mochten sie also nicht."

„Nur weil ich das Mädchen nicht mochte, heißt das nicht, dass ich sie umgebracht habe."

„Mr Donnelly, haben Sie ..."

„Nennen Sie mich Patrick. Paddy, wenn Sie wirklich freundlich sein wollen." Er zwinkerte ihr zu.

„Patrick. Gab es zwischen Laila und Ihnen einen Zwischenfall, kurz nachdem sie dem Team beigetreten war?"

„Einen Zwischenfall?"

„Haben Sie sie sexuell belästigt?"

Seine Augen weiteten sich vor Überraschung. „So ein Quatsch! Ich habe ihr gesagt, dass sie hübsch ist, das ist alles. Darf ein Mann heutzutage einer jungen Frau kein Kompliment mehr machen?"

Patrick schaute um Lesley herum zu Dennis und erwartete Zustimmung. Er bekam keine.

„Sie bestreiten also, dass Sie sie belästigt haben", sagte Lesley.

„Das kommt von Crystal, nicht wahr? Sie konnte mich noch nie leiden. Jetzt sagen Sie schon, welche Lügengeschichten hat sie noch über mich erzählt?"

„Patrick, können Sie uns sagen, was gestern Abend zwischen Laila und Ihnen vorgefallen ist?"

„Sie tun so, als hätte ich sie getötet."

„Wir versuchen herauszufinden, was sie in den Stunden vor ihrem Tod getan und mit wem sie gesprochen hat."

Er verzog das Gesicht. „Das arme Mädchen. So jung ..." Er fing sich wieder und sah Lesley in die Augen. „Sie kam als Erste von der Ausgrabungsstätte nach Hause. Sie war müde, was man ihr nicht verübeln konnte, nachdem sie Archie so vorgefunden hat. Ich kam als nächster heim, weil ich an der Reihe war, das Abendessen zu kochen. Schweinekoteletts." Er leckte sich über die Lippen. „Nicht für Laila, sie isst nur so veganes Zeug."

„Haben Sie alle zusammen zu Abend gegessen?"

„Ja. Crystal tauchte gerade noch rechtzeitig auf. Gegen sieben. Wir haben gegessen, ich habe mir die Kricket-Übertragung angehört und dann bin ich in den Pub gegangen."

Lesley hörte, wie Dennis Luft holte. „Wo war Laila, als Sie das Haus verlassen haben?", fragte er.

Ein Achselzucken. „Keine Ahnung. In ihrem Zimmer, nehme ich an. Sie verkroch sich in letzter Zeit dorthin." Er schüttelte den Kopf und legte die Stirn in Falten. „Das arme Kind."

„Um wie viel Uhr sind Sie aus dem Pub nach Hause gekommen?", fragte Lesley.

„Aus welchem Pub?", fügte Dennis hinzu.

„Dem Greyhound, Kumpel, wie immer. Ich blieb bis zur Sperrstunde und kam gegen halb zwölf zurück."

All dies stimmte mit Crystals Bericht überein. „Wer war hier, als Sie nach Hause kamen?", fragte Lesley.

„Bei Laila bin ich mir nicht sicher. Ich nahm an, sie sei

im Bett. Crystal muss zuhause gewesen sein, denn ich hörte sie etwa zehn Minuten später weggehen."

„Crystal ging weg?", wollte Dennis wissen.

Patrick drehte sich zu ihm um. „Ich war in der Küche und machte mir gerade einen Becher heiße Milch. Hilft mir beim Einschlafen. Ich sah jemanden durch das Wohnzimmer gehen und hörte, wie die Haustür geöffnet und geschlossen wurde."

„Sind Sie sicher, dass es Crystal war?", fragte Lesley.

„Als ich zur Treppe ging, stand ihre Schlafzimmertür offen. Der Raum war leer. Sie sehen ja, wie eng es hier ist, sie hätte nirgendwo anders sein können."

„Haben Sie sie zurückkommen hören?", wollte Dennis wissen.

„Tut mir leid, Kumpel. Ich war eingeschlafen, bevor mein Kopf das Kissen berührte."

Sein Blick sprang zwischen den beiden Detectives hin und her. „Das ist also die Art von Informationen, die Sie suchen, ja? Ich fände es schrecklich, wenn ich sie in Schwierigkeiten bringen würde."

KAPITEL FÜNFUNDVIERZIG

Der Wirt war sich ziemlich sicher, dass Patrick am Abend zuvor im Pub gewesen war.

„Ja, Kumpel“, sagte er zu Johnny. „Er war hier. Kam so gegen viertel nach neun, halb zehn oder so rein. Blieb bis zur Sperrstunde. Er ist immer einer der Letzten, die gehen. Er mag sein Guinness.“

„War er die ganze Zeit hier oder ist er zwischendurch mal kurz rausgegangen?“

„Das kann ich Ihnen nicht sagen. War zu sehr damit beschäftigt, die anderen Gäste zu bedienen. Aber er hat insgesamt drei Pints getrunken. Das heißt also, dass er wahrscheinlich die ganze Zeit hier war.“

„Danke“, sagte Johnny. Er wandte sich von der Theke ab und sah eine junge Frau mit dunklem Haar, das zu einem Pferdeschwanz zurückgebunden war, vor sich stehen.

„Untersuchen Sie den Mord an Laila?“, fragte sie.

„Ja“, antwortete er. Er zog seinen Dienstausweis heraus. „DC Chiles. Und wer sind Sie?“

„Karen Dawes. Ich bin ihre Freundin.“

„Okay. Wollen wir uns kurz setzen?"

Sie nickte. Er führte sie zu einem Tisch in einer ruhigen Ecke. Als sie sich setzte, bemerkte er, wie ihre Hände auf dem Tisch zitterten.

„Wollen Sie uns etwas sagen?", fragte er.

Sie nickte.

„Haben Sie sie gestern Abend gesehen? Kam sie zu Ihnen nach Hause?"

„Nein." Sie schüttelte den Kopf. „Ich habe sie nicht mehr gesehen, seit ... seit dem Morgen, an dem Archie starb. Seitdem habe ich sie nicht mehr gesehen. Die arme Laila."

Er sah sie schweigend an. Es gab nicht viel, was man einer jungen Frau sagen konnte, die gerade ihre beste Freundin verloren hatte.

„Gibt es etwas, dass Sie mir sagen wollen?", fragte er schließlich und versuchte, seinen Tonfall beruhigend zu halten.

Sie sah sich im Pub um und lehnte sich dann zu ihm hin. Ihre Atmung war flach. „Dieser Patrick", sagte sie.

„Patrick Donnelly?"

Sie atmete tief durch und schaute noch einmal zur Theke. „Er ist ein mieser Typ."

„Inwiefern?"

„Er hat sie belästigt. Er, na ja, er dachte, er könnte sie dazu bringen, mit ihm zu schlafen."

„Wann war das?"

Sie rümpfte die Nase. „Vor etwa vier Wochen. Nein, noch etwas länger. Drei Tage, nachdem sie ins Dorf gekommen war. Laila und ich kannten uns schon vor der Uni. Sie hat sich sofort nach ihrer Ankunft bei mir gemeldet und kam zu mir ins Café. Ich weiß nicht genau, wie sie das herausgefunden hat. Aber ich habe mich gefreut, sie wiederzusehen. Jedenfalls erzählte sie mir, dass ein Mann bei der Ausgrabung dabei war, der im selben Cottage wie sie wohnte. Und dass er sie immer wieder komisch ansah. Sie vermutete, dass er in sie verknallt war. Er war uralt!“ Sie zog eine Grimasse. „Alt genug, um ihr Vater oder sogar ihr Großvater zu sein. Sie konnte ihn nicht ausstehen.“

„Hat sie etwas dagegen unternommen?“, fragte Johnny.

Karen zuckte mit den Schultern. „Ich weiß, dass sie sich so weit wie möglich von ihm fernhielt. Deshalb hat sie sich ja an Archie gehängt. Archie hatte bemerkt, dass da etwas nicht stimmte. Sie hatte das Gefühl, dass er Patrick aufhalten würde, dass er sie vor ihm beschützen würde. Das war, bevor sie und Archie ein Paar wurden.“

„Und seit wann *waren* sie und Archie ein Paar?“

„Sie kamen ungefähr eine Woche nach ihrer Ankunft zusammen.“

Johnny sah sie an. „Das ging aber schnell.“

Sie lachte. „Das war typisch Laila.“

„Ist zwischen Laila und Patrick irgendetwas passiert? Oder waren es nur komische Blicke?“

Sie atmete ein, ihre Nasenlöcher blähten sich auf. „Sie sagte mir, ich solle es niemandem erzählen.“

Sie ist tot, dachte Johnny. Das spielte jetzt wohl keine Rolle mehr. „Unser Gespräch ist vertraulich“, sagte er.

Die Stimme der Frau war leise. „Sie sagte, er sei eines Abends in ihr Zimmer gekommen.“

„In das Zimmer, das sie mit Archie teilte?“

Sie schüttelte den Kopf. „Nein, am Anfang hat sie sich das Zimmer mit Crystal geteilt. Die beiden hatten das Schlafzimmer im Erdgeschoss. Und die beiden Jungs hatten die beiden Zimmer im Obergeschoss. Crystal hat es so gewollt.“ Sie lehnte sich zurück und hielt sich am Tisch fest.

Ihre Fingerknöchel traten weiß hervor. Sie sah Johnny mit finsterer Miene an. „Eines Morgens ist Crystal früh losgezogen, um etwas an der Ausgrabungsstätte aufzubauen oder so. Laila sagte, dass es keine Schlösser an der Tür gab. Patrick kam einfach in ihr Zimmer gestürmt. Sie war halb nackt und zog sich gerade an. Er hat sie angefasst."

„Er hat sie angefasst?", fragte Johnny.

„Ja, an ihre ..." Karen sah nach unten und strich leicht über ihre Brust.

„Er hat ihr an die Brüste gefasst?"

„Und noch mehr. Er hat sie an die Wand gedrückt und versucht, ihr den Morgenmantel wegzuziehen."

„Was passierte dann?"

„Crystal kam zurück. Patrick hörte sie durch die Vordertür kommen und ließ Laila so schnell los, als hätte er sich an ihr verbrannt. Sie stieß ihn aus dem Zimmer und schlug die Tür hinter ihm zu. Am nächsten Tag kamen sie und Archie zusammen."

„Sie meinen also, dass sie eine Beziehung mit Archie eingegangen ist, um sich vor Patrick zu schützen?"

„Es war mehr als das. Irgendwann jedenfalls. Sie hat Archie geliebt. Das hat sie mir zumindest gesagt. Er war ein guter Kerl. Auch wenn er verheiratet war."

„Sie hat Ihnen gesagt, dass er verheiratet war?"

„Letzte Woche Donnerstag. Sie hatte es gerade herausgefunden."

„Wie hat sie sich dabei gefühlt?"

„Wie würden Sie sich fühlen, wenn Sie herausfinden würden, dass Ihre Freundin verheiratet ist?"

Johnny lächelte sie traurig an. „Nicht sehr gut, denke ich."

„Sie war verzweifelt. Konnte gar nicht aufhören zu

weinen. Laila war erst neunzehn Jahre alt, wissen Sie? Sie tat nur so, als wäre sie dreiundzwanzig, und erzählte ihm, sie wäre Akademikerin. Dabei hatte sie ihr Studium abgebrochen."

Johnny nickte. Die Chefin hatte so etwas in der Art bereits erzählt. „Das ist sehr hilfreich, Karen, danke. Also, nachdem Patrick sie angegriffen hat, hat sie da Anzeige erstattet? Ist sie zur Polizei gegangen? Hat sie mit Crystal gesprochen?"

Karen schüttelte den Kopf. „Wem hätten Sie wohl geglaubt? Der neunzehnjährigen Laila, die gerade erst nach Corfe Castle gekommen war und die niemand kannte? Oder Patrick Donnelly, ein alter, angesehener Mann, der Crystal seit Jahren kennt?" Sie starrte auf ihren Schoß hinunter. „Sie hat es niemandem erzählt. Sie hielt sich einfach an Archie und sorgte dafür, dass sie nie allein mit Patrick in diesem Cottage war."

Johnny reichte ihr seine Karte. „Wenn Ihnen noch etwas einfällt, lassen Sie es mich wissen, ja?"

Sie nickte.

In dem Moment fiel ihm etwas ein. „Hat Laila irgendwelche Medikamente genommen? Schlaftabletten, vielleicht?"

„Oh Gott, nein. Laila schlief immer wie ein Murmeltier. Sie hätte niemals Schlaftabletten gebraucht."

„Nicht einmal nach Patricks Übergriff?"

„Sie hatte Archie, der ihr beim Einschlafen half." Karen grinste, verzog jedoch schlagartig das Gesicht, als ihr einfiel, dass ihre Freundin tot war.

„Nun, vielen Dank, dass Sie mir das gesagt haben."

Dann eilte er aus dem Pub. Das musste die DCI sofort erfahren.

KAPITEL SECHSUNDVIERZIG

Patrick war nach oben in sein Schlafzimmer gegangen. Lesley saß Dennis im Wohnzimmer gegenüber, wobei sich beide unwohl fühlten.

„Lassen Sie uns nicht hier darüber reden“, sagte sie.

Sie hatte ganz vergessen, dass Tina Abbott immer noch in der Tür zur Küche stand. „Und was soll ich tun, Chefin?“, fragte sie.

„Behalten Sie ihn im Auge“, sagte Lesley. „Behalten Sie beide im Auge.“

„Einer von ihnen lügt“, sagte Dennis.

„Sie haben es erfasst, Dennis“, konterte Lesley.

„Sie müssen nicht ...“

„Sie haben recht“, sagte Lesley. „Ich hatte einen harten Tag. Und dieses Pärchen hier macht es auch nicht einfacher.“

Er zuckte mit den Schultern.

„Also“, fuhr sie mit gesenkter Stimme fort. „Wir haben jetzt zwei Geschichten. Beide versuchen, die Schuld auf den anderen zu schieben. Wir brauchen unabhängige Zeugen.

Andernfalls brauchen wir einige stichhaltige Beweise. Und warum haben Sie keine verfluchten Überwachungskameras in diesen Dörfern?“

Dennis grinste sie an. „Das hier ist nicht die Großstadt, die Sie kennen, Chefin.“

„Nein, ist es nicht.“

Sie drehte sich zu Tina um. „PC Abbott, Sie bleiben hier.“

„Was soll ich tun, Chefin?“

„Die übliche FLO-Routine. Kümmern Sie sich um sie, bringen sie ihnen Tee, kochen sie ihnen ihr Abendessen, wenn es sein muss.“

„Ma’am?“

„Okay, vielleicht kochen Sie Ihnen kein Abendessen. Helfen Sie ihnen. Tun Sie so, als wären Sie hier, um sich um ihr Wohlergehen zu kümmern. Ich lasse Sie wissen, wenn es etwas Neues gibt, über das sie informiert werden müssen. Und das ist ein großes Wenn. Ich möchte nicht, dass diese beiden mehr erfahren, als unbedingt sein muss.“

Sie sprach noch leiser und trat einen Schritt näher an den PC heran. „Aber was ich wirklich brauche, ist, dass Sie sie beobachten. Ich möchte wissen, ob die beiden über Laila oder Archie sprechen. Ich möchte wissen, ob der eine dem anderen etwas vorwirft. Ich möchte wissen, ob sie sich streiten, ich möchte wissen, ob sie sich an die Gurgel gehen. Ich bin überzeugt, dass einer der beiden etwas verheimlicht, und ich will wissen, warum.“

„Hat einer von ihnen ein Motiv, Chefin?“, wollte Dennis wissen.

Sie schaute in Richtung Treppe. „Wir haben Patrick, der Laila sexuell belästigt haben soll, und wer weiß, welche Auswirkungen das auf seine Beziehung zu Archie hatte. Und dann ist da noch das, was uns die Frau von der Universität Bristol über die Finanzen erzählt hat."

Dennis nickte. „Jemand muss die Finanzen überprüfen."

„Ja, definitiv", antwortete Lesley. „Hoffen wir, dass wir von der Universität Bournemouth etwas Nützliches erfahren."

In dem Moment hörte sie Schritte auf der Treppe: Patrick. Lesley warf einen Blick auf die beiden anderen Beamten. „Ruhe."

Patrick öffnete die Tür. „Sie sind noch hier?"

„PC Abbott wird noch eine Weile bleiben", sagte Lesley. „Sie wird sich um Sie beide kümmern und dafür sorgen, dass alles glatt läuft."

„Wir brauchen keine Betreuung."

„Zwei Bewohner dieses Haushalts sind innerhalb von drei Tagen unter gewaltsamen Umständen ums Leben gekommen. Ich möchte sicherstellen, dass Sie in Sicherheit sind. Ich könnte sogar einen uniformierten Beamten vor der Haustür abstellen."

„Oh, um Himmels willen", sagte Patrick. „Das ist verflucht noch mal lächerlich."

Dennis räusperte sich.

„Das ist nicht lächerlich", meinte Lesley. „Jemand könnte es auf dieses Haus abgesehen haben."

Patrick starrte sie an. „Das glauben Sie nicht wirklich. Und wir beide wissen das."

„Es tut mir leid, Mr Donnelly, aber ich kann Ihnen im Moment nicht sagen, was ich im Detail denke. Wenn es etwas gibt, worüber ich mit Ihnen sprechen muss, werde ich mich melden."

Sie verließ das Haus, sorgsam darauf bedacht, ihm nicht

mehr zu sagen. Sie fragte sich, wie viel von ihrem Gespräch er mitbekommen hatte.

Draußen winkte sie Dennis zu: „Gehen Sie schon mal vor zum Auto, ich muss kurz telefonieren."

Er nickte und machte sich auf den Weg zum Parkplatz.

Sie wählte die Handynummer ihrer Tochter: Mailbox. „Hey, Süße, ich bin's wieder. Ich würde gern mit dir reden. Ich hoffe, gestern Abend bei deiner Freundin war alles okay. Ruf mich an, ja?"

Dies war das dritte Mal, dass sie Sharon anrief. Es war jetzt sechzehn Uhr und die Schule für diesen Tag beendet. Sie hatte absichtlich zu Zeiten angerufen, von denen sie wusste, dass Sharon Pause hatte. Das Mädchen hatte ihr Handy immer eingeschaltet.

Was hatte Terry ihr erzählt?

Lesley schüttelte sich. Sie hatte im Moment keine Zeit, sich darüber Gedanken zu machen. Sie eilte die West Street entlang, während ihr der Kopf schwirrte.

KAPITEL SIEBENUNDVIERZIG

Leslie gähnte, als sie hinter ihrem Schreibtisch Platz nahm. Zoes schmales Gästebett war hart und alles andere als bequem gewesen. Sie hatte kaum mehr als fünf Stunden geschlafen und war todmüde.

„Okay“, seufzte sie. „Lassen Sie uns kurz rekapitulieren, bevor wir Feierabend machen.“

Dennis hatte bereits die Tafel hervorgezogen und im Winkel von neunzig Grad zu ihrem Schreibtisch ausgerichtet. Johnny und Mike hingen auf den Stühlen, die sie herbeigeschleppt hatten, wobei Johnny so schief saß, dass ihm die Jacke fast herunter fiel.

„Wo ist Gail?“, wollte Lesley wissen.

„Sie ist auf dem Weg“, sagte Dennis. Er sah nicht sehr erfreut darüber aus.

„In diesem Fall sollten wir mit den Zeugenaussagen beginnen. Patrick und Crystal. Beide behaupten, der jeweils andere habe das Haus verlassen und könne Laila überfallen haben.“

„Ich war noch mal im Greyhound und habe mit dem

Wirt gesprochen“, erklärte Johnny. „Er sagte, Patrick habe drei Pints Guinness getrunken und sei bis zur Sperrstunde geblieben. Aber es ist durchaus möglich, dass er zwischendurch wegging und zurückkam. Angesichts der Zeit, die man braucht, um drei Pints zu trinken, ist das jedoch unwahrscheinlich. Die Aussage passt also zu seiner Geschichte.“

Lesley nickte. „Sein Alibi scheint also zu stimmen.“

„Patrick meinte, Crystal sei weggegangen, nachdem er nach Hause gekommen war“, sagte Dennis.

„Ich weiß, dass er das gesagt hat“, sagte Lesley. „Aber es steht nur sein Wort gegen ihres.“

Dennis murmelte etwas vor sich hin.

„Was?“, fuhr Lesley ihn an. „Sagen Sie laut, was Sie denken.“

„Crystal verheimlicht uns etwas über die Finanzen der Ausgrabung. Es gibt da etwas, das Archie wusste, von dem sie nicht wollte, dass es bekannt wurde. Sie hatte also ein Motiv, ihn zu töten.“

„Ja, aber was ist mit Laila?“, fragte Mike. „Welches Motiv hätte Crystal, sie zu töten?“

„Vielleicht hat Laila herausgefunden, was Archie über Crystal wusste. Vielleicht musste sie auch sie zum Schweigen bringen.“

„Das klingt ein bisschen übertrieben“, sagte Lesley. „Ich meine, das ist eine archäologische Ausgrabungsstätte der Universität. Sie werden dort wohl kaum die Kronjuwelen finden.“

„Was diese Archäologen betrifft“, meinte Dennis, „so suchen sie nach den Kronjuwelen. Da es sich angeblich um King Stephans Burg handelt, könnten sich dort sogar tatsächlich Kronjuwelen befinden.“

Lesley grinste. „Das ist nur ein Feld voller Erdhügel.“

Dennis hob eine Augenbraue. „Machen Sie das nicht schlecht, Chefin. Archäologische Ausgrabungen sind hier sehr wichtig. Die Sachen, die 2014 in Corfe Castle entdeckt wurden, ..."

Sie hob die Hand. „Ich muss die Details nicht kennen." Sie starrte auf die Tafel, die keine große Hilfe war.

„Gehen wir mal davon aus, dass Crystal ein Motiv für beide Morde hatte." Dennis schnappte sich einen Filzstift und kreuzte Crystals Namen an der Tafel an. „Patrick sagt, sie habe in der Nacht, in der Laila ermordet wurde, das Haus verlassen. Und sie hat kein Alibi für den Mord an Archie."

„Nicht zu voreilig", sagte Lesley, „wir müssen auch noch über Patrick nachdenken."

Mike meldete sich. „Vergessen Sie nicht, dass Laila kein Alibi für den Mord an Archie hatte."

Lesley drehte sich zu ihm um. „Glauben Sie, sie könnte ihn getötet haben?"

Er zuckte mit den Schultern.

„Das macht im Moment keinen Unterschied", sagte Dennis.

„Nicht unbedingt", widersprach Lesley. „Nur weil Laila tot ist, heißt das nicht, dass sie Archie nicht getötet haben könnte. Wer auch immer Laila ermordet hat, könnte es getan haben, *weil* sie Archie getötet hat."

„Das hier ist Corfe Castle, Chefin", sagte Dennis. „So etwas gibt es hier nicht."

Sie hob eine Augenbraue. „Keine Vermutungen, Dennis. Erinnern Sie sich daran, was ich Ihnen gleich zu Beginn gesagt habe? Wir folgen den Beweisen. Wir tragen Beweismaterial zusammen. Wir brauchen mehr als nur diese Zeugenaussagen, mehr als unsere eigenen Vermutungen und Annahmen über diese Menschen."

Johnny räusperte sich. „Kann ich …?"

„Natürlich. Entschuldigung, Johnny", meinte Lesley.

„Als ich im Pub war, habe ich mit einer Freundin von Laila gesprochen, Karen Dawes. Sie erzählte mir, dass Patrick Laila angegriffen habe. Damals, als sie mit den Ausgrabungen begann, also vor gut einem Monat. Er hat sie in ihrem Schlafzimmer sexuell bedrängt."

„Hat er sie vergewaltigt?", fragte Mike.

„Nein, das hat er nicht geschafft", sagte Johnny. „Crystal kam gerade noch rechtzeitig nach Hause. Kurz danach kam Laila mit Archie zusammen."

Lesley klopfte sich auf die Lippe. „Crystal sagte, sie hätte irgendetwas gehört."

„Also hat Laila mit Archie geschlafen, um vor Patrick beschützt zu werden." Dennis stieß einen Pfiff aus.

„Wäre nicht das erste Mal, dass eine verletzliche Frau sich mit einem Mann zusammentun muss, um sich in Sicherheit zu bringen", sagte Lesley. „Wir sollten das Mädchen nicht verurteilen, oder?"

„Die andere Sache ist, dass Laila definitiv in Bezug auf ihr Alter gelogen hat", fuhr Johnny fort, „Sie hatte ihr Studium nicht abgeschlossen, sondern abgebrochen. Karen wusste das. Und Crystal meinte ebenfalls, dass sie jünger war."

„Crystal sagte uns, sie sei neunzehn", sagte Lesley. „Aber ich verstehe nicht, was das für einen Unterschied macht."

„Es macht einen großen Unterschied, wenn wir ihren Charakter betrachten", warf Dennis ein. „Sie hat wegen ihres Alters gelogen. Sie hat wegen ihrer Beziehung zu Archie gelogen. Sie hat wegen Patrick gelogen."

„Wann hat sie wegen Patrick gelogen?", fragte Lesley.

„Sie hat uns nicht gerade die ganze Wahrheit erzählt,

oder?“

„Würden *Sie* die ganze Wahrheit erzählen, wenn einer Ihrer Kollegen versucht hätte, Sie zu vergewaltigen?“

Dennis errötete.

„Hm.“ Lesley trommelte mit einem Finger auf die Tafel. „Wir haben also Patrick und Crystal, die rein aufgrund von Vermutungen und Zeugenaussagen versuchen, sich gegenseitig die Schuld zuzuschieben. Aber was ist mit den Beweisen? Was ist mit der Forensik? Wo ist diese verfluchte Waffe?“

„Chefin“, murmelte Dennis.

Lesley winkte ihn ab. „Ich muss wissen, welche Tatwaffe bei Lailas Ermordung benutzt wurde.“

Mike wurde hellhörig. „Ich bin zum Tatort zurückgekehrt, Chefin. Gail meinte, sie habe wieder Spuren von Eisen gefunden, genau wie bei Archies Mord.“

„Sie glaubt, dass es die gleiche Waffe war?“

„Das kann sie im Moment nicht mit Sicherheit sagen. Sie muss noch einige Tests im Labor durchführen. Aber es sieht so aus.“

„Okay“, sagte Lesley. „Nun, wenn das der Fall ist – und das ist ein großes Wenn – bedeutet das, dass Archie und Laila möglicherweise von derselben Person mit dieser Waffe getötet wurden. Die wiederum ein archäologisches Artefakt sein kann, aber nicht muss.“

„Haben wir überprüft, ob etwas fehlt?“, fragte Dennis.

Sie seufzte. „Wir waren in Corfe Castle so beschäftigt, dass wir keine Gelegenheit hatten, mit der Universität Bournemouth zu sprechen. Jemand muss gleich morgen früh dorthin fahren.“

„Gut“, antwortete Dennis. „Ich kümmere mich darum.“

„Außerdem müssen wir herausfinden, wie es um die

Finanzen bestellt ist, und wir brauchen das Inventar. Und wir müssen noch einmal nach Bristol fahren und mit Susan sprechen. Bei allem, was wir jetzt über Archie wissen, will ich eine ordnungsgemäße Aussage von ihr."

„Ohne einen Anwalt werden Sie die nicht bekommen", sagte Dennis.

Lesley verdrehte die Augen. „Das weiß ich verdammt noch mal."

Dennis verzog das Gesicht.

„Ach, kommen Sie schon, Dennis. *Verdammt*, das muss doch gehen?" Sie seufzte. „Okay, Sie müssen mir eine Liste geben. Sagen Sie mir einfach, welche Worte Sie tolerieren."

Er sah sie überrascht an.

Sie lachte. „Weiter geht's. Wie weit sind Sie mit dem Hausarzt gekommen, Mike?"

„Die Schlaftabletten gehörten Archie", sagte Mike.

„Das ist doch schon mal etwas", antwortete Lesley. „Zumindest wissen wir jetzt, dass sie aus dem Cottage stammen."

„Ja, aber das hilft uns nicht wirklich", sagte Mike.

Lesley gähnte erneut. Er hatte recht. Trotzdem würde sie sich bei Gail erkundigen, ob die Tabletten bei der Hausdurchsuchung gefunden worden waren, und falls ja, wessen Fingerabdrücke darauf gewesen waren.

„Es geht voran", sagte sie. „Wir sollten jetzt alle nach Hause gehen und morgen frisch erholt weitermachen. Dennis, Sie und Mike fahren morgen zur Universität Bournemouth. Ich werde wieder mit Johnny nach Bristol fahren."

„Alles klar, Chefin."

Er erhob keine Einwände, Gott sei Dank. Lesley scheuchte sie aus ihrem Büro, sodass sie mit ihren Gedanken und der wenig hilfreichen Tafel allein zurückblieb.

KAPITEL ACHTUNDVIERZIG

Fiona legte seufzend den Hörer auf. „Sieht so aus, als hätten sie heute keine Zeit für deine Befragung, Suze."

Susan starrte sie an. Ehrlich gesagt, war sie erleichtert. Der Gedanke, zur Polizeiwache zu gehen und eine Aussage zu machen, hatte ihr nicht gefallen. Sie hatte keine Ahnung, was sie ihnen sagen würde, wie sie sich fühlte ...

Ihre oberste Priorität war jetzt Millie. Millie, die oben war und sich die Zähne putzte. Susan hatte sie im Bad allein gelassen, nachdem das Mädchen sie angeschrien hatte, sie in Ruhe zu lassen. Heute war sie ziemlich bissig und Susan machte sich große Sorgen um sie.

Sie hatte versucht, sich um sie zu kümmern, hatte mit ihr im Wohnzimmer gesessen und sie nicht aus den Augen gelassen, war jedes Mal aufgesprungen, wenn das Mädchen nach etwas fragte. Könnte es sein, dass sie einfach nur Raum für sich brauchte? Vielleicht würde Susan morgen nachfragen, ob eine ihrer Freundinnen vorbeikommen könnte. Ein bisschen Normalität. Würde das helfen?

„Also", sagte Fiona. „Sie kommen morgen früh her. Diese

DCI wird auf dem Revier sein. Ich bring dich hin, wenn du willst."

„Ja, bitte", sagte Susan. Aber was ist mit Millie?"

„Ich passe in der Zeit auf sie auf." Die FLO stand in der Tür zur Küche. Wie lange war sie schon dort?

Susan stöhnte leise. „Mir wäre ein Familienmitglied lieber."

„Was ist mit Archies Mutter?", fragte Fiona.

„Das soll wohl ein Scherz sein."

„So schlimm ist sie nicht."

„Sie konnte mich noch nie leiden. Und jetzt wird sie mich noch weniger mögen."

„Ich wüsste nicht, warum sie das tun sollte", sagte Fiona.

„Du verstehst die Frau nicht", antwortete Susan.

In dem Moment kam Millie die Treppe hinunter gestürmt. „Wo ist mein Nachthemd, Mummy?"

„Du hast kein Nachthemd mehr, Liebes. Ich habe dir einen Pyjama auf dein Bett gelegt. Weißt du noch? Du hast mir gesagt, du wärst jetzt zu groß für ein Nachthemd."

„Oh ..." Das Mädchen sah aus, als hätte ihre Mutter ihr gerade eine Ohrfeige verpasst. Susans Magen krampfte sich zusammen. „Ich muss mit ihr hochgehen, Fi. Ich sehe dich dann morgen früh, okay? Vielleicht nehme ich sie einfach mit auf die Wache."

„Das kannst du nicht machen", sagte Fiona.

„Nein", Susan seufzte. „Du hast recht. Okay. Kümmerst du dich um sie, während ich meine Aussage mache?"

Fiona sah sie an. „Natürlich. Jacinta wird bei dir sein und darauf achten, dass sie die Grenzen nicht überschreiten."

Susan zuckte mit den Schultern. „Danke."

Fiona beugte sich vor und gab ihr einen Kuss auf die Wange. „Kommst du hier allein zurecht?“

„Ich bin nicht allein“, sagte Susan und nickte in Richtung der Küche, in die die FLO verschwunden war. Sie senkte die Stimme. „Sie geht nie weg. Sie spioniert mir nach, stimmt's?“

Fiona nickte. „Aber es gibt nichts, worüber du dir Sorgen machen müsstest.“

„Vermutlich nicht.“

Fiona lächelte. „Das ist doch was. Wir sehen uns morgen früh.“

Susan blieb im Flur stehen, als Fiona die Haustür hinter sich schloss. Ihr Körper fühlte sich taub an. Okay, Archie war also ein mieser Ehemann gewesen. Er hatte ein Verhältnis mit Gott weiß wie vielen Frauen gehabt, er hatte mit dieser Laila geschlafen, die sie letzten Donnerstag angerufen hatte. Aber er war Millies Vater gewesen. Und an den meisten Wochenenden war er hier aufgetaucht und hatte wenigstens so getan, als wäre er ein treuer Ehemann. Was sollten Millie und sie jetzt tun?

In dem Moment läutete es an der Tür.

Millie rief die Treppe hinunter: „Ich habe ihn gefunden, Mum, kannst du hochkommen?“

„Gleich, meine Süße.“

Susan ging zur Tür. Vermutlich hatte Fiona etwas vergessen oder vielleicht gab es etwas, das sie ihr noch sagen musste.

Doch als sie die Tür öffnete, stand Tony auf der Eingangstreppe. Susan schaute hinter sich und hielt nach der FLO Ausschau.

„Was machst du hier? Ich habe dir doch gesagt ...“

„Es tut mir leid, Susie“, sagte er. „Ich konnte einfach

nicht ... Ich konnte einfach nicht aufhören, an dich zu denken. Ich mache mir Sorgen. Ich möchte helfen."

„Du hilfst mir, indem du dich von mir fernhältst", zischte sie. „Sie wissen es nicht."

Er schaute über ihre Schulter ins Haus. „Ist Millie zu Hause?"

„Natürlich ist sie zu Hause, wo sollte sie sonst sein?"

„Mummy." Millie tauchte hinter ihr auf.

Susan streckte die Hand aus, und ihre Tochter kuschelte sich in ihre Umarmung.

„Hi, Süße", sagte Tony.

„Hi, Tony." Millie vergrub sich tiefer in Susans Pullover.

Susan beugte sich vor und küsste ihrer Tochter auf den Scheitel. „Machen wir dich bettfertig."

„Schläfst du heute Nacht bei mir?"

„Natürlich."

Sie wandte sich wieder an Tony. „Es tut mir leid, aber du musst gehen."

„Kann ich denn nichts tun, um zu helfen?"

Sie schüttelte den Kopf. „Verhalte dich unauffällig, das musst du tun. Ich will nicht, dass sie denken ..."

„Sie werden sich nichts dabei denken. Es ist ja nicht so, dass er dir treu war, nicht wahr?"

„*Tony*." Sie schaute zu Millie hinunter.

„Entschuldige, Liebes." Tony küsste seine Fingerspitze und legte sie auf Susans Wange. Sie spürte, wie seine Wärme ihre Haut erhellte.

„Ich ruf dich an. Versprochen."

„Ich weiß."

Millie schenkte Tony ein Lächeln. „Bye, Tony."

„Bye, Kleines." Er gab ihr einen spielerischen Klaps auf den Arm.

Sie grinste. Millie mochte Tony. Das war eines der Dinge, die Susan an ihm liebte. Vor den Wochenenden, an denen Archie zu Hause war, hatte sie immer stundenlang panische Angst davor gehabt, dass Millie ihrem Vater von Tony erzählen würde, aber Archie war nie lange genug da gewesen, um das Thema aufkommen zu lassen. Und sie hatten darauf geachtet, dass das Mädchen nicht sah, dass sie sich nicht nur wie Freunde verhielten.

Susan schloss die Tür.

Die FLO kam aus der Küche und sah sie fragend an. „Wer war das?"

„Niemand."

„Das war Tony", sagte Millie. „Unser Freund."

Susan legte eine Hand auf den Mund ihrer Tochter. „Er hat sich Sorgen um mich gemacht."

Die FLO hob eine Augenbraue. „Es ist gut, die Unterstützung von Freunden zu haben. Bringen Sie Ihre Tochter jetzt ins Bett?"

„Ja", sagte Susan. „Ich bleibe oben bei ihr."

Die FLO nickte. „Das ist gut."

Susan eilte die Treppe hinauf, wobei sie Millie fast mit sich riss. Dabei hörte sie, wie die FLO in der Küche mit jemandem telefonierte.

KAPITEL NEUNUNDVIERZIG

Lesley trommelte mit den Fingerspitzen auf ihrem Knie, während sie darauf wartete, dass jemand den Anruf entgegennahm.

Nach dem dritten Klingeln meldete Zoe sich endlich. „Guten Abend, Ma'am."

„Zoe", sagte Lesley, „ich habe Ihnen doch gesagt, dass ich nicht mehr Ihre Chefin bin."

„Sorry." Zoe räusperte sich. „Lesley."

Lesley lachte. „Das klingt schon viel besser."

„Was kann ich für Sie tun?", fragte Zoe.

„Ich wollte mich nur für Ihre Gastfreundschaft gestern Abend bedanken."

„Das war das Mindeste, was ich tun konnte. Sie sahen ..."

„Ich sah aus wie ein begossener Pudel, nicht wahr?"

„Das wollte ich nicht sagen."

„Wie auch immer, danke. Und danke, dass Sie keine Fragen gestellt haben."

Eine unangenehme Pause entstand.

„Kein Problem", sagte Zoe schließlich. „Kann ich sonst noch etwas für Sie tun?"

Lesley dachte einen Moment nach. Sie hatte ein neues Team, dem gegenüber sie loyal sein sollte. Aber …

„Zoe", fragte sie, „dürfte ich Sie um einen Gefallen bitten?"

„Klar, immer doch."

„Also, mein Vorgänger hier unten, DCI Mackie … Man sagte mir, er sei in den Ruhestand gegangen, bevor ich den Posten antrat."

„Okay", sagte Zoe. „So weit, so gut."

„Die Sache ist die", sagte Lesley, „er hatte sich nicht zur Ruhe gesetzt. Nun, das hat er schon, aber dann ist er gestorben."

Zoe sog die Luft durch die Zähne ein. „Krankheitsbedingter Ruhestand?"

„Nicht, soweit ich gehört habe. Und die Leute reagieren ziemlich komisch, wenn es um dieses Thema geht."

„Wie das?"

„Wann immer ich nach ihm frage, schweigen plötzlich alle. Daher frage ich mich, ob da irgendetwas faul ist."

„Oh Gott", sagte Zoe. „Nicht noch ein Randle?"

Lesley verzog das Gesicht. „Der Himmel bewahre uns vor David Randle und seinesgleichen."

„Das können Sie laut sagen", antwortete Zoe. „Soll ich ein bisschen für Sie graben?"

Lesley starrte aus dem Fenster ihres vorübergehenden Zuhauses. Es wurde langsam dunkel, und der Verkehr in der verschlafenen Stadt nahm ab. Sie fragte sich, wie lange sie hier leben müsste. Vielleicht sollte sie sich eine eigene Wohnung suchen, einen Ort, der etwas lebendiger war.

„Ich bin mir nicht sicher“, sagte sie zu Zoe. „Ich darf hier keinen Ärger machen.“

„Ich werde diskret sein“, meinte Zoe. „Sie kennen mich.“

Lesley lächelte. Zoe hatte recht. Sie hatte sechs Monate lang gegen Detective Superintendent David Randle ermittelt, und niemand außer Lesley hatte davon gewusst. Nicht einmal Zoes Freund DS Uddin.

„Gut, dann mal los“, meinte sie schließlich. „Schauen Sie einfach, was Sie über ihn herausfinden können. Wie ist er gestorben? Gab es eine offizielle Untersuchung?“

„Sind Sie sicher, dass Sie das nicht auch herausfinden können?“, fragte Zoe.

„Doch, das könnte ich“, räumte Lesley ein. „Aber ich will nicht, dass jemand weiß, dass ich dort herumschnüffle, wo ich nicht erwünscht bin.“

„In Ordnung“, sagte Zoe. „Überlassen Sie das mir.“

„Nur eine kleine Untersuchung“, sagte Lesley. „Ich weiß, dass Sie viel zu tun haben, und ich will Ihnen keine Probleme machen.“

„Sie können mir vertrauen“, antwortete Zoe und legte auf.

Lesley rieb sich die Stirn. Der Schmerz im Nacken kehrte zurück, der von ihrer Verletzung während des Bombenangriffs in Birmingham herrührte. Sie hatte ihrem Arzt gesagt, dass es ihr gut ginge und dass sie keine Physiotherapie brauche. Sie hatte dem Psychologen gesagt, dass sie vollständig genesen sei. Sie hatte sie beide belogen.

Nachts fiel es ihr schwer, ein Auge zuzumachen. Das Letzte, was sie jeden Abend vor dem Einschlafen sah, war die Erinnerung an Inspector Jameson, der auf sie zukam. Dann explodieren die Türen des Einkaufszentrums und die

Leiche des Inspectors fliegt durch das zerbrochene Glas hinaus.

Lesley holte tief Luft. Sie sollte etwas essen, aber sie hatte keinen Hunger. Vielleicht noch einen Schokoriegel. Oder sie ging in den Pub. Sie brauchte Menschen, Ablenkung.

„Okay", sagte sie sich und zog ihren Mantel an.

Fünf Minuten später stand sie an der Theke des Duke of Wellington. Die Frau stand wieder hinter der Theke, die attraktive Frau mit den langen dunklen Haaren. Sie pfiff vor sich hin. Lesley lächelte, als sie einen Zehner für ihr Getränk hinhielt.

„Sie sehen glücklich aus."

Die Frau nickte. „Ich bin befördert worden. Ich bin ab sofort Partner."

Lesley hob eine Augenbraue. „Wie bitte? In diesem Pub?"

Die Frau lachte. „Oh, nein. Ich helfe meinem Bruder nur solange aus, bis er jemand gefunden hat."

„Partner von was?", fragte Lesley.

Die Frau wischte den Tresen. „Partner einer Anwaltskanzlei in Bournemouth."

„Sie sind Rechtsanwältin?"

„Strafrecht."

„Dann könnten sich unsere beruflichen Wege eines Tages kreuzen", sagte Lesley. „Ich bin Detective."

„Oh, okay", antwortete die Frau. „Sind Sie die neue DCI im MCIT?"

Lesley stellte ihr Glas ab. „Woher wissen Sie das?"

„Neuigkeiten verbreiten sich hier schnell. Wie auch immer, herzlich willkommen."

„Sie werden also die Leute verteidigen, die ich verhafte",

sagte Lesley.

Die Frau lachte. „Ich bin mir sicher, dass wir uns irgendwann in einem Befragungsraum gegenüberstehen werden."

Lesley nahm ihr Glas und ging in Richtung eines Tischs. Als sie sich noch einmal umdrehte, meinte die Frau: „Ich hoffe, Sie nehmen mir die Frage nicht übel, aber Sie selbst scheinen nicht sehr glücklich zu sein. Ich meine, neuer Job und so weiter?"

Lesley erstarrte. Es hatte etwas Befreiendes, sich einem Fremden anzuvertrauen. Aber diese Frau war vielleicht nicht mehr lange eine Fremde. Sie drehte sich wieder zu ihr um.

„Ein familiäres Problem", sagte sie.

Die Frau runzelte die Stirn. „Tut mir leid, das zu hören, das ist bestimmt nicht einfach."

Lesley zuckte mit den Schultern. „Ja, Männer, Sie wissen schon."

Die Frau schüttelte den Kopf. „Nicht wirklich."

„Nun, da haben Sie Glück", sagte Lesley. „Sie müssen sich nicht mit einer Ratte wie meinem Mann herumschlagen."

„Tut mir leid, das zu hören." Die Frau streckte die Hand aus. „Ich bin übrigens Elsa. Elsa Short."

Lesley schüttelte sie. „Lesley Clarke, freut mich, Sie kennenzulernen."

„Wollen Sie mir von Ihrem Mann erzählen?"

„Oh, nur das Übliche", antwortete Lesley. „Ich habe ihn inflagranti mit einer anderen Frau erwischt."

Elsa verzog das Gesicht. „Eine Ratte, in der Tat."

Leslie schenkte ihr ein trauriges Lächeln. „Ja."

Sie drehte sich zu ihrem Tisch um. Sie hatte plötzlich keine Lust mehr, sich jemandem anzuvertrauen.

KAPITEL FÜNFZIG

Leslie rieb sich den Nacken, als sie die Clifton Suspension Bridge überquerten und auf Susan Weathertons Haus zusteuerten. Sie hatte vorher angerufen und ihnen gesagt, dass sie Susan nicht zur örtlichen Wache schicken sollten. Das Ganze war schon schwer genug für die Frau, da musste sie nicht auch noch aus ihrer Wohnung gezerrt und gezwungen werden, eine Kinderbetreuung für ihre Tochter zu finden. Außerdem wollte Lesley ihr die Befangenheit nehmen und auch mehr über Archies häusliche Situation erfahren.

„Da sind wir", sagte Lesley zu Johnny, der am Steuer saß. Die Strecke war ihr schneller vertraut geworden als die ländlichen Straßen, und es war ein gutes Gefühl, wieder durch eine Stadt zu fahren.

Als sie vor Susans großem viktorianischem Haus anhielten, bewegte sich der Vorhang im Nachbargebäude. Lesley fragte sich, wie es wohl sein musste, neben so jemandem zu wohnen.

„Ist Ihnen das auch aufgefallen?", fragte sie Johnny.

„Der alte Mann von nebenan?“

„Vielleicht sollten wir bei ihm anklopfen und herausfinden, ob es da etwas gibt, das wir wissen sollten.“

„Meinen Sie, er könnte etwas Nützliches über Archie wissen?“

„Er könnte etwas Nützliches über Susan wissen“, antwortete sie. „Sie gehen rüber und reden mit ihm, während ich mich mit Susan unterhalte.“

Er nickte und machte sich auf den Weg.

Kaum hatte Lesley ihren Finger auf Susans Türklingel gelegt, wurde die Tür aufgerissen. Eine schlanke Frau mit lockigem blondem Haar und einem teuren Anzug stand vor ihr.

„Sie müssen DCI Clarke sein.“

Lesley hielt ihren Dienstausweis hoch. „Und Sie sind?“

„Jacinta Burke, Susans Anwältin.“

„Sie braucht keine Anwältin“, sagte Lesley. „Sie ist nur eine Zeugin. Wenn überhaupt.“

Die Anwältin zuckte mit den Schultern. „Es schadet nie, gründlich zu sein.“

Lesley selbst mochte Gründlichkeit. Zeugen befragen. Beweismittel zusammentragen. Aber sie hatte nicht erwartet, Beweise gegen Susan zusammenzutragen. Sollte die Tatsache, dass sie eine Anwältin beauftragt hatte, sie verdächtig machen?

Die Frau führte sie in ein großzügiges Esszimmer auf der Rückseite des Hauses. Lesley hörte Stimmen im Nebenzimmer: die FLO sprach mit einem Kind. Das Kind klang unglücklich.

Susan saß bereits am Esstisch. Ihre Schwester, die das letzte Mal hier gewesen war, saß neben ihr. Die beiden Frauen hielten sich an den Händen.

Leslie schenkte Susan ein freundliches Lächeln. „Es tut mir leid, dass ich Sie noch einmal belästigen muss, Mrs Weatherton. Aber wir müssen einfach alles über Ihren Mann herausfinden, was wir können. Es könnte uns helfen, den Mörder zu finden."

Susan schniefte. „Ich weiß."

Fionas Griff um die Hand ihrer Schwester wurde fester. „Soll ich bei dir bleiben?"

„Ich komme schon klar", sagte sie. „Geh und kümmere dich um Millie. Ich mag es nicht, wenn sie allein mit ..."

Lesley fragte sich, wie die FLO wohl war. Da sie einem anderen Team angehörte, hatte sie die Frau nicht kennengelernt. Allerdings hatte sie bisher nur wenige Mitglieder der Dorset-Truppe kennengelernt. Sie ließ sich auf einem Stuhl gegenüber von Susan nieder. Jacinta setzte sich neben ihre Mandantin und holte eine Akte hervor.

Lesley legte die gefalteten Hände auf den Tisch und lehnte sich zurück, um die andere Frau nicht einzuschüchtern. „Können Sie uns sagen, wann Sie Archie zuletzt gesehen haben?"

Susan nickte. „Vor etwas mehr als zwei Wochen. Er kam über das Wochenende nach Hause. Millie hatte ein Netzballturnier, das er sich ansehen wollte. Es war schön, Zeit mit der Familie zu verbringen." Ihre Miene trübte sich.

„Und wann ist er zurück nach Dorset gefahren?"

„Am Sonntagabend gegen sieben oder acht Uhr. Wir haben hier Tee getrunken, wir drei. Und dann musste er zurück zur Ausgrabungsstätte."

„Es tut mir leid, dass ich das noch einmal fragen muss. Aber haben Sie ihn danach noch einmal gesehen?"

„Er sollte dieses Wochenende nach Hause kommen. Aber ..."

„Hat er Ihnen gesagt, dass er nicht nach Hause kommen würde?“

„Nein.“ Susan sah Lesley direkt an. „Nichts.“

„War es üblich, dass Archie nicht nach Hause kam, obwohl er es versprochen hatte?“

„Manchmal kam es vor, dass er es nicht schaffte, aber in der Regel kam er alle vierzehn Tage nach Hause. Manchmal öfter, manchmal etwas seltener. Aber normalerweise rief er mich donnerstags an, wenn er es nicht schaffen würde.“

„Okay.“ Lesley notierte sich etwas in ihrem Block. Die Anwältin tat das Gleiche. Dann holte sie tief Luft. „Susan, können Sie mir sagen, ob Archie wegen irgendetwas beunruhigt war? Hatte er Probleme bei der Arbeit?“

Susan schüttelte den Kopf. „Nicht, dass ich wüsste. Warum? Glauben Sie, dass einer seiner Kollegen ...“

„Wir wollen keine voreiligen Schlüsse ziehen, aber ich muss wissen, ob er sich mit einem seiner Kollegen zerstritten hatte. Vor allem mit einem Kollegen bei der aktuellen Ausgrabung, also den Leuten, mit denen er in Corfe Castle zusammenlebte.“

„Sie meinen dieses Mädchen, Laila, richtig?“, fragte Susan mit spöttischem Unterton.

„Ich spreche nicht von jemand Bestimmtem“, widersprach Lesley. „Ich muss nur wissen, ob es irgendwelche Probleme gab.“

„Glauben Sie, dass einer dieser Leute ihn getötet haben könnte? Glauben Sie, dass *Laila* ihn getötet haben könnte?“

Lesley holte noch einmal tief Luft. „Was hat Laila Ihnen gesagt, als sie am Donnerstag angerufen hat?“

Die Anwältin strich mit der Hand über den Arm ihrer Mandantin.

Susan runzelte die Stirn. „Ich muss diese Frage nicht beantworten.“

„Sie wurden nicht belehrt, Mrs Weatherton, und ...“

„Susan, bitte.“

„Sie wurden nicht belehrt, Susan. Und Sie sind keine Verdächtige. Aber es wäre wirklich hilfreich, wenn Sie meine Fragen beantworten könnten. Ich suche nur nach Hintergrundinformationen. Wissen Sie, dass Laila ebenfalls tot ist?“

Susan schien entsetzt. „Das junge Mädchen?“

Lesley nickte. „Sie wurde gestern Morgen auf einer Anhöhe nicht weit vom Cottage entfernt gefunden.“

Susan wurde blass. „Wurde sie auch ... ermordet?“

„Wir glauben, ja.“

„Glauben Sie, dass es dieselbe Person war? Dieselbe Person, die ...“ Susan konnte den Satz nicht beenden.

„Das wissen wir nicht“, gestand Lesley. Sie hatte großes Mitleid mit Susan, musste sich aber gleichzeitig daran erinnern, dass die Frau möglicherweise für den Tod ihres Mannes verantwortlich sein könnte. „Wir müssen einfach so viele Informationen wie möglich bekommen, bevor wir irgendwelche Schlüsse ziehen können.“

„Sie wollen wissen, ob sie selbstmordgefährdet war, nicht wahr?“, fragte Susan.

„Ich möchte nur wissen, wie sie sich anhörte, als sie anrief. War sie wütend? Aufgeregt?“

„Sie war ruhig. Sie war *zu* ruhig.“

„Können Sie sich erinnern, was sie zu Ihnen gesagt hat?“

Susan schniefte. Sie trug eine blaue Strickjacke, die an den Ellbogen blank und am Ärmel feucht war. „Sie sagte mir, dass sie in ihn verliebt sei. Das heißt, zuerst fragte sie mich, ob ich Archies Ehefrau sei. Ich sagte ja. Dann nannte sie mir ihren Namen. Sie sagte mir, dass er sie liebe. Dass sie ihn liebe. Und das es ihr leid täte."

„Sonst noch etwas?"

„Dann legte sie auf. Ich wusste nicht, ob ich ihr glauben sollte oder nicht. Also, nicht die Affäre. Sondern dass er sie liebt."

„Haben Sie mit Archie darüber gesprochen?"

„Ich habe ihn angerufen. Aber er ging nicht ran."

„Sie haben es also nicht geschafft, mit Ihrem Mann zu sprechen, zwischen dem Zeitpunkt, als Laila Sie anrief, und dem Zeitpunkt, als er starb?"

Susan starrte sie an, ihre Miene war ausdruckslos. „Nein", flüsterte sie.

Lesley spürte, wie ihr schwer ums Herz wurde, weil ihr plötzlich bewusst wurde, dass Terry immer noch nicht versucht hatte, sie zu kontaktieren. Es waren zwei Tage vergangen, seit sie zu Hause auf ihn und Julieta getroffen war, aber er hatte nicht ein einziges Mal versucht, sie anzurufen.

Mistkerl.

Hör auf damit, ermahnte sie sich. *Konzentrier dich auf den Fall.*

„Susan, können Sie mir sagen, was Sie seit Samstag gemacht haben?"

„Ja, natürlich." Susan drehte sich zu ihrer Anwältin um, die ein Blatt Papier unter ihrem Notizblock hervorzog und über den Tisch schob. Es enthielt eine Liste mit Daten, Zeiten und Orten. Orte, an denen Susan seit Donnerstagabend gewesen war, nachdem Laila sie angerufen hatte. Die Auflistung endete am Morgen des Vortags, nachdem die Polizei aufgetaucht war. Auf der Liste standen Einkäufe, ein weiteres Netzballspiel, der Schulweg und die Arbeit am Freitag.

„Gibt es jemanden, der das bestätigen kann?“, fragte Lesley.

„Ja“, antwortete Susan mit fester Stimme. „Mein Vorgesetzter kann bestätigen, dass ich am Freitag auf der Arbeit war. Und es wird andere Mütter geben, die bezeugen können, dass ich am Samstagnachmittag beim Netzballspiel war.“

„Was ist mit Samstagmorgen?“, fragte Lesley.

„Ich habe Ihnen schon gesagt, dass ich mit Millie einkaufen war. Dafür kann ich keine Beweise liefern. Aber ich hätte es auf keinen Fall rechtzeitig zum Netzballspiel am Nachmittag nach Corfe Castle und zurück schaffen können.“

Lesley nickte. „Danke dafür.“

Es klopfte an der Haustür, und dann ertönten Stimmen.

Das musste Johnny sein, der vom Nachbarn zurückkam. Lesley fragte sich, ob er irgendetwas Nützliches von ihm erfahren hatte.

Sie schenkte Susan ein weiteres Lächeln. „Ich weiß, dass es schwierig sein wird, aber können Sie mir etwas über Archies Beziehung zu Crystal Spiers erzählen?“

Ein Schatten huschte über Susans Gesicht. „Ich habe diese Frau nie gemocht.“

Lesley wartete.

„Ist schon gut“, sagte Susan, als sie Lesleys Gesichtsausdruck sah. „Ich weiß, dass sie mit ihm geschlafen hat. Damals, als ich mit Millie schwanger war.“

Lesley bemerkte, dass die Anwältin zusammenzuckte. Je mehr sie über Archie erfuhr, desto weniger mochte sie ihn.

Waren alle Männer so, wenn sich ihnen die Chance dazu bot?

„Aber die Affäre war schon wieder zu Ende, bevor Millie geboren wurde“, sagte Susan. „Es waren nur ein paar Monate, sie waren zusammen auf einer Ausgrabung und, nun ja, das ist es, was Archie immer getan hat.“

Lesley hob eine Augenbraue. „Hat er das oft gemacht?“

Susan zuckte mit den Schultern. „Das wissen Sie bereits. Archie lernte gern Frauen bei der Arbeit kennen. Junge Frauen. Niemals Studentinnen, da war er immer vorsichtig. Und ich hatte nie genug Beweise, um ihn tatsächlich damit zu konfrontieren. Ich bin mir nicht sicher, ob ich das überhaupt wollte. Ich meine, ich musste schließlich an Millie denken. Aber als Laila mich anrief ...“

„Wie haben Sie sich da gefühlt?“, wollte Lesley wissen.

„Ich habe Ihnen schon gesagt, dass ich es nicht rechtzeitig nach Corfe Castle geschafft hätte, um ...“

„Ich frage Sie nicht, ob Sie Ihren Mann getötet haben, Susan. Ich frage Sie nur, wie Sie sich gefühlt haben, als Sie erfuhren, dass er eine Affäre mit Laila Ford hatte.“

„Was glauben Sie, wie ich mich gefühlt habe? Schockiert, verraten, verletzt, wütend. Und ich wollte unsere Tochter beschützen. Was denken Sie denn?“

Lesley nickte. Sie hörte ein Klopfen an der Esszimmertür.

Johnny steckte den Kopf herein. „Ähm, Chefin.“

Sie drehte sich zu Susan um. „Vielen Dank. Natürlich werden wir uns all diese Orte ansehen. Ich werde auf Sie zurückkommen, wenn wir weitere Fragen haben. Aber ich danke Ihnen. Und ich verstehe, dass das nicht leicht für Sie ist.“

Lesley ging zum DC in den Flur und schloss die Tür

hinter sich. Johnny wollte gerade etwas sagen, aber sie hob die Hand und überprüfte, ob die Türen offen waren. Sie waren alle geschlossen.

„Okay, was gibt es?“, fragte sie leise, als sie sich sicher war, dass die Luft rein war.

„Der Nachbar von nebenan, Chefin“, sagte er. „Er hat mir gesagt, dass Susan auch eine Affäre hat.“

„Hat sie das?“

„Ein Typ namens Tony kommt ständig hierher. Spielt mit dem kleinen Mädchen und wohnt praktisch hier.“

„Wie kommt es, dass wir bisher nichts davon gehört haben?“

„Vermutlich wusste Archie auch nichts davon, weil er die ganze Zeit weg war.“

„Ich verstehe“, meinte Lesley. „Und wer ist dieser Mann, mit dem sie eine Affäre hatte?“

„Ich weiß nur, dass er Tony heißt.“

„Okay, ich muss noch einmal mit ihr sprechen.“

Sie öffnete die Tür zum Esszimmer. Susan war in ein Gespräch mit ihrer Anwältin vertieft.

Lesley trat an den Tisch heran. „Darf ich Sie etwas über einen Mann namens Tony fragen?“

Susan fuhr hoch, ihre Wangen glühten. „Tony?“

„Wir haben gehört, dass Sie einen Freund namens Tony haben, der oft hierher kommt.“

Susan sah sie an, ihr Blick war fest. „Er ist mehr als ein Freund.“

„Wusste Archie von ihm?“

„Nach dem, was er all die Jahre getan hatte, war ich ihm keine Erklärung schuldig.“

Lesley konnte verstehen, worauf die andere Frau hinauswollte. „Hatten Tony und Sie vor, Archie von Ihrer Beziehung zu erzählen? Wollten Sie Archie verlassen?“

Susan zögerte. Sie holte tief Luft und setzte zum Reden an, zögerte dann aber.

Die Anwältin strich mit der Hand über den Arm ihrer Mandantin. „Sie müssen diese Frage nicht beantworten.“

Susan schüttelte den Kopf. „Ist schon gut. Ich habe nichts zu verbergen.“

Sie sah Lesley an. „Ja, Detective. Ich wollte meinem Mann von Tony erzählen. Ich wollte ihm sagen, dass ich ihn verlassen und Tony heiraten werde.“

KAPITEL EINUNDFÜNFZIG

LESLEYS HANDY KLINGELTE in dem Moment, als sie mit Johnny Susans Haus verließ. „Hi Gail, gibt's was Neues?"

„Wir haben die Rückstände der Waffe analysiert, mit der Laila getötet wurde."

„Und?"

„Ich bin mir sicher, dass bei beiden Morden dieselbe Waffe benutzt wurde."

Lesley sah zu Johnny hinüber. „Dieselbe Waffe", murmelte sie. Er nickte.

„Okay", sagte sie zu Gail, „was für eine Waffe war es?"

„In der Nähe beider Opfer wurden Metallablagerungen gefunden. Fragmente, die nach dem Gebrauch von der Waffe abgebrochen sind. Es war nicht gerade der stabilste Gegenstand. Aber die Splitter bestehen aus einer Kupferlegierung und Eisen. Das spricht dafür, dass es sich um eine frühmittelalterliche Axt handelt."

„Nichts Neueres?"

„Wenn dem so wäre, wäre sie robuster, würde aus anderen Legierungen bestehen und modernen Stahl enthalten. Die Art von Stahl, die wir heute verwenden, wird erst seit dem späten 18. Jahrhundert hergestellt."

„Sie sind sich also ziemlich sicher, dass es sich bei der Waffe um etwas handelt, das an der Ausgrabungsstätte gefunden wurde."

„Entweder das, oder etwas, das von einer anderen Ausgrabung mitgebracht wurde. Wir haben einen Botaniker, der Sporen und Samenreste auf dem Metall untersucht, um festzustellen, ob sie aus der Region stammen."

„Okay", sagte Lesley. „Gibt es sonst noch etwas Neues?"

„Sie erinnern sich, dass das zweite Opfer Abwehrverletzungen hatte? Die abgebrochenen Fingernägel?"

„Ähm, ja."

„Wir haben Fasern unter ihren Nägeln gefunden. Hautzellen. Und ein paar Haare."

„Fantastisch", meinte Lesley. „Und…?"

„Wir müssen die DNA-Analyse abwarten", antwortete Gail.

„Wie lange wird das dauern?"

„Wahrscheinlich ein paar Tage."

„Ein paar Tage? Das ist ziemlich dringend, Gail. Können Sie das Ganze nicht beschleunigen?"

Gail lachte. „Wir sind hier in Dorset, nicht in den West Midlands."

Lesley schüttelte den Kopf. „Und wenn es das verfluchte Timbuktu wäre. Wir haben zwei Personen in dem Haus, von denen eine oder möglicherweise auch beide in Lebensgefahr schweben. Ich muss wissen, wessen DNA unter Lailas Fingernägeln war. Und ich musste es gestern wissen."

„Okay." Gail klang gedämpft. „Ich werde sehen, ob ich die Analyse beschleunigen kann. Aber das wird mehr kosten."

„Es ist mir egal, ob es das Gehalt des Polizeipräsidenten kostet, ich will nur, dass es erledigt wird."

„Kein Problem", meinte Gail und legte auf.

Lesley wandte sich an Johnny, als sie ins Auto stiegen. „Jetzt wissen wir also, dass wir nur einen Mörder haben."

Er nickte. „Wodurch es wahrscheinlicher ist, dass es sich dabei um eine der beiden Personen im Cottage handelt."

„Ich möchte keine voreiligen Schlüsse ziehen", sagte sie. „Wir warten, bis wir die DNA-Ergebnisse haben."

„Damit haben wir unseren Mann oder unsere Frau", sagte er.

„Auf jeden Fall."

„Was ist mit dem Depot?", fragte er. „Dem Inventar?"

„Richtig, ich rufe Dennis an." Sie griff nach ihrem Telefon.

„Chefin." Dennis klang nicht gerade erfreut.

„Wie kommen Sie voran?", fragte Lesley. „Haben Sie schon mit jemandem von der Universität Bournemouth gesprochen?"

„Sie halten uns hin", antwortete er. „Sie scheinen nicht gerade glücklich darüber zu sein, dass zwei Mitglieder ihres Grabungsteams innerhalb weniger Tage ermordet wurden. Und jetzt haben sie herausgefunden, dass Laila nicht qualifiziert war ..."

„Einen Moment mal. Zwei ihrer Mitarbeiter sind gestorben und sie wollen nicht mit der Polizei kooperieren?"

„Ich habe nicht gesagt, dass sie nicht kooperieren, sie brauchen nur eine Weile, um jemanden zu finden, der mit uns reden kann."

„Das klingt für mich nach mangelnder Kooperation. Wollen Sie, dass ich einen Anruf tätige?", fragte sie.

„Ich komme schon klar."

Sie seufzte. „Ich überlasse Ihnen die Entscheidung. Sagen Sie einfach Bescheid, wenn Sie irgendetwas von mir brauchen, okay?"

„Warten Sie", sagte er. „Bevor Sie auflegen ..."

„Ja?"

„Der Autopsiebericht. Whittaker hat mich vor etwa einer halben Stunde angerufen."

„Das war schnell, für ihn."

Dennis ging nicht auf den Sarkasmus ein. „Die Wunde an ihrem Kopf ist jener sehr ähnlich, die Archie zugefügt wurde", sagte er. „Und offenbar befanden sich Reste von Metall in ihrem Kieferknochen."

Lesley nickte. „Ich habe gerade mit Gail telefoniert, sie hat am Tatort dasselbe herausgefunden. Sieht aus, als hätten wir eine Waffe, also einen Mörder."

„Schlaftabletten?", flüsterte Johnny.

„Was ist mit den Schlaftabletten?", fragte Lesley Dennis. „Ich nehme an, in Lailas Körper gab es keine Spuren von ihnen?"

„Nichts", antwortete er. „Keine Substanzen, nicht einmal Alkohol."

„Vielleicht hat Archie die Schlaftabletten also doch nicht von seinem Mörder bekommen", sagte sie. „Vielleicht hat er einfach zu viele davon genommen."

„Es war das Vierfache der normalen Dosis", warf Dennis ein.

„Das beweist aber nicht, dass jemand anderes sie ihm gegeben hat."

„Nein."

Lesley wandte sich an Johnny. „Ich möchte den Kerl befragen, mit dem Susan eine Affäre hat."

Er nickte. „Ich habe ein paar Anrufe getätigt, nachdem

ich mit der Nachbarin gesprochen hatte. Ich habe einen Namen: Tony Goodall. Und Sie werden es nicht glauben.“

Sie hob eine Augenbraue.

„Er ist Polizist“, sagte Johnny. „Arbeitet in Fraudin Bristol.“

Sie deutete auf das Lenkrad. „Noch besser. Fahren wir zu ihm.“

KAPITEL ZWEIUNDFÜNFZIG

Tony Goodall war ein Detective Inspector und arbeitete im Avon Police Department in Portishead. Er saß an seinem Schreibtisch, als Lesley und Johnny auftauchten.

Er stand auf, ein vorsichtiges Lächeln auf den Lippen. „Ma'am, was kann ich für Sie tun?“

Sie schüttelte die ihr gereichte Hand und setzte sich. „Es geht um einen Fall, den wir in Corfe Castle untersuchen.“

Er sog hörbar die Luft ein. „Ich habe davon gehört.“

Sie lächelte ihn an. „Ich glaube, dass Sie eine Verbindung zu dem Opfer haben.“

Er beugte sich vor. Seine Körpersprache war plötzlich steif, förmlich. „Wie das?“

„Der Name des Opfers ist Archie Weatherton.“ Sie wartete auf seine Reaktion.

Tony begegnete ihrem Blick, ohne mit den Augen zu blinzeln. „Okay.“

„Kennen Sie seine Frau, Susan Weatherton?“

Er starrte sie nur einen Moment zu lange an.

„Ja.“

„Gut." Sie warf Johnny einen kurzen Blick zu. Wenigstens hatte er beschlossen, sie nicht zu belügen. „Können Sie mir sagen, in welcher Beziehung Sie zu Mrs Weatherton stehen?"

Er stand auf, ging um den Schreibtisch herum und schloss die Tür hinter Lesley und Johnny. „Sie werden sicher verstehen, dass dies vertraulich ist."

„Natürlich", meinte Lesley.

Er setzte sich wieder. „Susan und ich haben seit achtzehn Monaten eine Beziehung."

„Seit achtzehn Monaten?"

Er nickte. „Archie wusste nichts davon."

„Das habe ich mir schon gedacht", sagte Lesley.

Johnny lehnte sich vor. „Wo waren Sie am Samstagmorgen?"

Lesley hob eine Hand, um ihn aufzuhalten. „DI Goodall, erzählen Sie mir etwas über den Stand der Ehe von Susan und Archie."

Er sah sie überrascht an. „Nun, was denken Sie denn? Er behandelte sie wie Dreck, das wissen Sie. Bei jeder Ausgrabung eine andere Frau. Gott weiß, wie viele es im Laufe der Jahre gegeben hat."

„Das hat sie Ihnen erzählt?"

„Das ist die Wahrheit."

„Sie haben demnach selbst ein paar Nachforschungen angestellt?", fragte Johnny.

Er sah den DC an. „Das kann man so sagen."

Leslie starrte ihn an. Beide kannten die Strafe für die Verwendung von Polizeimitteln zur Untersuchung einer persönlichen Angelegenheit. Aber sie mussten einen Mord aufklären.

„Sie haben also seit achtzehn Monaten eine Beziehung

mit Susan Weatherton. Wie ernst ist diese Beziehung?"

„Man bleibt nicht so lange bei einer verheirateten Frau, es sei denn, man ist sich sicher, dass sie ihren Mann verlassen wird."

„Sie hatten also vor, sie zu heiraten?"

„Ich habe sie bereits gefragt."

„Wann?"

„Vor zwei Wochen."

„Und sie hat es Archie erzählt?"

„Noch nicht. Aber sie hatte es vor."

Lesley trommelte auf ihrem Knie. „Sind Sie sicher, dass sie Sie nicht hinhalten wollte?"

Er biss die Zähne zusammen. „Ich bin mir sicher, Sie wissen, dass Susan eine Tochter hat. Millie. Ein liebes Kind. Ich mag sie sehr gern. Susan will nichts überstürzen, sie denkt an ihr kleines Mädchen."

Lesley nickte. Susan schien ihr nicht die Art von Frau zu sein, die einen Mann hinhielt.

„Wenn das so ist", sagte sie, „wussten Sie, dass Susan letzten Donnerstag einen Anruf von einer Frau namens Laila Ford erhalten hat?"

„Ja. Sie rief mich sofort danach an."

„Und was hat sie Ihnen erzählt, was Laila zu ihr gesagt hat?"

„Nichts Neues." Er lachte bitter. „Nur, dass Archie sie flachlegte. Archie hat das ständig gemacht. Ich meine, das war nicht gerade eine Überraschung."

„Nicht einmal für Susan?", fragte Lesley.

„Nicht, dass er das tat. Dass sie einen Anruf von der Frau erhielt, jedoch schon. Keine der Frauen in der Vergangenheit hat das je zugegeben. Sie wusste, dass Archie eine Affäre mit

Crystal hatte, als sie mit Millie schwanger war. Aber Crystal hat nie etwas gesagt."

„Also kennen Sie auch Crystal Spiers?" Lesley spürte, wie sich Johnny neben ihr anspannte.

„Ich habe noch nie einen von ihnen persönlich getroffen", antwortete Tony. „Nicht einmal Archie. Aber Susan hat mir genug über sie erzählt. Ein gemeiner Haufen."

Lesley hob eine Augenbraue. „Sie halten Crystal für gemein?"

Er zuckte mit den Schultern. „Sie hatte eine Affäre mit einem Mann, als seine Frau schwanger war. Ich weiß nicht, zu welcher Frau sie das macht."

„Tony", sagte sie, „ich muss Sie das fragen. Wo waren Sie am Samstagmorgen?"

Er trommelte mit den Fingern auf den Schreibtisch. „Diese Frage habe ich erwartet." Er öffnete eine Schreibtischschublade und zog einen Kalender heraus. „Ich habe gearbeitet. Hier, sehen Sie." Er schob den Kalender über den Schreibtisch. Er hatte Einzelheiten zu den Treffen und Befragungen aufgeschrieben, die er an diesem Tag geführt hatte.

„Ein bisschen altmodisch, oder?", meinte Lesley.

„Ich führe gerne meine eigenen Aufzeichnungen, benutze aber natürlich auch das elektronische System", sagte er. „Nur für den Fall."

„Okay." Sie schob den Kalender über den Schreibtisch. „Kann Ihr Chef das bestätigen?"

„Natürlich", antwortete er. „DCI Malcolm Browning. Rufen Sie ihn an, wenn Sie müssen."

„Das werde ich", meinte Lesley. „Danke für Ihre Zeit."

KAPITEL DREIUNDFÜNFZIG

Tina Abbott eilte die Treppe in dem kleinen Cottage hinunter.

Es war eine Sache, eine FLO zu sein, aber eine FLO in einem so winzigen Häuschen wie diesem zu sein, war etwas ganz anderes. Sie hatte die meiste Zeit des Vormittags damit verbracht, Patrick nicht zu nahe zu kommen. Sie schrumpfte unter der Wucht seines Blickes zusammen und war sich bewusst, dass der Mann sie nicht hier haben wollte. Wenn er sie aus dem Haus werfen dürfte, würde er es tun.

Crystal war zur Ausgrabungsstätte hinuntergegangen. Tina war hin- und hergerissen, ob sie ihr folgen oder bei Patrick bleiben sollte. Doch sie wusste, dass die FLO normalerweise im Haus blieb. Alles in allem war dies also der beste Aufenthaltsort für sie. Und die DCI schien Patrick gegenüber misstrauisch zu sein. Immerhin hatte er Laila angegriffen. Und vermutlich verhielt er sich hier im Haus eher verdächtig, während seine Kollegin am Arbeitsplatz war.

Sie öffnete die Tür zwischen Treppe und Wohnzimmer. Der Raum war leer. Als sie nach oben gegangen war, hatte er in der Ecke in dem abgenutzten Sessel gesessen und seinem kleinen, blechernen Radio zugehört. Irgendetwas mit Kricket, obwohl es sich für sie nicht sehr nach Kricket angehört hatte.

Sie ging in die Küche: leer.

Sie kehrte zur Treppe zurück und schaute in Crystals Zimmer nach. Ebenfalls leer. Keines dieser Zimmer hatte ein Schloss. Sie fragte sich, warum Crystal und Patrick das noch nicht in Ordnung gebracht hatten.

Sie eilte die Treppe hinauf. Patricks Zimmer befand sich gleich links, nur wenige Meter von Lailas und Archies Zimmer entfernt. Sie stieß die Tür auf. Ebenfalls leer. Tina spürte, wie ihr der Atem stockte. Er hatte gewartet, bis sie auf die Toilette gegangen war, und dann das Cottage verlassen.

Sollte sie ihm den Hügel hinunter zur Ausgrabungsstätte folgen, oder sollte sie die Gelegenheit nutzen, einen Blick in sein Zimmer zu werfen? Gail und ihr Team hatten gestern das Haus, so gut es ging, durchsucht. Aber Patrick hatte darauf bestanden, dass er als unbeteiligter Zuschauer nicht verpflichtet war, sie in sein Zimmer zu lassen. Daher hatten sie sich nur in Crystals Zimmer und in den Gemeinschaftsräumen umgeschaut, für die sie eine Genehmigung hatten.

Tina stand auf der Schwelle und schaute sich im Raum um. Wenn sie hineinging und das Zimmer durchsuchte, wäre es eine illegale Durchsuchung. Sie könnte nicht nur disziplinarisch belangt werden, sondern alle Beweise, die sie vielleicht fand, wären vor Gericht unzulässig. Also schloss sie die Tür und stapfte die Treppe hinunter.

Sie ging durch die Küche und trat durch die Hintertür hinaus. Hinter dem Cottage befand sich ein kleiner Hof mit einem Klapptisch und Stühlen an der Wand und einem Schuppen in der hinteren Ecke.

Gail und ihr Team hatten den Verschlag am Vortag durchsucht. Die Tür war mit einem Vorhängeschloss versehen, die einzige verschlossene Tür an diesem Ort. Gail hatte gesagt, dass sich Kisten darin befanden. Akribisch übereinandergestapelt, beschriftet und nummeriert. Archäologische Fundstücke.

Tina schlenderte zum Schuppen. Das Vorhängeschloss war nicht verriegelt. Der Durchsuchungsbeschluss hatte sich auch auf ihn erstreckt, also hatte sie durchaus das Recht, hineinzugehen. Wenn das Vorhängeschloss aufgebrochen worden war, hatte vielleicht jemand seit Gails Durchsuchung etwas hineingetan.

Sie holte ein Paar Handschuhe aus ihrer Tasche und zog sie an, bevor sie das Vorhängeschloss abnahm. Dann schob sie die Tür auf. Die verrosteten Scharniere quietschten. Sie hatte einen muffigen, vielleicht feuchten Raum erwartet, Spinnweben in den Ecken, Schmutz auf dem Boden. Aber nein, dieser Schuppen war sehr ordentlich und sah aus, als wäre er selbst in den hintersten Ecken gefegt worden. Hier wurden wichtige Materialien aufbewahrt und er wurde offensichtlich gut gepflegt.

Vor ihr standen in vier Reihen übereinandergestapelte Kartons, wobei jeder mit einer eindeutigen Kennzeichnung versehen war. Auf einigen waren sogar Fotos ihres Inhalts befestigt. Tina ließ den Blick über die Stapel schweifen und versuchte, irgendwelche Unregelmäßigkeiten zu erkennen.

In der Mitte des Stapels, der am weitesten von ihr entfernt war, befand sich ein unbeschrifteter Karton. Er war nachgedunkelt und älter als die anderen. Sie betrachtete ihn nachdenklich. Könnte sie ihn herausziehen, ohne dass die anderen herunterfielen?

Sie könnte es wenigstens versuchen.

Also zog sie ihn vorsichtig zwischen den anderen heraus, wobei sie sich mit der Schulter gegen die Kisten lehnte, die auf ihm standen, damit sie nicht umkippten. Dann schob sie sie langsam nach unten, sodass sie auf dem Karton unter jenem landeten, den sie gerade herausgezogen hatte.

Vorsichtig stellte sie ihn auf dem Boden ab und richtete den Stapel, bevor sie ihn wieder an sich nahm und die Tür zum Schuppen schloss. Sie brachte das Vorhängeschloss wieder in die Position, in der sie es vorgefunden hatte.

Dann ging sie zum Küchenfenster und spähte hinein, um sich zu vergewissern, dass Patrick nicht zurückgekommen war. Das Haus war immer noch leer. Sie ging in die Küche, schloss die Tür zum Wohnzimmer und schaltete den Wasserkocher ein. Es könnte nicht schaden, ein Geräusch zu machen.

Die Kiste, die sie herausgezogen hatte, sah wie ein Schuhkarton aus, nur etwas größer. Sie hob den Deckel vorsichtig an und legte ihn beiseite. Ein in Stoff eingewickelter Gegenstand lag darin.

Tina spürte, wie ihr der Atem stockte, als sie das Tuch berührte. Sie schob Schicht für Schicht beiseite, die Augen zu schmalen Schlitzen verengt. Endlich hatte sie das Objekt freigelegt, die Leinenschichten aus dem Weg geräumt.

Es war eine Axt.

Zumindest das, was von einer übrig geblieben war. Der Griff war verrottet, die Klinge korrodiert und stumpf. Rost bedeckte die Spitze.

Sie spürte, wie ihr der Atem in der Kehle stockte, als sie mit rasendem Herzen auf den Gegenstand starrte. Sie zog ihr Handy aus der Innentasche, nicht sicher, wen sie anrufen sollte. In diesem Moment hörte sie, wie die Haustür zugeschlagen wurde. Tina schob ihr Handy zurück in die Tasche und starrte auf die offene Schachtel. Hastig warf sie den Leinenstoff wieder auf das Objekt und schlug den Deckel zu.

Schritte im Wohnzimmer nebenan. Ihr Magen verkrampfte sich, während sie nach der Schachtel griff, eine Schranktür öffnete und sie hinein schob. Gail wäre alles andere als glücklich, da sie gerade Beweise verunreinigte. Aber sie wusste nicht, wer auf der anderen Seite der Tür war.

Die Tür schwang auf.

Tina drehte sich um, die Augen weit aufgerissen.

KAPITEL VIERUNDFÜNFZIG

Susan saß mit Millie im Wohnzimmer, als sie ein leises Klopfen am Fenster hörte.

Sie schaute zu Millie, die mit glasigen Augen auf den Fernseher starrte, und erhob sich dann vom Sofa und schlich auf Zehenspitzen zum Fenster. Hatte sie sich das nur eingebildet?

Sie blieb lauschend hinter dem Vorhang stehen, wollte ihn jedoch nicht zur Seite ziehen, falls es Mr Gill von nebenan war.

Da war es wieder. Ein Klopfen.

Leise genug, um nicht durch das Haus zu schallen, aber gerade laut genug, damit sie wusste, dass jemand ihre Aufmerksamkeit erregen wollte.

Sie hörte eine Bewegung jenseits der Wand in der Küche. Die FLO klapperte dort herum, um sicherzustellen, dass Susan wusste, dass sie noch hier war. Susan hasste die Frau schon jetzt, auch wenn es nicht ihre Schuld war, dass ihr Job sie hierher gebracht hatte.

Susan holte tief Luft und schob den Vorhang zur Seite, nur einen Spalt.

Auf der anderen Seite stand Tony.

Sie sah ihn stirnrunzelnd an. „Was machst du hier?“, zischte sie.

Er schüttelte den Kopf. Er konnte sie nicht hören und gab ihr ein Zeichen, herauszukommen.

Sie ließ den Vorhang zufallen. „Es dauert nicht lange, Millie Liebes. Ich muss nur kurz mit jemandem reden.“

Millie schaute entsetzt zu ihr auf.

Susans Herz zog sich zusammen. Millie hatte letzte Nacht schlecht geschlafen. Sie war dreimal aufgewacht und hatte nach Susan gerufen, damit sie sich zu ihr ins Bett legte, um sie zu halten, während sie weinte. Gott wusste, wie lange sie so sein würde. Vielleicht sollte Susan professionelle Hilfe in Anspruch nehmen und mit ihrem Hausarzt sprechen.

„Willst du mitkommen, Süße?“

Millie schaute zum Fenster. „Wer ist es denn?“

Susan überlegte, ob sie es ihr sagen sollte. Millie mochte Tony, aber sie wollte nicht, dass ihre Tochter dieser verdammten FLO von diesem Besuch erzählte.

„Nur ein Freund, Mils. Es dauert nur eine Minute.“

Millie schluckte und nickte langsam. Susan warf ihr einen entschuldigenden Blick zu und verschwand aus dem Zimmer.

Auf Socken huschte sie durch den Flur zur Haustür und achtete darauf, kein Geräusch zu machen. Sie öffnete die Haustür, schlüpfte hindurch und zog sie hinter sich zu.

Tony stand vor dem Garagentor, sodass man ihn vom Fenster aus nicht sehen konnte.

„Ich habe dir doch gesagt, dass du nicht herkommen sollst“, flüsterte sie.

„Ich wollte dir nur etwas sagen."

„Was denn?"

„Die Polizei war bei mir."

„Was, diese DCI?"

Er nickte. „Das ist schon in Ordnung. Ich habe ihr gesagt, wo ich am Samstag war, und niemand schöpft Verdacht."

„Warum sollten sie auch?", fragte sie.

Er sah sie an. „Jetzt, wo sie wissen, dass wir heiraten wollen, denken sie vielleicht, ich wollte Archie aus dem Weg räumen."

Sie sah ihn an. „Aber du bist nicht so ein Mann."

„Ich weiß, dass ich nicht so ein Mann bin, und du weißt es auch." Er zog sie an sich.

Sie vergrub ihr Gesicht an seiner Brust und wünschte, sie könnte ihn hereinbitten.

„Aber", sagte er, „ich weiß, wie sie denken. Ich weiß, was ich denken würde, wenn ich sie wäre. Ich bin nur verdammt froh, dass ich am Samstag auf der Arbeit war. Obwohl es mir leid tut, dass ich nicht bei dir war."

Sie trat einen Schritt zurück und lächelte ihn an. „Wir können in Zukunft mehr zusammen sein."

Er blinzelte zu ihr hinunter. „Bist du dir sicher?"

„Ja. Ich will damit nicht sagen, dass ich froh bin, dass Archie tot ist. Ich werde ihn vermissen. Und Millie ..."

„Ich weiß." Er drückte ihre Schulter. „Millie hat ihren Vater verloren."

Sie nickte. „Ich liebe dich wirklich, Tony."

Er lächelte sie an. „Ich liebe dich auch, Susie." Er legte die Hand auf ihren Hinterkopf und zog sie zu sich heran.

Sie ließ sich von ihm küssen und wünschte, das Leben könnte einfach sein. Warum zum Teufel hatte sie sich nicht schon vor Jahren von Archie scheiden lassen, als sie von der ersten Affäre erfahren hatte? Diese verdammte Crystal Spiers. Susan war überzeugt, dass sie die Erste gewesen war.

Hör auf, zu denken, sagte sie sich. *Entspann dich einfach.*

Sie löste sich von Tony. „Wir müssen zwar nicht länger verheimlichen, dass wir beide zusammen sind, aber ich will es Millie nicht noch schwerer machen. Wir müssen es langsam angehen lassen. Wir müssen sie das Tempo bestimmen lassen."

„Ich weiß", sagte er. „Du rufst mich an, wenn du dazu bereit bist, ja?"

Sie nickte. „Danke, mein Herz."

KAPITEL FÜNFUNDFÜNFZIG

DENNIS UND MIKE warteten bereits seit zwei Stunden im Eingangsbereich der Universität Bournemouth. Warteten darauf, dass einer dieser Akademiker so tief sinken würde, dass er mit zwei Polizisten sprach.

Dennis war genervt. Er hatte Hunger, seine Haut juckte und er wollte aufgeben. Er schaute zum hundertsten Mal auf seine Uhr.

„Denken Sie, was ich denke, Sarge?", fragte Mike.

Dennis nickte. „Vielleicht sollten wir aufgeben. Die Chefin muss sich mit ihnen in Verbindung setzen und etwas Offizielles arrangieren."

„Das sieht Ihnen gar nicht ähnlich, Sarge."

Dennis schnaubte. Er war den Umgang mit diesen Akademikern nicht gewohnt. Die Leute an der Ausgrabungsstätte waren gar nicht so übel, vielleicht ein bisschen seltsam. Patrick Donnelly schien ganz nett zu sein. Crystal Spiers war zurückhaltend, aber nicht versnobt.

Aber die Frau, mit der er hier am Empfang gesprochen

hatte, hatte ihn angesehen, als wäre er ein Kaugummi unter ihrer Schuhsohle.

Er lehnte sich auf der harten Bank zurück, auf der sie warten sollten. „Ich werde mir kurz die Beine vertreten, die Chefin anrufen und herausfinden, was in Bristol los ist."

Mike nickte. „Ich warte hier."

Als Dennis aufstand, kam die Frau, die sich zuvor so abweisend verhalten hatte, auf ihn zu.

„Sergeant?"

Er drehte sich zu ihr um und erwartete die unvermeidliche Ablehnung. „Mr Sidhu wird Sie jetzt empfangen."

Er hob eine Augenbraue. „Na endlich."

Die Frau lächelte ihn spöttisch an. „Folgen Sie mir."

Mike rappelte sich auf und sammelte ihre Sachen ein. Dann folgten sie der Frau durch die Gänge, vorbei an Hörsälen voller Studenten. Junge, selbstbewusste Gestalten, die in entgegengesetzter Richtung unterwegs waren und sie anrempelten, anstatt anzuhalten, um ihnen Platz zu machen.

„Kinder", murmelte Dennis.

Schließlich erreichten sie eine Tür, neben der ein Schild hing: *Tim Sidhu, Verwaltung*. Dennis seufzte. Sie wurden dem Bürohengst untergeschoben.

Die Frau stieß die Tür auf und führte sie hinein. Ein schlanker Asiate saß hinter einem Schreibtisch. Als sie eintraten, stand er auf und bedeutete ihnen, Platz zu nehmen.

Er war ungefähr so alt wie Dennis und hatte graues Haar, das sich bereits lichtete. Er lächelte sie an. „Kommen Sie herein, Detectives, es tut mir leid, dass ich Sie habe warten lassen."

Dennis hörte, wie Mike schnaubte. Er nahm den Stuhl,

den der Mann ihm angeboten hatte, und zog seinen Dienstausweis heraus.

„Ich bin DS Clarke, das ist DC Chiles. Wir sind hier im Zusammenhang mit den Morden an Archie Weatherton und Laila Ford."

Der Mann nickte. „So eine tragische Angelegenheit." Er neigte den Kopf, die Hände wie zum Gebet gefaltet.

Dennis beobachtete ihn und fragte sich, wie viel davon echt war. „Kennen Sie eines der Opfer persönlich?", fragte er.

Der Mann sah auf. „Nein. Dr. Weatherton wurde von der Universität Bristol abgeordnet. Und Miss Ford ... Nun, Professor Spiers hatte sie eingestellt."

Dennis hob eine Augenbraue. Er hatte nicht gewusst, dass Crystal Professorin war.

„Sie hat hier unterrichtet? Professor Spiers, meine ich?"

„Das tut sie immer noch."

Dennis warf Mike einen Blick zu.

„Professor Sidhu, kann ich Ihnen ein paar Fragen über die Ausgrabung stellen? Über das Projekt in Corfe Castle?"

„Ich bin kein Professor, Sergeant. Ich bin ein Nichtfachmann. Nennen Sie mich Mr Sidhu. Nein, nennen Sie mich einfach Tim."

„In Ordnung, Mr Sidhu. Darf ich Sie zunächst zu den Artefakten befragen, die bei dieser Ausgrabung gefunden wurden? Gab es etwas, das als Waffe benutzt werden konnte?"

Die Augen des Mannes weiteten sich. „Es wurde etwas von der Ausgrabungsstätte benutzt. Das ist unmöglich."

„Warum?"

„Nun, alles wurde beschriftet, katalogisiert und dann

hierher zurückgeschickt. Ich kann es Ihnen zeigen. Wir haben einen Lagerraum für alle Sachen."

„Aber die Leiterin unserer Kriminaltechnik sagte uns, dass sie eine Reihe von Gegenständen gefunden hat, die im Cottage in Corfe Castle gelagert und katalogisiert wurden."

Mr Sidhu schüttelte den Kopf. „Nein, nein, so läuft das nicht ab. Sie bewahren die Dinge für ein paar Tage auf, und dann, am Ende jeder Woche, katalogisiert Professor Spiers das Material, speichert es in der Datenbank ab und veranlasst den Versand hierher. Manchmal bringt sie es auch selbst her. Manchmal schicken wir einen Mitarbeiter hinunter, um sie abzuholen. Gelegentlich vertrauen wir diese Aufgabe auch ein paar Studenten an."

Dennis kniff die Augen zusammen.

Gail hatte am Vortag, einem Mittwoch, über dreißig Gegenstände in dem Schuppen gefunden. So viel hatten sie wohl kaum in nur zwei Tagen ausgegraben, oder? Die Ausgrabungsstätte war am Montag noch nicht freigegeben worden.

Mike beugte sich vor. „Besteht die Möglichkeit, dass die Funde der letzten Woche bei all dem, was passiert ist, nicht katalogisiert oder hierher geschickt wurden?"

Mr Sidhu runzelte die Stirn. „Ich sehe kurz nach." Er drehte sich zu seinem Schreibtisch und klickte ein paar Mal mit der Maus.

„Nein", meinte er schließlich. „Am Freitagnachmittag brachten zwei Studenten eine Kiste mit Gegenständen vorbei."

„Nun gut." Dennis überlegte kurz. „Ist Ihnen bekannt, dass sich noch einige Gegenstände im Cottage befinden? Sie lagern dort im Schuppen."

Der Verwalter wandte sich an ihn. „Sie müssen sich irren. Es ist alles hier, im System."

Dennis begegnete seinem Blick. Selbst wenn die vier Personen in diesem Cottage geplant hatten, einige dieser Artefakte zu stehlen, war ein Diebstahl nichts im Vergleich zu einem Doppelmord.

„Ich glaube, Sie müssen da runter fahren", sagte er. „Es steht mir nicht zu, zu sagen, was diese Dinge sind und ob sie hier an der Universität sein sollten. Aber Sie sollten dieser Sache vielleicht nachgehen."

Mr Sidhu nickte. „Das werde ich. Kann ich sonst noch etwas für Sie tun? Benötigen Sie die Kontaktdaten der nächsten Angehörigen?"

„Die haben wir bereits. Wir sind mit Mrs Weatherton in Kontakt und Laila Fords Eltern kommen her, um ihre Leiche zu identifizieren."

Sidhu zuckte zusammen. „Ich habe die Nachrichtenberichte gesehen. Ich beneide sie nicht."

„Nein", antwortete Dennis. Was auch immer für ein Mädchen Laila Ford gewesen war, diesen Tod hatte sie nicht verdient.

Er holte tief Luft. „Gab es bei dieser Ausgrabung irgendwelche finanziellen Unstimmigkeiten oder Probleme mit dem Budget?"

„Wie meinen Sie das?"

„Gab es irgendwelche Unklarheiten? Wurde Ihnen die Finanzierung entzogen?"

„Ganz im Gegenteil. Wir haben gerade eine große Spende von einem ..., na ja, das ist vertraulich. Aber wir haben gerade eine große Spende erhalten, und wir hatten auch einige internationale Gelder bekommen."

„Das Projekt war also in einer guten finanziellen Verfassung?"

„Mit Sicherheit. Es war eines der finanziell gesündesten Projekte, die ich seit langem verwaltet habe. Crystal Spiers war sehr gut darin, Geldmittel zu beschaffen. Immerhin hatte sie sechzehn Jahre damit verbracht."

Mike räusperte sich. Dennis' Gedanken rasten.

„Es ist nur", meinte er schließlich, „uns wurde gesagt, dass es finanzielle Probleme gab, die zu Spannungen zwischen den Leuten in der Gruppe führten."

Sidhu zuckte mit den Schultern. „Nun, das wird durch unsere Daten sicherlich nicht gestützt."

Dennis konnte spüren, wie Mike hektisch in seinen Notizblock kritzelte. Das mussten sie der Chefin melden.

„Wird Ihres Wissens irgendetwas vermisst, das bei der Ausgrabung entdeckt wurde?"

„Auch das müsste ich in der Datenbank nachsehen. Geben Sie mir einen Moment." Mr Sidhu sah zum zweiten Mal in seinem Computer nach.

Dennis und Mike sahen sich an. Wenn es keine finanziellen Probleme gab, warum hatte Archie dann der Universität Bristol gesagt, es gäbe welche? Und warum hatte er zu einem Treffen nach London fahren wollen, um zusätzliche Mittel zu erhalten? Hatte er das wirklich vorgehabt?

Sidhu wandte sich von seinem Computer ab. „Laut meinen Unterlagen fehlt nichts. Wir müssten zwar noch den Lagerraum überprüfen, aber unser System ist ziemlich zuverlässig. Es ist den Systemen nachempfunden, die man bei polizeilichen Ermittlungen für die Spurensicherung verwendet."

Dennis nickte. Er hatte das Gefühl, dass, wenn etwas fehlte, es gar nicht zur Universität gelangen sollte.

„Ich danke Ihnen für Ihre Zeit", sagte er und stand auf.
„Ist das alles?", fragte Mr Sidhu.
„Für den Moment, ja."

KAPITEL SECHSUNDFÜNFZIG

Lesley eilte durch den Vordereingang des Hauptquartiers der Polizei von Dorset. Sie wollte endlich wissen, ob Dennis und Mike an der Universität Bournemouth Fortschritte gemacht hatten. Als sie ihren Ausweis am Drehkreuz durchzog, winkte ihr die Frau am Empfang zu, um ihre Aufmerksamkeit zu erregen.

„Verzeihung, Ma'am! Ich habe eine dringende Nachricht für Sie."

Lesley sah sie fragend an.

„Detective Superintendent Carpenter möchte Sie sofort sprechen."

Lesley spürte, wie sich ihr Magen zusammenzog. „Sofort?", fragte sie.

„So steht es auf diesem Zettel."

„Okay."

Lesley eilte die Treppe zu Carpenters Büro hinauf und klopfte leise an die Tür.

„Herein."

Sie zog die Ärmel ihrer Jacke herunter und trat ein.

„DCI Clarke. Haben Sie meine Nachricht erhalten?“

„Ist alles in Ordnung? Ich wollte gerade mein Team informieren und …“

„Ich werde Sie nicht lange aufhalten. Setzen Sie sich doch bitte.“

Er sah ihr nicht in die Augen, als sie sich ihm gegenüber an den Schreibtisch setzte. Diesmal gab es keine bequemen Stühle in der Ecke.

„Sir, worum geht es?“

„Ich habe leider eine Beschwerde erhalten.“

„Eine Beschwerde?“

Sie war erst seit vier Tagen im Dienst und hatte kaum Kontakt mit der Öffentlichkeit. Wie konnte es da bereits zu einer Beschwerde gekommen sein?

Dann dachte sie an Crystal Spiers. Die Frau hatte sie nicht an ihrer Ausgrabungsstätte haben wollen und war davon überzeugt gewesen, dass sie kostbare Artefakte ruinieren würden.

„Wenn es Crystal Spiers ist, Sir, kann ich …“

„Es ist kein Mitglied der Öffentlichkeit“, antwortete er. „Ich fürchte, es handelt sich um eine anonyme interne Beschwerde.“

„Oh.“ Sie kratzte sich am Handrücken.

„Der Beschwerdeführer ist besorgt, dass Ihr Gesundheitszustand Ihre Fähigkeit, Ihre Aufgaben zu erfüllen, beeinträchtigt.“

„Meine Gesundheit, Sir?“

Er sah sie an. „Sie haben im März eine schwere Kopfverletzung erlitten und anschließend wurde bei Ihnen ein posttraumatisches Belastungssyndrom diagnostiziert. Ich mache mir Sorgen, dass es bedeutet, dass Sie nicht …“

„Ich bin der Aufgabe, diese Untersuchung zu leiten, mehr als gewachsen."

„Sie wurden hierher geschickt, damit Sie es langsamer angehen lassen."

„Und genau das tue ich auch", antwortete sie.

Er hob eine Augenbraue. „Ein Doppelmord in Ihrer ersten Woche? Sie sind erst seit ein paar Tagen hier und stecken schon mitten in unserem größten Fall seit Monaten."

„Bei allem Respekt, Sir, ich habe schon mit solchen Fällen zu tun gehabt, mit wesentlich komplexeren Fällen. Ich bin mehr als fähig ..."

Er hob eine Hand. „Sie und ich hatten kaum Gelegenheit, uns kennenzulernen, was wir unbedingt ändern sollten. Aber dieser Beschwerdeführer hat Sie in Aktion gesehen. Er ist besorgt, dass Ihre Gesundheitsprobleme Ihre Fähigkeit beeinträchtigen, Ihr Team zu führen und effektiv zu delegieren."

Sie spürte, wie Hitze in ihr aufstieg. „Das ist nicht wahr. Delegieren ist etwas, das ich ..."

„Ich fälle hier kein Urteil. Im Moment handelt es sich nur um eine informelle Beschwerde. Eher eine Warnung, wenn man es so nennen will."

Sie schluckte. Sie wusste, was eine Warnung bedeuten konnte. „Wird das in meine Personalakte aufgenommen, Sir?"

Er starrte sie an, legte die Finger aneinander und schaukelte in seinem Stuhl hin und her.

Lesley musste sich zwingen, Ruhe zu bewahren. Er quälte sie, ob bewusst oder unbewusst.

„Nein", sagte er schließlich. „Es wird nicht in Ihre Akte aufgenommen. Ich möchte jedoch, dass Sie sich überlegen, wie Sie mit Ihrem neuen Team umgehen. Es ist anders als jenes, das Ihnen bisher unterstellt war. Bitte berücksichtigen Sie das.“

„Sir. Das werde ich.“

Er winkte mit einer Hand, um sie zu entlassen.

Aufgebracht verließ sie das Büro. Sie wusste verflucht gut, wer sich beschwert hatte.

KAPITEL SIEBENUNDFÜNFZIG

ALLE MITGLIEDER ihres Teams saßen an ihren Schreibtischen, als Lesley auf ihr Büro zusteuerte.

„In mein Büro, sofort", schnauzte sie. Sie versuchte, ihren Blick nicht auf Dennis verweilen zu lassen, der ihr nicht in die Augen sah.

Mistkerl, dachte sie bei sich. Und das alles nur wegen dieser verdammten Fluchkiste.

Als sie alle drinnen waren, nickte sie Mike zu. „Schließen Sie die Tür."

Mike gehorchte und wirkte ziemlich nervös. Johnny und er setzten sich. Dennis stand hinter ihnen und wippte von einem Fuß auf den anderen.

Oh, verdammt, hör auf, so nervös zu sein, dachte sie. *Steh gefälligst zu deinem illoyalen Verhalten.* Sie holte tief Luft. Sie hatte keine Ahnung, ob die beiden anderen wussten, was vorgefallen war. Unterhielten sich die drei über sie? Spekulierten sie über ihren Gesundheitszustand? Wollten sie sie loswerden?

Sie biss sich auf die Unterlippe. Sie war die leitende

Beamtin und sollte sich von solchen Dingen nicht unterkriegen lassen.

Schließlich räusperte sie sich. „Okay. Schauen wir uns noch einmal die Tafel an."

Johnny zog die Tafel hinter Lesleys Schreibtisch hervor, schnappte sich einen Stift und sah sie abwartend an.

„Okay." Sie konnte die Irritation in ihrer Stimme hören. Dennis würde sie auch hören können. „Also. Wir haben Susan Weatherton und ihren Freund, der Polizist ist."

Mike sog hörbar die Luft ein. „Autsch."

Sie sah ihn an. „Das macht keinen Unterschied, es gibt ihr ein mögliches Motiv. Aber ihr Alibi scheint hieb- und stichfest zu sein."

Johnny hob eine Hand.

Lesley verdrehte die Augen. „Wir sind nicht in der Schule, Johnny."

„Tut mir leid, Chefin. Ich habe einige Anrufe getätigt. Susan Weathertons Alibi ist wasserdicht."

Lesley nickte. Sie zeigte auf die Tafel. „Trotzdem sollte der Name Tony Goodall dort oben stehen."

„Sein Alibi ist auch in Ordnung", sagte Johnny. „Der Kalenderausdruck, den Sie uns gegeben haben?"

„Das weiß ich", sagte Lesley. „Aber ich möchte ihn der Vollständigkeit halber ebenfalls hinzufügen."

Johnny nickte und schrieb Tony Goodalls Namen auf die Tafel.

„Was haben wir sonst noch?", fragte Lesley. „Wie ist es Ihnen beiden in Bournemouth ergangen?"

Dennis sah ihr immer noch nicht in die Augen. „Es dauerte eine Weile, bis wir einen Termin bekamen, aber schließlich haben wir mit einem Verwaltungsbeamten gesprochen."

„Und?“, raunte sie ihn an.

„Er sagte uns, dass sie ein System haben, das sich an den Verfahren unserer Forensik-Teams orientiert. Sie protokollieren alles, was sie in dieser Ausgrabungsstätte finden, und bringen es am Ende der Woche zur Universität Bournemouth.“

„Aber es wird nicht alles gemeldet“, unterbrach Mike ihn. „Die Spurensicherung hat bei der Durchsuchung des Hauses Gegenstände im Schuppen gefunden.“

Lesley nickte. „Was für Gegenstände?“

„Sehr viele Funde, katalogisiert und in Kisten übereinandergestapelt. Sah offenbar sehr professionell aus. Aber laut Mr Sidhu – der Mann, mit dem wir gesprochen haben – sollten alle Fundstücke in der Universität Bournemouth sein. In diesem Schuppen sollte sich dagegen nichts befinden.“

„Nicht einmal die Gegenstände, die sie diese Woche gefunden haben?“, fragte Lesley.

Endlich sah Dennis ihr in die Augen. „Sie arbeiten erst wieder seit zwei Tagen, nachdem wir die Ausgrabungsstätte freigegeben haben.“

„Ja, und in dem Schuppen waren zu viele Sachen, als dass sie von zwei Tage Arbeit stammen könnten“, fügte Mike hinzu. „Ich meine, wenn sie so viele Funde gemacht hätten, wäre die Spurensicherung über sie gestolpert, als sie dort unten war.“

Lesley nickte. „Haben Sie Fotos? Hängen Sie sie an die Tafel.“

Mike zog einige Blätter aus einer Mappe heraus.

„Okay“, sagte sie, „wir müssen herausfinden, warum diese Objekte nicht an die Universität Bournemouth geliefert werden. Werden sie überhaupt katalogisiert?“

„Hört sich nicht so an“, sagte Mike. „Nicht nach dem, was Tim Sidhu sagt.“

„Wird er die Sache weiterverfolgen?“

„Er wird der einzige sein, der weiß, ob sie mit den offiziellen Angaben übereinstimmen“, antwortete Dennis. „Er sagte, er würde heute im Laufe des Tages oder gleich morgen früh zur Ausgrabungsstätte gehen.“

Lesley nickte. „Gut. Wir müssen also herausfinden, wer die Gegenstände im Cottage gelagert hat und ob sich die Tatwaffe darunter befindet.“

„Tut sie nicht“, sagte Dennis. „Ich habe mit Gail gesprochen.“

„Verdammt.“ Sie kratzte an ihren Fingernägeln. Wie konnten sie so schmutzig werden, seit sie hierhergekommen war? „Okay, fehlte etwas in der offiziellen Bestandsaufnahme? Unsere potenzielle Mordwaffe?“

Mike schaute auf seinen Notizblock. „Die Bestandslisten stimmen, Chefin. Der Verwalter ging seine Unterlagen durch und ging mit uns in den Lagerraum. Es fehlte nichts. Ich muss schon sagen, das ist ein verdammt gutes System, das sie da haben.“

Dennis sog hörbar die Luft ein.

Lesley verbarg ein Lächeln. „Sonst noch etwas?“

Johnny hustete. „Ich glaube, ich habe eine Verbindung zwischen dem Ausgrabungsteam und dem DI, der eine Affäre mit Susan Weatherton hat.“

Lesley legte den Kopf schief. „Fahren Sie fort.“

„Nun, ich habe mir den Kalender, den er uns gegeben hat, und die Ermittlungen angesehen, an denen er arbeitet. Dann habe ich einen Kollegen bei der Kriminalpolizei in Bristol angerufen.“

Lesley sah ihn stirnrunzelnd an. Sie war sich nicht

sicher, ob es sich dabei um eine korrekte Polizeiarbeit handelte oder um eine Überschreitung seiner Befugnisse. „Haben Sie etwas herausgefunden?"

„Ja, vielleicht."

„Was genau?", wollte Dennis wissen.

Johnny schaute ihn an. „DI Goodall arbeitet im Betrugsdezernat, richtig?"

Lesley nickte.

„Nun, er scheint das Team zu überprüfen, das diese Ausgrabung organisiert. Es sieht so aus, als ob an der Universität irgendetwas läuft."

„An welcher Universität?", wollte Lesley wissen.

„Ich bin mir nicht sicher. Sowohl Bournemouth als auch Bristol fördern die Ausgrabung. Offiziell steht sie unter der Leitung von Bournemouth, aber Bristol hat ebenfalls Personal und Geld zur Verfügung gestellt."

„Archie Weatherton, zum Beispiel?", sagte sie.

„Genau."

„Wenn Tony Goodall in diesem Fall ermittelt, muss es die Universität Bristol sein, die er im Auge hat."

„Das könnte man meinen", sagte Johnny.

„Okay", meinte Lesley. „Wenn es eine Verbindung zwischen Tony Goodall und diesem Team gibt, könnte das der Grund sein, warum er sich mit Susan Weatherton angefreundet hat."

Dennis schüttelte den Kopf. „Ich verstehe nicht, inwiefern das relevant ist."

„Ich auch nicht", schnauzte Lesley. „Aber es ist eine Spur, also gehen wir ihr nach."

„Aber dass ein DI so etwas einer Frau ..."

„Das kommt vor, Dennis. Das ist unmoralisch. Es ist vielleicht nicht legal. Aber es kommt vor. Und es könnte zu dem passen, was man uns über die finanziellen Probleme erzählt hat. Die Frau, mit der wir an der Universität Bristol sprachen, sagte, sie habe Probleme mit der Finanzierung der Ausgrabung. Aber der Typ, mit dem Sie an der Universität Bournemouth gesprochen haben, behauptete, alles sei in Ordnung."

„Ja", sagte Mike. „Er meinte, sie bekämen mehr als genug Geld."

„Warum hätte Archie seinem Chef dann sagen sollen, dass ihnen die Mittel fehlten?"

„Vielleicht hat das etwas mit dieser Betrugsermittlung zu tun?", schlug Johnny vor.

Lesley nickte ihm zu. „Wir müssen die Verbindung finden. Wir haben eine Betrugsermittlung in Bristol. Wir haben eine Ausgrabung, die von der Universität Bournemouth gesponsert wird, welche wiederum behauptet, dass mehr als genug Geld vorhanden ist. Wir haben eine Professorin der Universität Bristol, die sagt, sie seien knapp bei Kasse. Und mittendrin haben wir Archie Weatherton und seine Frau."

„Ich kann mir das ansehen", sagte Johnny.

„Machen Sie das", sagte Lesley. „Mike, Sie arbeiten mit ihm zusammen. Ich werde mich um die Waffe kümmern."

Die beiden DCs nickten. Lesley wandte sich an Dennis. „Und die andere Sache, der ich nachgehen möchte, ist dieser Übergriff auf Laila durch Patrick Donnelly. Ich möchte, dass Sie Donnellys Vergangenheit überprüfen. Finden Sie heraus, ob er vorbestraft ist. Laila erzählte ihrer Freundin, dass er sie sexuell genötigt habe. Da Laila tot ist, wird es für uns schwierig sein, das zu beweisen. Aber wenn wir herausfinden sollten, dass er so etwas schon einmal getan hat ..."

Dennis schob die Hände in die Taschen. „Ich denke, das

ist ziemlich dürftig“, sagte er. „Er hat nur versucht, sie zu küssen.“

Lesley starrte ihn an. „Ich glaube, er hat ein bisschen mehr als das getan, Dennis. Der Typ ist ein Sexualverbrecher.“

Dennis lachte. „Haben Sie ihn *gesehen*?“

„Ja, ich *habe* ihn gesehen, und Sie wären überrascht. Männer wie er stellen sich so dar, wenn sie jemanden wie Sie und mich treffen. Aber wenn sie dann mit einer jungen, verletzlichen Frau zusammen sind ... Nun, ich bin sicher, dass Ihnen das nicht unbekannt ist.“

Dennis zuckte mit den Schultern. „Wir sind hier nicht in Birmingham, Chefin.“

Sie biss die Zähne zusammen. Wann würden sie aufhören, ihr das vor die Füße zu werfen?

„Ich möchte nur, dass Sie ihn beleuchten, Dennis. Finden Sie heraus, ob er vorbestraft ist oder ob es in der Vergangenheit irgendwelche Verurteilungen gegen ihn gegeben hat. Wir haben immer noch Patrick und Crystal. Crystal mit dem Geld. Patrick mit dem Übergriff.“

Das Team murmelte als Antwort.

„Dann los“, sagte sie. „An die Arbeit.“

KAPITEL ACHTUNDFÜNFZIG

Gail hielt ihr Telefon am Ohr, während Tina Abbott sie nicht aus den Augen ließ. Die Polizistin trat von einem Fuß auf den anderen und wirkte unruhig. Gail blinzelte sie an und wartete darauf, dass der Anruf entgegengenommen wurde.

Endlich meldete sich jemand. „DCI Clarke."

„Lesley, ich bin's, Gail."

„Gail, wo sind Sie?"

„Ich bin im Cottage. Mit PC Abbott."

„Ist etwas passiert?"

„Das kann man so sagen."

„Haben Patrick oder Crystal etwas gemacht?"

„Nein, das nicht", sagte Gail. Tina starrte sie mit geröteten Wangen an. Sie standen in der Küche des Cottage. Patrick Donnelly war hier gewesen, als Gail eintraf. Er hatte im Wohnzimmer gestanden und PC Abbott einen Blick zugeworfen, als wollte er sie am liebsten umbringen. Doch als Gail auftauchte, hatte er sich verzogen.

„Was ist es dann?" Lesley klang ungeduldig.

Gail holte tief Luft. „Wir glauben, wir haben die Mordwaffe."

Lesley sog hörbar die Luft ein. „Sie *glauben*?"

Gail betrachtete die Schachtel, die auf dem Küchentisch stand. Tina hatte sie hervorgeholt, nachdem Patrick gegangen war. Der Deckel stand offen und sie konnte den Stoff sehen, der die Waffe umgab.

„Es ist eine Axt", sagte sie. „Der Griff ist stark beschädigt und der Kopf korrodiert, aber ich bin mir sicher, dass es die gesuchte Waffe ist." Sie hatte sich Handschuhe übergezogen und das Tuch kurz angehoben. Die Form der Klinge passte zu Lailas Verletzungen.

„Sie passt also zu den Metallfragmenten, die Sie gefunden haben?", fragte Lesley.

„Um das mit Gewissheit sagen zu können, müsste ich eine Laboranalyse machen, aber es ist wahrscheinlich."

„Wo haben Sie sie gefunden?"

„PC Abbott fand sie im Schuppen hinter dem Cottage."

„Ich dachte, Sie hätten ihn bereits durchsucht?"

„Ja. Diese Kiste war nicht dort gewesen, als ich die Durchsuchung durchgeführt habe."

„Moment", unterbrach Lesley sie. „Wer hatte Zugang zu diesem Schuppen, nachdem Sie Ihre Suche beendet und PC Abbott ihn gefunden hat?"

„Nun, wir wissen, dass Patrick Donnelly hier war. Bei Crystal Spiers sind wir uns nicht sicher."

„Gut", sagte Lesley. „Und warum hat PC Abbott mich nicht angerufen?"

Gail schaute zur Polizistin. Tina lehnte an der anderen Küchentheke und atmete flach.

„Es könnte ein Problem geben", sagte Gail.

„Was für ein Problem?", fragte Lesley.

„Ich hatte die offizielle Durchsuchung des Schuppens abgeschlossen. Er war wieder verschlossen gewesen, oder zumindest dachte ich das. PC Abbott sagte mir jedoch, dass das Vorhängeschloss nicht abgeschlossen war. Was die Bewohner betraf, gingen sie davon aus, dass er nicht mehr durchsucht werden würde."

„Das heißt also ...", sagte Lesley.

Gail spürte, wie ihre Schultern zusammensanken. „Es könnte eine illegale Durchsuchung gewesen sein. Selbst wenn dem nicht so wäre, würde ein halbwegs fähiger Anwalt sie in der Luft zerreißen."

„In diesem Fall ist die Waffe nicht beweiskräftig." Lesleys Stimme klang schroff.

PC Abbotts Wangen röteten sich noch mehr. Gail warf ihr einen Blick zu, der zwischen beruhigend und irritiert schwankte.

„Okay", sagte Lesley. „Haben Sie sie schon auf Fingerabdrücke untersucht?"

„Noch nicht", sagte Gail. „Ich würde sie gern ins Labor bringen, um herauszufinden, ob sich Fingerabdrücke oder DNA daran befinden, und um das Material mit dem der gefundenen Fragmente vergleichen."

„Tun Sie das, so schnell Sie können."

„Wie sieht es mit der Rechtmäßigkeit der Durchsuchung aus?", fragte Gail.

„Lassen Sie das meine Sorge sein", sagte Lesley. „Selbst wenn wir die Waffe nicht als Beweismittel verwenden können, wird sie uns geben, was wir brauchen. Wir müssen sie dann nur noch mit juristischen Beweisen untermauern."

Gail sah zu PC Abbott hinüber, die ihre Hände knetete.

Oh Mann, beruhige dich, dachte Gail. Wenigstens hatten sie jetzt die Waffe.

„Wird gemacht“, sagte sie zu Lesley.

„Und lassen Sie mich wissen, sobald Sie ein Ergebnis haben.“

„Natürlich.“

„Oh“, sagte Lesley. „Und sagen Sie PC Abbott, sie soll gleich morgen früh zur Besprechung kommen, ja?“

Gail nickte. Sie legte auf.

„Und?“, fragte Tina leise. „Wie hat sie reagiert?“

Gail legte den Kopf schief. „Sie hat ja bereits klargestellt, dass sie eine Verfechterin des Verfahrens ist. Beweise finden und zusammentragen. Das wird ihr nicht gefallen.“

„Ist es denn sicher, dass es keine legale Durchsuchung war?“, fragte Tina.

„Die DCI wird das besser wissen als ich“, sagte Gail, obwohl sie eine ziemlich genaue Vorstellung von der Antwort hatte. „Jedenfalls möchte sie, dass Sie morgen früh als Erstes zur Besprechung kommen.“

Tinas Augen weiteten sich. „Aber ich werde hier gebraucht. Ich bin die FLO.“

„Ich glaube, die DCI braucht Sie mehr.“

KAPITEL NEUNUNDFÜNFZIG

Ein Stapel Briefe wartete auf der Fußmatte, als Lesley zu ihrem Haus zurückkam. Bei zwei Sendungen handelte es sich um Werbepost, die direkt in den Müll wanderte, eine Dritte war an eine ihr unbekannte Person gerichtet, vermutlich an einen Vormieter. Der letzte Brief hatte einen Poststempel aus Birmingham und war handgeschrieben.

Als sie ihn in die Hand nahm, erkannte sie die Schrift.

Sie ging in die Küche und zögerte den Moment hinaus, in dem sie den Brief öffnen musste. Das konnte nur eine schlechte Nachricht sein.

Sie legte ihn auf den Tisch, schaltete den Wasserkocher ein, nahm einen Becher aus dem oberen Regal und suchte in einem Schrank nach einem Teebeutel. Sie hatte das Gefühl, dass sie nach der Lektüre dieses Briefes etwas Stärkeres brauchen würde.

Zögernd nahm sie ihn wieder in die Hand, schob den Fingernagel in den Umschlag und zog ihn auf. Zwei Blätter Papier befanden sich darin: liniert, handgeschrieben. Er hatte also beschlossen, poetisch zu werden.

Sie holte tief Luft, als sie die Seiten entfaltete, ihr Mund war trocken. Sie hatte in den letzten zwei Tagen mehrmals versucht, ihn anzurufen, aber die Kröte traute sich nicht einmal, mit ihr zu reden. Stattdessen hatte er ihr geschrieben.

Sie las.

Lesley, ich wollte dir schreiben, bevor du die offiziellen Unterlagen erhältst. Es tut mir aufrichtig leid, dass du Julieta und mich auf diese Weise antreffen musstest. Ich wollte es dir schon seit Wochen sagen. Aber es hat sich einfach nie die Gelegenheit ergeben. Du bist immer so beschäftigt mit der Arbeit, und wenn du dann nach Hause kommst, bist du zu müde, um dich wirklich mit mir zu unterhalten.

Lesley leckte sich über die Lippen. Also gab er ihr die Schuld und behauptete, sie sei zu beschäftigt für ein richtiges Gespräch.

Zu beschäftigt, du Mistkerl, dachte sie. Zu beschäftigt, um zu erfahren, dass er eine Spanierin flachlegte, während sie arbeitete.

Sie las weiter.

Ich habe Julieta im Oktober bei einer Universitätsveranstaltung kennengelernt. Wir haben uns auf Anhieb gut verstanden, während wir beide zu diesem Zeitpunkt kaum noch miteinander redeten. Ich habe versucht, mit dir darüber zu sprechen. Erinnerst du dich an unser Gespräch Anfang Oktober? Das war ungefähr zu der Zeit, als deine Ermittlungen im Canary-Fall endeten. Damals dachte ich, dass sich die Situation beruhigen würde. Aber dann wurde der stellvertretende Chief Constable getötet, und ich habe dich wieder verloren. Ich hatte immer das Gefühl, dass du deine Arbeit mehr liebst als mich.

Lesley grinste spöttisch. Natürlich liebte sie ihre verfluchte Arbeit. Dass eine Frau es bis zum DCI geschafft hatte, war inzwischen zwar nicht mehr so ungewöhnlich wie zu ihrer Anfangszeit bei der Polizei, aber es war immer noch nicht einfach. Sie musste sich mit Leuten wie Bryn Jackson und seiner vorsintflutlichen Einstellung zu Frauen abfinden.

Und sie hatte sich bewährt. Sie hatte hart gearbeitet, sich nichts zu Schulden kommen lassen und Erfolg gehabt.

Terry hätte sich für sie freuen sollen. Er hätte den Abschluss des Canary-Falls mit ihr feiern und mit ihr mitfühlen sollen, als nur einer der Mistkerle verurteilt wurde, die sie verhaftet hatten.

Aber, nein. Stattdessen warf er ihr vor, zu hart zu arbeiten, und kroch ins Bett einer anderen Frau.

Sie drehte das Blatt um.

Ich habe mehrmals versucht, mit dir zu reden. Aber du scheinst mir nicht zuhören zu wollen, also habe ich einen Anwalt engagiert. Ich denke, unsere Ehe ist am Ende. Ich glaube nicht, dass wir noch irgendetwas tun können, um sie zu retten. Wir haben kaum miteinander gesprochen, seit du DCI bist. Ich will das Ganze nicht mehr in die Länge ziehen.

Der Anwalt meint, dass du in unserer Beziehung nicht präsent warst, dass du dich nicht wirklich an ihr beteiligt hast.

Er sagt, dies sei ein unangemessenes Verhalten. Außerdem sagt er, dass ich durch deine Arbeitszeiten gute Chancen habe, das Sorgerecht für Sharon zu bekommen. Dazu trägt natürlich auch die Tatsache bei, dass du momentan über dreihundert Kilometer weit weg bist, und das auch in den nächsten sechs Monaten sein wirst.

Lesley spürte, wie Hitze durch ihren Körper stieg. Auf keinen Fall würde er ihr ihre Tochter wegnehmen. Sie ballte die Fäuste und wollte auf etwas einschlagen. Vorzugsweise auf ihren Ehemann.

Sie konnte nicht mehr weiterlesen. Die Blätter fielen aus ihren zitternden Händen. Sie griff in ihre Tasche und holte ihre Schlüssel heraus. Sie brauchte einen Drink. Sie marschierte die Church Street entlang, in die East Street und stieß die Tür des Duke of Wellington auf.

Die Frau, mit der sie gestern Abend gesprochen hatte, stand hinter der Theke. Elsa. Sie war Anwältin. Lesley brauchte jetzt zwar einen Anwalt, aber Elsa war Strafverteidigerin. Aber sie kannte bestimmt einige Familienanwälte.

Lesley warf ihre Schlüssel auf den Tresen und spielte mit ihnen herum.

Elsa hob eine Augenbraue. „Alles okay?"

„Alles super", raunte Lesley.

„Sie sehen aus, als könnten Sie einen Drink gebrauchen."

„Das kann man so sagen."

„Whisky?"

Lesley trank für gewöhnlich keinen Whisky, sondern wollte eigentlich einen Gin Tonic bestellen. Aber sie brauchte etwas, das sie schnell hinunterspülen konnte. Etwas, um ihre aufgewühlten Nerven zu beruhigen.

„Machen Sie einen Doppelten“, sagte sie.

Elsa nickte und drehte sich zur Wand mit den Spirituosen.

Lesley spürte, dass jemand hinter ihr stand. Sie verlagerte ihr Gewicht und wünschte sich, dass die Person verschwand. Irgendein Kerl, der eine schmierige Bemerkung machen wollte. *Alles klar, Süße? Du siehst nicht gerade glücklich aus.* Gott, wie sie solche Männer hasste.

Und sie fragte sich, was Terry gesagt hatte, um Julieta ins Bett zu zwingen. Wie hatte ein Mann wie Terry eine Frau wie sie dazu gebracht, überhaupt mit ihm zu schlafen? Welche rührselige Geschichte hatte er ihr wohl erzählt?

Elsa stellte das Glas auf den Tresen.

„Danke.“ Lesley trank es in einem Zug leer und stellte es hustend zurück auf die Theke. „Das ist schon besser.“

Elsa lächelte und ihre Augen wurden dunkler. Sie hatte wunderschöne Augen, im Gegensatz zu Lesley, deren Augen klein und blau-grau waren. „Wollen Sie über Ihre Probleme reden?“

Lesley schüttelte den Kopf. Sie hörte, wie sich jemand räusperte; der Mann stand immer noch hinter ihr.

Sie drehte sich zu ihm um. Sie wollte ihm gerade sagen, er solle verschwinden, als sie ihn erkannte.

„Scheiße. Was zum Teufel machen Sie denn hier?“

Der Mann wurde blass. Es war weder die richtige Zeit noch der richtige Ort, um sich für ihre Sprache zu entschuldigen. Wenn er wüsste ...“

„Chefin“, sagte Dennis, wobei er ihr nicht wirklich in die Augen sah.

„Was ist los, Dennis? Habe ich in der Besprechung etwas vergessen?"

„Ich bin zu Ihnen nach Hause gegangen. Dann habe ich Sie weggehen sehen und bin Ihnen hierher gefolgt."

„Herzlichen Glückwunsch, damit sind sie Detective des Jahres."

Er sah von ihr zu Elsa. Elsa zuckte mit den Schultern. Lesley wusste, was sie dachten. Eine großmäulige alte Schlampe aus der Stadt, die hierherkam, um den starken Mann zu machen und jeden zu beschimpfen. Nun, das war ihr im Moment verflucht egal.

„Was wollen Sie, Sergeant?"

„Mich entschuldigen", sagte er.

„Für was?"

Er schluckte. „Ich glaube, Sie wissen, wofür."

„Ich möchte, dass Sie es sagen."

Lesley hatte schlechte Laune, das wusste sie. Sie wusste auch, dass sie es nicht an Dennis auslassen sollte. Aber er hatte sich bei Carpenter beschwert. Vielleicht hatte er ja verdient, dass er ihren Frust abbekam.

„Für was, Dennis?", wiederholte sie.

„Sie wurden in das Büro des Superintendenten gerufen, nicht wahr?"

Elsa ging zum anderen Ende der Theke, um einen anderen Gast zu bedienen. Sie wusste, wann sie nicht erwünscht war. Die Frau war diskret, eine wichtige Eigenschaft für eine Anwältin.

„*Das wurde* ich, Dennis", sagte sie. „Wissen Sie etwas darüber?"

Er blinzelte. „Ich möchte mich entschuldigen."

„Warum haben Sie sich über mich beschwert? Sie haben

mir nur ein paar Tage Zeit gegeben, und schon urteilen Sie über mich."

Er wurde wieder blass. „Ich habe mir Sorgen um Sie gemacht."

„Sorgen, von wegen. Sie mögen mich nicht. Sie mögen nicht, wie ich rede. Sie mögen nicht, herumkommandiert zu werden." Sie lehnte sich vor. Der Whisky begann zu wirken. „Sie mögen es nicht, eine Frau als Chefin zu haben."

„Das ist nicht wahr", sagte er. „Ich habe schon für viele Frauen gearbeitet."

„Ach ja? Vor mir haben Sie für einen Kerl gearbeitet."

Sein Gesicht verfinsterte sich. „Ich würde lieber nicht ..."

„Was hat es mit Mackie auf sich?", fragte sie. „Was verschweigen mir eigentlich alle?"

„Bitte, Chefin. Ich möchte jetzt nicht darüber reden."

Sie seufzte. „Kommen Sie mit."

Sie nahm ihr leeres Glas und führte ihn zu einem Tisch. Der Tisch war klein, rund und wackelte ein wenig. Sie stützte sich darauf, um ihn zu stabilisieren, und merkte dann, dass sie selbst ein wenig wacklig war.

„Dann lassen Sie mal hören", sagte sie. „Ihre Entschuldigung, meine ich."

Er legte die Hände auf den Tisch, um ihn zu stabilisieren. „Ich habe eine Beschwerde eingereicht. Aber es war weniger eine Beschwerde, sondern eher eine Meldung meiner Besorgnis. Ich weiß, dass Sie oben in den West Midlands gesundheitliche Probleme hatten, und ich weiß, dass Sie deshalb hierher geschickt wurden. Ich habe mir Sorgen gemacht, dass ein Doppelmord in dieser kurzen Zeit Auswirkungen auf diese ..."

„Sie dachten, ich könnte meinen Job nicht machen", fiel

sie ihm ins Wort. „Sie dachten, ich könnte das Team nicht leiten."

„Ich werde Sie nicht anlügen, Chefin. Zum Teil war es auch das. Aber Sie müssen verstehen, dass wir hier einen solchen Fall nicht oft haben. Wir müssen sicherstellen, dass bei den Ermittlungen alles ordnungsgemäß läuft."

Sie schlug mit der Faust auf den Tisch. „*Ordnungsgemäß*? Ordnungsgemäß ist mein verfluchter zweiter Vorname. Ich sorge dafür, dass *alles* ordnungsgemäß gemacht wird. Wenn Sie wüssten, was ich heute Abend herausgefunden habe und was morgen auf mich zukommt ..."

„Die Waffe?", fragte er.

Sie hob eine Augenbraue. „Sie wissen davon?"

Er nickte. „PC Abbott kam mit eingezogenem Schwanz zurück ins Büro, nachdem Sie gegangen waren. Sie sieht so aus, als ginge sie davon aus, morgen entlassen zu werden."

Lesley lachte. „Der Polizeiverband würde mich aufhängen lassen, wenn ich das versuchen würde. Außerdem hat sie ein wichtiges Beweisstück entdeckt. Okay, sie hat sich nicht an die Vorschriften gehalten. Aber wenn sie es nicht getan hätte, stünden wir immer noch mit leeren Händen da."

Er nickte. „Die Staatsanwaltschaft wird sie aber nicht als Beweis verwenden können."

„Das ist nicht das Wichtigste", sagte sie. „Wenn diese Waffe uns verrät, wer Archie und Laila getötet hat, wissen wir, wo wir nach einem *brauchbarem* Beweis suchen müssen."

„Crystal", sagte er.

„Oder Patrick", antwortete sie.

„In Ordnung." Er stand auf. „Ich muss nach Hause. Pam, meine Frau, wartet auf mich."

Sie zuckte mit den Schultern. „Gehen Sie nach Hause,

genießen Sie den Abend." Sie wollte eifersüchtig auf ihn sein. Aber die Wahrheit war, dass sie froh war, dass sie nicht nach Hause in die häusliche Stumpfsinnigkeit gehen würde. Es war Jahre her, dass sie diese Art von Dingen genossen hatte.

„Chefin." Er sah erleichtert aus.

„Und danke", antwortete sie. „Das war mutig."

Er nickte. Sie hielt ihn am Arm fest, als er sich abwandte. „Aber wenn Sie das nächste Mal ein Problem haben, kommen Sie zu mir, okay?"

„Alles klar, Chefin."

Nachdem Dennis den Pub verlassen hatte, kam Elsa an ihren Tisch und setzte sich auf seinen Platz. Sie stellte einen Gin Tonic vor Lesley hin.

„Ich bin so frei", sagte sie.

Lesley nahm das Glas. „Danke, das passt schon eher zu mir."

Elsa legte den Kopf schief. Sie hatte ein Grübchen auf der linken Wange, das sich vertiefte, wenn sie lächelte. „Dachte ich mir. Brauchen Sie Hilfe bei Ihrem Männerproblem?"

„Ja, verflucht noch mal. Mein Mann will die Scheidung einreichen, und er ist derjenige, der eine Affäre hat."

„Na, dann ist ja alles in Ordnung", sagte Elsa. „Ehebruch."

„Er sagt, er habe bereits einen Antrag gestellt", sagte Lesley. „Wegen unangemessenen Verhaltens. Offenbar arbeite ich zu viel."

Elsa lachte. „Sie sind Detective, natürlich arbeiten Sie zu viel."

„Er ist Akademiker", antwortete Lesley. „Gott, im Moment habe ich die Nase voll von Akademikern."

Sie ließ sich in ihren Stuhl zurückfallen und nahm einen Schluck von ihrem Gin Tonic. Es tat gut, nach der Hitze des Whiskys etwas Kühles und Erfrischendes zu trinken.

„Aber Sie können mir nicht helfen“, sagte sie. „Sie sind Strafverteidigerin.“

„Aber ich habe viele Freunde, die Familienanwälte sind“, antwortete Elsa. „Wollen Sie, dass ich jemanden anrufe?“

Lesley nickte. In Birmingham hätte sie ein halbes Dutzend Leute anrufen können. Sie hätte Terry an die Wand gespielt. Aber hier hatte sie niemanden, an den sie sich wenden konnte. Vielleicht würde Elsa dieser Mensch sein?

„Ja, bitte“, sagte sie. „Und nehmen Sie sich auch einen Drink, wenn Sie schon dabei sind.“

KAPITEL SECHZIG

Susan hörte zu, wie ihre Schwiegermutter mit der Bestatterin sprach, und wünschte sich, sie hätte das Angebot der Frau abgelehnt, sie zu begleiten. Archies Leiche würde bald freigegeben werden und musste irgendwo hingebracht werden.

Mit Bestattern kannte Susan sich nicht aus. Als Rowena aufgetaucht war und darauf bestanden hatte, dass sie das alles regeln könne, hatte Susan schließlich eingewilligt.

Millie war mit Fiona zu Hause geblieben. Susan fragte sich, was Fionas Arbeitgeber davon hielt, dass sie sich so oft freinahm. Und was Fionas Ehemann tat, während sie sich um sie kümmerte.

Susan musste endlich die Augen aufmachen und die Menschen um sie herum wahrnehmen. Sie war nicht die Einzige, die von Archies Tod betroffen war. So wenig Susan sie auch leiden konnte, die Frau, die neben ihr saß, hatte ihren Sohn verloren.

Wie viele Menschen würden an seiner Beerdigung teilnehmen? Seine Kollegen, Freunde. Sie spürte, wie sich ihr der Magen umdrehte: ehemalige Geliebte? Würde Crystal Spiers die Dreistigkeit besitzen, aufzutauchen?

„Mrs Weatherton?"

Susan bemerkte, dass die Bestatterin nicht mehr mit ihrer Schwiegermutter sprach, sondern mit ihr.

Sie blinzelte. „Entschuldigung, ich war mit meinen Gedanken woanders."

Die Bestatterin lächelte. Sie war eine pummelige blonde Frau Mitte dreißig mit zu viel Make-up und einem ‚Bitte nicht wirklich lachen, wir trauern'-Lächeln.

Susan schluckte. „Entschuldigung. Was haben Sie gefragt?"

„Sie müssen nur dieses Formular unterschreiben", sagte die Frau.

Neben ihr tippte Rowena mit einem spitzen rosa Fingernagel auf einem Blatt Papier herum.

Susan runzelte die Stirn. „Wofür ist das?"

„Es ist ein Vertrag für unsere Dienste."

Sie blinzelte die Frau an. Wie lange hatte sie hier gesessen und nicht zugehört? Sie hatten sämtliche Einzelheiten von Archies Beerdigung besprochen. Der Sarg, der Leichenwagen, das Auto für die Trauernden, alles. Das alles hatte sie überrollt.

Sie sollte ein Teil davon sein, nicht nur eine willige Zuschauerin. Aber jetzt wollte sie das alles einfach nur hinter sich lassen. Die Beerdigung hinter sich bringen. Weiter um ihren toten Mann trauern. Ein Leben mit einem neuen, lebendigen Partner beginnen.

Natürlich müsste es eine Übergangszeit geben. Millie würde sich an Tony gewöhnen müssen, und wenn Susan ehrlich zu sich selbst war, sie auch. Vor einer Woche hatte sie sich noch darauf gefreut, ihr neues Leben zu beginnen. Aber jetzt war sie Witwe.

Susan erschauderte bei diesem Wort. *Gott, eine Witwe.* Es erinnerte sie an ältere Frauen mit schwarzen, breitkrempigen Hüten und Spitzenschleiern. Queen Victoria, die den größten Teil ihres Lebens damit verbrachte, um Prinz Albert zu trauern.

Das war nicht Susan. Sie wollte leben. Sie nickte. „Entschuldigung." Wieder war sie mit den Gedanken woanders.

Sie nahm den Stift und unterschrieb den Vertrag, ohne zu wissen, zu was sie gerade ihre Zustimmung gab. Aber Rowena hatte ihren Sohn verloren. Sie wusste nicht, dass ihre Schwiegertochter im Begriff war, ein neues Leben mit einem anderen Mann zu beginnen. Sie wusste nicht, dass ihr Sohn mit Dutzenden von Frauen geschlafen hatte, während er verheiratet gewesen war. Und das musste sie auch nicht wissen.

Die Bestatterin schenkte ihr wieder dieses Lächeln. Dann konnte sie endlich gehen.

Sie folgte ihrer Schwiegermutter aus dem Gebäude. Sie waren in getrennten Autos gekommen.

„Kommst du allein zurecht?", wollte Rowena wissen.

Susan überlegte, ob sie sie das Gleiche fragen sollte. „Ich komme schon klar. Ich habe Fiona. Hast du …?"

Rowena zuckte mit den Schultern. „Ich bin es gewohnt, allein zu sein."

Susan verspürte ein schlechtes Gewissen. Sie hatte sich nie mit ihrer Schwiegermutter verstanden, nie die Gesellschaft der Frau gesucht. Da Archie so viel unterwegs gewesen war, hatte es kaum einen Grund dafür gegeben. Feiertage, Millies Geburtstage, Weihnachten.

Sie machte einen Schritt auf ihre Schwiegermutter zu

und umarmte sie zaghaft, was sie noch nie getan hatte, womit sie aber jetzt anfangen könnte.

„Danke, dass du mit mir gekommen bist", sagte sie. Und sie meinte es ernst.

Rowena erwiderte die Umarmung, schenkte ihr ein schwaches Lächeln und ging auf klackernden Absätzen zu ihrem Auto. Susan schlüpfte in ihren eigenen Wagen und spürte, wie die Erleichterung sie übermannte. Wenigstens war das jetzt erledigt. Nun musste sie nur noch die Tage bis zur Beerdigung überstehen, dann die Beerdigung selbst und entscheiden, was danach passierte.

Sie griff nach ihrem Handy und wählte: Mailbox. Es war nicht seine Art, nicht abzuheben.

„Tony, ich bin's. Ich war gerade mit meiner Schwiegermutter beim Bestatter. Rufst du mich zurück?"

Dies war die dritte Nachricht, die sie ihm heute Morgen hinterlassen hatte. Hatte ihn die Tatsache verjagt, dass sie nun Witwe war? Wäre es ihm lieber gewesen, wenn sie unerreichbar geblieben wäre, wenn sie sich nicht binden könnte?

Sie schüttelte den Kopf. *Sei nicht albern.* Er hatte ihr erst vor zwei Wochen einen Heiratsantrag gemacht. Sie planten ihr gemeinsames Leben. Sie holte zitternd Luft, umklammerte ihr Handgelenk und prüfte ihren Puls. Er raste.

Sie drehte den Schlüssel im Zündschloss um und fuhr nach Hause.

KAPITEL EINUNDSECHZIG

Tina Abbott war bereits in Lesleys Büro, als diese am nächsten Morgen eintraf. Lesley ging um sie herum zu ihrem Schreibtisch, wobei sie sich nicht sicher war, was sie von einem PC halten sollte, der in ihrem Büro auf sie wartete.

„Tina", sagte sie, als sie sich setzte. „Was kann ich für Sie tun?"

Tina stand vor dem Schreibtisch. Lesley hat sie nicht gebeten, Platz zu nehmen. Sie spürte, dass es der jüngeren Frau lieber war, die Sache so förmlich wie möglich zu machen.

„Ich möchte mich entschuldigen, Ma'am."

Leslie starrte sie an. „Für was?"

Tina richtete sich auf. „Dafür, dass ich gestern den Schuppen hinter dem Cottage durchsucht habe."

Lesley lehnte sich in ihrem Stuhl zurück.

Sie war hungrig. Sie hatte sich einige Joghurts in die Tasche gesteckt, die ein passables Frühstück abgeben würden, hatte aber immer noch keinen Kühlschrank im Büro entdeckt. In West Midlands war es üblich gewesen, am

Schreibtisch zu essen. Sie hatte während der Besprechungen die Gelegenheit genutzt, Energie zu tanken, und ihre Kollegen waren daran gewöhnt gewesen, dass sie ständig Schokoriegel, Joghurts und Tassennudeln aß.

Aber hier hatte sie noch niemanden an seinem Schreibtisch essen sehen. Um Himmels willen, hier machte man Mittagspause.

Sie seufzte. „Nun, ich denke, es gibt zwei Möglichkeiten, die Sache zu betrachten, Constable. Setzen Sie sich."

Tina ließ sich auf einen Stuhl fallen und zog die Füße unter sich. Sie saß kerzengerade, ihre Körpersprache war starr.

Lesley lehnte sich vor und zählte an ihren Fingern ab. „Also erstens, was Sie getan haben. Sie haben hinter den Leuten her spioniert, zu deren FLO sie ernannt wurden. Ich habe Ihnen gesagt, dass Sie sie im Auge behalten sollen. Ich habe Ihnen gesagt, dass Sie sie beobachten sollen. Ich habe Ihnen nicht gesagt, dass Sie das Haus durchsuchen sollen."

„Es tut mir leid, Ma'am. Ich ..."

Lesley nickte. „Stand die Schuppentür offen?"

„Sie war nicht abgeschlossen, Ma'am."

„Nein?"

„Das Vorhängeschloss baumelte unverschlossen an seinem Riegel."

„Das hilft." Lesley hob den zweiten Finger. „Zweitens: Sie haben die Mordwaffe gefunden. Gail und ihr Team waren bereits dort gewesen und hatten sie nicht gefunden. Das bedeutet, dass jemand sie nach der Durchsuchung dort deponiert hat. Er oder sie dachte wohl, dass es am besten wäre, sie in aller Öffentlichkeit zu verstecken." Sie legte den Kopf schief. „Wenn Sie nicht wieder reingegangen wären, hätten wir sie nie gefunden."

Tina entspannte sich ein wenig.

„Aber das kann ich der Staatsanwaltschaft nicht sagen", sagte Lesley.

Tina versteifte sich wieder. „Es tut mir wirklich leid, Ma'am."

„Hören Sie auf, sich zu entschuldigen, Constable. Alles in allem haben Sie eine gute Sache gemacht. Haben wir von Gail etwas über Fingerabdrücke oder DNA auf der Axt gehört?"

Tina zuckte mit den Schultern. „Ich bin mir nicht sicher, Ma'am."

Aus dem Augenwinkel bemerkte Lesley eine Bewegung. Sie sah an Tina vorbei zu Gail, die an Dennis' Schreibtisch vorbeiging. Er drehte sich um, um sie anzusprechen, aber sie ignorierte ihn und ging direkt zu Lesleys Tür.

„Sieht so aus, als würden wir das bald herausfinden", sagte sie zu PC Abbott.

Die Streifenpolizistin stand auf, als Gail eintrat, und trat einen Schritt vom Schreibtisch weg.

Lesley seufzte. Tina brauchte dringend ein stärkeres Rückgrat. Sie war eine vielversprechende Polizistin, musste aber lernen, für sich selbst einzutreten.

Gail stieß die Tür auf, ohne anzuklopfen. „Ich habe es."

„Was?", fragte Lesley.

Dennis und die beiden DCs folgten Gail auf den Fersen und drängten sie in ihrer Eile fast in den Raum.

„Was haben Sie denn, Gail?", fragte Johnny. Lesley warf ihm einen Blick zu, um ihn zum Schweigen zu bringen.

Gail trat an Lesleys Schreibtisch und legte einen Computerausdruck darauf. „Der Hammer wurde abgewischt", sagte sie. „Keine Fingerabdrücke, gar nichts."

„Aber?", wollte Lesley wissen.

„Es ist eine kleine Menge Blut darauf, das weder von Laila noch von Archie stammt."

Lesley atmete hörbar aus. „Das ist doch mal was. Wissen Sie, wessen Blut es ist?"

„Noch nicht", sagte Gail. „Aber es ist schon im Labor. Ich werde Sie auf dem Laufenden halten, sobald wir einen Treffer erzielt haben."

Lesley sah Dennis an. „Haben wir DNA-Abstriche von Patrick und Crystal?"

Er nickte. „Die Spurensicherung hat sie bei der Hausdurchsuchung genommen."

„Gut", antwortete Lesley. „Ich möchte es sofort wissen, wenn das Ergebnis vorliegt."

„Natürlich", meinte Gail.

Mike trat vor. „Ich habe weitere Informationen über die Finanzen, Chefin."

„Okay." Lesley stand auf, ging um den Schreibtisch herum und lehnte sich gegen ihn. „Machen Sie es sich bequem, meine Damen und Herren, und dann lassen Sie mal hören, Mike."

Er ging zur Tafel und schrieb *Universität Bristol* und *Universität Bournemouth*, zog dann eine Linie zwischen den beiden und von dort zu den Namen von Crystal Spiers und Archie Weatherton.

„Ich habe mit Tony Goodall gesprochen", sagte er. „Und mit Archie Weathertons Chefin an der Universität Bristol. Es sieht so aus, als hätte jemand Geld veruntreut."

„Jemand aus Bristol?", wollte Lesley wissen.

„Möglicherweise", sagte er. „Möglicherweise aber auch aus Bournemouth. Sie scheinen ein gemeinsames Budget für das Projekt gehabt zu haben. Beide Universitäten haben

Gelder beigesteuert, und es gab auch Gelder aus externen Quellen."

„Der Verwalter in Bournemouth sagte, dass alles in Ordnung sei", so Dennis.

Mike drehte sich zu ihm um. „Das entspricht nicht dem, was Tony Goodall meint. Er hat Beweise dafür gesammelt, dass ein Mitglied dieses Teams nicht nur Geld veruntreut, sondern auch Unterlagen gefälscht und der Verwaltung ungenaue Berichte vorgelegt hat."

„Haben wir eine Ahnung, wer diese Person ist?", fragte Lesley.

„DI Goodall ist sich noch nicht hundertprozentig sicher", antwortete Mike. „Aber er vermutet, dass es Crystal Spiers ist. Schließlich war es ihre Aufgabe, das Budget zu verwalten."

„Archie war aber auch daran beteiligt", sagte Dennis. „Er hat sich um Finanzmittel bemüht und an Sitzungen teilgenommen."

„Nur weil nicht genug Geld da war", sagte Mike. „Tim Sidhu sagte uns, dass es reichlich Bargeld gäbe. Aber wenn Archie der Meinung war, dass das Budget zu knapp war, gibt es nur eine Person, die ihm das gesagt haben könnte, und das ist Crystal Spiers. Sie erklärte ihm, dass sie knapp bei Kasse seien, und forderte ihn auf, Geld aus anderen Quellen zu beschaffen. Gleichzeitig erhielt sie Gelder von den Universitäten Bournemouth und Bristol."

„Und hat es in die eigene Tasche gesteckt", fügte Lesley hinzu.

Mike nickte. „Tony Goodall hat Zugang zu ihren Bankkonten beantragt. Durch die Verbindung zu diesem Mordfall hofft er auf einen Haftbefehl."

Lesley kaute an ihrem Nagel. „Bleiben Sie an der Sache

dran. Ich will es wissen, sobald Sie konkrete Beweise dafür finden, dass Crystal die Bücher manipuliert hat."

„Chefin?" Dennis hob eine Hand.

Leslie starrte ihn an. „Wie oft muss ich Ihnen das noch sagen, Dennis?"

„Tut mir leid, Chefin. Wie auch immer, ich habe unsere Datenbank überprüft. Patrick Donnelly ..."

„Was ist mit ihm?"

„Er ist nicht vorbestraft, aber er wurde vor zwölf Jahren wegen sexueller Nötigung verhaftet."

„Wo?", wollte Lesley wissen.

„In Dublin."

„Deshalb wussten wir nichts davon."

„Ich ging seine Vorgeschichte durch und stellte fest, dass er dort an der Universität gearbeitet hatte. Er wurde von einer Studentin der Körperverletzung beschuldigt, aber sie zog ihre Anzeige zurück, bevor es zu einer Anklage kam."

„Gute Arbeit", sagte Lesley. „Jetzt wissen wir also, dass er schon einmal aktenkundig wurde."

„Das heißt aber nicht, dass er so weit gehen würde, jemanden zu töten", sagte Dennis.

„Trotzdem", meinte Gail. „Er war ziemlich sauer auf Laila, nachdem er sie angegriffen hatte und sie konnte entkommen. Vielleicht hat er das erst an Archie und dann an ihr ausgelassen. Wer weiß schon, wozu ein eifersüchtiger Mann in der Lage ist?"

Dennis starrte Gail an. Sie verschränkte die Arme vor der Brust und legte den Kopf schief, als wolle sie ihn herausfordern.

„Okay", sagte Lesley. „Das macht es zwar glaubwürdiger, dass Patrick Laila angegriffen hat, gibt ihm aber nicht unbedingt ein Motiv, sie oder Archie zu töten. Aber bei Crystal haben wir es mit Veruntreuung zu tun. Was, wenn Archie das herausgefunden hat und sie ihn zum Schweigen bringen wollte?"

„Das erklärt aber nicht den Mord an Laila", sagte Johnny. „Sie war noch neu im Ausgrabungsteam und kam erst vor ein paar Wochen hierher. Sie hätte keine Ahnung von den Finanzen gehabt."

„Sie hat mit Archie geschlafen", sagte Mike. „Bettgeflüster."

„Gutes Argument", meinte Lesley. „Notieren Sie das."

Mike schrieb *Veruntreuung* und *Betrug* auf die Tafel und verband diese Worte sowohl mit Tony Goodalls Namen als auch mit dem von Crystal mit einem Fragezeichen.

Lesley sah sich seine Notizen an. „Ich mache mir Sorgen über die Verbindung zwischen DI Goodall und Archie Weatherton. Auf der einen Seite ermittelt er gegen Crystal Spiers, die vor Jahren eine Affäre mit dem Ehemann der Frau hatte, mit der *er* jetzt eine Affäre hat. Ich möchte mit seinem Chef in Bristol sprechen. Dennis, besorgen Sie mir die Kontaktdaten."

„Alles klar, Chefin."

Tina stand ganz hinten und wippte von einem Fuß auf den anderen. „Was ist mit der Waffe?"

„Die hilft uns nicht viel", murmelte Dennis. „Nicht so, wie sie gefunden wurde."

„Sie ist für uns von großem Nutzen", sagte Lesley.

Er starrte sie an. „Wenn PC Abbott einfach nur die Vorschriften befolgt hätte ..."

Lesley klopfte auf den Schreibtisch, um ihn zu unterbrechen. „Jetzt ist nicht der richtige Zeitpunkt, um über Wenn und Aber und über das, was hätte sein können, zu diskutieren. Wir haben die Waffe, also werden wir sie auch nutzen."

Er schnaubte.

„Das Labor arbeitet schon dran“, sagte Gail. Sie überprüfte ihr Telefon. „Noch nichts.“

„Bleiben Sie auf jeden Fall dran.“ Lesley warf Dennis einen Blick zu. „Sie alle. Und informieren Sie mich umgehend, sobald es etwas Neues gibt.“

KAPITEL ZWEIUNDSECHZIG

Einer nach dem anderen ihres Teams verließ Lesleys Büro.

„Sie nicht, Dennis", rief sie, als er zur Tür ging.

„Chefin?"

„Auf ein Wort."

„Natürlich."

Er tauschte einen Blick mit Johnny aus, der sich zur Tür schob. Als die anderen gegangen waren, schloss Dennis die Tür und trat an Lesleys Schreibtisch heran.

„Chefin? Ich habe mich bereits entschuldigt ..."

Sie schüttelte den Kopf. „Ich denke, wir sollten einfach vergessen, dass das je passiert ist, meinen Sie nicht?"

Er lächelte. „Danke. Was hat der Superintendent gesagt?"

„Das ist meine Sache, Dennis. Aber machen Sie sich darüber keine Sorgen. Sie sind zu mir gekommen. Sie haben mein Haus gefunden. Sie sind mir in den Pub gefolgt. Sie waren offensichtlich sehr darauf bedacht, sich zu entschuldigen. Ich nehme an, das bedeutet, dass Sie wirklich bereuen, was Sie getan haben."

Er nickte.

„Und dass Sie es nicht wieder tun werden."

Er senkte den Blick. „Das kommt darauf an."

Sie lachte. „Oh, worauf?"

Er sah sie an. „Wenn ich mir Sorgen mache, dass Ihre körperliche Verfassung Ihre Arbeitsqualität und Ihr Sozialverhalten beeinträchtigt, kann ich das nicht ignorieren."

„Sie machen sich Sorgen um mich?"

„Das kann man so sagen."

„Trotz der Tatsache, dass ich ein altes Miststück bin, das zu viel flucht und sich weigert, so zu arbeiten, wie Sie es wollen?"

„Ich glaube, Sie sind sehr gut in Ihrem Job, egal wie sehr Sie versuchen, das zu verbergen."

Lesley war so überrascht, als hätte er ihr eine Ohrfeige verpasst.

„Nun, vielen Dank, Dennis. Ich nehme das Kompliment an. Aber ich möchte mit Ihnen über die Art und Weise sprechen, wie Sie PC Abbott bei dieser Besprechung angesprochen haben."

Seine Miene verfinsterte sich. „Sie hat eine illegale Durchsuchung durchgeführt, Chefin."

„Sie hat auch ein entscheidendes Beweisstück entdeckt. Und die Tür des Schuppens war nicht verschlossen gewesen."

„Sie will doch nicht etwa behaupten, dass sie die Axt durch die Schuppentür entdeckt hat, als sie zufällig daran vorbeikam?"

„Sie würde meine Intelligenz nicht beleidigen, und ich

Ihre auch nicht. Aber wenn es sein muss, werden wir das sagen. Oder etwas in dieser Richtung."

„Bei allem Respekt, Chefin. Ich dachte, Sie halten sich immer an die Vorschriften."

„Das tue ich. Dies ist nur der letzte Ausweg, Dennis. Ich will diesen Beweis nicht verwenden. Ich wünschte, ich könnte es, aber ich kann es nicht. Es ist der wichtigste Gegenstand, den wir haben, und aufgrund der Art und Weise, wie er gefunden wurde, können wir ihn nicht an die Staatsanwaltschaft weitergeben. Das heißt aber nicht, dass er nicht zu unseren Ermittlungen beitragen wird. Wenn Gail DNA auf der Axt findet …"

Dennis zuckte mit den Schultern. „Dem kann ich nicht widersprechen, aber ich denke einfach, dass man PC Abbott hätte sagen sollen, dass sie ihre Nase nicht in die Ermittlungen stecken soll."

„Wer hätte das tun sollen?"

Er errötete. „Ma'am."

Sie ließ die Frage fallen. „Ich sehe das anders. In meinen Augen ergreift eine junge Polizistin die Initiative und wächst über sich hinaus ist, um uns bei den Ermittlungen zu helfen."

Er starrte sie an. „Sie machen Witze, oder?"

„Nein, Sergeant. PC Abbott zeigt Potenzial. Sie ist aufgeweckt, sie ist klug und sie kann verdammt gut mit der Öffentlichkeit umgehen."

Sein linkes Auge zuckte.

„Ich sagte *verdammt*, Dennis. Ich hätte *verflucht* sagen können, ich hätte Schlimmeres sagen können. Aber ich tat es nicht. Ich sagte *verdammt*. Können wir uns wenigstens darüber verständigen?"

Er zuckte mit den Schultern. Es juckte ihn in den Fingern, wieder auf seinen Schreibtisch zu schauen, wo die

Fluchkiste für alle sichtbar prangte. Sie wollte nicht eine Münze hineinwerfen. Gleichzeitig wollte sie ihn aber auch nicht vor den Kopf stoßen.

„Ich werde versuchen, nicht zu fluchen", sagte sie. „Ich kann es nicht versprechen, aber ich werde mein Bestes tun. Und ich werde mich beim Fluchen auf die Art von Worten beschränken, die Sie auch vor Ihrer Großmutter benutzen könnten, okay?"

„Einverstanden", murmelte er.

„Sehr gut. Also los. Wir haben eine Menge zu tun. Zwei Verdächtige, eine Waffe. Beschränken wir uns darauf, ja?"

Lesleys Telefon vibrierte auf dem Schreibtisch. Sie warf einen Blick auf das Display. „Das wäre alles, danke Dennis."

Er sah nach unten. Selbst wenn er den Namen auf dem Display sehen könnte, das auf dem Kopf stand, würde er ihm nichts sagen.

Er verließ den Raum und schloss die Tür hinter sich. Als er sich der Reihe Schreibtische näherte, sahen die beiden DCs auf. Johnny sprach ihn an. Dennis schüttelte den Kopf. Er nahm die Fluchkiste, öffnete eine Schreibtischschublade und stellte sie hinein. Dann schloss er die Schublade und sagte kurz etwas zu Johnny.

Lesley lächelte und nahm das Gespräch an. „Zoe, schön, von dir zu hören."

„Ich habe weitere Informationen über Ihren DCI Mackie."

Lesley ging zur Tür und vergewisserte sich, dass sie fest verschlossen war. Dann kehrte sie zum Fenster zurück und lehnte sich dagegen, worauf sie darauf achtete, dass niemand im Nebenzimmer sie belauschen konnte.

Sie legte ihre Hand um das Handy. „Ich höre."

„Okay", sagte Zoe. „Er war seit September 2003 DCI

bei der Polizei von Dorset, bevor er vor zwei Monaten im Alter von achtundfünfzig Jahren in den Vorruhestand ging."

Lesley hob eine Augenbraue. „Wie hat er das geschafft?"

„Das weiß ich noch nicht, aber ich kann weiter graben, wenn Sie möchten."

„Ziehen Sie nicht die Aufmerksamkeit auf sich."

„Das werde ich nicht."

„Sie haben also keine Ahnung, warum er vorzeitig in Rente gegangen ist?"

„Noch nicht. Aber was ich Ihnen sagen kann, ist, dass er innerhalb einer Woche nach seiner Pensionierung plötzlich verstarb."

„Krankheitsbedingter Ruhestand?", fragte Lesley.

„Nein", antwortete Zoe. „Er hat sich umgebracht."

„Was?"

Lesley ging die wenigen Gespräche durch, die sie über DCI Mackie geführt hatte, seit sie bei der Polizei in Dorset arbeitete. Niemand hatte einen Selbstmord erwähnt.

„Vielleicht war er unheilbar krank?", schlug Zoe vor. „Und beschloss, es selbst zu beenden, bevor es zu schlimm wurde."

Lesley lehnte sich gegen die kalte Fensterscheibe. „Der arme Mann."

Selbstmord war unter Polizeibeamten verpönt. Sie erlebten aus nächster Nähe, welche Auswirkungen dies auf die Menschen hatte, die die Leiche entdeckten, und auf die, die dem Verstorbenen am nächsten standen. Sie fragte sich, wie verzweifelt DCI Mackie gewesen sein musste, den Leuten das anzutun, die den Schlamassel hinter ihm aufräumen mussten.

„Und wo wurde er gefunden?", fragte Lesley.

„In der Nähe von Swanage, direkt am Strand. Unter den Felsen."

„Er ist von den Felsen gesprungen?" Lesley erschauderte.

„Ja."

Sie schaute durch die Glasscheibe, die ihr Büro von ihrem Team trennte. DCI Mackie war erst seit zwei Monaten tot. Sie wusste nicht, wie nahe sie ihm gestanden hatten, aber sie würden immer noch trauern.

Dennis saß an seinem Schreibtisch und telefonierte mit seinem Handy. Es war ihm so schwer gefallen, sie zu akzeptieren. Vielleicht hatte das nicht daran gelegen, dass sie eine Frau war, oder daran, dass sie aus der Stadt kam. Nicht einmal daran, dass sie ständig fluchte.

Es lag daran, dass sie nicht DCI Mackie war.

„Danke, Zoe, ich weiß Ihre Hilfe sehr zu schätzen."

„Soll ich weiter graben?", fragte Zoe.

„Vorerst nicht", antwortete Lesley. „Belassen wir es einfach dabei."

KAPITEL DREIUNDSECHZIG

Jade Ford stieg aus dem Bus, zog die Kapuze ihres Pullis hoch und wünschte sich, sie hätte etwas anderes als die Jeansjacke darüber gezogen. Regnete es an diesem gottverlassenen Ort eigentlich immer?

Wenigstens war ihr im Bus warm gewesen. Die Heizung war direkt unter ihrem Sitz gewesen, hatte durch ihre Beine geblasen und sie zum Schwitzen gebracht. Ihre Glieder fühlten sich starr an, nachdem sie in insgesamt drei Bussen eingepfercht war. Fünf Stunden hatte die Fahrt gedauert.

Und nun stand sie auf einem Platz. Ein Denkmal vor ihr, die Burg zur Seite.

Sie überprüfte Google Maps. Laila hatte in einer Reihe von Cottages gewohnt. Jade schniefte. Sie mochte das Landleben nicht. Ihre Schwester hatte es geliebt, in schlammigen Stiefeln herum zu stapfen und alte Sachen auszugraben.

Aber Jade war ein Stadtkind. Sie war nach ihrem Abschluss nach London gezogen und hatte in letzter Zeit kaum noch Kontakt zu ihrer Familie. Aber Laila hatte ihr das

Päckchen geschickt, das schwer in ihrem Rucksack wog, und sie musste wissen, warum.

Sie schleppte sich die schmale Gasse entlang, ihre Beine waren steif.

Die Häuser waren winzig und mit den niedrigen Fenstern und Türen wie geschaffen für Zwerge. Weiß Gott, wie die Menschen hier lebten.

Endlich hatte Jade die richtige Adresse gefunden.

Ein Mann stand draußen und schloss die Haustür auf. Er hielt einen blau-weißen Golfschirm in der Hand, den er ausschüttelte, bevor er eintrat. Er war alt, älter als ihr Vater.

War dies das richtige Haus?

Sie vergewisserte sich noch einmal, dann ging sie zum Haus und ein Kribbeln überkam sie. Sie klopfte.

Sie zog die Schultern zurück und versuchte, nicht so auszusehen, als hätte sie fünf Stunden lang im Bus gesessen und in den letzten beiden Nächten kaum geschlafen.

Die Tür schwang auf. Der Mann trug einen fadenscheinigen grauen Pullover und eine Jeans, deren Säume Matschspuren aufwiesen.

„Wer sind Sie?", schnauzte er.

Sie starrte ihn an. „Ich heiße Jade. Ich bin Lailas Schwester."

Seine Nasenlöcher blähten sich und sie spürte, wie ihr ein Schauer über den Rücken lief.

Dreckiger alter Mann.

Sie kannte diesen Typen. Laila hatte ihr von ihm erzählt, und nun stand sie vor seiner Tür. War das klug?

Du schaffst das. „Kann ich reinkommen?"

Er hob eine Augenbraue. „Sie sind ihre Schwester?"

Sie nickte langsam. „Bitte, lassen Sie mich rein."

Er trat zurück und ließ ihr nicht wirklich genug Platz, um an ihm vorbeizukommen.

Sie hielt die Luft an, als sie sich an ihm vorbeizwängte. Wäre da nicht ihr verdammter Rucksack, hätte sie auf dem Absatz kehrtgemacht. Aber sie wollte ihn nicht in seiner Nähe haben.

Das Päckchen in ihrem Rucksack war wie ein Leuchtfeuer, das sie geradezu drängte, es erneut zu öffnen. Sie hatte den Inhalt gelesen. Sie hatte Laila deswegen angerufen. Aber es war zu spät gewesen. Und nichts davon ergab einen Sinn. Es hierher zu bringen, war vielleicht keine gute Idee, aber es war alles, was sie noch tun konnte.

KAPITEL VIERUNDSECHZIG

Tina Abbott kehrte an ihren Schreibtisch zurück und dankte dem Himmel, dass Lesley Clarke so nachsichtig war.

Die DCI hatte ihr den Papierkram zur Durchsicht gegeben und sie trotz allem nicht vom Fall abgezogen. Sie hatte ihr zwar den FLO-Auftrag entzogen und sie gehörte nicht gerade zum Kern des Teams, aber sie war hier, ging immer noch Beweise durch, war immer noch involviert.

Sie mochte die DCI. Die Frau war schroff und ihre Sprache ließ DS Frampton erschaudern. Das gefiel Tina. Das war wie eine frische Brise im Büro, besser als DCI Mackie. Er hatte Tina auf eine Art und Weise angesehen, die ihr das Blut in den Adern gefrieren ließ. Er hatte Bemerkungen über die Passform ihrer Uniform gemacht. Sie erschauderte bei der Erinnerung daran.

Sie öffnete eine weitere Akte, ein Beweisstück, das von einer der Universitäten Bournemouth oder Bristol geschickt worden war. Sie hatte den Überblick verloren. Aber DI Goodall hatte ihr seine Akten zur Verfügung gestellt, und es war ihr gelungen, sein Vertrauen zu gewinnen.

Sie überflog das vor ihr liegende Dokument und seufzte. Nichts Brauchbares. Sie schloss die Akte wieder und öffnete eine weitere.

Drei Dokumente kamen und gingen. Nichts Relevantes, oder zumindest nichts, was sie entdecken konnte. Vielleicht sollte sie mit einem der DCs sprechen und nachprüfen, ob sie nicht etwas Offensichtliches übersah. Aber sie waren beschäftigt, jeder hatte seine Aufgabe. Die DCI hatte deutlich gemacht, was die Leute tun sollten.

Mike arbeitete ebenfalls einige der Dokumente durch. Sie hatte sich mit ihm abgesprochen, bevor sie mit ihrer Arbeit begonnen hatte. Aber Mike war okay. Er war weder so altmodisch wie DS Frampton noch so unnahbar wie Johnny. Er war auch ein Außenseiter.

Sie öffnete gerade das fünfte Dokument und ließ ihren Blick über die Akte schweifen. Dann hielt sie inne und blätterte wieder nach vorne.

Tina schüttelte den Kopf, legte das Dokument beiseite und öffnete ein anderes. Die beiden waren sich sehr ähnlich. Sie legte sie nebeneinander und ließ ihren Blick von der einen Seite zur anderen schweifen.

Dann öffnete sie eine dritte Akte, das die ersten beiden bestätigte. Sie spürte, wie ihr der Atem in der Kehle stockte. Sie sah zu Mike hinüber, der gerade telefonierte. Also schaute sie zu Dennis Frampton hinüber, der sie fragend ansah. Tina spürte, wie sich ihre Glieder verkrampften.

„Sarge", rief sie. „Ich glaube, ich habe da etwas."

KAPITEL FÜNFUNDSECHZIG

„Sie haben einen weiten Weg in Kauf genommen", sagte der Mann.

Jade zuckte mit den Schultern.

„Ihre Beerdigung findet erst nächste Woche statt, die Polizei hat ihre Leiche noch nicht freigegeben."

„Ich bin nicht wegen ihrer Beerdigung gekommen."

Er setzte sich in einen Sessel. Er war grün, abgewetzt und sackte beim Sitzen durch.

Jade stand hinter dem Sofa. Sie nahm den Rucksack vom Rücken und hielt ihn vor sich, als sei er aus edlem Metall.

„Warum sind Sie dann hier?", fragte der Mann.

„Wie heißen Sie?", fragte sie ihn.

„Patrick", antwortete er. Er hatte einen irischen Akzent. „Und Sie sind Jade. Sie sehen ihr gar nicht ähnlich."

Ein weiteres Achselzucken. Sie hatte nicht vor, ihm zu sagen, dass sie unterschiedliche Väter hatten.

„Sie war hübsch, Ihre Schwester", sagte er.

Ich weiß, dachte sie. *Sie hat mir erzählt, was du mit ihr gemacht hast.*

Der Mann lehnte sich in seinem Sessel zurück und steckte die Hände in die Taschen. „Also sagen Sie mir jetzt, warum Sie hier sind?“

„Ich bin müde“, sagte sie.

„Dann setzen Sie sich verdammt noch mal hin.“

Sie ärgerte sich über die harschen Worte. „Ich hätte nichts gegen eine Tasse Tee.“

Er gab ein bellendes Lachen von sich. „Sie tauchen einfach so aus dem Nichts auf, mindestens eine Woche zu früh für die Beerdigung, und wollen, dass ich Ihnen eine Tasse Tee mache?“ Er zeigte in Richtung Küche. „Der Kessel steht dort drüben.“

Den Rucksack vor die Brust gepresst, huschte sie in die Küche. Sich einen Tee zu machen, würde vielleicht ihre Nerven beruhigen. Es könnte ihr Unbehagen lindern, mit diesem Mann allein zu sein.

Was hatte sie sich nur dabei gedacht? Sie hätte sich an die Universität wenden müssen, sie hätte sich an einen von Lailas Vorgesetzten wenden müssen. Aber sie wussten nichts über Lailas Hintergrund. Keine Hochschulabsolventin, sondern eine Studentin ohne Abschluss. Und dazu noch eine, die ihr Studium abgebrochen hatte.

Sie zuckte zusammen, als sie hörte, wie die Eingangstür des Hauses geöffnet wurde. Stimmen, ein Mann und eine Frau. Sie kehrte ins Wohnzimmer zurück, den Rucksack immer noch in den Armen.

Eine Frau stand in der Tür. Sie hatte kurzes, zerzaustes Haar und ihre Hose war mit Schlamm bedeckt.

Sie sah Jade an. „Wer zum Teufel sind Sie?“

KAPITEL SECHSUNDSECHZIG

Das gesamte Team stand vor Lesleys Schreibtisch. Die Stimmung war gereizt und ungeduldig. Sie wollten unbedingt da raus und eine Verhaftung vornehmen.

„Wir haben genug zusammen, Chefin", sagte Dennis.

Lesley schüttelte den Kopf.

PC Abbott stand neben ihr, ihre Finger strichen über den Schreibtisch. Sie hatte drei Dokumente ausgedruckt und hereingebracht, während Dennis neben ihr her getrottet war. Lesley war zufrieden mit der jungen Frau. Die illegale Durchsuchung im Cottage hatte sie zwar vermasselt, aber hiermit hatte sie das wieder wettgemacht.

Lesley breitete die Unterlagen auf ihrem Schreibtisch aus. „Das ist nicht genug", sagte sie. „Sie wissen doch, was ich sagte. Wir müssen ganz penibel vorgehen. Wir brauchen alles und Sie wissen, welchen Spuren Sie folgen sollten. Mike, die Finanzierung. Dennis, der sexuelle Übergriff. Johnny, reden Sie mit Tony Goodall in Bristol. Finden Sie heraus, was er davon hält."

Dennis seufzte. „Das ist genug. Ich gebe zu, dass …“

Sie hob eine Hand. „Ich sage Ihnen, wenn es genug ist.“

„Und jetzt, Chefin?“, meinte Johnny.

„Machen Sie weiter, während ich mit dem Chef sprechen muss.“

KAPITEL SIEBENUNDSECHZIG

Susan saß auf ihrem Bett, als ihr Anruf entgegengenommen wurde. „Tony“, flüsterte sie. „Ich habe versucht, dich zu erreichen.“

„Tut mir leid, Süße. Viel zu tun bei der Arbeit. Wie geht es dir?“

„Ich komme zurecht.“

Millie war mit Fiona unten in der Küche und die beiden machten gemeinsam Pfannkuchen. Sie hatte Millie zum ersten Mal seit der Nachricht über den Tod ihres Vaters lächeln sehen.

Sie drückte das Telefon fester ans Ohr. „Ich vermisse dich.“

„Ich weiß, Susie, aber du hast mich gebeten, wegzubleiben.“

„Ich habe ihnen von dir erzählt, erinnerst du dich? Du musst dich nicht mehr verstecken.“

„Es ist kompliziert, Liebling“, sagte er. „Und außerdem ...“

„Außerdem, was?“, fragte sie.

Er holte tief Luft. „Es gibt etwas, das ich dir nicht gesagt habe. Und jetzt ist nicht der richtige Zeitpunkt. Ich komme später vorbei, ja? Wir reden heute Abend."

„Nein", sagte sie. „Was ist los?"

„Es geht um einen Fall, an dem ich arbeite. Darin ist auch ... ach nichts. Ich sollte dich nicht damit belasten."

„Tony." Ihr wurde schwer ums Herz. „Wenn es ein Problem gibt, möchte ich es wissen. Ich habe es satt, dass die Leute auf Zehenspitzen um mich herumschleichen. Fiona sieht mich an, als könnte ich jeden Moment zerbrechen."

„Aber das könntest du auch", sagte er.

„Ich wollte mich doch von ihm scheiden lassen, oder? Er war jahrelang untreu. Warum sollte ich um ihn trauern?"

Seine Stimme wurde weicher. „Aber das tust du, Susie. Trotz dem, was wir haben, darfst du um ihn trauern."

„Erzähl mir von dem Fall", sagte sie.

„Ich kann nicht, Liebling. Das ist vertraulich."

„Warum hast du ihn dann erwähnt?"

„Wir haben ihn fast abgeschlossen. Sobald es vorbei ist, werde ich es dir erzählen."

„Okay", flüsterte sie.

Sie hörte Millies Stimme auf der Treppe. „Mummy! Pfannkuchen!" Susan spürte, wie ihr das Herz aufging.

„Wir reden später", sagte sie. „Ich liebe dich."

„Ich liebe dich auch, Susie."

KAPITEL ACHTUNDSECHZIG

Detective Superintendent Carpenter starrte Lesley über seinen Schreibtisch hinweg an. Es war das dritte Mal, dass sie hier war, und sie fühlte sich immer noch nicht wohl dabei.

Der Mann lehnte sich in seinem Stuhl zurück und ließ ihn hin und her schwenken.

„Sie wollen also einen Haftbefehl", sagte er.

„Ich bin mir nicht sicher, ob wir dafür schon genug zusammengetragen haben. Aber mein Team arbeitet daran."

„Welche Ziele verfolgen sie?"

„Wir suchen nach weiteren Papieren, weiteren dokumentarischen Beweisen", sagte sie. „Dennis untersucht die Vergangenheit der Verdächtigen und Mike steht in Kontakt mit dem Betrugsteam in Bristol."

„Sie ermitteln also immer noch gegen beide?"

„Wir können nicht ausschließen, dass beide darin verwickelt sind, Sir."

„Hm." Er sah auf die Dokumente hinunter, die sie auf

seinen Schreibtisch gelegt hatte. „Aber Sie bevorzugen einen von ihnen?“

Sie nickte. „Das ist richtig, Sir.“

„Glauben Sie, dass Sie einen Grund zur Verhaftung haben?“

Ihr Kopf pochte. Sie hatte eine Schmerztablette genommen, die aber kaum half. „Nicht ganz, Sir.“

„Was wollen Sie dann hier?“

„Ich möchte bereit sein. Wenn einer von ihnen Laila und Archie getötet hat, ist der andere in Gefahr.“

„Sie sind seit Tagen gefährdet“, sagte er. „Wozu die Eile?“

„Wenn wir endlich die Beweise finden, die wir brauchen, Sir, halte ich es für ratsam, schnell zu handeln.“

Er schnaubte. „Ist es klug, schnell zu handeln? Nein, Lesley. Sie brauchen mehr. Melden Sie sich bei mir, wenn Sie handfeste Beweise haben.“

Sie leckte sich über die Lippen „In der Zwischenzeit fahre ich zum Cottage.“

Er hob eine Augenbraue. „Sie werden keine Verhaftung vornehmen.“

„Nein, Sir. Aber es könnte helfen, wenn ich mit ihnen rede.“

„Nun gut. Aber seien Sie vorsichtig, okay?“

Sie nickte. „Natürlich, Sir.“

KAPITEL NEUNUNDSECHZIG

„Beantworten Sie meine Frage“, fuhr die Frau sie an. Sie nahm ihren Mantel ab und hängte ihn an einen Haken neben der Tür. Sie runzelte die Stirn, als sie Patricks Schirm streifte und Wasser auf ihren Ärmel tropfte.

Jade drückte den Rucksack fester an sich.

„Wer sind Sie?“ Die Frau sah ziemlich wütend aus.

„Sie ist Lailas Schwester“, sagte Patrick.

Die Frau starrte sie mit zusammengekniffenen Augen an. „Ihre Schwester?“

Jade nickte. „Ich bin Jade. Und Sie müssen Crystal sein.“

„Sind Sie wegen der Beerdigung hier?“

Jade schüttelte den Kopf. „Die ist frühestens nächste Woche.“

„Was wollen Sie dann hier? Sie können ihre Sachen nicht holen, die Polizei hat ihr Zimmer noch versiegelt.“ Crystals Blick ging nach oben.

Jade stellte den Rucksack auf den Boden. Sie beugte sich nach unten und öffnete langsam den Reißverschluss. Dann zog sie den Umschlag heraus, den Laila ihr geschickt hatte.

„Ich wollte Sie hier nach fragen“, sagte sie.

Die Frau starrte den Umschlag an, ihr Gesicht war blass.

„Was ist das?“, wollte Patrick wissen.

Er stand auf und ging auf Jade zu. Doch sie wich zurück und umklammerte den Umschlag fester. Der Rucksack lehnte an der Wand.

„Dokumente“, sagte sie. „Laila hat sie mir geschickt.“

Crystals Augen verengten sich. „Woher hat sie die?“

Jade zuckte mit den Schultern. „Ich weiß es nicht. Sie sagte mir, ich solle sie sicher aufbewahren. Aber sie ergeben keinen Sinn.“

Crystal starrte auf Jades Hände. „Geben Sie mir den Umschlag.“

Jade starrte sie an und umklammerte den Umschlag fester. „Ich wollte Sie nur fragen ...“

Patrick trat einen Schritt näher. Er roch nach Knoblauch und Zigarettenrauch.

„Geben Sie ihn mir“, sagte er. „Er gehört zur Ausgrabung, richtig?“

Jade sah von ihm zu der Frau. „Laila hat ihn mir geschickt, also gehört er mir.“

Crystals Blick war starr. „Ich bin die Leiterin dieses Projekts. Ich schlage vor, Sie geben ihn mir.“ Sie leckte sich über die Lippen „Ich kann erklären, was er bedeutet und warum Laila ihn für wichtig hielt.“

Jade lockerte ihren Griff um den Umschlag. Die Frau starrte sie mit zusammengekniffenen Augen an und streckte die Hand aus, als hätte sie es mit einem wilden Tier zu tun, das sie beißen könnte.

Jade schnappte sich den Rucksack, steckte den Umschlag hinein und verschloss ihn.

„Ist schon gut“, sagte sie. „Ich werde mit der Universität sprechen.“

KAPITEL SIEBZIG

Lesley raste die A351 entlang, Dennis saß neben ihr auf dem Beifahrersitz.

„Hier sind sechzig Stundenkilometer erlaubt, Chefin", sagte er mit dünner Stimme.

„Das ist ein Notfall."

„Aber ich dachte, Sie hätten keinen Durchsuchungsbefehl bekommen?"

„Noch nicht."

Sie überholten eine Kolonne, und Dennis lehnte sich in seinem Sitz zurück, als Lesley das Gaspedal durchdrückte. Er atmete schwer.

Oh, komm schon, beruhige dich, dachte sie. Es war ja nicht so, dass hier viel Verkehr herrschte. Sie vermisste zwar Birmingham, aber in Dorset war es verdammt einfach, zu einem Tatort zu gelangen und ihn zu verlassen.

„Okay", sagte sie. „Wenn wir dort ankommen, müssen wir eine geschlossene Einheit bilden."

„Ich weiß sowieso nicht, warum wir hier sind, Chefin. Also, was soll ich tun?"

Sie schaute ihn an. „Sie haben diese Dokumente gesehen. Sie wissen, was ich vermute.“

Er nickte. „Ja, aber Sie sagten doch, das reiche nicht.“

„Sobald wir die DNA von der Axt haben, haben wir genug Beweise.“

„Aber Sie wissen, dass sie nicht als Beweis anerkannt wird.“

„Aber sie wird uns die Information geben, die wir brauchen.“

Sie näherten sich der Burg und ihr Atem ging langsamer, ebenso wie der von Dennis.

„Ich will verdammt sein, wenn ich noch einmal auf diesem verfluchten Parkplatz parke“, sagte sie.

Dennis holte tief Luft, sagte aber nichts.

„Entschuldigung, Dennis.“ Sie verdrehte die Augen. „Ich würde lieber nicht mehr auf diesem Parkplatz parken. Ist das besser?“

Er nickte. „Da. Da ist ein freier Parkplatz am Square.“

Er zeigte auf einen blauen Mini, der aus einer Parklücke vor dem Pub fuhr, in dem Patrick Donnelly gewesen war.

„Perfekt“, sagte sie.

Als sie in die Parklücke einparkte, klingelte ihr Telefon. Es war Mike.

„Ich habe eine E-Mail bekommen“, sagte er.

„Von Tony Goodall?“

„Nein, Chefin, von Lailas Schwester. Sie hat sie vor einer halben Stunde abgeschickt. Ihr Name ist Jade Ford.“

Lesley sah Dennis an. „Ich stelle Sie auf laut.“

„Alles klar, Chefin“, sagte Mike.

„Fahren Sie fort.“

„Es sieht so aus, als hätte Laila ihr einige Dokumente geschickt“, sagte Mike. „Sie sagte, dass Patrick Donnelly

Archies Sachen nach ihnen durchsuchte hatte. Laila fand sie in der Nacht vor ihrem Tod und schickte sie an ihre Schwester."

„Scheiße." Lesley ließ sich in ihren Sitz fallen. „Und?"

„Das ist der Beweis, dass Crystal Spiers Geld von den Grabungskonten veruntreut hat."

Lesley und Dennis sahen sich an. Während sie noch mit Mike telefonierte, riss sie die Autotür auf und eilte zum Haus. Dennis war direkt hinter ihr.

„Leiten Sie die E-Mail an mich weiter", sagte sie zu Mike. „Ich möchte sie überprüfen, bevor ich da reingehe."

„Wird gemacht."

KAPITEL EINUNDSIEBZIG

Jade warf sich den Rucksack über die Schulter und ging in Richtung Tür.

Die Frau, Crystal, baute sich vor ihr auf, die Beine fest in den Boden gerammt. „Sie gehen nirgendwo hin."

„Es tut mir leid", sagte Jade. „Ich bin zur falschen Stelle gegangen. Aber ich werde Sie nicht länger damit belästigen."

Crystal streckte die Hand aus. „Geben Sie mir den Umschlag."

Jade spiegelte die Körpersprache der Frau. „Er gehört mir. Laila hat ihn mir geschickt."

Crystal gestikulierte mit den Fingern. „Aha."

Jade trat zur Seite und hoffte, sich an der Frau vorbeidrängen zu können. Aber Crystal bewegte sich mit ihr und versperrte ihr den Weg. Und von hinten trat Patrick einen Schritt auf sie zu. Sie wurde in die Enge getrieben. Sie warf einen Blick auf den Regenschirm, den der Mann vorhin aufgehängt hatte.

Crystal folgte ihrem Blick. Sie lachte kurz und schnappte ihn sich.

Jade zuckte zusammen. „Wie bitte? Wollen Sie mich damit schlagen?"

Crystal hob ihn hoch.

Patrick stolperte in Jade hinein. „Crystal, was machst du da?"

Crystal drehte sich zu ihm um und starrte ihn mit wildem Blick an. „Wir können sie nicht gehen lassen! Der Umschlag, den sie in ihrem Rucksack hat, gehört mir."

„Wovon redest du?", antwortete er.

Crystal starrte ihn an.

Das war Jades Chance. Sie sprang an Crystal vorbei und wollte den Türgriff fassen, als sie Crystals Hand auf ihrem Arm spürte, die sie zurückzog.

„Nein, das werden Sie verdammt noch mal nicht tun, Lady."

Crystal hob den Schirm und schlug Jade damit auf den Kopf. Jade presste die Hand auf ihr Auge. Sie hatte sie mit der Spitze getroffen.

In dem Moment klopfte es an der Tür. „Polizei! Aufmachen!"

Jade schob sich halb blind an Crystal vorbei und prallte gegen die Tür. „Hilfe! Lassen Sie mich raus!"

KAPITEL ZWEIUNDSIEBZIG

Dennis passte sich an Lesleys Tempo an, während sie die West Street entlang hastete.

„Wenn Mike recht hat", keuchte sie, „könnte Patrick der Nächste sein."

Er schnappte nach Luft und hatte Mühe, Schritt zu halten. Sein Gesicht war rot, Schweißperlen standen auf seiner Stirn.

Endlich erreichten sie die Haustür. Lesley hämmerte dagegen. „Polizei! Aufmachen!" Sie konnte drinnen Stimmen hören, jemand brüllte. Ein Schrei?

Sie drehte sich zu Dennis um. „Was zum ..."

Er sah sie besorgt an. „Wir müssen da rein."

„Das ist eine Frau. Das sind zwei Frauen!"

Dennis drängte sich an ihr vorbei und hämmerte gegen die Tür. „Polizei! Aufmachen!"

Dann gab es einen dumpfen Knall, bevor die Tür aufflog. Lesley fiel fast ins Haus und griff nach Dennis' Arm, um sich abzustützen.

Eine Frau saß mit dem Rücken zum Türrahmen. Sie

hatte kurzes rotes Haar und saß zusammengekauert über einem Rucksack. Ihr Gesicht blutete.

Wer war das?

Lesley sah an der Frau vorbei. Crystal rannte in die Küche.

„Halt!", rief Lesley.

„Die kriege ich." Dennis rannte los und quetschte sich an Patrick Donnelly vorbei, um Crystal zu folgen. Lesley beugte sich zu der jungen Frau hinunter.

„Geht es Ihnen gut? Was ist passiert?"

„Sie ..." Die Frau zeigte in die Richtung, in die Crystal geflüchtet war. „Sie hat meine Schwester getötet."

Dennis tauchte wieder auf, Crystal vor ihm. Sie trug Handschellen und einen Ausdruck, der Eisen zum Schmelzen bringen konnte.

„Schlampe." Patrick, der neben dem Sessel stand, in dem er schon so oft gesessen hatte, gab ihr einen Tritt.

„Nicht", warnte Lesley ihn.

Er starrte sie an. „Wollen Sie mich etwa aufhalten?"

Lesley wandte sich wieder der Frau zu, die an der Eingangstür lehnte. Sie setzte sich auf und betastete die Wunde in ihrem Gesicht.

„Alles gut", meinte Lesley. „Nicht anfassen. Dennis, rufen Sie einen Krankenwagen."

Dennis kämpfte mit Crystal, die versuchte, sich in dem engen Raum so weit wie möglich von Patrick zu entfernen.

„Ich habe hier genug zu tun, Chefin."

Lesley schnappte sich ihr Handy und rief an. Dann ging sie in die Hocke, um auf gleicher Höhe mit der Frau zu sein.

„Sind Sie verletzt?"

Die Frau nickte und tupfte die Haut über ihrem Auge ab. Die Blutung war bereits schwächer geworden. „Aber es geht schon. Wo ist ...?“ Sie sah sich suchend um, griff dann nach unten und zog einen rot-blauen Rucksack zu sich heran.

„Wer sind Sie?“, fragte Lesley.

„Jade“, krächzte die Frau. „Jade Ford.“

„Lailas Schwester.“

Jade nickte. „Und wer sind Sie?“

„DCI Clarke“, antwortete Lesley. „Wir untersuchen den Tod Ihrer Schwester.“

Die Frau öffnete den Rucksack, ihre Finger zitterten. Sie zog einen braunen Umschlag hervor.

„Sie haben uns die E-Mail geschickt“, sagte Lesley.

„Nur für den Fall.“

Lesley nahm ihn und zog einen Stapel Papiere hervor.

„Was ist das, Chefin?“, rief Dennis quer durch den Raum. Er hatte Crystal mit Patricks Hilfe unter Kontrolle gebracht und Patrick saß inzwischen auf dem Sofa und keuchte.

Crystal stand neben Dennis und zerrte gelegentlich an den Handschellen. Er knurrte sie jedes Mal an, wenn sie das tat. Lesley hatte ihm nicht zugetraut, dass er knurren konnte.

„Das sind die Beweise, die wir brauchen, Dennis“, sagte Lesley.

„Die E-Mail, von der Mike uns erzählt hat?“

Sie zeigte ihm die Unterlagen. „Laila hat sie versteckt und Jade geschickt.“

„Sie hat sie in Archies Sachen gefunden“, sagte Jade. „Sie hatte Angst, dass jemand ihr etwas antun könnte, um sie zu bekommen.“

Lesley wurde schwer ums Herz. „Wann hat sie Ihnen den Umschlag geschickt?“

Jade zuckte mit den Schultern. „Ich habe ihn an dem Tag bekommen, als sie starb."

Lesley tauschte einen Blick mit Dennis. Das Letzte, was Laila vor dem Angriff getan hatte, war, diese Beweise wegzuschicken. Um sie an einen sicheren Ort zu bringen. Sie hatte gedacht, damit würde sie sich schützen, aber es war zu spät gewesen.

Armes Kind.

Lesleys Handy klingelte.

Nicht jetzt.

Es war Gail.

„Sagen Sie mir, dass Sie die DNA haben."

„Wir haben noch keine Übereinstimmung, aber ich kann Ihnen sagen, dass es eine Frau ist."

Lesley spürte, wie sie von Zufriedenheit übermannt wurde. Sie drehte sich zu Crystal um. „Crystal Spiers, ich verhafte Sie wegen Mord."

KAPITEL DREIUNDSIEBZIG

Lesley setzte ihre Tasche auf dem Schreibtisch ab und ließ sich auf ihren Stuhl fallen. Sie war im Cottage geblieben, bis Jade im Krankenwagen abtransportiert worden und ein Streifenwagen für Crystal eingetroffen war. Patrick war in einem anderen Auto hergebracht worden und Dennis nahm gerade seine Aussage auf.

Sie drehte sich in ihrem Stuhl um und schaute auf die Tafel. Sie hatte sie wieder hinter ihren Schreibtisch gestellt, von der Straße abgeschirmt. Hatte sie geholfen? Es war Jades E-Mail gewesen, die zusammen mit der Axt den entscheidenden Hinweis gegeben hatte.

Sie hörte, wie die Tür geöffnet wurde, und drehte sich um.

„Sir.“ Sie stand auf und strich ihren Rock glatt. Ihr Haar war durcheinander und ihre Bluse hatte sich aus dem Bund gelöst.

Carpenter kam mit ausgestreckter Hand auf sie zu. „Wie ich höre, sind Glückwünsche angebracht.“

Sie schluckte und nahm seine Hand. „Danke, Sir.“

„Das haben Sie gut gemacht."

„Wir hatten keinen Durchsuchungsbefehl, Sir."

Er hob eine Augenbraue. „Nach dem, was ich gehört habe, war sie gerade dabei, jemanden anzugreifen, als Sie dort ankamen. Sie haben ein weiteres Verbrechen, möglicherweise einen weiteren Mord, verhindert."

Sie spürte, wie ihr ein Schauer über den Rücken lief. „Sir."

Sie hatten nicht einmal von Jade Fords Existenz gewusst, geschweige denn, dass die junge Frau nach Dorset gekommen war und sich selbst in Gefahr gebracht hatte. Was für eine Art von schwesterlicher Bindung brachte einen Menschen dazu, so etwas zu tun?

Der Superintendent ließ ihre Hand los. „Sie haben einen guten Start hingelegt", sagte er. „Trotz allem."

„Trotz allem, Sir?"

„Eigentlich sollten sie sich ausruhen und erholen." Er lachte. „Aber ich möchte, dass Sie hart arbeiten, solange Sie hier sind."

Sie grinste. „Das kann ich tun, Sir."

Die harte Arbeit würde ihre Erholung sein. Sie hatte es nicht nötig, verhätschelt oder umsorgt zu werden. Sie musste einfach mit dem verdammten Job weitermachen und die Erinnerungen an den Bombenanschlag hinter sich lassen.

KAPITEL VIERUNDSIEBZIG

„Komm schon, Millie, sonst kommen wir noch zu spät."

Susan winkte ihrer Tochter zu, die an ihrem Mantel zerrte. Sie hatten ein Treffen mit der Schule, um Millie bei der Wiedereingewöhnung zu helfen. Sie würde nicht vor nächster Woche zurückkehren. Aber in der Zwischenzeit hatten sie ihr eine Betreuerin zugewiesen. Jemand, der ein Auge auf sie haben und sich um ihr Wohlergehen kümmern würde. Und sie hatten heute Nachmittag einen Termin mit der Frau.

Sie öffnete die Haustür und drehte sich um, als sie Tony den Weg hinaufkommen sah. Ihre Miene erstarrte.

Er lächelte. „Susie." Sein Lächeln wurde schwächer. „Ich habe Neuigkeiten."

„Ich weiß es schon", sagte sie.

„Die Polizei von Dorset hat dich angerufen?"

Sie nickte und schaute dann Millie an. „Nicht hier."

Er streckte eine Hand aus und strich ihr über das Gesicht.

Sie ließ ihn gewähren. Ließ Millie es sehen. Nur eine Berührung.

„Ich muss dir etwas sagen", meinte er.

„Du bist in den Fall involviert, nicht wahr? Sie haben dich in ihre Ermittlungen einbezogen?"

„Es ist viel komplizierter als das." Er sah nach unten. Er wechselte von einem Fuß auf den anderen, seine Körpersprache war unruhig.

„Oh mein Gott!" Susan starrte ihn an, ihr Herz zog sich zusammen. Er war nur wegen des Falles mit ihr zusammen gewesen. Sie war seine Spur zu Crystal gewesen.

„Ich dachte, wir hätten etwas ganz Besonderes", sagte sie.

„Was meinst du damit? Das haben wir immer noch."

„Ich habe von Polizisten wie dir gelesen. Sie machen sich an Frauen heran. Um in ihrem Fall weiterzukommen."

Sein Kiefer blieb offen. Tränen traten ihm in die Augen. „Ich kann nicht glauben, dass du das von mir denkst."

„Hast du das nicht getan?"

„Nein." Er ergriff ihre Hand. „Susie, ich hatte keine Ahnung. Ich wusste nicht, dass Crystal Spiers mit deinem Mann zusammenarbeitete. Ich habe es erst vor zwei Tagen erfahren. Wenn ich das gewusst hätte, hätte ich es dir gesagt."

„Oh."

„Wir sind immer noch verlobt, oder?"

„Pst." Millie stand hinter ihr und murmelte vor sich hin. Susan winkte ihrer Tochter zu. „Komm, Mils."

Sie drehte sich wieder zu Tony um. „Kann das nicht warten? Wir haben eine Besprechung."

„Ich liebe dich, Susie", sagte er. „Und Millie auch. Wir können eine Familie sein. Ich erwarte nicht, dass sich die

Dinge so schnell entwickeln wie bisher. Aber ich kann warten.“

Sie nickte. Und sie weinte.

„Wir schaffen das, Susie. Millie wird es schaffen. Und ich werde alles tun, was nötig ist.“

Sie nahm seine Hand. „Das werde ich auch, Tony.“

KAPITEL FÜNFUNDSIEBZIG

Lesley ging in das Büro und hatte das Gefühl, als wäre es ihr erster Tag.

Sie hatte das Wochenende damit verbracht, aus ihrem Cottage ein Zuhause zu machen. Sie hatte nach Birmingham zurückfahren wollen, aber Terry hatte ihre Anrufe nicht beantwortet und Sharon auch nicht. Ein Teil von ihr war versucht, trotzdem zu fahren, ihn mit der Situation zu konfrontieren und ihre Tochter zu besuchen.

Aber ihre Tochter brauchte Freiraum. Und im Moment wollte sie ihrem Mann nicht gegenübertreten. Der Brief des Anwalts war noch nicht eingetroffen, aber wenn er da war, würde sie bereit sein.

Sie ging an der Reihe von Schreibtischen vorbei, an denen ihr Team saß.

Dennis lehnte sich in seinem Stuhl zurück, als sie vorbeiging. „Morgen, Chefin."

„Morgen, Dennis." Sie bemerkte, dass die Fluchkiste immer noch verschwunden war. Sie betrachtete die Stelle, an der sie gestanden hatte, und hob eine Augenbraue.

Er grinste. „In der Schublade, Chefin."

„Gut."

Sie sah zu den beiden Constables hinüber. „Beschäftigt?"

„Papierkram, Chefin", sagte Mike. „Sie wissen ja, wie das ist."

Sie lachte. „Das weiß ich verdammt gut."

Dennis öffnete den Mund, um etwas zu sagen, schloss ihn dann aber wieder.

Sie ging weiter in ihr Büro. Dennis folgte ihr und schloss die Tür hinter sich.

„Alles in Ordnung?", fragte sie.

Die Tafel stand immer noch hinter ihrem Schreibtisch, war aber gereinigt worden. Die Fotos von Laila, Archie, Crystal und Patrick waren verschwunden.

„Wer hat das gemacht?", fragte sie.

„PC Abbott, Chefin."

Lesley schaute durch die Glasscheibe hinaus. PC Abbott war nirgends zu sehen. Sie war vermutlich in ihrem Streifenwagen unterwegs und tat, was Streifenpolizisten normalerweise taten.

„Ich möchte sie ins Team aufnehmen", sagte sie ihm.

„Wir haben schon genug Jungs."

„Genau das ist der Punkt, Dennis. Jungs. Sie sorgt für ein gewisses Gleichgewicht im Team."

„Sie können sie nicht einstellen, nur weil sie eine Frau ist."

Sie sah ihn an. „Es geht nicht darum, politisch korrekt zu sein, Sergeant. Es geht darum, einen Polizisten zu finden, der etwas zu diesem Team beitragen kann. Ich will damit nicht sagen, dass mit den beiden DCs da draußen etwas nicht stimmt, sie sind gute Polizisten. Aber sie kann etwas anderes mitbringen."

Seine Miene verfinsterte sich. „Nicht meine Entscheidung, nehme ich an."

„Ich habe bereits mit Carpenter gesprochen", sagte sie. „Keine Sorge, sie wird kein Detective sein und die Prüfung nicht ablegen. Aber sie wird mit uns in einer unterstützenden Funktion zusammenarbeiten."

Er versteifte sich. „Ich werde es den Jungs sagen."

„Machen Sie das", sagte sie.

Er ging zur Tür.

„Was steht an?", fragte sie ihn. „Die Tafel ist leer."

„Wir müssen uns mit dem Team von DI Goodall in Bristol abstimmen, die beiden Fälle zusammenführen und sicherstellen, dass für die Staatsanwaltschaft alles wasserdicht ist."

Sie nickte. „Freut mich zu hören."

Das war es, was ihr gefiel. Einen Fall bearbeiten, Beweise sammeln und der Staatsanwaltschaft die Arbeit so leicht wie möglich machen.

Sie schaute auf ihren Schreibtisch. Sie hatte einen Becher aus dem Cottage und ein Foto von Sharon mitgebracht. Sie könnte sich hier wie zu Hause fühlen. Das Cottage hatte Potenzial. Es hatte zwar ein Feuchtigkeitsproblem und war kleiner, als ihr lieb war, aber es gab Blumen vor der Haustür. Auch Unkraut, aber das konnte sie ausgraben. Und hier in diesem Büro ... Das Gebäude sah zwar aus wie eine Autobahnraststätte, aber wenigstens hatte sie viel Tageslicht und ein neues Team.

Sie sah Dennis an. „Sagen Sie mir Bescheid, wenn sich etwas ergibt, ja?"

Er nickte. „Ja, Chefin."

KAPITEL SECHSUNDSIEBZIG

Lesley beendete ihre Putzarbeiten in der Küche. Die Küchenschränke waren klebrig gewesen und hatten nach Zwiebeln gerochen, aber jetzt glänzten sie. Sie schloss die letzte Tür und trat zurück, um ihr Werk zu begutachten.

Es war Jahre her, dass Lesley einen Frühjahrsputz gemacht hatte. Und jetzt mussten die Schränke gefüllt werden. Sie hatte noch nichts zu essen gekauft, nur ein paar weitere Schokoriegel und ein paar Nudeln. Sie war hungrig. Sie würde in den Pub gehen.

Sie schloss die Haustür, drehte sich um, um das Haus zu begutachten, und bemerkte, dass noch mehr Unkraut aus einem Riss in der Pflasterung wuchs. Sie seufzte. Wenigstens war ihr Vorgarten klein, es würde also nicht viel Mühe kosten, ihn in Ordnung zu halten.

Sie schlenderte die schmale Gasse entlang in Richtung des Pubs und nickte einem Paar zu, das sie auf dem Weg überholte. Sie griff zum Telefon und rief erneut Sharon an. Als sie die Tür zum Pub aufstieß, hob ihre Tochter ab. Lesley schluckte, überrascht und erleichtert.

„Mum?"

„Sharon, Liebes." Lesley blieb vor der Tür stehen, sie wollte nicht, dass jemand ihr Gespräch mitbekam. „Ich habe die ganze Woche versucht, dich zu erreichen."

„Tut mir leid, Mum. Ich bin ein bisschen durchgedreht. Dad hat mir erzählt, dass du weggelaufen bist."

„Ich bin nicht ohne Grund weggelaufen."

„Ja. Ich weiß Bescheid."

„Du weißt es?"

„Dad hat es mir gesagt. Julieta, so heißt sie. Sie scheint in Ordnung zu sein, aber ..."

„Aber", sagte Lesley.

„Kommst du nach Hause?"

Lesley schaute in den Pub hinein. Elsa stand hinter der Theke und scherzte mit einem Gast. Der Raum war voller als am Montagabend, und er fühlte sich lebendiger an. Die Sonne schien durch die Fenster, und der Ort wirkte fröhlich.

Sie schluckte. „Es tut mir leid, Sharon. Ich werde natürlich am Wochenende nach Hause kommen. Aber ich muss sechs Monate hier bleiben, so steht es in meinem Vertrag."

Eine Pause. „Kann ich stattdessen am Wochenende zu dir kommen?"

„Musst du nicht lernen?"

„Ich kann am Freitag nach der Schule den Zug nehmen und am Sonntag zurückfahren. Ich kann im Zug lernen. Ich will dich sehen, Mum."

Lesley wurde warm ums Herz. „Natürlich. Ich werde die Zugzeiten überprüfen."

„Ich habe bereits nachgesehen. Ich werde um achtzehn Uhr zwanzig am Bahnhof in Bournemouth sein."

„Perfekt."

Lesley starrte zur Theke. Elsa sah sie an und hielt fragend ein Weinglas hoch. Lesley nickte.

„Wir sehen uns dann am Freitag, mein Schatz“, sagte sie.

„Ich freue mich darauf.“

Lesley ging hinein. Elsa füllte das Glas und reichte es ihr. Dabei streifte ihre Hand Lesleys.

Lesley spürte, wie Hitze durch ihren Körper stieg. Sie sah Elsa an und war über ihre Reaktion erstaunt. Bevor sie Terry kennenlernte, hatte sie sich zu Frauen hingezogen gefühlt, aber sie hatte seit Jahren nicht mehr darüber nachgedacht.

Elsa schenkte Lesley ein Lächeln, ihre Augen funkelten. Lesley erwiderte es.

„Du siehst glücklich aus“, sagte Elsa. „Das ist das erste Mal, dass ich dich so sehe.“ Elsa lehnte sich an die Theke und sah Lesley in die Augen.

Lesley lehnte sich vor. Sie konnte Elsas Atem auf ihrer Haut spüren.

Sie berührte ihr Handy in der Tasche.

„Ja, das kann sein“, sagte sie. „Ich glaube, ich kann endlich glücklich sein.“

KAPITEL SIEBENUNDSIEBZIG

Lesley stand am Rande des Friedhofs von Bristol und beobachtete die Trauernden, die aus der Kirche kamen.

Susan Weatherton war von ihrer Familie umgeben. Eine große blonde Frau, die Lesley als ihre Schwester erkannte, nahm sie tröstend in den Arm. Ein kleines Mädchen, die Tochter, hielt ihre Hand fest umklammert, das Gesichtchen war tränenüberströmt.

Lesley spürte, wie ihr beim Zusehen selbst die Tränen kamen. Sie zog sich hinter einen Baum zurück, damit niemand sie entdeckte. In dem Moment bemerkte sie, dass jemand hinter ihr stand.

Sie drehte sich um. „Dennis?"

Er lächelte ihr kurz zu. „Ich dachte mir schon, dass Sie hier sind, Chefin."

„Ich wollte nur ..."

„Ich weiß."

Es war üblich, dass Polizeibeamte an Beerdigungen teilnahmen oder ihnen zumindest am Rande beiwohnten.

Manchmal war der Mörder anwesend. Vielleicht, weil es sich um einen Freund oder ein Familienmitglied handelte, vielleicht aber auch, weil sie sich die Folgen ihrer Straftat vor Augen führen wollten.

Aber Crystal Spiers, das wusste Lesley, saß in einer Polizeizelle. Sie würde heute angeklagt werden.

Sie wandte sich von der Kirche ab und hielt mit Dennis Schritt.

„Was führt Sie hierher?", fragte sie.

„Ich habe ein Treffen mit DI Goodall", sagte er. „Teil der Nachbereitung."

Sie nickte. „Ich komme mit."

„Alles klar, Chefin."

Sie gingen schweigend zurück zu ihrem Auto. Sein Auto stand direkt hinter ihrem. Der Leichenwagen stand weiter hinten auf der Straße, zusammen mit dem schwarzen Fahrzeug, mit dem Susan gekommen war. Lesley entdeckte Tony Goodall, der neben einem Auto dahinter stand. Sie winkte ihm kurz zu und er erwiderte ihren Gruß.

Sie stieg in ihren Wagen und öffnete das Fenster, als Dennis sich herüberbeugte. „Wir sehen uns dann im Betrugsdezernat, Chefin."

Sie nickte. „Darf ich Sie etwas fragen?"

„Natürlich."

„DCI Mackie", sagte sie. „Was ist mit ihm passiert?"

Seine Miene verhärtete sich. „Er ist gestorben, aber ich möchte jetzt nicht darüber reden."

Sie sah ihn an. „Wie ist er gestorben?"

„Ich möchte jetzt nicht darüber reden."

„Ich habe gehört, dass er sich das Leben genommen hat."

Ein Schauer lief durch Dennis' Körper. „Bitte."

„Okay." Sie lächelte ihn kurz an. „Es tut mir leid, dass ich traurige Erinnerungen wachgerufen habe. Bis gleich."

Sie drückte den Knopf, um das Fenster zu schließen.

DCI Mackie hatte sich angeblich nördlich von Swanage von einer Klippe gestürzt. Aber sie hatte am Morgen einen Anruf von Zoe erhalten. Hartnäckig wie eh und je hatte Zoe die Unterlagen durchgearbeitet und herausgefunden, dass DCI Mackie weder Anzeichen von Depressionen gezeigt noch Probleme bei der Arbeit gehabt hatte und dass er sich auf den Ruhestand gefreut hatte. Er hatte sogar eine Kreuzfahrt für den Sommer gebucht.

Warum würde sich also ein Mann, der eine Kreuzfahrt gebucht hatte und weder an Depressionen noch einer anderen Krankheit litt, die Klippen hinunterstürzen?

Lesley startete den Wagen. Sie schaute in den Rückspiegel und sah, wie Dennis mit Tony Goodall sprach.

Susan kam vom Friedhof, ihre Tochter immer noch an der Hand. Die anderen Trauernden folgten ihr. Sie sah zu Tony auf der anderen Straßenseite hinüber, nickte ihm zu und ging dann in die andere Richtung. Lesley fragte sich, wie viel Susan über Tonys Ermittlungen gegen Crystal wusste. Würde ihre Beziehung funktionieren, oder würde sie für immer durch die Art und Weise, wie sie begonnen hatte, belastet sein? Doch das war nicht ihre Angelegenheit.

Sie überprüfte ihren Rückspiegel und fuhr los. Sie würde an diesem Treffen teilnehmen, aber sie würde Dennis die Führung überlassen.

Danach wollte sie mit Zoe sprechen. Sie machte sich immer noch Gedanken wegen DCI Mackie. Stellte es ein Risiko für sie dar, wenn ihr Vorgänger unter verdächtigen Umständen zu Tode gekommen war?

Hör auf damit, sagte sie sich. *Du bist nicht mehr in den West Midlands.*

Sie war hierher gezogen, um Ruhe und Frieden zu finden. Keine Verschwörungen mehr, keine Korruption mehr. Das ruhige Leben. „Ein wirklich ruhiges Leben“, murmelte sie, als sie über die Hängebrücke fuhr und sich fragte, ob sie sich jemals daran gewöhnen würde.

LESEN SIE HIER EINE KOSTENLOSE KURZGESCHICHTE – DEADLY ORIGINS

Wir schreiben das Jahr 2003. Zoe Finch ist eine junge Detective Constable. Als in ihrem Revier eine Leiche gefunden wird, gestattet man ihr widerwillig, an dem Fall mitzuarbeiten.

Doch als weitere Leichen gefunden werden und Zoe erkennt, dass der Fall Verbindungen zu ihrer eigenen Familie hat, werden die Ermittlungen zu einer sehr persönlichen Angelegenheit.

Kann Zoe den Mörder finden, bevor es zu spät ist?

Finden Sie es heraus, indem Sie *Deadly Origins* KOSTENLOS auf rachelmclean.com/origins lesen.

BÜCHER VON RACHEL MCLEAN

LESEN SIE DIE DORSET-KRIMISERIE

Die Morde von Corfe Castle, Dorset Krimi Band 1

Die KlippenMorde, Dorset Krimi Band 2

Die InselMorde, Dorset Krimi Band 3

... und es werden weitere folgen!

Printed in Germany
by Amazon Distribution
GmbH, Leipzig

25894122R00234